独自上路
一个九岁男孩的边境历险

Solito · A Memoir

［萨尔瓦多］哈维尔·萨莫拉／著

舍其／译

人民文学出版社
PEOPLE'S LITERATURE PUBLISHING HOUSE

著作权合同登记号　图字 01-2023-5366

SOLITO © Javier Zamora, 2022
First published by Hogarth
Translation rights arranged by The Grayhawk Agency Ltd. and The Clegg Agency, Inc., USA.

图书在版编目（CIP）数据

独自上路：一个九岁男孩的边境历险 /（萨）哈维尔·萨莫拉著；舍其译. -- 北京：人民文学出版社，2024
ISBN 978-7-02-018696-9

Ⅰ.①独… Ⅱ.①哈… ②舍… Ⅲ.①纪实文学－萨尔瓦多－现代 Ⅳ.① I744.55

中国国家版本馆 CIP 数据核字（2024）第 109883 号

责任编辑　汪　徽
装帧设计　李思安
责任印制　宋佳月

出版发行　人民文学出版社
社　　址　北京市朝内大街166号
邮政编码　100705

印　　刷　河北博文科技印务有限公司
经　　销　全国新华书店等

字　　数　342千字
开　　本　880毫米×1230毫米　1/32
印　　张　16　插页3
印　　数　1—6000
版　　次　2024年8月北京第1版
印　　次　2024年8月第1次印刷

书　　号　978-7-02-018696-9
定　　价　79.00元

如有印装质量问题，请与本社图书销售中心调换。电话：010-65233595

目　录

第一章　001
萨尔瓦多，拉埃拉杜拉

第二章　052
危地马拉，特昆乌曼

第三章　095
危地马拉，奥科斯

第四章　135
墨西哥，瓦哈卡

第五章　173
等　待

第六章　221
瓜达拉哈拉到索诺拉

第七章　258
美　国

第八章　366
再次尝试

第九章　455
一切都会好的

致　谢　500

关于作者　503

献给帕特里夏、卡拉、奇诺
以及我前来美国的路上遇到过，
但后来再没见过的所有移民。
没有你们，我不可能来到这里。

本书描述的人物和事件都是真实的。

为保护部分人物，我采用了一些化名和昵称。

我们的身体就是
承载着记忆的文字,
因此,记忆不啻于轮回转世。

——凯蒂·坎农(Katie Cannon)
转引自《身体从未忘记》(*The Body Keeps the Score*)

例如,无论是男孩还是女孩都会提到
失去的时间,尤其是母亲独一无二的爱。
还有很多人也提到,因为母亲不在了,
感觉心里好像有了个洞。因此,
他们身上总是笼罩着一种渴望。

——利西·J. 阿夫雷戈(Leisy J. Abrego)
《献祭的家庭》(*Sacrificing Families*)

第 一 章

萨尔瓦多，拉埃拉杜拉

1999年3月16日

上路。爸妈大概一年前就开始这么跟我说了："有一天你会上路，来跟我们团聚。就像一场冒险。就像狮子王辛巴回家之前的那趟旅程。"差不多在那前后，他们为我的八岁生日寄来了《阿拉丁》《侏罗纪公园》和《狮子王》，还有一台松下家用录像机。

"上路。"现在他们也这么跟我说着，我正在面包店里跟他们讲话，内利外婆[①]、外公和我会去那里给他们打电话——我们家没有电话机，但我们有彩色电视，有崭新的冰箱，还有个鱼缸。

"小哈维尔！"外婆冲我挥着手。她老是这么叫我。我想可

[①] 原文为西班牙语。本书原版以英文写成，但作者在行文中时常会用一些西班牙语（萨尔瓦多的官方语言）词句和北上沿途国家（危地马拉、墨西哥等）的方言俚语，这些词句在本书正文中均以仿宋字体体现。原书中还有一些作者以斜体字强调的英文词句，本书中则以楷体体现。——编者注

能是因为我的小名小切佩,太容易让她想到镇上对外公的称呼堂切佩。

"你爸妈说,你很快就能见到他们了。"外婆一边说,一边笑了起来,露出上面两颗镶金的门牙,她圆脸上的酒窝也更深了。玛丽姨妈脸蛋也是圆的,但她这会儿不在这儿,因为她在诊所里上班。这段时间以来,她和外婆说这个词说得越来越多了。上路去这儿,上路去那儿。上路上路上路。我都能在脚底下感觉到这条路。我会在梦里看到这条路。

有些梦里我是超人,有些梦里我是《七龙珠》里的孙悟空,飞过原野山川,飞过萨尔瓦多,飞过所有国家,从人们头上、城镇上空飞过,一直飞到加利福尼亚,爸爸妈妈就在那里。他们的门又高又大,是用颜色最深的深褐色木头做的。我按响他们的门铃。他们打开门,我飞奔过去,扑进他们怀里。他们带我去看他们的客厅、大电视,后院里的泳池、草坪、果树,一块小足球场,还有白色的篱笆。我爬上他们的腰果树,吃着他们的芒果,在他们的院子里玩耍……

每天晚上祈祷过后,入睡之前,我都会躺在床上想着他们。他们睡什么样的床? 大吗? 是像电影里那种水床吗? 床单软和吗? 我想象着依偎在他俩中间的情形。最松软的白床单。妈妈在我左边,爸爸在我右边,我们上面罩着一顶蚊帐,像王冠一样。

每回打碎了盘子,或是发现了一根眼睫毛,或是看到了一颗流星,我都会许愿,希望自己身在美国,跟他俩一起睡在那样一张床上,吃着橙子冰冻果子露冰激凌。我跟谁都没讲过——要是跟别人讲,许的愿就不灵了。

我也做过噩梦。梦见自己都长胡子了，却还没到爸妈身边。梦见我都已经三十岁了，还没北上跟他们团聚。梦见自己被海盗追赶，或是在泥石流前面死命往山下跑。

"早上起来第一件事就是要把噩梦都讲出来，这样就不会一直留在你脑子里了。绝对不要在厨房里讲，要不然会进到肚子里，消化不良就是这么来的。"妈妈曾经这么跟我说，我也一直没有忘记。

上路。我也开始在学校说这个词了。我开始告诉自己最要好的朋友："你们看哦，有一天我会上路的。就像躲猫猫游戏那样，真得不能再真。"

一年级的时候，我是唯一一个父母都不在身边的人。玛丽说他们走是因为在我出生前发生了一场战争，然后大家都没了工作。现在，我的朋友大都也是爸爸或者妈妈不在身边。有几个朋友很幸运，离开这里去往美国，跟爸妈团聚了。大都是坐大飞机走的。

课间休息时，我会跟朋友们说，我要像《忍者神龟》里那样吃第一张意大利辣肉肠比萨，要像《加菲猫》里那样吃千层面，还要吃麦当劳，在带空调的电影院里一边吃带黄油的爆米花，一边看最新的《星球大战》。这些我全都没吃过，只在必胜客吃过比萨，那也是去年圣诞节的事儿了。

朋友们问："那你会不会想我们？会吗？"

"会呀。"我说，但实际上我也不知道。

我问他们会不会想我。他们说："当然会啊。"因为离开这里去了美国的，从来没有谁回来过。有时候他们的爷爷或是奶奶会在街上路过，我们就会问他们，那谁谁怎么样了，他们回答说："那谁谁给你们带好呢。"——他们要是还能记得我们，最多也就是这样了。"啊，谢谢爷爷，谢谢奶奶。替我们也带个好啊。"但后面就再也听不到他们的消息了。

面包店老板还在这里，他老婆和所有六个孩子也都在。他们看起来很幸福。我想要的就是面包店老板一家的生活：所有人都在同一个屋檐下。我所有的朋友，还有我，都想跟爸妈在一起，那里所有东西都是新崭崭的，那里的垃圾会有卡车收走，那里的水从银色水龙头里流出来，那里会下最洁白的雪，那里人们会打雪仗，会砍下真松树做圣诞树——而不是像我们这里一样，是往棉花枝条上面喷漆喷成白色。

因为我们的爸妈不在这里，我们也不在他们那里，五月和六月才那么叫人悲伤。母亲节和父亲节集会的时候，我们大部分人都只有爷爷奶奶外公外婆会来。并不是说我们不爱他们。我们爱他们。我爱外婆，爱得很。我爱她做的饭。我爱把脸埋在她染成黑色的卷发里。她那一头短发让她看起来就像一支麦克风，她抱着我的时候，她的头发闻起来有玉米馅饼的味道。我爱她笑起来的时候脸上那两个酒窝。她的鼻子又宽又扁，中间有一颗深褐色的痣，每年她都会去医院检查一下，看看这颗痣是不是变大了。我也爱她细细的假眉毛，每天早上一起来她就会用一支眉笔画上去。

我也爱我妈妈。我从来没见过爸爸——也可能见过，但我不记得了。他是在我快两岁的时候离开的。在电话里，他听起来很和蔼。他的声音低沉、粗哑，但仍然说得上很轻柔，就像拿一块石片在水面上打水漂。我总是在跟妈妈聊过之后，才会跟他讲话。妈妈所有的事情我都记得。她生我气的时候，那刺耳的嗓门就像惊涛拍岸。她的呼吸就像刚切好的黄瓜。

现在我也是先跟妈妈讲话，然后她把话筒拿给爸爸。有时候我跟爸爸交流会腼腆得说不出话，妈妈也只能同时待在话筒旁边。也有些时候，玛丽姨妈会在我耳边轻声跟我说，把我这个星期做了哪些事情告诉他。

他们隔几个月就会寄些照片过来，从照片上看，爸爸很和善，也很强壮。我喜欢他浓密的胡子。他又黑又密的头发。他的大牙。他在衬衣外面戴着金链子，露出一身肌肉。镇上所有人都跟我讲过他的故事，但我还从来没有正经问过他任何事情，因为一听到他的声音，我就会忸怩起来。

现在是外公在跟他们说话，他想通过电话小声说些什么事情，好不让我听见。但我还是听到了。我一直在听。我耳朵很好使，真的好使。我听到他小声说："堂达戈。"然后是一些我没听清的话，然后他突然说道："母亲节的时候。"

堂达戈是四年前带妈妈去美国的蛇头。这段时间他往我们家跑得越来越勤了。我可以把这些事情拼到一起。我是我们年级学年末要上台演讲的优秀学生。每年我都会拿到一张成绩最好的奖状。

母亲节。从幼儿园开始，修女就叫我们用蓝色或红色丝线在手帕上绣"母亲节快乐"或"父亲节快乐"的字样。每——一年。至少"父"比"母"好绣一点。到了二年级，我和朋友们开始不写爸妈了，而是写下祖父辈的名字。这更容易。

但今年母亲节不一样。今年我终于能见到爸妈了！今年我会在手帕上绣上妈妈的名字，然后送给她——亲手送上。

"他夏天之前就到你们那了。他不会跟你们一样，在山里冻成那样。"外公尽量小声说话，以为我不知道他们在说我。我藏起我的兴奋之情，藏起我的笑容，但要让自己不在面包店老板家的客厅里跑来跑去，不把桌子撞得四仰八翻，不一路跑过四个街区回到家里，不跑进玛丽姨妈上班的诊所，可就难了。我不知道她下午六点下班后我还能不能装下去。但我确实做到了，我假装什么也不知道，依外婆的步伐走了回去，一路牵着她的手。紧紧抓着。紧紧握着，直到我俩的手都汗津津的。那汗水在说：要实现啦。终于要实现啦。

※

玛丽姨妈穿过我们挂在门上当门帘的床单，大叫着冲进我们房间："小切佩！小切佩！我刚跟他们说话了！"她把黑色钱包扔到她床边的木制梳妆台上，那钱包还是几年前的圣诞节妈妈寄给她的。

"谁？"

"你爸妈呀，小傻瓜。"我喜欢她这么叫我。那几个字从她嘴里出来，就好像雨滴穿过屋顶上的漏洞，落进地上的铁皮桶一样叮咚作响，那是我们放在地板上免得屋子里发水的。

"他们选好日子了。就是——"

她不知道我偷听到了外公的话。

"激动了没！想不想知道他们是怎么选的？"

我笑了起来，因为我想知道，不过也因为她刚成功脱下一只黑色弗拉门戈舞鞋，正在费劲巴拉地脱另一只。

"你妈妈在玩具反斗城的同事说你要八月前到那里才好，这样开学前你还能学学英语。"玛丽坐在她床上，伸手去够梳妆台上一个小塑料碗里她早上没用完的半个柠檬，上面已经招了些果蝇。她把柠檬汁挤在脚上，然后用毛巾擦干。

"美国佬开学那么晚，好奇怪啊。对不对，小切佩？"

我抬头看了看屋顶，然后从我床旁边的窗户往外看了看。"他们为啥不像我们在一月份开学？"

"谁知道呢。"她耸了耸肩，穿上干净的塑料拖鞋，走去厨房，把用过的那半个柠檬扔到后院里，接着又冲回房间跳到她床上，床单做的门帘在她身后哗哗直响。

"我猜这样一来，你就会比那些小美国佬早聪明六个月。"她说啥都喜欢加个"小"字，"而且这样你上学第一天所有人都是新生。"她用右手拍了拍她的床垫，这是叫我穿过铺着瓷砖的冰凉地板的信号。脚臭的味道已经几乎没有了，柠檬比她试过的别的所有东西都管用。爽身粉一点儿都不管用，用醋、蜂蜜和蛋黄调制的奇怪东西更是适得其反，让她的脚更臭了。

她傍晚下班回来后，我们就会一块儿举行这个仪式。我躺在她旁边，她就开始跟我聊诊所里的那些八卦：那些病人得的都是什么病，他们的检查结果怎么样，医生中间新的狗血剧情，或者工作闲下来的时候，她有多无聊。

我们把脚抵在墙上，脑袋几乎都要探到床外面了。铺成房顶的陶瓦中间有一片地方铺的是玻璃天窗,我们透过玻璃,看着夜空中最早闪现的星星,知道快要吃晚饭了。

玛丽才二十三岁,但她听说把脚这样抵在墙上对"蜂窝织炎"有好处。我很喜欢这个词,蜂——窝——织——炎。光顾外婆的玉米馅饼摊的所有妇人好像都挺担心这个病,就好像瘟疫一样。外婆从妈妈小时候起就在诊所门口卖玉米馅饼了,妈妈会去帮她卖馅饼。玛丽也会去,但后来她去上学了,然后又在诊所当起了秘书。所以现在,是卢佩姨妈——她们三姐妹当中最小的一个——在外婆的馅饼摊帮忙做饼卖。

我们的脚仍然抵着墙,而八卦又已经聊完,玛丽姨妈就会开始跟我讲她那些追求者。"知道不,那个牙医今天来找我了……"

我走了下神,想起她今天早上又迟到了。虽说我们家前门离诊所真就只有几步路!大多数早上,她会忘记涂口红,我也不得不提醒她。随后她会看一眼她黑色细表带的金色卡西欧表,尖叫起来:"妈呀!"意思是她又晚了。她夺门而出,门帘都快被她撞飞了。然后她冲出家门,咔嗒咔嗒地穿过街道,一边掏着钥匙,一边跑过赶早就诊的人在诊所门口排起来的队伍。但她从来没有忘记在我的额头上印一个吻——我会让唇印留几分钟才擦掉。

玛丽忘了吃早饭的时候,外婆会给她送去锡箔纸包的玉米馅饼,或是拿纸袋装着的甜面包,而我就得穿过尘土漫天的街道,把早饭送到紧挨着诊所前门的玛丽姨妈的办公桌上。不上学的时候,我会去卖最好喝的欧洽塔①、沙拉、腰果和鼠尾草籽等饮品。我是推销小能手,还在妈妈怀里的时候我就在学怎么卖东西了,顾客无论点什么饮料,她都装在塑料袋里拿给他们。

爸爸来自镇子另一头的一个码头,时不时地也会有那附近的一些人来说:"替我给大哈维尔带个好啊。"爸爸的绰号千奇百怪,我也不知道都是什么意思。"Lelota"是当中最没法解读的,因为根本就不是个真正的词。有些意思则非常明显,比如说"蝎子",但我也不知道这样的绰号是怎么来的,当然我也从来没问过他。

"谁谁给您带好呢。"我在电话里告诉爸爸。

"也替我问候他们。"他说,然后问起我在学校里得了几个九分几个十分,分别都是什么科目。学校的事情聊完了,我们会接着聊我的身体怎么样,最后则是评价他们上次寄来的东西,并讨论下次他们寄包裹过来的时候,我想要什么新玩具或新衣服。

每次聊到最后,只有到我们说再见的时候,我才会问爸爸什么时候才能见到他。和妈妈聊也是这么一套流程。别的孩子都已经北上跟父母团聚了,要不也正打算离开。感觉每个月都会有人就此消失不见。

前一天午饭的时候我们还一起踢足球,课间休息的时候一起玩捉人游戏,然后突然之间,他们就再也不来了。他们大都是

---

① 欧洽塔(horchata),一种冷饮,原产于西班牙瓦伦西亚,主要用大米制成,呈白色,还会加入糖、芝麻和一些香料调味。欧洽塔在萨尔瓦多可以说是一种国民饮料,该国还于2006年制定了这种饮料的质量标准。这句后面写到的也是几种饮料,但列出的相当于是主要原料的名称。——译者注

坐飞机走的。他们咋弄的？我不知道。另一些人是从陆路走的，有车来接他们。他们要么跟亲戚走，要么由还留在这儿的爸爸或者妈妈陪着上路。在学校，我们都是事后才听说。他们在这儿，然后就不在了。没有人会漏一点儿他们要离开的口风。

"快了。"爸妈说。总是"快了"。但"快了"并没有到来，我还在这里卖着玉米馅饼，来买馅饼的也还是妈妈那些老主顾。

"耐心点，小切佩。"我抱怨的时候，隔天傍晚玛丽姨妈就会这么跟我说。但这回，今天，不一样了。跟我讲完她另一个追求者的故事后，她转过头来看着我的眼睛，说："你很快就会北上去他们那里啦，小傻瓜。我都为你感到激动呢。"我相信她。

我们盯着天花板。可能玛丽姨妈也注意到了我很激动，因为她开始跟我讲妈妈去加利福尼亚的那段旅程。那是玛丽姨妈唯一知道的北上旅程。没有人知道爸爸是怎么去那里的。据说，妈妈两个星期就走完了那段路。"很快。很迅速。"玛丽边说，边用手掌在空中挥舞，为了强调到底有多快，她平日里柔和的嗓音也提高了。

"她穿过圣伊西德罗（San Ysidro），翻过一堵小墙，走上一座小山，冲进一辆小车，这辆小车带着她来到一条好长的大路上，那是她见过的最大的路了。然后她经过洛杉矶，经过旧金山，来到圣拉斐尔（San Rafael），你爸爸就在那儿等着她。"玛丽一边说，一边用两手把所有动作都演了出来。两根手指朝下前后移动，表示妈妈在奔跑。一条波浪线是妈妈跳过了什么。空气里的方向盘是妈妈坐在"小车"里。

这个故事我听了上千遍了，但从来没听过细节。我只知道大概情况：她走了，两个星期后就到了那边。她跑啊，跳啊，她躲起来，她坐着车。谁开的车？我想亲眼看看她跑下去的山坡，长在那里的树木。围栏。那围栏是砖砌的呢，还是铁丝网？高不高？那些路，是土路呢还是沥青路？是宽是窄？我想知道细节，但我猜除了跟我讲的这些，玛丽也一无所知。她说话的时候，我都只是静静地听着。我并不喜欢自己这个样子。我太害羞了。在学校里，那些酷小孩取笑我的时候，我也是什么话都不说。我会躲起来。

我知道爸妈希望等到我长大了再去。我希望他们不会仍然觉得我还小。我不小了。我九岁了，我可以飞速跳过我们家和隔壁邻居家之间的栅栏，非常快。那是一道铁丝网。我们那棵巨大的牛油果树上住着鼹蜥，我家的狗小美追着鼹蜥跑进小姑娘伊塔家的院子时，我也会像小美那样从栅栏底下钻过去，或是从撑着铁丝网的木柱上爬过去。从来都是毫发无伤。

玛丽说："但天气会变冷。你妈妈说，她在小山上的时候着凉了，病了好几天。"

我说："但她现在没事了啊。"玛丽玩弄着她波浪形的头发，看着天窗。她扬起毛毛虫一般的黑色眉毛，她想事情的时候就总会这样。她有一阵子没有说话，于是我问道："想不想看妈妈新寄来的照片？"

"好啊。"她轻声说，便伸手去拿一直放在床上的相册，就在她汗津津的腿底下压着。相册的绿色塑料封皮粘在她的皮肤上，在她大腿上留下了一个印子。我没生气，因为粘在照片上的不是她的臭脚。

这本相册是二月份妈妈为我的九岁生日寄来的。我最喜欢的一张是她打扮成玩具反斗城吉祥物的样子。不是那只大长颈鹿杰菲,杰菲的装扮服对妈妈来说太高了。妈妈很矮,只比外婆高一点点,但是比一米六的玛丽矮。

照片上妈妈在一只小号的长颈鹿里面,长颈鹿有个围嘴,上面写着"杰宝宝",在脖子上一块黑色网格面板后面,可以看到妈妈的脸。每次看到这张照片我都会笑起来。太可爱了:妈妈是一只小长颈鹿宝宝。

我第二喜欢的照片是妈妈面对镜头,穿着一件超大的蓝色马球衫(可能是爸爸的),站在金门大桥前面。金门大桥巨大无比,是有史以来世界上最大的桥,妈妈在照片背后这么写,我跟学校里的朋友们也是这么说的。

妈妈的头发又黑又直,我很喜欢。她曾在这面镜子前用发胶把刘海定型,到了那边也还是这样。我喜欢她的头发被风吹起来的样子,就像这张照片里,刘海仍然没乱。她微笑着。妈妈从来都笑不露齿,但她心形的脸会往右边歪一点点,好像在倾听什么秘密。

我指着金门大桥后面的群山跟玛丽说:"看,那里多棒啊。"她的圆脸没有表示反对。

"我很快就会在那座桥上走来走去啦。"我大声说着,就像刚进了个球一样。我指着桥上红色的大桥柱,说:"我会从那儿给你寄张照片,就像这张。"

"好啊,一定。小切佩,不要忘了我,好吗?"

绝对不会。

1999年3月17日

爸妈已经决定让堂达戈来带我走,他每年来我们这个小渔镇两三次。我们这个地方不是首都圣萨尔瓦多,也不是省城萨卡特科卢卡(Zacatecoluca)。我们这里只有一条路进出,是一条坑坑洼洼的沥青路,走到底是码头,在这儿,渔民们每天天亮前几个小时出发,中午前后回来叫卖当天的收获。镇上还有条小一点的土路,我们就住在这条路上。到了冬天雨下个不停的时候,镇上这仅有的两条路都会发水,整个镇子都会浸在几厘米的水里,玛丽和我会去街上,从外婆被淹了的馅饼摊那儿往水里丢纸船。我们用学校的旧作业纸或旧报纸叠纸船,我还会用黑色记号笔写下日期。有时候我会给那些纸船起奇怪的名字,比如《霹雳猫》里的玛姆拉和《七龙珠》里的布尔玛。有时候我就用爸爸妈妈的名字叫它们。

没有人知道堂达戈什么时候会来镇上,但每次他来,无论天晴下雨,消息都会很快传开,所有人也都知道去哪里找他:在堂娜阿亨蒂纳的小酒馆里,喝着冰镇啤酒,抽着万宝路,旁边放着玻璃烟灰缸。人们在他面前排起长队,问他能不能把人送去华—盛—顿、休斯—敦①、旧金山,是不是都一样的价。他送不送小孩,送不送女人,送不送比他年纪大的男人,能不能改变我们所有人的人生。堂达戈改变了妈妈的人生。玛丽说,妈妈离开这里

---

① 原文为"Wa-ching-tón"和"Jius-tón",意在模拟萨尔瓦多人的发音。——编者注

是因为没有工作,爸爸离开这里则是"政治"原因。玛丽和外婆跟我说:"美国更安全、更有钱,而且有那么多工作机会。"

小酒馆外面,堂达戈坐在白色塑料桌子旁的白色塑料椅上。外公在家喝酒的时候我也会跑去这家酒馆,每次都是给他买一瓶埃尔穆尼克酒,然后跑过五条街回到家里让他喝。他喝完第一瓶,我会跑回小酒馆,再给他买一瓶。我就这么跑来跑去,直到外公在吊床上睡去。他每回都让我留着找零,我把这些零钱塞进超级马里奥存钱罐里,一直没打开过,直到去年,当时爸妈说他们的钱不够送我去他们那里。我告诉外婆我为什么把存钱罐砸了的时候,她哭了,我也哭了。我哭是因为她在哭,也因为她说,就算这样也还是不够。

妈妈走了以后外公就戒酒了。堂达戈在带走妈妈之前就开始从我们镇上带人走了,而现在,堂达戈端坐在白色塑料椅上,我从他面前走过去,他吸了口烟,冲我挥挥手。他旁边总是放着一个白色的小电扇,那是堂娜阿亨蒂纳拿出来给他用的,插线板的亮黄色延长线曲曲折折地伸进小酒馆,连到最近的插座上面。堂达戈熨烫整齐的马球衫上渗出汗水,那电扇就蹲在那里,像一只经过训练的狗尽心尽力地帮他舔掉。他的领口敞着,露出一点点花白的胸毛。我也想有这样一身胸毛:有点儿弯曲,差不多像盐一样发白,就像可口可乐广告里圣诞老人的胡子。

他左手戴着一块金表。胸毛上面有三条金链子,很细,但一根粗过一根。他的黑色皮靴跟黑色皮带很配。这身打扮让人们知道,他不是我们拉埃拉杜拉(La Herradura)人,甚至都不是萨尔瓦多人。他看起来更像墨西哥电视剧里的牧场主,只不过他并没戴那种墨西哥宽檐帽。一顶棒球帽盖住了他的秃顶,染黑的头发从帽子周围支棱出来。

堂达戈这身行头有个地方跟电视剧里不大一样,也最让人意想不到,就是他的黑色皮制小腰包。里面装着万宝路、法国比克打火机、比克笔、墨镜和芝兰口香糖——除了放在屁股兜里的棕色小本子,所有东西都在这个小腰包里。这个小本子是他制造悬念的工具。当人们问他诸如"堂达戈,抱歉打扰了,去加利福尼亚多少钱?"之类的问题时,他会停顿一下。

"哪个城市?价格不一样。"他呷一口冰镇啤酒,答道。

"洛杉矶。"我听到他们小心翼翼地答道,就像他害怕他一样。

"男的女的?多大年纪?"

有了这点信息之后,堂达戈就有了理由在椅子上稍稍前倾,抬起左边的屁股,伸手把那个小本子掏出来。他像按开弹簧刀一样打开小本子,翻出内页,上面写着只有他看得懂的数字,有些还被画掉了。镇上所有人都知道,他有条规矩:不讲价。

"不是我定的价,少不了。"他指着数字说道,随后又是香烟在手,打开的手掌朝向天空。

他们告诉堂达戈自己的孩子、兄弟或是他们自己必须离开这个国家的各种各样的理由,堂达戈只是重复着"少不了"这么一句话。外公说他们基本上都是穷人,往往比我们还穷,他们需要堂达戈,但付不起钱。我曾偶然听到外婆说,现在暴力事件越来越多了,所以需要蛇头的也越来越多。就去年十月,"大便纸"有一天早上在我们家门口被人枪杀了。外公说:"因为他有文身。"现在人们说,他是"坏人",是个"黑社会",但他一有机会就会让我坐他的自行车。然后是11月,佩德罗在市场上让人枪杀了。去年圣诞节,堂瓜约在他家药房前开枪打死了人,然后逃去了美国。这种种原因,堂达戈并不关心,他只是一再说着价钱没法再低了,每回都面带微笑,向大家露出整整齐齐的牙齿,很大,有点儿发黄。

堂达戈跟外公说:"堂切佩,我只是一大截链条上的一小环。"他说这话的时候很可能并没有撒谎。他第二次来的时候我们在家里。外公和堂达戈坐在后院的白色塑料椅上,就在芒果树下。堂达戈继续说道:"我们都得吃饭。"我在芒果树旁边的腰果树那里玩。我满八岁以后,堂达戈每次来镇上都会来我们家,在那之前,他只来过一次。

我还记得他第一次来的时候。那是我七岁生日几天后,我去了两次美国大使馆想办签证,但很明显我是没办法坐飞机走了。堂达戈看着我,郑重地说:"他太小了。"他个子好高。比外公还高。他俩的马球衫都掖在蓝色牛仔裤里。堂达戈走后,外公说:"看来这个操蛋的蛇头有条规矩是'十岁以下的不行'。"外公很生气。他生气的时候脸会变成粉红色,太阳穴上青筋暴起。我很伤心。又有得等了。

"不过到合适的时候,那个屎橛子[①]还是会把他带走的。"外公说。

---

① "屎橛子"原文为"cerote",在萨尔瓦多和危地马拉用得很多,可用于朋友之间的昵称,也可以算是骂人的话,更有"一坨屎"的意思。这个词之于中美洲人,有点类似于"negro"一词之于黑人,内部互相称呼无伤大雅甚至有亲昵之意,但外人用来指称他们则是很严重的冒犯。——译者注

没有人敢对外公无礼。镇上的人都怕他。玛丽说，这是因为外公在军队里待过，而且现在都还有支枪。我觉得是因为外公的大砍刀着实厉害，不管什么时候，也不管是大人还是小孩，只要有人想偷我们的香蕉、芒果或橘子，外公都会在盗贼后面紧追不舍，拿弹弓打他们。我朋友的哥哥们怕他，我的朋友们怕他，就连镇上的狗看到他都会绕着走。我也有点怕他。

我希望堂达戈改了规矩。那么就算我才九岁，也阻止不了我在今年五月见到爸妈。在馅饼摊我听人们说，堂达戈是"萨尔瓦多中部海岸最优秀的蛇头"，也就是说他要价很高。

玛丽说，他曾经跟外公保证，妈妈会坐车上路，坐大巴，可能需要躲在后备厢里，也可能躲在拖车里，然后跑上一座山，冲进一辆汽车，然后就到爸爸那里了。而堂达戈也确实全都做到了。一路上他都跟妈妈在一块。大家都说："他是个很在行的蛇头。"只用了两个星期。非常快。非常安全。

大人们没跟我讲太多。玛丽姨妈是唯一一个会跟我说说这些事儿的人，但有时候就连她也不知道是怎么回事。

"我们在存钱，马上就存够了，很快你就会跟我们在一块儿了。"爸妈在电话里，在信里一遍遍跟我说。我知道爸妈在存钱，但不知道具体数目。我编了个数字，写在课后作业每一张纸的最上方。我像堂达戈那样，像打开弹簧刀一样翻开我的记事簿，把我编的数字写在作业纸左上角的日期正下方。

1999年3月20日

我躺在玛丽床上,她正等着朋友来接她去参加码头的舞会。今天周六,再过一周就是圣周①,镇上已经开始庆祝了。玛丽穿着出门的裙子:黑色的,下摆坠着闪闪发亮的珠子,背后裁去了一大块,露出半个背。她的黑色高跟鞋放在床边,双腿穿着黑色的紧身裤。脚已经抹过柠檬并用毛巾擦干了,高跟鞋里还喷了香水。

我喜欢她有意把浓密的黑发卷起来的样子。她的头发无论怎样都是卷卷的,但加了点摩丝和发胶后,会卷得非常有味道。她嘴唇上涂了她最喜欢的唇膏——不是她上班涂的桃色或浅粉色,而是红色的,但又不是太红。她最怕的就是看起来像个老巫婆,所以只要出门,无论是去上班还是参加聚会,她都会像现在这样站在镜子前面,问我:"我看起来像不像个老巫婆?"

这次她看起来不像。我喜欢这种红色,就像我盖住手电筒时透过手掌看到的那种红色。晚上我撒尿必须走到屋外的厕所去,那时候我就很喜欢这么做。我喜欢看着所有困在皮肤里的血液在我身上奔流。

"牙医这个人很固执。还喝酒。我不想撞见他。"玛丽生气地说着,毛毛虫一样的眉毛皱在一起,额头上也出现了皱纹。

我透过天窗寻找着夜空中的星星,半心半意地听着玛丽

---

① 复活节前一周,也叫受难周,用来纪念耶稣受难。——译者注

的话。

"你妈妈那趟路走得很快。非常快。一等一的'湿背'① 快车。"她说着,大笑起来。现在我全心全意听着她说话了。"你会很安全。我不担心,小切佩。"

玛丽接着说,妈妈刚偷渡过边境就打了电话过来。我喜欢这个字:渡。我看到耶稣在十字架上自渡渡他。也许边境上的围栏就是很多个小十字架组成的。②

"你妈妈从水槽里喝水。但她没事儿。"玛丽说。她正在涂睫毛膏,把睫毛弄卷。玛丽说水槽的时候,我能想到的就是妈妈变成了一头牛的样子,然后是一匹马,然后是穿着长颈鹿装扮服,跪下来喝着脏水。

"乖儿子,我很快就回来了,我会回来的,我保证。"四年前,就在这个房间里,妈妈说。房间里是浅浅的靛蓝色,墙壁是黑的,太阳正在升起,阳光打在我们一起睡的那张床边窗外那棵粉白相间的桃金娘树顶上。

我的眼睛半睁半闭,但我记得妈妈亲了一下我的头顶,然后是两颊。她用手指在我额头上画了个十字,轻声自语了些什么。

---

① 原文 mojado 意为"湿",在西班牙语中也可以表示"湿背"(wetback),原指非法越境进入得克萨斯州的墨西哥人,因需要泅渡或蹚过界河格兰德河,身上会打湿,故名。现该词可泛指非法移民或美籍墨西哥人,但主要意思仍是墨西哥非法移民。——译者注

② 这一段原文用到了 cross(西班牙语 cruzó)一词的多种含义:作为动词为"穿过、越过",作为名词为"十字架"。原文用到的另一个词 crucifix 还特指耶稣十字架受难像(也译作十架苦像),中文难以用一个字兼顾,姑且联系上文译作"十字架上自渡渡他"。——译者注

随后，她跪在床边，直视着我的眼睛，说："我好爱你。"

我很后悔，没有为了妈妈醒过来。我喜欢看她为了出门忙来忙去的样子。这也是为什么我喜欢看玛丽涂粉底、画眉毛、涂口红、用睫毛膏卷睫毛。在妈妈真的要走的几个星期前，她说她要离开一段时间，但没说什么时候，也没说会有多久。那时我刚满五岁。她在门框那里站了几秒钟，我闭上眼睛，又重新进入了梦乡。

玛丽问："还记得罗伯托吗？"

刚开始，准备带我一起走的人并不是堂达戈。两年前，爸妈试过让我坐飞机过去。有另一个蛇头是不带人的，他把信件、视频和食物从这里带去美国。他的名字叫堂莱奥，也会把东西从美国带过来：一年来一两次的纸板箱，装着乐高积木、衣物、家用录像机、烤面包机等等。坐飞机是堂莱奥的主意。我们看到杰弗里（我的老朋友，也是我们家邻居）坐飞机离开去了美国，外婆便去问他。明面上，杰弗里他们家跟别人说的是他拿到了签证，但玛丽说实际上他用的是别人的签证。

堂莱奥认识一个人，有个儿子跟我年纪差不多。我记住了那孩子的生日、出生地和名字，甚至还剪了个发型，让自己看起来像他——罗伯托。我看起来不像小罗伯托，我比他黑，所以老罗伯托建议我有几个星期不要出去玩。我甚至走路去学校都打着伞。

"就为这就要付给罗伯托八百美元。"玛丽一边往脸上扑粉一边说，"要是拿到了护照，另外再给一千五，如果你见到妈妈了，最后再给一千五。"她的语气还是那么柔和，就好像以前告诉过我一样,但这些她从来没说过。

我还记得自己把作为小罗伯托的所有新人生细节都塞进了脑子里。爸妈知道有很多孩子都是用这个办法去的美国。我,冒牌小罗伯托,会坐上飞机,到美国下飞机,把护照寄回堂莱奥这里,他认识机场的人,可以帮真小罗伯托在护照盖个章,就像是有个幽灵坐飞机回来了一样。

"我还帮你练习来着呢,记得吗?"玛丽边说边转过来朝着我,她的妆化好了。"我看起来怎么样?"她拿不定的时候声音会更加柔和,就像她每天早上这么问我的时候。

"小美。"我说。这是拿我们的狗的名字打趣的话,只有我俩知道。但她知道我的意思是她看起来很漂亮。

我们练习面试问答就是在这张床上。面对大使馆里防弹玻璃后面的那个美国佬抛出的所有问题,我都没有犹豫,我为能骗过那位女士而骄傲不已。我感觉自己就像詹姆斯·邦德,或是墨西哥电视剧《真假夫人》(*La Usurpadora*)里的冒牌夫人。但随后,那美国佬问了老罗伯托一个问题:"先生,这是您儿子吗?"

她的声音很柔和,一点儿质问的意思都没有,口音也非常好听,就像墨西哥电影里的美国佬讲西班牙语一样。但我冒牌爸爸的额头和腋窝顿时都冒出大颗大颗的汗珠,胸口也有汗珠渗了出来。

"这是您儿子吗?"那美国佬又问了一遍,凑近了玻璃,声音也严厉起来了。

老罗伯托差不多是眯起眼睛看着我。他浅棕色的眼睛,他歪向一边的脸,看着就好像已经在道歉了一样。我盯着那美国佬浅褐色头发后面的美国国旗，数着上面的星星。老罗伯托一把拉起我离开防弹玻璃，走过油毡地面，拽着我走出玻璃门，穿过警卫，穿过十字转门，来到大街上。

我很难过，但是没哭——直到我回家抱住外婆和玛丽才哭出来。她们俩同时抱住了我。"别担心，一切都会好的，你很快就能见到他们了。"她们说着，把我抱了起来，我的两条腿在空中晃荡。

"移民局的——你知道的，就是那些美国坏蛋——没抓到你妈妈。"玛丽接着说。这会儿她躺在我旁边，用两条胳膊环着我，头发硬硬地戳在我脸上。她发胶喷太多了。

"你妈妈说，她也不知道她怎么就跟黑夜融合得那么好。"我想象着妈妈一身皂黑，跑到一棵树下，然后是一丛灌木，让自己去契合每一个轮廓。"哦，她穿过边境后还头一回看到了雪！雪！"玛丽笑起来的时候整张脸显得更圆了，大眼睛也显得更大了，"我也想看看雪，你想不想？"

"当然想啊。"我说。我想像电影里那样滚雪球。1995年妈妈这么做过，那会儿我五岁。我去美国大使馆面试是1997年。在那之前，1996年，玛丽和我也试过去办签证——真正的签证，但我们被美国大使馆拒了，跟妈妈被他们拒签一样。那个刻薄得多的美国佬说："你们任何人都绝不可能拿到签证。下一个！"

现在是1999年。我九岁了，我想依偎在妈妈身边。想起罗伯托的事我就难过。玛丽看起来也很难过，因为没有人来带她去舞会。

"我头发做好了，眼睫毛也卷好了，他们却谁都不来。"玛丽说。

"没事的。"我拿起她的睡衣,那是一件超大号的亮橙色T恤,妈妈让堂莱奥从加利福尼亚带过来的。这件T恤让玛丽看着像一只胡萝卜。T恤上用英文写着什么,但除了爱(love)这个字,别的我们都不认识。

玛丽不指望有人来找她了,她穿上了这件T恤。我们的腿靠在凹凸不平的墙面上。我们透过外公装在房间中央的天窗数着星星,给每颗星星编故事。我总是会先用妈妈的名字给一颗星命名:帕特里夏。

1999年3月23日

妈妈信任堂达戈。爸爸也信任他。外公,外婆,都是。

"那个老家伙是个老色鬼,狗日的下流坯,但是你知道吗,他除了摸过别人的屁股,别的啥毛病都没犯过。"街对面摆水果摊的切莱·格洛丽亚说。外婆忙着收摊的时候,我会跑去她那里玩。她的嗓门跟高音喇叭似的,手里永远都在忙个不停:切水果,伸到围裙里给顾客找零。

她接着说道:"他总能把女人安全送到。你瞧,小家伙,我什么都看见了,什么都听见了。"她的手在空中挥舞着,不让苍蝇落到水果篮上面,里面装满了切好的菠萝、西瓜、黄瓜、芒果和橘子,"我知道,你会平安抵达那里的。"

"哪里?"我知道她说的"那里"是哪里,但我还是问她。

"那边啊,小屁橛子,有大桥、比萨和泳池——你可最好别当自己是美国佬。"她大笑起来,露出两排七歪八扭的牙齿,皱纹也变得更深了,"你最好别忘了我,小屎橛子。"要是别人这么叫我,我铁定会生气,但要是切莱·格洛丽亚对你满口脏话,那就意味着她喜欢你。

外婆不喜欢切莱·格洛丽亚的大嘴巴,警告我别跟她讲太多爸妈的事情,也别跟她说我要走了。"你跟她讲一,明天在她那儿就是十,后天就是一百和一千,最后再传回你这儿的时候就成一万了。"每回我们从切莱·格洛丽亚那儿提着水果袋子回来的时候,外婆都会警告玛丽、卢佩和我。但我喜欢听她摆龙门阵。她说故事嗓门儿大,满是欢声笑语,总有一半的字眼是脏话。

"你这小家伙,反正你总会听到脏话的,狗娘养的。"切莱·格洛丽亚说。我很喜欢听她说这个词,前半部分她说得很快,前两个字咬成了一个字,"狗娘"变成了"讲",然后她会把"养"的声音拖长以示强调,最后再落到"的"上面戛然而止,就变成了"讲养——的"。①

我点了一袋黄瓜切片,撒上一把南瓜子磨碎做成的调味料,还有盐和柠檬。她一边忙活,一边说:"还要别的吗,讲养的?"

我摇摇头。

"嘿。你。屎橛子。操。"她试图引起另一名顾客的注意,那家伙正因为听到切莱·格洛丽亚在我面前说脏话而大摇其头。这些字音她是收紧下巴、咬住牙齿发出来的,还弄了点口水,拿舌

---

① 此处脏话原文为西班牙语"hijueputa",格洛丽亚把音节"hijue"念成"jue",然后用一个爆破音强调"pu",随后落在"ta"上,并拉长"a"音,最终念成"jue-pú-tahhhh"。为阅读便利,译文稍作处理。——编者注

头抵住牙齿,嘴唇就好像准备要亲谁一样。她一边说着,一边点着头。所有人都会这么做,但她这么做的时候就会特别引人注目,就好像她在进行才艺展示一样。

"你。操。别他妈给老子装正人君子了,屎橛子。"她对那个家伙说。那是个常客,他俩都大笑起来。她的笑声有如天雷滚滚又掷地有声,挠着我的肚皮,这也是为什么我每天都会跑去她那儿要一份水果。不是因为她做的水果最好吃,而是因为她的快乐会传染。而且,她确实什么都知道。爸爸离开这里去美国那天的事,就是她第一个告诉我的。

"小家伙,小屎橛子,你瞧,你那时候好小,这么小,才巴掌高。"她手掌平行于地面,计量着我的身高,人们量动物的身高才这么量。

"你量人得这样量。"我纠正她。我的手直举着,手指指向天空,给她展示量人身高的正确方法。

"瞧瞧这个狗娘养的。"她看着那个陌生人,说道,"你觉得你比我强吗,小屎橛子?要尊重长辈!那些狗日的修女教你的都是狗屁!"她说得很大声,诊所里所有人都转过头来看。然后她又大笑起来,那笑声几里地外都能听见。整个街区都覆盖在她的笑声中,浸润在她那厚重、潮湿、变形的笑容里。

她又接着说了下去:"那时候你他妈的太小了。你爸不想去,但你知道的,战争。很危险。我们都觉得这场战打不完了。那是一坨屎,没完没了。"她说着,停下来拿刀指着她正在挖眼的菠萝,"那会儿天刚亮,你妈妈肯定睡着了。她可能不知道你爸爸要走,他就是那么个操蛋的家伙,他不想把这当成多大个事儿。"

她切着菠萝,黄色汁液流了满手。

"他跟谁都没说。但他跟你外公道过别。然后他就往那边走了,只背了个背包。"切莱·格洛丽亚噘起嘴示意,朝着我们家的方向点了点头。

第一次听说那天早上的事以后,我就去问了妈妈。她确认说,爸爸穿过我们的玉米地,走向那条沥青路,走向镇上最大的那棵木棉树下的公共汽车站。

"然后你就跟在他后面走。妈的,谁都没看见你。"切莱·格洛丽亚说着,把菠萝切成大块,这样就能装进塑料袋里了,"我记得你妈妈醒的时候,太阳快要从火山上面升起来。我正在这儿支摊子。她尖叫着,可能觉得你爸爸把你带走了。然后你外婆也尖叫起来。你的两个姨妈,你外公。所有人都说着:'那孩子,那孩子,他不见了,帮帮忙,帮帮忙啊!'他们全都吓坏了。我也以为你爸爸已经把你带走了。但接着我就认识到,那个笨蛋才不会那么干。你才刚会走路呢。我手里的活儿全放下了,也帮着找你,屎橛子。

"我们有些人去看你的东西还在不在,另一些人就在这条肮脏的土路上来来回回地找。我们也去诊所里看了。然后,机修工梅莫喊起来,说在另一条路上发现你了,于是我们全都跑了过去。"切莱·格洛丽亚正在切第二个菠萝,她顿了顿,把刀举在空中,指着我,"你就坐在那棵木棉树的树根上,俩胳膊跟那儿抱着,等着公共汽车回来。你肯定等了得有一个钟头了。我还记得,那棵光秃秃的树上满是棉花蒴果。爆裂开,那些白的狗屁东西就飘得到处都是。然后哎呀,你妈妈啊,你那个小可怜妈妈,我还记得,她的脸皱成一团,跟干梅子似的。"切莱·格洛丽亚拿刀指着自己又卷又脏的金色短发,表示她的记忆力无懈可击,"你妈妈忍不住把你胖揍了一顿。但还是先抱住了你。要是我,也会好好揍你一顿。小家伙想要那个操蛋家伙,屎橛子。你可怜的妈妈揍得你啊,我们死命拦着,她才住手。"

除了最后这段,我还挺爱听这个故事的。好多人都给我讲过这个版本,但讲得最好的还是要数切莱·格洛丽亚。护士、医生、卖蕉叶玉米粽的、贝烈萨(我最喜欢的一个醉汉,吃完午饭他会在我们家停下来喝水)、大街上几乎所有小贩。就连神父也听说过这个故事。我喜欢这样子,就好像我很有名一样。

"你一直想过去跟他们在一块儿。"切莱·格洛丽亚继续说着,一边把第二个菠萝切成的小块儿塞进一个个塑料袋,"你会去那里的,呆头鹅。但在离开这里之前,你最好睡醒了,长大了,给自己充好了电。灵光起来!聪明起来!脑瓜子转起来!"

我可不像她以为的那么迟钝、那么小。但我已经有过教训了。我不会纠正她,反倒点了点头,抓起我买的水果,走回外婆的摊位。堂达戈保证我这一趟会比妈妈更安全。我快十岁了,快上五年级了。现在是三月中旬,母亲节就要到了。问题不是堂达戈会不会带我走,而是什么时候。

1999年3月31日

从幼儿园开始我就在科斯梅·斯佩索托修士教区学校(Escuela Parroquial Fray Cosme Spessotto)上学。妈妈过去经常走路送我去，或者骑自行车带我。现在都是外公外婆陪我走路去。多数时候是外公。我们走着去，路上不怎么说话。走到学校门口的黑色大铁门前，外公会指指我的鞋，拿出他的手帕，让我擦擦灰。有时候他会把我的衬衣掖进裤腰里。要是什么问题也没有，他会掸掸我的肩膀。

"要始终精神焕发。"每回他把我送到那里的时候都会那么说。他很喜欢"精神焕发"这个词。他微笑着看我走进大门。无论什么时候，无论是什么事要出门，外公都会擦亮靴子，熨好裤子和衬衫，刮好胡子，用油把头发梳得一丝不乱，还会往身上喷古龙水。他衣服上每一道褶皱都显得十分妥帖。他还会把干干净净的手帕熨好，塞进一个屁股兜里，这对他的打扮来说无疑是锦上添花。另一个屁股兜里放着的，则是他的黑色塑料梳子。

但在家里的时候，他永远穿着同一条牛仔裤，不系皮带，穿着旧拖鞋，上身如果没光着，就是一件白色旧T恤，那是他去五金店买油漆送的，总是超大号，上面印着油漆厂家的名字"舍温-威廉斯"。

每当外公在后院里把树叶耙作一堆，或是在香蕉树丛里砍去老枝时，外婆就会说"大肚子老头"，或者我最喜欢的，"臭老头"。

外公积攒这些T恤，就像每年12月出门办事时积攒各商家送的免费日历一样。他把日历堆在房间里那堆叠起来的T恤旁边，到了五月，就开始每天下午用这些日历生火，烧掉树叶或是当天的垃圾。

他烧东西的时候我也会出去看。我喜欢看各种各样的材料着火的样子。我最喜欢看的是塑料，但我讨厌那气味。塑料烧起来很慢，先是变黑，然后会有点儿烧化了。有时候火焰会变成暗绿色或亮蓝色，我很喜欢。但如果外公看到我望着他，就会给我派活儿，让我去捡一些干透了的壳子，比如椰子树上的棕壳，椰子就是从那里面长出来的，椰子成熟以后，那部分就从树上掉下来了。这玩意儿看起来像椰子壳，摸起来也像。我从树底下把这些壳捡回来，这样垃圾堆就会烧得很旺。我也喜欢椰子壳着火时发出的声音，就像烟花的引信点着时一样。

　　这会儿外公正在外面烧垃圾，但我更想跟玛丽在吊床上荡来荡去。我跟外公在一起的时间，只有走路去学校、走路去教堂、走路去理发店和烧垃圾的时候。他很安静。我在他旁边也总是很腼腆。尽管妈妈离开后他再没有喝醉过，但我很怕他会回到老样子：朝外婆大喊大叫、打玛丽、朝天开枪。但他一直对我很好。把我送到学校门口时，他会给我钱，一两个科朗①，这样我就能买点儿东西。他笑着说："需要的话就买。"

　　他把我留在这个满是修女的天主教学校。她们大都来自西班牙，但也有些来自哥斯达黎加和尼加拉瓜。她们个个皮肤白皙，但从来都不苟言笑。她们会揍小孩，或是用系在棕色修道服腰部的带结的白绳子，或是用木制米尺，大部分人都挨过揍，我有一次也差点儿挨揍，那还是一年级的时候，我电视剧看多了，问玛格丽塔能不能做我女朋友。

---

① 科朗（colón）是萨尔瓦多在1919年到2001年期间发行的货币。2001年，美元取代科朗，成为萨尔瓦多的法定货币。科朗停止流通时，1美元＝8.75科朗。——译者注

"玛格丽塔现在怎么样了？做你女朋友了吗？"玛丽把切下来的一片芦荟往我身上擦，因为我们昨天去了海滩，今天我脱皮脱得厉害。随后她让吊床摆动起来，让黏黏的芦荟汁挥发掉。

"她还是不跟我说话。"我的回答很简短，也有些生硬。我不喜欢玛丽问我玛格丽塔的事，这也是为什么我总是避免问她她那些追求者的事情。学校的修女们给我外公外婆和玛格丽塔的妈妈都打了电话，跟他们说"我还没到交女朋友的年纪"。我还没到谈恋爱的年纪，放学后我在黑板上把这句话抄了一百遍。这是我这辈子第一次也是唯一一次放学后被留校。

玛丽逗弄着我，继续问道："她现在咋样？你脸都红啦！"

我转换了话题："记不记得，我以前语法学得很好？"

"你现在也还是很好啊，小切佩。"她边说边踢着地面，这样吊床会晃荡得更厉害，她的腿比我的长多了。"语法专家"是我在学校的外号。"你还跟总统握过手呢，小傻瓜！"她兴奋地说着，满脸骄傲。

那是在二年级，两年一度的语法比赛期间。萨尔瓦多所有学校都参加了。先是在本地比赛，然后是省级竞赛，我们拉巴斯省（La Paz）所有城市的优胜者会一起竞争一个参加全国竞赛的名额。萨尔瓦多有十四个省，所以有十四个二年级生闯进决赛。我是代表拉巴斯省参赛的二年级生。我！我拿到了奖牌，爸妈叫我交给堂莱奥带给他们。我是我们学校历史上第一个拿到这么好成绩的人。

"你上电视了！记得不？我们找遍了所有的频道，最后终于找到你。"玛丽兴奋地说，圆脸上挂着笑容和汗珠。

并没有哪个镜头专门拍我,那只是对这场比赛的一个简短介绍,以及所有参赛者的大合照,镜头一晃而过,在那么大一群人中我都找不出我自己来。我去参加过这场活动的唯一证据,是我们院长拍的一张我和阿曼多·卡尔德龙·索尔(Armando Calderón Sol)总统握手的照片。

那场竞赛之前的周末,我每天都会走去学校学六小时语法。我们有一个月的时间为全国比赛做准备,而最后总决赛的地方,是我去过的最豪华的酒店:洲际大酒店。

比赛那天,只有外公能陪我去,外婆、玛丽和卢佩姨妈都要干活。院长开着她的白色小本田来接我们。酒店里有很多吃的,但我没吃。我在家里吃过外婆准备的早饭了,另外我也很紧张。外公外婆都是用手抓食物吃。我也用手吃饭。评委们会怎么想?他们会评判我们的进食方式吗? 院长用的是刀叉。外公手握法式长棍面包,用手从盘子里抓炒鸡蛋吃。我坐在那儿看他们吃,默默复习着那些仍然最让我头疼的语法规则:所有以 aje 结尾的词,尽管读音一样,都是写作 j 而不是 g,比如 salvaje、ropaje、abordaje 和 masaje。

我们十四个二年级生被叫进要举行考试的大厅时,外公在我面前双膝着地,说:"加油! 我们相信你。"

我知道这个"我们"也包括了爸妈,昨天他们打过电话,祝我好运。我不想让他们失望。我不想让学校失望。我也不想让我们市里失望。第一名会得到一千科朗,外加一整套颁与获奖者和所在学校的百科全书。第二名会有五百科朗外加同样的书。第三名只有书。我想要的,不只是参与奖的奖牌。

以前参加竞赛我都很开心，在那些竞赛中我只是尽力解题，但这次刚好是在我和玛丽的签证被拒了之后，也就是我冒充小罗伯托失败之后。我忍不住一直想着奖品。想着这样爸妈就能看到我有多聪明，为了跟他们团聚我准备得有多充分。

我甚至都没进前三。他们没说我在十四人当中的名次究竟有多低，但我感觉我是最后一名。我一坐下来就知道自己失败了。很冷。空调可劲儿吹着。我脑子不转了。好多道题我都空着。

"你尽力啦，我们都为你骄傲。"玛丽对我说。我能闻到后院里烧垃圾的味道。我想着那块奖牌，想着我把那块奖牌跟我最喜欢的玩具锁在一起，而现在必须让堂莱奥带去给爸妈了。

"我喜欢那块奖牌，知道不？这也是为什么修女们称之为一场胜利。"她说。我跟总统握手的照片被框了起来，挂在院长办公室里。她们已经给我报了今年的语法竞赛，但我可不想下次竞赛举办的时候我还在这里。

玛丽说："你会成为你的美国佬老师最喜欢的学生。"

但愿如此。我希望那里的孩子们不会像这里的一样取笑我。他们叫我书呆子。就连我的朋友们也这么叫。因为我聪明，他们就取笑我，不过也因为我胖乎乎的。我刚开始不停地踢足球，玩捉人游戏。我不想他们继续拿我的长相开玩笑。不想他们弹我的胸膛，因为我"有胸"。不想他们在我脱衣服的时候叫我"小姑娘，小姑娘"。

至于说聪明，那不能怪我。我想让爸妈为我感到骄傲。要是哪次作业没拿到十分，我就会很难过。而且，学年末上台演讲的优秀学生下一年不用交学费，也不用买课本。玛格丽塔每年都得第二名,她不用交学费,但是得买课本。我喜欢她也是这个原因。她很聪明。

但爸妈还是会寄钱过来,玛丽就用这些钱给我买优诺酸奶和家乐氏的早餐玉米片,还有我最爱的草莓。我们镇上没有草莓卖,所以我们每个月坐车去一两次省城萨卡特科卢卡或京城圣萨尔瓦多,去那里的大超市。

玛丽微笑着说:"小切佩,你是我知道的最聪明的孩子。你妈妈的心血没有白费。"她说的是我的"午后节目"——当我握得住一小截粉笔的时候,妈妈就买了块小黑板,天天给我上课。

那块黑板现在搁在我的床头板和墙之间。我仍然很讨厌那个"节目"。妈妈有意让我坐在大门口,这样街上来来往往的人都能看到我。我要是还没完成她布置的作业就站了起来,她会打我。如果我错了太多次,她会打我。如果我没按她的要求来,她会打我。太可怕了。但是幼儿园里所有小朋友都还不会写字的时候,我就已经能把整个字母表都写出来了。

妈妈走了以后,玛丽尝试过接她的班。我们坐到了门廊里,把黑板放在面前。现在我要是有什么事情没明白,我们还会时不时地把小黑板请出来。但玛丽从来没打过我。外公外婆也从来没打过我。我听他们的话。我也听妈妈的话,但妈妈没什么耐心。

镇上所有人都会告诉我,我爸我妈有多聪明。他们俩都是第一名,是轮流在学年末上台演讲的优秀学生。玛丽说:"你会一直像他们那样。"但愿如此。她晃着吊床,接着说:"他们特别为你骄傲。"我也希望他们确实如此。我们的长尾小鹦鹉一直在啾啾叫。

爸妈、玛丽、外公、外婆、卢佩，我不想让他们任何人失望。我想要比那些美国佬优秀，到了美国，每年都能当学年末上台演讲的优秀学生。

外婆老是会在她的馅饼摊上把我的事儿拿出来炫耀。外公也是。"这小家伙跟总统握过手呢。你跟总统握过手吗？"每次去理发店，外公都会这么问我们的理发师。

玛丽说："那些可怜的修女们会想你的。"

我还没想过这事儿。修女们不知道我不会去参加全国比赛了。我不知道她们有没有开始怀疑什么。

"一切都会好的，小切佩。"玛丽说道。这也正是我在想的。芦荟汁干了。我的皮肤仍然有点刺痛，不过比起刚才已经好多了。

"准备去吃晚饭吧。"玛丽说着，在我的额头上亲了一下，妈妈以前也会这么做。她下了吊床，动作十分小心，免得她站起来的时候我晃得太厉害。

1999年4月1日

外公默默地走着。这是个又湿又热的神圣星期四[1]，也是"罗马人"拿着假长矛，穿着喷漆盔甲、红裙子和纸板拖鞋挨家挨户跑来跑去，喊着他们在找耶稣的日子。耶稣通常由一名本地醉汉扮演，长胡子、长头发，需要几块钱打发。

---

[1] 为复活节前的星期四，也叫濯足节，是为了纪念耶稣最后的晚餐设立的节日，在欧洲、北美洲、拉丁美洲乃至亚洲的部分国家和地区为法定假日。——译者注

我现在够大了，知道那不是真的耶稣，但我喜欢听木铃①的声音：木匣里装着金属螺丝、钉子、钥匙和垫圈。"罗马人"转动木铃的时候，听起来就像上千辆火车开了过来。"罗马人"首先会去码头附近找耶稣，然后慢慢穿过镇子，进入每家每户，在地上敲他们的长矛，转动着木铃，问孩子们是不是把耶稣基督藏起来了。

这会儿还是早上，街上很安静。所有人都还在休息，冰棍车的铃声还没响起，切莱·格洛丽亚的水果摊还没摆出来，醉汉也还没开始讨钱，就连狗都没出来溜达，因为天气已经非常热、非常潮湿了。

因为我和外公要来，学校大门没锁。我们走到靠近学校大门的修道院长办公室，她的门也没锁。我们推开门，看到她坐在大木桌后面的皮椅上等着我们。墙上钉着一个金色的耶稣受难十字架，还有好些装在相框里的西班牙的照片，照片之间挂着木制的和水晶做的念珠。

"有什么能为你们效劳的？"院长的声音很严肃。她说话的时候直视外公的眼睛。我站在一旁。

外公用手帕擦了擦额头上的汗，说："真是不好意思麻烦您啊，院长，尤其是今天这大过节的。"

"没事，堂切佩。"院长回答，纤细的嘴角带着淡淡的笑意，"为小哈维尔做任何事情我都乐意。"

"我们今天来是想问一下，您能不能准我外孙一个星期的

---

① 木铃（matraca）是一种木制响铃，装有只能单方向转动的棘轮，在转动时会因为齿轮拨动木片发出敲击声，在"耶稣受难日"用以代替教堂钟声。萨尔瓦多的木铃还会在里面装一些金属零件，使之发出金属的声音。——译者注

假。"外公快速而坚定地说。在我的想象中，他当警察的时候也是用这种语气对其他警察下命令的。

"哦。"她说着，坐在皮椅上滑动起来，离办公桌远了些。轮子停下来后，她继续说道，"可是他到现在一天课都没缺过呢。"她滑向风扇，因为注意到我和外公都在出汗。

"对，是的，我一直确保他每天都会来上学。"外公说。他一开始有点结巴，但说到一半就平静了下来，说完时已经满是自信了。他向院长俯过身子，几乎是耳语道："我一直把他当我自己的儿子带。他跟我一样守时。很乖。"

院长打断了他："他是我们最优秀的……"

"这也是为什么我们今天过来跟您说，向您表示敬重。我们不会问都不问一声就把他带走。"

"感谢您抽时间过来，堂切佩。"她双臂撑在椅子上，也向外公靠近了些。

"哪里哪里。"外公笑了笑。

她盯着外公问道："您不介意的话能不能告诉我，为什么他需要请一周的假？"她和别的修女准备用打结的腰带揍谁的时候，也会用这种眼神看人。

我见过外公练习他要说的这些话，他希望说得滴水不漏。我也知道，向一个有信仰的女人撒谎，他会觉得内疚，但市场上有人告诉他，耶稣会修女只要发现学生想偷渡去危地马拉就会报警，那可是出了名的。

外公深吸一口气，停顿了一下，说："嗯，院长……"他又顿了顿，才接着说道，"去年我们没让小切佩去危地马拉城看动物园，因为他妈妈梦见他被搞丢了。"

"这事儿我记得。"院长边说边慢慢点头，露出深褐色修道服的顶部，让她看起来活像一只企鹅。

"我们听了他妈妈的话，没让他去。"

"预感需要得到重视。上帝总是会给我们一些预兆。"她两手交叠着放在桌子上。

"他哭啊哭啊，可伤心了。您知道小切佩有多喜欢动物。"外公说到"动物"的时候语速放慢，听起来有十个字那么长。他看着我，这是在暗示我要表现出悲伤的样子，我也照办了，低头看着脚下的瓷砖。

"当然，当然。"院长点着头，再次露出企鹅脑袋的顶部。

"他妈妈也觉得非常难过，给我们寄了钱，让我们带他去危地马拉。我当兵的时候有几个战友现在住在那儿。"

院长紧闭双唇，头低下一点儿，做出最难察觉的点头动作，算是对外公的服役表示感谢。

外公接着说道："我会在战友家住几天。希望您理解，院长。"

"哦，我知道了。没事，没问题的。"她说，继之以"别担心。小哈维尔，旅途愉快"。她看着我们，从皮椅上站起身来，跟外公握了握手，拍拍我的头，然后把我们送了出去。打开门时，她说："上帝与你们同行。上帝保佑你们。"我们从她身边走了出去。

在院长办公室外面的走廊上，她叫住了我。我转过身，听她说道："小哈维尔，我建议你跟你的老师都说一说，让她们把作业都布置给你。现在你可不能丢掉你的第一名。"她又笑了笑，没有露出牙齿，薄薄的嘴唇只是稍微动了动。

外公大笑起来，但我没觉得这有什么好笑的。如果我偷渡没成功，必须回到学校，学习成绩落后了怎么办？我们家就得给学校交学费了。我也没法跟父母在一起了。不。外公打开大门，随后又在我们身后把门关上，这时我才摆脱这些想法，振作起来。木铃还没出现在街上，天气比我们去院长办公室之前更热、更潮湿了。

外公拿出手帕，擦了擦脸。他在得意地笑，得意的是院长相信了我们的鬼话。妈妈确实没让我和同学们去危地马拉，因为她梦见有只大猩猩把我从同学们中间抓走了。我对她可生气了。圣萨尔瓦多的动物园里没有大猩猩，只有蜘蛛猴。我一直想看大猩猩。但除了这些，其他的全都是谎话。撒谎让我觉得自己很酷。我希望院长没起什么疑心，也不会打电话叫警察。外公外婆说过，他们记得，我去参加了那次全国竞赛后，院长说萨尔瓦多需要我这样的孩子，像我这样的人会让这个国家更加美好，我要是像学校里另一些已经离开了的学生那样一走了之，会是件很丢脸的事情。

※

我们回到家，木铃队伍还没到我们家这边来。我们打开外公用铁丝网和木棍搭成的大门，看到堂达戈在门廊里。我大吃一惊，他让我如此吃惊的时刻此前只有一次，有一天我放学回来，他叫我张开嘴。他在我下面那排牙右边倒数第二颗臼齿上发现了一个蛀牙洞，我之前都不知道我有。

他告诉外公："给他补了，堂切佩。这个样子我可不能带走他。"玛丽就是这么认识牙医丹尼尔的,然后丹尼尔也成了她的追求者之一。

我们打了声招呼,堂达戈也向外公打了招呼。

"来点佩佩托①?"外公问。

"必须的!"对于吃水果的邀请,堂达戈一向来者不拒。

外公、外婆、玛丽和带着五岁表妹胡利娅回到娘家的卢佩从大门走向后院,外婆走在最前面。"必须的"是个信号,外公一听到就会抓起顶上有张网的长竹竿,把树上熟了的芒果套住搅下来而不至于掉在地上。

"谢谢,堂切佩。"堂达戈说得好像他并不知道每次他来我们家,外公外婆都会首先奉上水果一样。

"你好呀,小朋友!"他对我说道。

"您好,先生。"我努力让自己不扭扭捏捏,好让他知道我年纪足够大了,能跟大人聊天。但我还是有些忸怩。我不信任他。

"你牙齿都还好吧?"他以侦探的口吻问道,随后毫无征兆地用他粗大的手指抓住我的下巴,说,"张嘴。"

他推着我的头仰起来,这样就能看到我上面那排牙齿。他点了几次头,表示满意。他的胡子上下起伏,像毛毛虫一样。

堂达戈说:"很好。我们进屋谈吧,堂切佩。"卢佩姨妈、胡利娅和我留在树下,其他人都跟了进去。

卢佩19岁,比玛丽小。她14岁的时候就有了胡利娅。她并不在意我假装自己是只停在厨房外窗户下的苍蝇。大人们正在厨

---

① 佩佩托(pepeto),产于萨尔瓦多的一种热带浆果。——译者注

房里谈话，我如果站在窗户下面踮着脚，就能看到他们的嘴唇。他们在悄声细语。外公对堂达戈笑着，说着我的作业和什么好主意之类的。

堂达戈提到什么黑色背包——但我的忍者神龟背包是亮绿色的：拉斐尔、多纳泰罗、达·芬奇和米开朗琪罗挥舞着他们的武器，冻结在背包提手附近的一块塑料片里。他们的武器很有质感，我和玛丽在圣萨尔瓦多选了这款背包就是因为这个。

堂达戈对外公摇摇头，说不行。"不行。"又重复了一遍。他们来回走动着。外婆问了些问题，我搞不清是什么，因为她个子矮，我看不到她的嘴唇。堂达戈来回踱着步。

木铃队伍离我们家只有几条街了，可能他们会兵分两路，一拨走沥青路，另一拨来我们家门口这条土路。咔嗒咔嗒咔嗒咔嗒，就像屋顶上在下芒果雨一样。堂达戈说得更大声了："堂切佩，你护照弄好了吗？"

外公靠近了些。外婆几乎要哭出来了。

"弄好了。"外公声音很大，很确定。他直视着堂达戈。他俩差不多高，堂达戈要高两三厘米的样子。

"哇哦。"堂达戈答道。这是唯一一次我听到他这么说。电视上的墨西哥人也会这么说。"别忘了。"

外婆在空中画了个十字，抬头看天，但天空被厨房屋顶挡住了。她低声说了些什么。外公走近堂达戈，我想他们在握手。他们谁都没笑。没有人再说什么，堂达戈迈步走向前门。他在外婆摆玉米馅饼摊的地方停了下来，转过身对外公说："堂切佩，跟帕特里夏那次一样。我会提前两天打电话。"然后他便离开了。

"罗马人"沿着街道冲了过来,问着耶稣基督在哪儿。咔嗒咔嗒咔嗒咔嗒。他们从堂达戈身边走过,在我家大门口停了下来——我长大了,不会假装还相信这些了。胡利娅看着这些奇装异服的人大笑起来。木铃的声音那么大,就像用扳手敲金属门一样。

1999年4月4日

三天了,堂达戈还没有像他说的那样打电话来。

"蛇头都会慢慢来,就像乌龟一样,小傻瓜。"我和玛丽躺在后院牛油果树下的吊床上,就在外婆卧室外,她一边晃动吊床,一边说道。我们吃着一碗青芒果,玛丽切成片,用柠檬、盐和沙司酱腌了腌。"他们得让其他人也都准备好。"

什么其他人?这还是头一回有人跟我提到别人。我以为只有我跟堂达戈,走啊,跑啊,跳过围栏,一直到妈妈那里。

"别担心,小切佩。"玛丽说着,把另一片爽脆的芒果塞进嘴里,尝到柠檬与青芒果混在一起的酸味,她脸上皱了起来。但我还是很担心。要是我没去上学,修女们会怎么想?她们会报警吗?

我努力去想别的事情,比如耶稣如何在周五被钉到十字架上,然后今天早些时候又复活了。今天下午外公会送我去教堂,这样修女们就仍然会认为我是个合格的天主教徒。他很可能会告诉她们,我的危地马拉之旅还得等几天。玛丽的举动有些奇怪。大家的举动都有些奇怪。

神圣星期五,也就是耶稣受难日那天,玛丽和她一个前男友的父母带我去了圣萨尔瓦多。他们仍然会时不时来看望我们。他们从圣佩德罗诺努阿尔科(San Pedro Nonualco)开着堂帕布里托的蓝色皮卡车过来,接上外公外婆去码头吃海鲜大杂烩,有时候还会带我们去海滩。这周五,他们带上玛丽和我去了圣萨尔瓦多。堂帕布里托给我们吃他知道的最好吃的玉米馅饼,味道还行,但绝对没有外婆的好吃。随后我们去了普拉内斯伦代罗(Los Planes de Rendero),在普埃尔塔迪亚布洛(La Puerta del Diablo)公园看了日落——这两个地方我都听过太多次了,但还从来没去过。风很大,很冷,那也是我第一次看到柏树。

又见到堂帕布里托和堂娜露易丝塔让我很开心。我喜欢他们。他们很喜欢玛丽,也希望莫隆跟玛丽结婚,而不是跟前女友复合然后搬去了西班牙。堂帕布里托和堂娜露易丝塔看起来很开心,我多希望外公外婆是他们这样。他们会互相分享吃的喝的,会拥抱、亲吻,还会手拉手,尽管他们都那么大把年纪了!

我甚至从来没见过外公外婆手拉手!我也有点理解,因为外公还在机场上班的时候,每回第二天要放假的话,他回到家里都会有点醉意,但并不会醉得太厉害。他放下自己的东西,换好衣服,就穿过玉米地去库梅罗的五金店。他整晚都在那儿喝酒。他会在快到半夜的时候回家,砸厨房门。有时候外婆会给他开门,什么也不问。也有的时候外公会撞开门自己进来。外公想放音乐的时候他们会大吵大闹。外公把音箱开得很大声,外婆对他大吼,妈妈也对他大吼,他则会吼回去。玛丽和我待在床上。卢佩会拿枕头捂住自己的脑袋。

最糟糕的一次是他拿枪指着外婆的头，我大哭起来。还有一次，妈妈把一个搅拌器扔到外公脚下摔坏了，外公拿着砍刀追妈妈。我不愿意去回想那些夜晚。这也是为什么我害怕他。外婆从来都没跟他拥抱过可能也是这个原因。外公不抱任何人。连我都没抱过。

"别担心，小切佩。"玛丽又说了一遍。她看得出来我在设想一些糟糕的情形。她递给我一片芒果，又脆又咸，大小刚好入口，正是我喜欢的。

"还有啊，"玛丽接着说，"外公会跟你一块儿去危地马拉。"她把另一片芒果放进自己嘴里。"那差不多已经是一半路啦。"她费劲儿地说着，嚼碎的绿色芒果差点儿从嘴里喷出来。

那个星期四堂达戈来过以后，爸妈每天都会打两次电话来。每回面包师的儿子跑来说谁谁打电话来了的时候，我都希望是堂达戈。我觉得外婆、外公、玛丽、卢佩也都是这么想的，就连小表妹胡利娅也是。他们都抻长了脖子，想听听面包师儿子嘴里会蹦出什么名字。一听到不是堂达戈，他们就立马变得没精打采，就像外婆花园里几天没浇水的蕨类植物一样。

※

在小美的吠叫声中，穿过厚重而潮湿的空气，街上传来了面包师儿子的呼喊："电话！"我冲向前门。

"是堂达戈。"他那口气就好像是个无关紧要的人一样。我以最大的音量喊出堂达戈的名字，比小美的声音还大。外公听到了，从他的房间里冲出来,又冲回房间取钱好付给面包师。

"我说什么来着!快,快!"玛丽说,笑得眼睛都快眯缝得看不见了。外婆收拾起东西来。小美不叫了,开始原地转圈。

我都忘了我手里还端着一碗水果,我从前门冲回厨房,把碗放下,水果的汁液洒得我满身都是,但我一点儿都不在乎。所有人都准备好了。卢佩和胡利娅留下来看家。

我们在面包师家的客厅里等着那部米色电话响起。

只响了一声。面包师拿起电话交给外公。不到三十秒,堂达戈就交代完了他需要交代的事情,外公挂了电话。

"搞定了。感谢上帝。"外公把电话放回原位,转身朝我们说道,"两天。"他的声音比平时柔和,都快听不见了。他双眼圆睁,话音落在水泥地上。

两天!我尖叫起来。转着圈,蹦蹦跳跳。嘴里不断说着:"我就要见到爸爸妈妈了!我就要见到爸爸妈妈了!"眼泪顺着我的两颊流下来。面包师的孩子们盯着我看,我一点儿都不在乎。我好开心!终于,我最期待的事情就要实现了!

外公只有按住我,我才不会撞到面包师家里的东西。"等一下。"他双手按在我的肩膀上,他细细的眉毛和标准的国字脸离我更近了,"我们得给你爸妈打个电话。"

"是,是。"我喃喃道。我的鞋里就像进了石子儿一样。我完全待不住。真的要实现了。我要上路了。上路上路上路。

妈妈跟我说的第一句话就是:"终于,小切佩!"她简直要哭出来,我知道她很开心,我也很开心。她的声音就像夜里入睡前印在我额头上的一个湿漉漉的吻,如此完满,又像一个拥抱。她说了很多，我几乎全都没听懂。爸爸也说了些差不多的话。他的声音，他的声音！我终于能看到他的声音从他的嘴里出来了。我终于能摸到他的胡子，他的头发了。

"上帝保佑，上帝保佑，一切，一切都会按计划——实现的。"他俩都说，"你没问题的，我们很快就会见到你，堂达戈会又快又安全地把你带到我们这儿来。我们爱你，非常非常爱你。"

然后妈妈要外公听电话。

他跟妈妈讲，他会跟我坐公共汽车去圣萨尔瓦多，去西站。他告诉妈妈："同一个车站。中午。"他的声音恢复了正常，很严厉，就好像他讨厌说这么多细节。

我又拿到了电话，爸爸妈妈说，我会跟另外六个人一起走。不会有任何问题。他们给我买了好多玩具和衣服。我几乎能感觉到妈妈的体温。她的笑声，她的手，她亲我脸颊时我脸上那"啵"的一声。我马上就能见到爸爸了，见到他的金项链。

外公外婆和玛丽走着回家，但我是跑回家的。我冲进门，直接跑到我的抽屉那里，爸妈从北边寄来的所有相册都在这里面放着。我让玛丽跟我一起又看了一遍。

1999年4月5日

今天是我最后一天上学，但没有人知道。我在学校写下：

何塞·哈维尔·萨莫拉
1999年4月5日，星期一

下面没有写我编的数字。课间休息的时候，我拿到了所有老师布置的作业。所有人都认为我只会缺课一周，下周一我就回来了。对我最要好的朋友撒谎比我想象的要容易。堂达戈告诉外公，我绝对不能对任何人讲我要走了。爸妈昨天打电话的时候也嘱咐过我同样的事情，今天打电话时又嘱咐了一遍。

但他们谁都没说放学后不能邀请我最好的朋友来家里最后玩一次我的玩具。我要是不把所有作业都写完，妈妈是绝对不会允许我玩玩具的，真的要做完所有作业。但玛丽和外婆不一样，一直都不一样。

放学后，亚历杭德罗、托里托、阿兰和弗雷迪陪我从学校走回家。他们全都知道我有多珍爱自己的玩具。我从来不会把最新的玩具拿出来玩，就算是好朋友举家来访时也一样。就算总统来了，我也不会拿出来。这些玩具我视若至宝。我把爸爸妈妈在我七岁生日时寄来的蜘蛛侠留在盒子里，只时不时地稍微打开盒子闻一闻美国的味道：那味道那么新鲜，跟这里的任何味道都截然不同。

但既然这是我下次回来之前最后一次跟朋友们在一起了，我就给他们看了我最珍爱的收藏：一只所有关节都能动的金刚狼；我的恐龙战队红衣战士，有个按钮，按一下就能把头盔变成真正的人脸；《霹雳猫》中狮猫的长剑，在黑暗中会闪闪发光；还有《侏罗纪公园》里的雷克斯暴龙，有个遥控器能让它走动和咆哮。我的朋友来家里玩的时候，所有这些我从来都没有拿出来过。我把这些玩具放在我"最好的玩具"抽屉里，那个抽屉只有我和玛丽有钥匙，等到我回来的时候才会再打开——也许圣诞节的时候。我会回来的，不像那些离开这里，留在美国的朋友们。

亚历杭德罗比我大两岁，是我最好的朋友。我们一个年级，因为他二年级留了两次级。他就像我的大哥哥一样，只不过我比他聪明。我把我的经典蝙蝠侠送给了他，反正我也不玩了。

"哎呀，哈维尔，这是为啥？"他的声音有些无力，还耸了耸肩，就像在课堂上问问题时那样。

"爸爸妈妈跟我说，要多与人为善。而且……"为了听起来更像真的，我补充道，"而且我们的妈妈也是最好的朋友啊。"这倒是真的，不过我妈妈离开后她们也没怎么说过话了。他点点头，抱了抱我。

我对另外三个人也如法炮制，又说了几遍同样的谎话：爸爸妈妈希望我为朋友们做几件好事。我把坏了一只胳膊的恐龙战队蓝衣战士送给了托里托。有时候我考了第一名，托里托会很嫉妒，现在我要走了，他就有机会考第一了吧。

阿兰足球踢得比我好，怎么踢弧线球就是他教我的。他很喜欢汽车——他爸爸开拖车，就像电视剧《两个女人一条路》(*Dos Mujeres, Un Camino*)里的埃里克·埃斯特拉达（Erik Estrada）一样——所以我把一辆红色的风火轮小卡车送给了他。

弗雷迪从来都不玩警察抓小偷的游戏，我送了他一个《永远的蝙蝠侠》系列里的罗宾动作玩偶，他的披风已经没了。

他们谁都没有起什么疑心。就算有，也没人说出来。我又一次觉得自己就像詹姆斯·邦德，没露半点破绽。他们走了，我跟他们说再见，跟之前的每一次没有任何差别。

天色已经有些晚了。我和玛丽待在她床上，每天晚饭前后我们都躺在这里，透过天窗看向天空。月亮已经半圆。

"你会想念你这些小朋友们吗？"玛丽问道。我们已经吃过晚饭，外婆做的炸丝兰根是我的最爱，吃得我们好撑。今天早上她问我晚饭想吃什么，然后就答应我做这个。她答应我会做得非常特别，也确实这么做了：她往上面加了酥炸小杂鱼、煮鸡蛋和硬奶酪，什么都加上了。而且，外婆到底是外婆，她还做了我最喜欢的玉米馅饼，里面有豆子、奶酪和洛洛可花。

"会。"我贴近玛丽说道。我也确实这么想。我会想念朋友们。"但是我会回来看他们的。"

"最好是哦。"她说着，抱住了我，她的皮肤因为潮湿而黏黏的。

昨天我们看过的几本相册留在床边梳妆台上，玛丽从里面拿起一本问我："再看一遍？"

我点了点头。她拿着那本小巧的黄色相册，封面上写着"柯达"，还有一张金门大桥的照片。她坐到我旁边后，我意识到这些相册都会留在这里，就如同我的玩具、树上的水果、小美、我的朋友们、我的猫、我的长尾小鹦鹉和我在这里的所有家人一样。

我们翻动着那些照片，但这次感觉不大一样。我们在一张照片上停了下来，那是爸爸站在一个花园前，后面写着：这是我建造的花园中的一个。他个子很高，胡须浓密，肌肉发达，脖子上挂着金项链。他双手叉腰，就像超人刚救了人一样。

我不记得有没有触摸过他的皮肤。相册里有我们俩在一起的照片，我在他肩上或者在他怀里。有一张照片上他穿着一身足球队服，我们站在足球场上 —— 他正要踢比赛，要不就是刚踢完。他的声音我听了无数次，我能从一大群人里听出他的声音来，而现在，我终于要见到他了。

玛丽和我坐在床上，背抵着墙。外面已经全黑了。蝙蝠扇动着翅膀，所有星星都出来了，与月亮交相辉映。

"我们透过天窗看星星吧。"我说。我们的胳膊互相贴着。玛丽亲了亲我的额头。我感受到她触碰我的皮肤，感受到她嘴唇上的褶皱时，我有些忧伤。我没想到我还会忧伤。因为就要走了，我一直那么兴奋。这可能是我们最后一次坐在这里，那么长时间看着星空了。我留意着她的呼吸，尽力跟她保持一致。但现在我想骂人，想骂特别脏的脏话，脏到修女们会罚我念万福马利亚念一千遍。但我没骂出来。我静静躺着，把那些话咽了下去，就像咽下一大口止咳糖浆一样。我们数着星星。

1999年4月6日

天亮了，跟妈妈走的时候一样靛蓝。玛丽吻醒了我，我得收拾起来准备动身了。公鸡叫起来，小美叫起来，鸟儿叫起来。世界醒来了。星星一颗颗隐去。

为了冲凉，我从井里打了一桶水上来。外公已经冲过凉了。外婆给我擦干身子，玛丽熨好了我的衣服。行头已经选好了：一件很好看的正装衬衫，深蓝色。深蓝色牛仔裤。黑色腰带。黑色正装皮鞋。

煮鸡蛋、牛油果、硬奶酪和玉米薄饼旁边，是一个黑色背包。背包的牌子甚至都被去掉了。背包里面有一件深色T恤、黑色长裤、两条内裤、一双备用的鞋、塑料牙刷、一把梳子、几条踢球的短裤、一管高露洁牙膏、一块棕榄香皂、海飞丝洗发水，以及另一件深蓝色短袖正装衬衫。里面还有个笔记本，几支比克圆珠笔、铅笔和学校老师发的作业。

"所有东西都必须是深色的。"玛丽解释道，"堂达戈这么吩咐的。"

我吃着早饭，外公在门口等着，拿着我的黑色背包和他自己的普通背包。他看着表。

外婆给我梳头。玛丽在我面前跪下来，帮我扣好衬衫，掖进裤腰，亲了亲我的额头。

卢佩也来了，之前她从没这么早来过。她对我又是亲又是抱，还祝我好运。胡利娅在外婆床上安睡，一边一个枕头，这样就不会掉下来。

外婆亲了亲我，跪下来抱住我。随后玛丽也同外婆一起抱住了我。这时候我才哭出来。真要上路了。我一直盼着上路，但这也太快了。

"我们非常爱你，小切佩。好好照顾自己。在这里，在任何地方，任何时候，上帝保佑你。我们都等着你。祈祷你能安全抵达那里，小哈维尔。"她们齐声说着，声音很轻软，每个字都会顿一下，泪水沿着她们的圆脸流下来。我也哭个不停。

然后，她们在我额上、在我头上、在我整个身体上画了好些十字，用她们的手擦干了我的泪水。

外公抓起我的胳膊,带我走出门外。"别回头。"但我还是回头了。我看到外婆和玛丽站在门框中间,互相搀扶着,卢佩两手搭在她们俩肩上。

"走吧。"外公说。我们便走了。

第 二 章

危地马拉，特昆乌曼

1999年4月6日

我们到长途车站的时间比堂达戈说的要早。外公问一个陌生人我们该坐哪辆车，那人告诉我们，所有去危地马拉的车都停在一起。那些大巴看起来就跟我们镇上最好的公共汽车"布拉瓦海岸"一模一样，不过窗户装着偏光玻璃，我希望座位不会是破破烂烂的。

我们坐下来等堂达戈，从早上八点等到了十点。外公买了薯片、水和两个马塔尼诺三明治①，准备路上吃。堂达戈终于出现了，身后还跟着六个人，就像爸爸妈妈说的那样。两个女人，一个小女孩，还有三个男人。

外公跟堂达戈打过招呼，就在他准备跟其他陌生人打招呼的

---

① 马塔尼诺三明治（mata niños sandwiches）是萨尔瓦多常见的街头小吃，形似热狗。长条形面包中间切开，夹入各种肉类及切碎的蔬菜，再挤上番茄酱、蛋黄酱等酱料。这种小吃的西班牙语名称"mata niños"直译是"小孩杀手"。——编者注

时候，他认出来有个人也是从拉埃拉杜拉来的。

"早啊，堂切佩。"那人说道。他比其他所有人都高，肌肉块头很大，衬衫都鼓起来了，方脸，黑色的波浪卷发两边很短，上面长一些。

"我叫马塞洛。"那人说。我注意到他尖尖的鼻子又大又直，虽然不像我的鼻子一样在脸上异军突起，但仍然很大，而且让他的脸看起来更接近标准的国字脸了。鼻子上方，他浓密的眉毛连成了一条水平线。我不喜欢他的眼睛，像个纺锤。

"你是堂娜阿赫利娅的儿子对吧？"外公问道。

马塞洛点了点头。

我站在外公身后，这样那些陌生人就看不到我的脸了。

"你们跟我是一起的。"堂达戈自以为说话声音很大，但在大巴开进开出的声音中，在人们的走动声中，在车站里小贩的叫卖声中，他的声音显得很轻柔，很难听见。到处都是鸽子，到处都是垃圾。臭不可闻。我的皮肤已经开始发黏，我感觉自己身上好脏。

"你们有三十分钟时间。"堂达戈继续尽可能大声地说道，"路上八小时，我们会停两次，一次是在边境，第二次就是危地马拉城了。所以要带水，带点零食。"他说："你们的票在我这儿。到特昆（Tecún）我们再细说。大家分开坐。记住，我跟你们什么关系都没有。"

我和外公已经买好吃的和水了，所以我们就坐在一条木头长椅上等着，旁边的大巴喷着黑烟。其他人都去买路上需要的东西去了。

"那个家伙是我们镇上的。"外公告诉我,"挺好的,这样你就有认识的人了。"但我不认识马塞洛。我在镇上从来没见过他,而且我有种奇怪的感觉。他看起来很凶,有点吓人。

大巴的门开了,司机喊起来:"特昆,特昆!"有几个人上了车。我们等着堂达戈,他第一个回来,把我们的票给了外公,叫我们上车。堂达戈等着另外六个人,好给他们票。

我们几个人里面有一个妈妈,个子矮,跟我妈妈一样,不过这个女人皮肤非常白,像杏仁一样,头发看起来像染过的样子,是一头脏兮兮的金发,我能看到发根是深色的。她看起来也跟我妈妈差不多年纪,也有可能稍微大一点。这个妈妈细胳膊细腿,把女儿搂在身前,她女儿皮肤要黑一些,看起来年纪比我大一点。她们的脸又长又瘦。她们从踏板走上车,装作没看见我们,在我们后面隔着几个座位坐了下来。

透过挡风玻璃,我们看到戴着棒球帽的堂达戈给了那个年纪大一点的高个女人一张车票。这个女人跟堂达戈差不多高,穿着紧身连衣裙,黑色卷发随着她的步子飘动着。她的眉毛又浓又黑,嘴唇丰满,呈弧形,下巴很尖。她很漂亮。她微笑着走过我们身边,身后的男人都扭过头来看她。

马塞洛扬着下巴走了进来,独自坐下。他看起来并不友善。他后边跟着个弯腰驼背、皮肤白皙的男人,啤酒肚差不多跟外公的一样大。我不知道马塞洛多大年纪,但看起来比玛丽姨妈大。这个脸色苍白的人似乎比马塞洛年长,我们这些人里除了堂达戈,就数他年纪大了。他留着胡子,头发很乱,是浅棕色的。他的脸圆圆的,长满了粉刺,看起来有点儿像丰满版的马可·安东尼奥·索利斯①。

最后,一个留着寸头的瘦小伙从堂达戈手里拿了一张票。他脸上一直挂着笑容,看起来比其他大人都要年轻,也更友好。他脑袋圆圆的,头发尽管留得很短,我还是能看出来是黑色。他的皮肤比杏仁里边的颜色要深一点,更接近那对母女的肤色而不是我的。他走过我们身边,挨着母女俩坐了下来。他们似乎认识。

堂达戈走进来,看了看我们所有人,然后在门边的第一排座位上坐了下来。他一个人坐着,打开了一份报纸——跟坐在我身边的外公一模一样。车里所有人都坐着,没有人说话。司机什么音乐都没放,车里安静得很。司机一边倒车,一边宣布下面我们前往第一站,危地马拉跟萨尔瓦多的边境,拉阿查度拉(La Hachadura)。

※

甘蔗地,棉花地,麦地,火山,鬣蜥孵化场,橘子树,火一样的花树,蓝花楹,芒果树,柠檬树,木瓜树,玫瑰,五月花,桃金娘,小巴车,卖欧洽塔的小贩,摩的,卖玉米馅饼的,一串串挂在钩子上的西班牙香肠,卖油炸丝兰根的小贩,又一座火山,盲眼乞丐,卖芝兰口香糖的孩子,露天垃圾场,秃鹰,更多田地,汽车,洋红风铃木,家具货摊。这还是我头一回去比圣萨尔瓦多更远的地方。车窗外任何东西我都不想错过。房子,加油站,路边摊。有时候我们的大巴会停下来让一个小贩上车,到下一站再

---

① 马可·安东尼奥·索利斯(Marco Antonio Solís),墨西哥音乐家、歌手。——译者注

055

把他放下去坐别的车。绿色皮革座椅在阳光下有些发烫。我的黑色背包也是。我学着外公的样子,把背包放在两腿中间。我从来没坐过这么长时间的车。离开长途汽车站不过几分钟,我就已经比以前任何时候都离家更远了。我希望自己不用上大号。每次跟玛丽去圣萨尔瓦多的时候,我都努力让自己不在路上上厕所。我不喜欢用马桶,生怕自己会被冲下去。我在家都是去户外茅厕的后面上大号。上完我会用树叶和厕纸把便便盖起来,这样外公就不会踩上去。玛丽说,我肯定需要用真正的厕所。她也告诉了外公。我知道到某个时候我肯定要用的,但希望不是现在,不要在眼下,在这辆大巴上。

※

大巴司机大声说,就要到边境检查站了,让我们准备好护照。我们前面隔两个座位是一个年纪可能跟我差不多的孩子。他的皮肤和头发的颜色都很浅,看起来像个美国佬。跟他坐一块的是一个老人,他爷爷?他爸爸?他的呼吸在玻璃窗上留下一团雾气,跟我一样。

我眯缝着眼睛看向外公。外公宽慰我说:"在我这儿呢。"自从我跟玛丽去申请签证之后,我都不知道自己真正的护照还在。我也不知道原来外公也有护照。

我看着外公,问他为什么需要护照。

"他们要检查。"他说,几乎是耳语。

"为什么?"

"我们在危地马拉能待十五天。"外公说着,看向前方,我们的大巴正驶向一座大桥。在学校我们学过,就是这条河把萨尔瓦多和危地马拉隔开。危地马拉那边有栋建筑,看着挺像教室。我们的大巴拐了个弯,停在了建筑前面的停车场。

"去那边查你们的护照。"司机说着,站起来指着那栋建筑,"我们三十分钟后走。"

我和外公走下车,只有堂达戈、那个浅色皮肤的孩子和可能是他爷爷的人在我们前面下车。堂达戈让我们往前走,他留下来等着其他人。他提醒我们记得上厕所。我们穿过停车场,门口有个大兵查看了我们的护照。

进了大楼,外公给了坐在桌旁的另一个大兵一些钱。他在我们俩的护照上盖了章,告诉我们在危地马拉最多可以停留十五天。"十五天。"他强调道,并问我们要不要把萨尔瓦多科朗兑换成危地马拉格查尔。

我们是第二组完事儿的。我看到那个孩子走到桥上,登上一个像是阳台的地方俯瞰着河面。我看了看外公,他走在我旁边。有个牌子上写着这条河的名字:帕斯河(Río Paz)。从这个瞭望台看出去,可以看到另一个牌子,上面写着"拉阿查度拉"。桥对面我们过来的那一侧,牌子上写着"欢迎来到萨尔瓦多"。那孩子靠近我们,问我:"你们这是去哪儿?"

他浅棕色的头发都快到肩膀了。他越过栏杆往下看时,双手僵硬地撑在栏杆上。我想象着桥下有一条汹涌的大河,甚至可能波涛滚滚,但全不是这么回事儿。

"特昆乌曼(Tecún Umán)。"我回答说。我也抓住了栏杆,我的手更接近桥下那褐色的涓涓细流的颜色，而他手上的颜色跟桥下晒干的巨石更接近。我想多说一点，但又想起堂达戈反复叮嘱过我，路上不要跟不认识的人讲话。

我看看外公，他什么也没说。我肩膀紧绷起来，盯着那些岩石。那孩子没有再问什么。我刚刚说我们要去特昆乌曼，是不是说错话了？外公说过："绝对不要提美国。"爸妈告诉我："要是有人问你们上哪儿去，就只说你们要去的下一个地方。"现在那个地方就是特昆乌曼。

"你叫什么？"

"哈维尔。"

"我叫亚历杭德罗。可以叫我阿历。"他一边说着，用一只手把头发拨向一边。他的两脚都踩在金属栏杆的下横档上。他的眼睛是浅棕色的，几乎跟焦糖一个颜色，跟头发很配。

"我是从巴亚尔塔港（Puerto Vallarta）来的，这趟是回家。"他看起来就像《卢斯·克拉丽塔》（Luz Clarita）里的孩子，说话的样子也像，那是我晚饭前最喜欢看的电视剧。

"在哪儿？"

"墨西哥。哈利斯科州（Jalisco）。"他回答道。

"哦。"我说。他是墨西哥人！我碰到的第一个墨西哥孩子。哈利斯科州，歌手比森特·费尔南德斯（Vicente "Chente" Fernández）①就是从那儿来的。我还想多聊一会儿，但他的爷爷

---

① 比森特·费尔南德斯（1940—2021），墨西哥国宝级歌手，他将19世纪于墨西哥牧场兴起的"兰切拉"（ranchera）音乐传唱至拉丁美洲和世界各地。"Chente"是他的昵称。——编者注

或者爸爸也许会问些问题。

"我要回去爸爸那边了。"他说着,指着大巴那边,他爸爸正挥着手,喊着阿历的名字。那个男人看起来可比我以为的当爹的年纪要大。他看着都跟外公年纪差不多了!可能我爸爸会比照片上看起来要老得多。爸爸跟妈妈同年,都是二十八岁,但是,说不定他真人看起来更老?

我和外公跟在阿历后面。在回大巴的路上,外公转身对我说:"比森特·费尔南德斯之所以那么有名,是因为哈维尔·索利斯(Javier Solís)①死了。"

我点点头,什么也没说。外公讨厌比森特·费尔南德斯。只要外婆想放费尔南德斯的歌,外公都会逼着她关掉,说索利斯的歌要好听多了。然后他就会叫我或者姨妈放他最喜欢的一首索利斯的歌《小丑》(Payaso)。妈妈离开前,外公还喝酒的时候,经常会唱着这首歌就号啕大哭起来。他好吓人。

在我抵达的第一个新国家四处走走,感觉真好。我大多数同班同学去年都来过危地马拉城。在地图上看,危地马拉比萨尔瓦多大多了。修女们在谈到萨尔瓦多时会说:"美洲的大拇指汤姆。"②但现在,我要去一个更大的国家了,然后是比危地马拉还

---

① 哈维尔·索利斯(1931—1966),墨西哥歌手、演员,擅长演唱波莱罗(bolero)和兰切拉风格的歌曲。——编者注

② "大拇指汤姆"出自欧洲民间故事,是一个拇指大小的孩子,该故事见于多种童话故事集,如《格林童话》。最早称萨尔瓦多为"美洲的大拇指汤姆"的,是拉丁美洲第一位获得诺贝尔文学奖的智利作家加夫列拉·米斯特拉尔(Gabriela Mistral),而之所以有这个名称,据说是因为萨尔瓦多在中美洲是面积最小、人口密度最大的国家。——译者注

大的墨西哥，最后呢，我会生活在最大的国家 —— 美国。我知道这些，是因为外公不得不买了两张地图。一张是中美洲，他在上面画了一条线，从我们镇子一直到特昆乌曼。另一张地图上面只有墨西哥。他说，让我知道"路线"很重要，不过也因为他知道我喜欢地理。我三年级的时候就在课堂上尽可能多地记住了好些国家的国旗。看过1998年的世界杯后，我还想了解更多。那是我第一次看到克罗地亚国旗，真是好美啊。这让我想探索更多，看看这世界。在萨尔瓦多的十四个省中，今天以前我只去过三个：拉巴斯、拉利伯塔德（La Libertad）和圣萨尔瓦多。

我们走向大巴。这里的空气很干燥，也很热，但外公说我们就要进山了。他从来没来过危地马拉。我看不出来他是不是很兴奋，但我们回到座位上以后，他没有拿起报纸。我们离开了界河。道路刚开始很平，随后就开始上升。我看到一个湖，咖啡地，卖玉米馅饼的，卖蕉叶玉米粽的，湖，火山，香蕉树，公交车站，加油站 —— 跟萨尔瓦多没太大区别，只不过这里要绿得多，道路没那么直，山也更高一些。我以前从来不知道路还能修到那么高的地方，都快到太阳上去了。外公注视着挡风玻璃，望向我的窗户外面。他的背包放在地上用两腿夹着，他还把我的背包放在他腿上。危地马拉可能比萨尔瓦多漂亮。我们一路经过大小城镇，最后来到了最大的城市，危地马拉城。

我们在长途车站也短暂停留了一下。跟在边境那里一样，只不过这里只停留了十分钟。随后是更多的群山、湖泊、火山和路边连绵不绝的咖啡地，人们正在里面采摘。我和外公好几个小时都没有说话，他只是偶尔问我一句饿没饿，要不要喝水，最后他说:"你知道吗,咖啡是生长在高海拔地区的。"

我不知道。我从来没见过咖啡植株,或者说咖啡灌木——还是应该叫咖啡树? 我不知道怎么叫才好。叶子看起来像是假的,跟塑料一样,就像是有人一大早起来刚钉在垂下来的长枝条上似的。尽管树叶是那么深的深绿色,但仍发出微光,也让咖啡的小红果更显眼,就像圣诞树上的装饰品一样。

时不时地,我们会看到一些肩上或腰上用布条系着柳条筐的人。他们把筐系在屁股一侧,摘着深红色、几近紫色的咖啡果,外公解释说:"这个颜色说明已经熟了。"

他告诉我,他小时候经常去做工摘咖啡。我了解到,人们可以把咖啡豆周围的果肉吃掉。"严格来讲,那果肉才是咖啡果,像樱桃一样,真正的咖啡豆是种子,人们把咖啡种子磨碎,做成咖啡。"外公的声音很柔和,几乎是耳语,这样别人全都听不到他说话。他眯缝着眼睛,因为这时太阳已经很低了。

我喜欢从外公这里学东西。他走路送我去教堂或学校的时候,我们都是默默地走着。这可能是我们说话最多的一次。直到现在我才注意到,坠在低垂的咖啡树枝上的咖啡果有那么多种颜色。就像散开的弹珠。一排排灌木丛,从路边开始,一排接一排往外延伸,引导着目光一直越过山丘。

过了危地马拉城以后,有好长一段路都是这个样子。我们上了山。我们的大巴离悬崖那么近,让我提心吊胆。有时候有护栏,有时候没有。然后,就像太阳突然之间掉进了一个大洞,天黑了。车窗外什么都看不见了,我只能透过车前的挡风玻璃去看一个个向我们疾驰而来的车头灯。我很害怕。每一辆来车都可能跟我们撞上,但都没有近到那个程度。我们已经走了一整天了。我从早上四点到现在几乎一直醒着。终于,司机说:"最后一站,最后一站了!"我一天之内就穿过了整个国家!但今晚我们到底会睡在哪儿? 这还是头一个我不会睡在自己床上的夜晚。

我们开进一个镇子,这个地方让我想起萨卡特科卢卡。堂达戈站起来,看了车里所有人一眼,走了出去,背包挂在肩膀上。阿历和他爸爸也站了起来,带着行李下车了。我们站起来走到车外面,外公拿着我们俩的背包,一个在背上,另一个拎在手里。走出车门前,外公还跟司机道了声谢谢。

这个夜晚很暖和,但并不潮湿。这里熙熙攘攘,到处是人、汽车、小贩和自行车。空气感觉很不一样。我想跟阿历挥手道别,但他头也不回地走进了车站。

※

一个十来岁的少年,身子一动,又黑又直的头发就会在他肩上舞动起来。他骑着一辆像是自行车的东西,在我们面前猛地停了下来。这辆车没有前轮和车把,那个位置焊了个条凳,下面装了两个轮子,上面还有个顶棚。看着更像一辆三轮车。

"自行车的士。"那少年说道。"这是辆自行车的士。"他对外公重复了一遍,外公看起来跟我一样迷惑。

"哦,哇。"外公说着,诡秘地笑了笑,几乎笑出声来。外公露出了小而板正的牙齿,这个样子很少见。

"除了本地人以外很多人都没见过,所以我会立马告诉他们。"那个少年解释道。我注意到,路灯柱昏暗的灯光周围蛾子成团。

这个少年似乎认识堂达戈。堂达戈转身对外公说:"他知道在哪儿,跟他走。"另外六个人正在下车,一个个也聚拢到堂达戈身边。

"去吧,我们到那边见。"堂达戈重复了一遍。

"坐。"少年拍了拍自行车的士的条凳,"我还得回来接堂达戈。"他按响了他的哨子,或是喇叭?看着像个带黑色橡胶气垫的银色小号。

我和外公按照堂达戈的指示坐了下来。这辆自行车的士很酷。两边有后视镜,顶棚上有灯,还有这么个喇叭。每回我们要超过街上的行人,那少年都会摁响喇叭。我们速度很快,他的黑色直发在他肩上飘举。

"你叫什么名字?"外公扭过头,看着少年问道,"你这是把我们带去哪儿?"

"我叫赫苏斯,老爷爷,很高兴为您服务。我带你们去堂卡洛斯店里。"少年说着,气都不带喘。

五分钟后,我们在路边停下,旁边是一家店面,墙上有铁丝网和碎玻璃碴。赫苏斯跳下自行车的士,手捏成拳头去敲锁着的店面金属门,发出的声音就像两个平底锅互相撞击。外公也下了车,然后帮着我爬下去。少年一直敲着,直到里面有人打开了前门。

"晚上好,堂,这是最早到的。"赫苏斯快速说着,终于喘气儿了。

"谢谢你。去接堂达戈吧。"那个留着黑胡子的矮胖男人告诉少年,少年上了他那辆自行车的士,踩着脚蹬离开了。那个男人把门开得大了些,转身对外公说:"晚上好,我是堂卡洛斯。进来吧。相信我。进来坐吧,坐。"

"晚上好。"外公波澜不惊地回答,没有介绍自己。

"你就是那个孩子吧。"堂卡洛斯在我们身后关上金属门,指着我说道。我不知道该说什么,但还是点了点头。他伸手抓过几把椅子在一张桌子旁边摆开,旁边墙上的柜子里整整齐齐地存放着薯片、电池、香烟、酒瓶、面包、清洁剂、香皂、牙刷和电话卡。

外公率先坐下,然后是我,再然后才是堂卡洛斯。"堂达戈很快就来了,他会告诉你们睡在哪儿。"他声音很好听,但他的牙齿可不好看——颜色很黄,几乎都可以说是黄褐色了。他的肚子比外公的还大。

我们坐在那里,静静地等着。好漫长的一天啊。我好累。我很紧张,但也有些兴奋,想知道我会睡在哪张床上。随后我们听到有人敲门。是那个妈妈带着女儿,还有那个头发剃得很光的瘦小伙。堂卡洛斯叫他们进来。他后面是马塞洛和那个年纪大一些、浅色皮肤的人,他们坐着另一辆自行车的士。

他们走进门时,堂卡洛斯又说:"进来进来。"堂达戈和那个高个卷发女人也坐着辆自行车的士到了。

"我们成功抵达特昆啦。"堂达戈进门的时候不无得意地说。在灯光下,我能看到他的皱纹。"很晚了,所以我们长话短说。"他接着说道,"你们俩,"——他指着我和外公——"今晚就在这儿睡。后面有个房间。堂卡洛斯会带你们去。"

外公点点头。

"这是堂卡洛斯。"堂达戈指着堂卡洛斯,堂卡洛斯举起手,稍微欠了欠身。"每天早上我们在这儿碰头吃早饭,下午也在这儿吃中饭。晚饭你们自己解决。"堂达戈边说边在铺着瓷砖的地板上绕着圈踱步,想要对着每一个人说话。但他忘了看着我。

"我们其他人睡街对面的汽车旅馆。女人一间,男人一间。"他指了指那对母女和高个女人,"自我介绍一下。"

"我叫帕特里夏,叫我帕蒂也行。"那个肤色很浅的瘦小的妈妈用沙哑的、好像刚睡醒的声音说道。

听到这个名字从她嘴里出来,我大吃一惊。我妈妈也叫这个名字。她和妈妈一样矮,可能高一两厘米。我知道她也和妈妈一样有点儿锋芒,因为她眼睛木木的,说话的时候直盯着人,这样子会让眼白更白,眼珠的深棕色更深。

"这是我女儿。"她指着黑色波浪形卷发的小女孩说,但没有告诉我们她的名字。

"我叫卡拉。"女孩打断了妈妈的话,瞪着眼,浓密的眉毛拧在一起。她好漂亮,也很自信,在学校说不定是校花。她声音很大,但也很舒缓。她一点儿都不怕生。

"啊对,她叫卡拉。"帕特里夏有些抱歉地说道,同时捏了女儿一下。卡拉揉了揉瘦削的胳膊。帕特里夏真的跟我妈妈一模一样,不过妈妈恐怕会捏得更重一点,甚至可能会打我,就算是在陌生人面前。

"我叫玛尔塔。"高个卷发女人说。她笨拙地向我们所有人挥了挥手,然后便看向地面。这就完了。男人们盯着她,尤其是马塞洛和堂达戈。她没说别的话。有一阵短暂的沉默,这是给堂达戈的信号。他给了两个女人一人一把她们房间的钥匙。

"你们仨也自我介绍一下。"堂达戈对男人们说。

"我叫马塞洛。"马塞洛的声音是所有人里面最低沉的。在灯光下,我看到他脸上有一道疤。我们所有人看他的目光就像镇上的人看外公一样,又敬又怕——这也是为什么他说完之后没人吭声,直到马塞洛朝着那个瘦子点了点头。

"我叫诺埃尔,但所有人都叫我奇诺。"他指着自己的眼睛说。所有人都笑了起来。我没懂。他看着可不像中国人[1]。他的声音听起来很年轻,比赫苏斯大,但是比马塞洛小。在灯泡下面,我能看到他胡子都还没长全,稀稀拉拉的,只有上唇两侧的颜色比较深,看着有点儿像鲇鱼。他让我想起八年级的迭戈,我干爹最小的弟弟,而且跟迭戈一样,他看起来很友善,像是个好人。

"我叫安东尼奥,但是你们可以叫我切莱。"那个肤色白皙的人说,但谁都没笑[2]。他因为自己的笑话笑了起来。他脸颊宽大,和玛丽一样,但更粉一些,还满是粉刺。他笑起来的时候眼睛都快看不见了。灯光下,他的皮肤看起来很油腻,就像出过太多汗的样子。我想起来玛丽说过:"有粉刺的人脏兮兮的。"还有外婆也说过:"皮肤苍白的人不值得信任。"切莱点点头,仿佛不知道还能说什么似的,笑了笑,露出了又大又方的牙齿。

---

[1] 在西班牙语里,"奇诺"(Chino)也表示"中国"。——译者注
[2] 切莱(Chele)在萨尔瓦多方言中有"肤色白皙"之意,因此在小哈维尔听来这人也算人如其名。——译者注

"堂切佩,要自我介绍一下吗?"堂达戈问。外公点点头,顿了顿,看向所有人。我看着他。

"就像堂达戈刚才说的,我叫何塞·奥维迪奥·科尔特斯,也可以叫我切佩。"外公的声音很严肃,两眼直视前方,"我只有这么一个外孙,他叫哈维尔,会跟你们一起离开这个镇子,我就不跟你们走了。我们刚认识,但我想请你们在我不在的时候帮忙照顾他。他还小,一路上也没有家人,你们就是他的家人。请帮忙照顾他。"外公看着所有人的眼睛,直截了当地说。我有些难为情。所有人都点着头,也有人说着"好的,老人家"或是"好啊,老先生"。

"谢谢。"外公一只手放在胸前说,"好了。"他边说边跟堂达戈点了点头。

"好。"堂达戈说,也对外公点了点头。他仍然站在人群中间,对大家说:"那就这样。大家休息吧,明天我们再细说。早上八点半跟这儿集合。"

所有人都从座位上站了起来。大人们看起来都有些兴奋,也很疲惫。大家人手一个深色背包,就没有别的东西了。那个女孩卡拉看起来非常累,一直牵着妈妈的手没有放开。大家都走了出去,走进夜色,走向马路对面的汽车旅馆。我多希望我也跟他们说了我的名字,就像卡拉那样。他们出去后,堂卡洛斯锁上了金属门。

1999年4月12日

外公起床的时间和往常一样:早上五点半之前几分钟。他走到挨着我们房间的浴室去刷牙。我能听到他做完那些七零八碎之后冲水的声音。随后他走进铺了红色地砖的走廊,穿过通往后院的纱门。后院的地面主要都是土,那里有间户外厕所,还有一棵参天杏树荫蔽着一口水井。外公穿着白色内裤在水井那里浇着水洗澡,他那又大又圆、白花花、光溜溜的大肚腩从白色的小内裤里凸出来,肚脐眼外翻,就像塞住酒桶的软木塞要弹出来一样。从远处看,他瘦弱的双腿仿佛要费尽力气,才能支撑住全身不至于倒下。

接下来他刮起了胡子。这时候太阳也差不多要出来了,他带了一面手持的小镜子,借着晨曦,他能在镜子里看到自己方方正正的下巴。为了把所有胡子都刮下来,他脸上做着各种怪样。他用一个塑料碗洗净长长的单刃刀片,然后一只手往下扒拉着胡子下面的皮肤,另一只手拿着刀片把肥皂泡沫刮掉。我完全想不通他为什么不会割到自己,尤其是他脖子上还有那么大一个喉结。

随后外公腰上围着毛巾走回我们房间,把我完全叫醒,说:"该你啦,小切佩。"

我在他给自己全身洒满古龙水之前逃出了房间。他往手里倒了一小捧这种气味浓郁的液体,拍遍全身,这味道让我几乎没法呼吸。

妈妈离开之前正在训练我上厕所。那一阵我就快学会用成年人用的马桶了,但后来一直没进行到那一步。在学校我从来不去上厕所,只有一年级的时候有一次,我吃了个坏掉的玉米馅饼,实在内急得厉害,只好去了厕所。我非常害怕自己掉进去被水冲走,怕得不行。那儿也没有厕纸,我只能用爸爸刚给我的五岁生日寄来的蓝白相间的唐老鸭衬衫擦屁股。擦完后我就把那件衬衫扔在没冲水的马桶旁边，上面白色蓝色棕色全都有。我总会穿一件汗衫。那些修女从来都没发现，把一件沾了屎的衬衫丢在厕所里的人是我。

就在上周，我临走之前的一天晚上，在我们房间里，玛丽叫我坐下来，说："在路上，你可不能像在这里一样上厕所。这样不正常，小切佩。"说到"正常"二字时，她压低了声音，以示强调。我知道这不"正常"，但这么上厕所很简单，而且不会把自己冲到海里去。

在这里的第一个早上，我真的非常需要上厕所。从圣萨尔瓦多出来我整整憋了一路，在特昆的第一天基本上也一直憋着。快天黑时，外公说："你知道那个座子不会把你吞下去的，对吧？"他的声音很轻，就像悄悄话一样。我整个下午都在那棵大杏树下来回踱步天人交战，犹豫着要不要跑到这个户外厕所的后面去。

"你愿意的话，我可以在外面等着。"外公说。我点点头。刚开始几天，外公确实一直在门外听着我在里边的动静。我会跟他讲话，看他是不是还在外面。他会回答："是的。"什么事都没发生。到目前为止还没有。那个马桶座子没把我吞下去。到目前为止还没有。我正在掌握。

所以现在，我会在冲澡前拉屎。然后刷牙。七点，我们队伍里的其他人开始陆续来到堂卡洛斯店里。他打开门，带他们走到后面铺着红色地砖的露台，拿来塑料椅子绕着折叠桌摆成一圈。早餐主要是一大锅豆泥，危地马拉玉米薄饼，牛油果和奶酪。有时候还有鸡蛋。这里的玉米薄饼没有萨尔瓦多的厚。我很想念外婆做的，但这些也是刚做出来，堂达戈拿塑料袋拎进来时还热气腾腾的。所有这些吃的都是堂达戈从露天市场买来的，他也是唯一一个不用敲那扇金属门就能进来的人，他有钥匙。

堂卡洛斯不跟我们一块儿吃。他需要照顾店里，所以会自己端个盘子去前面吃。我觉得他跟堂达戈是亲戚，因为他们俩以兄弟相称，但是看起来并没有长得像的地方。

马塞洛和切莱挨着坐。他俩话都不多，但在沉默中，他们就好像是互相忍受着对方的远亲一样。我和外公坐在马塞洛旁边。他管外公叫"老人家"，对外公毕恭毕敬，外公也很是感激。

那几个女人一块儿坐在桌子对面，聊天的样子就仿佛她们已经认识好久了。她们聊天的时候很大声，所以我也听到玛尔塔说，她有个两岁的儿子。

我觉得马塞洛和切莱不大喜欢奇诺。可能是因为他的年纪，也可能是因为奇诺话太多，他的声音又听起来很含混，好像嘴里含着土一样。可能是因为他喉结小，所以说起话来是这个样子。我还记得外婆告诉过我："人有喉结，意思就是说人经常撒谎。"①他问外公一些问题，问马塞洛和切莱是哪里人。马塞洛只是盯着他。第一天早饭过后，我们知道了奇诺、帕特里夏和卡拉来自同一个镇子，奇诺对卡拉的样子活像卡拉的叔叔，逗她说她吃得太少了或吃得太多了。

我们吃完了堂达戈会进来。有时候他已经吃过了，就在桌子

---

① "喉结"在英文中叫作"Adam's apple"，源自后人对《圣经》中夏娃和亚当偷吃伊甸园禁果故事的演绎：亚当似乎本就知道不该吃，正吃的时候上帝突然进来了，于是慌忙把嘴里的苹果咽下去，结果一块果肉卡在喉咙处，就变成了男人的喉结。——译者注

上首那里坐下来。有时候他把食物放下就走了。我在大人中间仍然很腼腆,跟他们谁都没说过话。跟我们坐一块的男的不说话,而桌子另一头的那些女的,聊起天来根本就没有别人插嘴的份儿。

午饭是一样的情形,不过吃的东西不一样。堂达戈会带来蕉叶玉米粽,或是一只烤鸡加一些玉米薄饼。头一两天没有人正经跟他说过话,但第三天过后,早饭的时候便开始有人问这样的问题:"早啊,堂达戈,我们要在这儿待多久呀?"

我们本来应该在这儿只待两天,但现在都快一个星期了。堂达戈说这不是他能决定的,是前面有什么地方耽搁着。他轻柔地说:"别担心,我们待得久一点,是因为我在为你们的安全着想。"外公相信他。

但马塞洛当着所有人的面向堂达戈抱怨。帕特里夏问题问得最多。我们其他所有人都没说话,就连外公也是,但没有人在旁边的时候,他会跟堂达戈聊一聊。

"吃的东西是花钱买的,挺好的。"所有人都不在的时候,外公跟我说。我们在杏树下聊着天,鸟儿在我们头上啄食熟透了的果子。两顿饭之间的空当,我就写学校老师布置的作业。我觉得不能荒废了学习,这样我就会比那些美国佬聪明。我一天只做一页纸,这样其他的日子也有事做,尽管写完一张要不了我多少时间。我一写完作业,外公就会拿出他那张墨西哥地图,堂达戈告诉过他我们一路北上时会经过的各个城镇,外公让我把它们的名字都记下来。

外公用粗大的食指指着每一个城镇说:"万一你迷路了,你也能知道自己到底在哪儿。"他手上只有大拇指和食指留着长指甲。塔帕丘拉（Tapachula）、阿里亚加（Arriaga）、瓦哈卡（Oaxaca）、普埃布拉（Puebla）、墨西哥城（México DF）、瓜达拉哈拉（Guadalajara）、库利亚坎（Culiacán）、奥夫雷贡城（Ciudad Obregón）、埃莫西约（Hermosillo）、蒂华纳（Tijuana）。这些地名下面，外公都用他推崇备至的蓝帽比克笔整整齐齐地画了一道蓝线。

背完地名后，外公便教我怎么撒谎撒得更像那么回事儿。堂达戈给了我们每人一张假墨西哥身份证，在进入墨西哥之前，我们必须记牢上面的信息。我们有墨西哥名字，墨西哥的出生地，但生日是我们自己的。最重要的，堂达戈还给了我们一张纸，上面是墨西哥国歌《墨西哥人，响应战争召唤》的歌词。我们必须背下来副歌和第一段，以及瓜达拉哈拉在甲级联赛中有多少支球队。我们必须热爱瓜达拉哈拉体育俱乐部芝华士足球队，我们必须知道墨西哥现任总统的名字埃内斯托·塞迪略（Ernesto Zedillo），以及有史以来最好的总统是谁：贝尼托·胡亚雷斯（Benito Juárez）和拉萨罗·卡德纳斯（Lázaro Cárdenas）。还有，要是有人问起，就说我们投票给革命制度党。

我想念学校。我想念朋友们。他们现在知不知道我不会回去了？知不知道我现在不在危地马拉城市动物园，而是在北上的路上？缺课超过五天的人没有谁再回去过。我想念我的玩具，我的衣服，那可不只是两条内裤、两件T恤、两条长裤、一件好看的正装衬衫和几条睡裤而已。我想念玛丽、卢佩、胡利娅和外婆。想念雨，想念黄昏时的青蛙，吃飞虫的蝙蝠，夜间的蟋蟀，还有清晨的犬吠。

每天晚上我都和外公走去市场上或广场上买东西吃。刚开始很新鲜也很好玩，但这个镇子很小。我们有时候会撞见切莱和马塞洛靠在墙上默默地抽着烟。外公说，我最好就在他们附近待着，他们很强壮，年纪也够大，可以保护我。

我们也碰见过奇诺跟帕特里夏和卡拉一起散步。他们是索亚潘戈（Soyapango）小组，老是在一块儿，所以外公叫他们"索亚人"①。外公说奇诺会保护她们，因为他认识她们，但他们不认识我。马塞洛认识我。但我想多了解了解"索亚人"，因为他们总是面带微笑，要不就是在大笑。

玛尔塔吃完饭从来不会在外面逗留太久，她总是待在自己房间里。马塞洛和切莱想讨好她，在她面前大献殷勤，但她从不搭理他们。帕特里夏开始私下里悄悄说，玛尔塔和堂达戈两人有什么事情。她说："他们骗不了我，他们俩肯定有一腿。"

外公不这么认为。我们确实有一次撞见堂达戈和玛尔塔一起吃晚饭，但玛尔塔说那是在谈正事。堂达戈理应假冒我的爸爸，但我还没跟他说过话。外公说什么事儿都不会有的。在这里的第一天晚上，我们三人一起吃了晚饭，但再没有别的。堂达戈对我来说仍然是陌生人。他认识妈妈，我这几年来也见过他好些次，但他给我的感觉一直是很遥远。他对我视而不见，也不会看着我的眼睛，让我觉得我好像是在一边罚站。

特昆有个广场，六条长椅围着一个漆成白色的凉亭，有一辆

---

① 原文 Los Soyas，也有"大豆"之意。——译者注

"咔贝乐"①快餐车停在街上，旁边还有很多别的摊贩。这里有人乞讨，有人卖艺。我和外公坐在长椅上，看着来来往往的人。这里的每一个人看起来都不一样。外公称他们"印第安人"，他说这话的时候，听起来可不是什么好词儿。我觉得他们跟我们挺像，就是比外公黑一些，也比我黑一点。我只知道，我也是个"印第安人"。这是曾曾外婆菲娜告诉我的，是她给外婆起了"内利"这个小名，在一种我不懂的语言里的意思是"真"。每年12月12日，我们打扮起来参加瓜达卢佩圣母节的活动时，修女们就会管我们叫"印第安人"。

以前妈妈非常喜欢这个节日。她每年都会把我打扮起来，说"我们印第安人"，一直到我四岁。我穿上白色帆布裤子和白色帆布衬衫，带上用十字叶蒲瓜做的水壶，一个布袋子，穿上彩绘凉拖。她甚至还会用鞋油给我画上胡子。随后所有打扮成"印第安人"的孩子会列队走向教堂。我不明白，为什么外公、堂达戈、堂卡洛斯，拉埃拉杜拉和特昆里的好多人，说到这个词的时候都那么嫌弃。我喜欢女人们穿的裙子，色彩缤纷，靓丽动人。

我和外公每天都坐在广场那里的长椅上看人。虽说他从来没揍过我，我还是很怕他发火，不敢惹他生气。但这六天里我跟他说的话，比在萨尔瓦多那么些年加起来还要多。他没有我想的那么严厉。我知道了他以前当过兵，后来成了萨尔瓦多最早的一批摩托化警察。我不知道他以前还结过一次婚，战争期间还当过

---

① 咔贝乐（Pollo Campero）是一家危地马拉连锁快餐店，1971年建立。在南、北美洲一些国家有许多连锁店，此外在西班牙、意大利等非美洲国家也有一些店面。——编者注

总统和其他政要的贴身保镖。他在机场当安保人员时，人们经常给他礼物，比如飞机上的晚餐，他会带回家给我们吃。1995年，他"退休"了。他说，他仍然能因为他做过的工作得到报酬，虽说我也不知道这是什么意思。

蝙蝠开始吃飞蛾，灯也渐次亮起时，我们就走回堂卡洛斯店里看电视。自行车的士从我们身边驶过。我们也见过赫苏斯的黑头发一闪而过。我们在堂卡洛斯紧挨着店面的前厅里看电视，堂卡洛斯看什么我们就看什么——大都是肥皂剧和新闻。九点半我们回房。十点熄灯。外公问我觉得玛丽、外婆和卢佩现在在干什么，我答上几句，他便说明天给她们打电话，但到现在我们还只打过一次。他说我们会给北边的爸妈打电话，但我们到现在也只打过一次。然后我们就会互道晚安，进入梦乡。

1999年4月19日

今天早上马塞洛朝堂达戈大吼，还朝他扔了一张玉米薄饼，落在堂达戈鞋上。马塞洛吐着口水说："呸，屎橛子，别糊弄我们了。"

玉米饼落地时，所有人都在座位上侧目而视。堂达戈刚说，这事儿他都做过上千遍了。说他很擅长。说有事情耽搁了。说请相信他。堂达戈每天都会说："我们明天走。"但到了晚上又会回来告诉我们："还不行。"都快两个星期了！所有人都在抱怨，但没有人在跟堂达戈说话时提高声量或是这么针锋相对，只有马塞洛是个例外。

马塞洛穿着一件墨绿色棉背心，露出身上墨绿色的文身：一个在上臂，另一个在背上。他让我想起我们镇上绰号"罪犯脸"的酒鬼，以及"大便纸"和他那些也有文身的朋友们，他们是我们镇上的人，但是去美国待过一段时间。人们很害怕他们。镇上有一阵子身上文着数字和文字的人越来越多，外婆说："文身的都是坏人，奸诈、狡猾的人，罪犯，二流子，残忍的人，小混混，没有信仰的人。"后来有一天早上我还在睡觉的时候大便纸在我们家门口被人枪杀了，他那些朋友也逃回了美国。马塞洛的样子跟他们很像，但行事一点儿也不像大便纸。大便纸是妈妈的朋友，也是我的朋友，比马塞洛友善多了。

马塞洛骂完堂达戈，转过身来对外公说："对不起堂切佩，但这个王八蛋实在是太操蛋了。"

外公点点头。在公园长椅上外公跟我说，马塞洛家里是摆玉米薄饼摊的，他在洛杉矶生活过好些年，后来被驱逐出境了，没有人知道是为什么。我就是这么学到这个词的：驱—逐—出—境。外公说："就是说美国佬把你抓住了。"我问这种事情会不会发生在我爸妈身上。外公说不会，因为他们都遵纪守法。但要是我到了加利福尼亚，爸妈却不在那里了怎么办？外公说："不可能的。"

到现在我们还滞留在危地马拉，所有人都很抓狂。马塞洛威胁说，他不会付第二笔钱了。我都不知道还要付钱！外公解释说："你们出发的时候付一半，等你们到了那边再付另一半，你妈妈那时候就是这么做的。"我都不知道堂达戈笔记本上的数字还能拆开。"但是你不用担心，你所有的钱我们都已经提前付好了。"

我很担心。外公也担心我们两个星期的期限都过了我还在特昆。今天早上,堂达戈对外公保证说:"不会的,老人家。"

每回堂达戈带来坏消息,大人们走开之后,外公就会给我讲故事,让我别去想那些事。我最喜欢的是"卡德霍"的神话故事①。卡德霍的故事最早是我四岁的时候妈妈讲给我听的。神话故事里说,上帝创造了一个白色的卡德霍来保护人类,恶魔嫉妒了,于是也造了个黑色的卡德霍出来。妈妈画的卡德霍有的像狗,有的像狼,但是长着山羊的蹄子和尾巴。

外公说卡德霍的眼睛"像炉子里燃烧的煤块一样",如果人们能看到卡德霍,大部分人能看到的只有那双眼睛。他说他的卡德霍是灰色的,卡德霍有各种各样的颜色和性格,并没有那么简单,不完全是善良,也不完全是邪恶,不完全是白色,也不完全是黑色。

"你就听。"外公指着自己的耳朵说,"要是你听到一阵呼啸声,音调很高,那就是卡德霍了。"我早就知道了。传说如果卡德霍离得很远,呼啸声就会听起来很近;如果卡德霍离得很近,呼啸声就会听起来很远。"你需要保护的时候,它们就会来保护你。"

今天,因为争吵很大声,午饭后,我们没有像前几天一样跟着大家走出堂卡洛斯的店去公园散步,外公决定留在这里,跟堂卡洛斯消磨一阵时间。

---

① "卡德霍"(cadejo)是中美洲民间故事里的超自然形象,外形像大狗,两眼发红光,有白色和黑色两种,会在夜里出现在行人身上,白色卡德霍心地善良,保护行人,黑色卡德霍则很邪恶,想要杀死行人。——译者注

堂卡洛斯转过身,对留在店里的我和外公说:"赫苏斯很快就会过来休息。"他喷出来的气息很难闻,像垃圾桶一样。没过几秒钟,赫苏斯就按着喇叭向商店的铁门冲了过来。

"你好!想不想去游戏厅?我有半个小时。"他用他很尖的嗓音问我。

"下午好啊,叔叔。"堂卡洛斯语带讽刺,"小鬼,你的礼貌哪儿去了?"

"对不起,叔叔,对不起,老人家,下午好。"赫苏斯对两位大人说道。他的肩膀耸了起来,碰到了一头长发。"好吧,你到底想不想去游戏厅?"他重复了一遍。

我看着外公,啥也没说,但眼睛里尖叫着:"让我去吧,让我去吧!"

"行了堂切佩,让孩子去玩吧。他多无聊!你看,这是我侄子,我负责照看他。"堂卡洛斯边说边拍了拍赫苏斯的后脑勺。

外公笑了笑,把我叫了过去。"拿着。"他说,往我手里丢了几块钱,"小心点,玩得开心!"我从来不记得他以前给过我钱让我去游戏厅,我们家不让我玩"那些游戏"。

这还是头一回我跟外公以外的人一起出去玩!外公走了以后,我就得一个人独自上路了。外公说,我得做好准备。这也是为什么我们每天两次在那棵杏树下背我那些"墨西哥的事情"。他还给了我下面这些建议:

不要告诉任何人你有多少钱。

不要告诉任何人你是在哪儿出生的。

不要告诉别人你爸妈的电话,除非真的有紧急情况。

紧急情况就是你周围一个认识的人都没有的时候。

再要不就是你跟你们的队伍走散了，只有这时候才可以跟离你最近的大人说话。

这些是大的要点。还有很多很小的要点，比如：待在堂达戈身边。如果堂达戈不在，就待在马塞洛身边。过马路的时候抓着他们的手。能吃多少就吃多少，因为你也不知道什么时候才能吃上下一顿。

他说："耽搁这么久倒是有个好处，就是有了更多时间来记和背。"尤其是记下我爸妈的地址和电话。但那些是我最早记住的东西。以防万一我会忘记，玛丽在我带的两条裤子的拉链上，以及每件衬衫的里面，都用细小的数字和字母，写下了他们的电话和地址。

"走吧！"金属前门嘎吱嘎吱地打开，赫苏斯喊了起来。

赫苏斯跳进他那辆自行车的士的驾驶座，堂卡洛斯冲着他摇了摇肥肥的食指，说："要小心哦。"

"上车。"他说。我冲向塑料条凳，自来到特昆的第一个晚上以后，我再没坐过。

赫苏斯一边开始蹬车，一边问了我这个很难回答的问题："你在学校里有没有女朋友啊？"

"没有。"我马上回答道，也马上开始想，这会儿玛格丽塔在做什么呢？

"啥？！那可是上学最妙的事儿啊。但是吧，你知道不，学校可不是为我这种人开的，老弟。"他边蹬车边说，汗都不带出的。"我生下来就是要干活儿的，"他大笑起来，"我是说，既然能挣到钱,干吗还要去上学啊?"

他说得挺对。

"但这只是我的看法。"

赫苏斯说得有道理。我们班上有些同学已经开始挣钱了,有的在学校十二月放假的时候去帮他们的兄弟们砍甘蔗,有的给渔民送饭,也能拿到钱。我帮外婆干活,没有钱拿,不过反正我也没干多少。大多数时候,我只是坐在一把椅子上,往袋子里装饮料。但是我喜欢学校。我想念学校。

"我知道怎么数数,这辈子最重要的技能就是这个了:数字。"他说,"数字就是钱。我想自己开一家自行车的士公司和一个游戏厅。"

"你得先学会认字。"我告诉他。

"为啥? 我可以花钱找人给我读。"

我什么也没说。他蹬着车,我想起了爸爸的妈妈,索科罗奶奶,她差不多七十岁了,从来没学过认字,但数学好得很,谁也挑不出毛病。她也有个小吃摊。没有谁能蒙她。我没怎么见过她。我走的时候,她甚至都没来道别。

"看,那是我自己做的!"他指着贴在自行车的士顶棚几个角上薄薄的塑料飘带,大声说。

所有自行车的士全都挂着五颜六色的飘带,但赫苏斯的与众不同。他的每一根飘带都是不一样的亮色:红色、绿色、黄色、蓝色。他还加装了亮紫色的后视镜,亮青绿色的扰流板,把手上也缠着耀眼的塑料带子。"这些全都是我买的。"他说着,自豪地挺起胸膛。

随后我指向顶棚正面写着的名字。在夜里我看不见那个名字，但跟着外公散步的时候我知道，每辆自行车的士都有一个名字。

"快——如——闪——电。"他说，每个字都停顿一秒，说完又快速补充道："因为我骑得最快。"他再次挺起胸膛，抿嘴微笑。我都还没问他是怎么会写这几个字的，他就说道："我认得几个字！我不笨。我上学一直上到了四年级呢！"

"我外公也只上到了六年级。"

赫苏斯点头回应，咧嘴一笑。他的牙齿很大，有点儿黄，不完全是白色。

"那个时候，当警察只需要上到六年级就够了。"我告诉他。

赫苏斯超过了路上所有自行车的士，还抓住一切机会狂摁喇叭，一丁点儿机会他也不会放过。之前我一直没有机会告诉他外公只上过六年学。索科罗奶奶没上过学，赫苏斯现在也已经不上学了，这些事情让我也没那么因为缺课而难受了。

他速度慢了下来。我能听到外公在杏树下跟我说："你可别像我啊，好不好？你要念完书，去上大学。"我喜欢学校，但不知道我会不会想上十三年级、十四年级和十五年级。我甚至都不知道上完高中都还有学可以上！外公告诉我，妈妈在圣萨尔瓦多上过一点点"大学"，但后来没钱了。外公说："你可别像你妈，你要念完！"

现在是下午，孩子们穿着校服在街上走着，他们的背包不是黑色的。我觉得自己很酷，因为不用带着书，不用待在学校里，能跟年纪更大的好朋友一起玩。来到游戏厅，赫苏斯把自行车的

081

士挨着一棵牛油果树停下,用铁链子锁好,铁链子就缠在牛油果树的树干上。游戏厅在一栋方形建筑里,似乎没有前门。我们走进去,里面很热,游戏机的声音也让空气更加厚重。就仿佛我在一台电视机里一样。

赫苏斯径直冲向《街头霸王》游戏机。外公给我的钱有多的,我想给赫苏斯一些,这样我们俩就都可以玩,但是他摇摇头,从系在腰间的亮蓝色腰包里掏出一枚硬币,那腰包埋在超大号的衬衫下面,上面写着些英文,我们都不认识。

"我只需要这么一枚硬币。瞧好了,老弟。"他大张着嘴笑起来,泛黄的牙齿显得格外闪亮。我知道这个游戏。面包师的儿子有一台任天堂,上面有这款游戏,还有《超级马里奥兄弟3》和《打鸭子》,就是拿着塑料枪玩的那个。面包师的儿子跟我一样,从来不许别人玩。

赫苏斯选了春丽。看到他这么选,我大笑起来。"你就瞧着吧。"他诡秘地一笑。我放进硬币,选了隆。第一盘我打了春丽好几下。升龙拳,升龙拳!随后赫苏斯用我从来没见过的一套组合拳打我,我横飞出去,掉在地上死了。第二盘,我一下都没打着他。

我转过身,已经有一群穿着校服的孩子排起了队,在我背后挤来挤去。"别担心,我会很快的。"赫苏斯说,手仍然放在游戏机的按钮和把手上。

"好,给我看看你的硬币!"他朝排在第一的男孩喊道,"下一个就是你的话,把硬币丢进去!"他的声音更大了。

我站到一旁。我自己并不想玩,只想看看赫苏斯是不是真有那么牛。没有人取笑春丽这个角色。来跟他打擂台的孩子们选了隆、盖尔、达尔辛、豪鬼和布兰卡。甚至还有人选了本田和桑吉尔夫,但全都连赫苏斯的边都摸不着。到最后,打完大概十个孩子后,赫苏斯大叫起来:"最后一盘了!我得去干活了!"他很快就解决了最后一个孩子。

"走吧,老弟。"他说。我们走向出口。他站在出口中间往回看,喊道:"今天就到这儿了,明天见,你们这些废柴!"

游戏机的声音无法掩过孩子们的嘲笑、气恼和"耶!耶!"的喊声。他解开自行车的士,我们坐上去离开了。

"玩得开心不?"

我点点头。我从来没见过哪个少年这么自信。他让我想到马塞洛。

"看到了吧?"他指指放钱的亮蓝色腰包,"我只需要花一个子儿,一点儿钱都不浪费。"他笑得好厉害,后槽牙都露出来了。

"好酷啊。"

"的确很酷,老弟。"他又说了一次"老弟"这个字。我在公园里也听到本地人说这个词,听着像在说"肉"①。游戏厅里所有孩子也都在说这个词。

"你说的'老弟'是啥意思?"

"就好像说你是我最好的朋友,知道吧?就像血亲一样。这是个墨西哥人常说的词。"

---

① 这里的"老弟"原文为 carnal,有"血亲"之意,也有"肉、肉体、肉欲"之意。哈维尔听成 carne,这个词是"肉"的意思。——译者注

"为啥这里每个人都说这个词?"

"很多人都自认为是墨西哥人,因为——"他顿了顿,脚上停了下来,链条发出停止蹬车后的那种声音。"你看,墨西哥就在那边。"他指着河对岸的树说。河水浑浊,差不多是深褐色。"但是如果你生在特昆,或者像我一样,骑自行车的士,"赫苏斯说着,指着自己的胸膛,"那些警卫有时候会让我过桥去那边拉一天活儿。我跟着钱走。"

我们离堂卡洛斯的店越来越近,那里离河边只隔了几条街。我看向大桥的方向,虽然看不到桥,但能看到地平线上的墨西哥。赫苏斯已经知道我想过去。我们全都想过去。

"没事的,你很快就能过那边去了,老弟,别担心。"他的声音变得轻柔起来,同时开始按喇叭,告诉堂卡洛斯我们回来了。

※

"就在明天。"我走进那扇金属门时外公用沙哑的声音说。"明天。"他又说了一遍。我拍着手笑了起来。

堂卡洛斯大笑起来,露出了牙齿。"你们怎么不去庆祝一下?"

"那敢情好啊。"外公说着,从塑料椅子上站起来。"准备出门,小切佩!"他用更欢快的声音对我说道。

我们走到公园,走到停着咔贝乐快餐车的地方,但以前我们从来没吃过这家,因为太贵了。"今天我们好好吃一顿。"外公说。太阳快落山了。外公买了一块鸡胸,一块鸡小腿,两块鸡大腿,六个小圆面包和一桶凉拌卷心菜。

我们拿着好吃的,像过去两个星期的每天下午一样,在广场的白色凉亭前的长椅上坐了下来。我非常喜欢咔贝乐,因为在有些特殊的日子里,妈妈会寄钱过来让我和玛丽去圣萨尔瓦多或萨卡特科卢卡买炸鸡回家。我爱死了外面那松脆的鸡皮,也爱死了里面那湿润的鸡肉。好香啊。我每吃一口都会吮吮手指,外公也是。他笑了起来。我喜欢他的笑。他张着嘴,小小的牙齿露出来,肚皮上下起伏,打着拍子一样哈哈哈哈地笑,肩膀和喉结也在上下耸动,脸上所有皱纹都显露了出来。

他停下来后告诉我:"你妈怀着你的时候吃了好多好多鸡肉。还有柠檬汁和盐腌的青芒果。所以这两样你也超级爱吃。"

我确实超爱。我脸上沾着鸡油笑了起来。外公又笑了。我们的笑声从长椅上洋溢开去,填满了整个公园。鸽子飞到我们身边,指望着我们会掉下点什么。我可一点儿都不想,但外公扔了一块面包给它们,于是有更多鸽子飞了过来。他不介意鸽子。

吃完东西,外公说:"我们得给你外婆打个电话,还有你爸妈。"

天还没黑。这顿晚饭比平日吃得早,而且我猜我必须早点休息。我不知道我们应该什么时候动身,堂达戈什么也没说,只告诉我早饭的时候打好背包。好在外公今天早上把衣服洗了——我们的衣物正在晾衣绳上晾着。

我们走到公园一角的电话那里。我们先给面包师家里打了个电话,这样接下来我们给爸妈打电话的时候,外婆和玛丽就有时间从家里赶过来。响了三声后,爸妈接起了电话。

"帕蒂，小哈维尔明天动身——终于定下来啦。"

我就站在公共电话亭的亮蓝色圆壳外面，听着他们说话。

"我明天回拉埃拉杜拉。好啊。"

电话亭看起来像放在金属杆顶端的一粒巨大的蓝色豆子。

"他这段时间非常好。不用担心。来，跟他说说。"外公把话筒递给了我。

"你好，儿子。明天外公走了，你就是一个人了……"一个人。

妈妈说这些话的时候，我的胃咕噜直响。我的眼睛瞪大了。我盯着连在话筒上的金属线。

"但是堂达戈还有其他人会跟你一块儿。"我跟他们话都没讲过！"外公会给马塞洛一些钱，所以你就待在他身边，好吗？"

马塞洛？！他是最让人害怕的！

"好吗？"

"好的，妈妈。"我对她说。

"别担心。一切都会顺顺当当的，过不了几天你就跟我们在一块儿了。来，跟你爸爸说两句。"

"你好吗，超级马里奥？"我很喜欢他这么叫我。

"我很好。"我说。我跟他讲了讲咔贝乐和游戏厅，但没有告诉他我有点儿害怕。

"注意安全，乖一点，好好听堂达戈和大人们的话。"他们俩都说，"我们爱你，你很快就到我们这儿了。我们买了好多衣服和玩具等着你呢。我们好爱好爱你的哦！"他们听起来很开心。

"我也爱你们。"我对他们说。外公从我手中接过电话，说得打给拉埃拉杜拉了,于是我们挂断了。

外婆和玛丽已经在面包师家里等着了,我们跟她们又说了一遍同样的事情。我想念她们,简直比想爸妈还要想。我很快就会见到爸妈了,但玛丽、外婆、卢佩、胡利娅,我的玩具、狗、长尾小鹦鹉,我的同学,还有那只猫,一时半会儿我都见不到了。说不定在圣诞节的时候?那可是好久以后了!我们说着话,她们有些难过,两人都在话筒那边听着,有时候两人会同时说起来。外婆不想说再见。玛丽也不想。她们一直问着跟食物和天气等等有关的问题,我们已经说过好多遍了。两个星期了。再见到她们甚至还要更长时间。

"祝你一路顺风,我们在为你祈祷。"她们说。外公有些急了,他不得不一直不断地往电话机里投硬币。他从我手里拽过电话,跟她们说:"行了行了,长话短说。"

他把电话还给我,这样我就可以道别了。"我们爱你。"她俩异口同声,那声音支离破碎,我知道她们哭了。我的眼睛里也开始水汪汪的了,但我忍着没有流下来。也许外公知道接下来会发生什么,因为在我说完"我也爱你们"之后,他又从我手里把电话拽了过去。

"我很快就会见到你们了。"外公说完,挂断了电话。外公看着我,拍着我的后背,这时我才意识到我也将很久都见不到他了,于是终于哭了出来。我们往回走的时候,他继续抚摸着我的后背,嘴里不断说着:"没事儿的,一切都会好的。"

我们回到堂卡洛斯店里时,一弯细细的蛾眉月挂在天边,太阳也还没落下去。今天白天太阳和月亮差不多同样的时间挂在天上，我从来没见过这样的景象。月亮惨白纤细，太阳臃肿昏黄。

外公说，因为月亮白天就出来了，所以晚上基本上就只有漆黑一片了。除了给我讲我还没听过的故事，他也一直在教我像这样的事情。他说，他是在部队的时候，以及后来当警察的时候，学到的这些"有用的事情"。

他还教过我怎么认北极星。他说："不是最亮的，也不是最大的。"但我还是不知道到底是哪一颗。我确实记住的是，越往北走，星星的变化就越大。但是到现在我还没注意到有什么区别。"还没到时候呢。"他说。我很惊讶他知道的东西这么多，而想到以前从来没像这样跟他一起看过星星，又有点难过。

过马路的时候我会牵着他的手——在拉埃拉杜拉他送我去上学，或跟我走去教堂的时候我从来没这么做过。那时候我一直很怕他，因为他对外婆，对他的女儿们的态度都那么粗鲁。他那深沉、简直有些难听的嗓音也让我害怕，但在这里，这些天来我听到了他别的声音，看到了他那么多笑容。他比我想的更有耐心。

他教过我的有一招我非常喜欢，我也已经掌握得炉火纯青，就是怎么知道离太阳落山还有多少时间。我一直戴着一块手表，一块黑色的卡西欧塑料手表，是玛丽在堂达戈把我接走前几个星期给我买的。但为了以防我把手表丢了，外公教我把左手远远伸出去，手臂伸直，然后转动手臂让手指朝向右边，就像一面旗帜。把食指跟太阳底下对齐，然后往下数手指，一直数到手指跟地平线重合。不管数到多少根手指，一根手指都等于一刻钟，四根手指就等于说离太阳落山还有一小时。

走回堂卡洛斯店里的路上我就在这么测算着，算出来大概还有三十分钟。外公看着我把手平伸出去,笑着拍拍我的后背,说:"你学会啦。"他的嗓音很轻柔。我爱外公,就像我爱外婆一样。我都不知道我也爱他。我也不知道他那么爱我。他就像玛丽一样那么有耐心。我会想他的。

1999年4月20日

跟之前每一天一样,堂达戈给我们带了早餐过来,不过今天所有人都带着背包。堂达戈让住在汽车旅馆的人把钥匙给他,然后在堂卡洛斯店里等着,上午11点我们的车才会出发。交代完这些,他走出铁门。

大家像平时一样三三两两分成了几组:切莱和马塞洛一块,帕特里夏、奇诺和卡拉一块,玛尔塔在堂达戈旁边,然后是外公和我。我看到外公把马塞洛叫到杏树下说话。堂卡洛斯在前面的店里。我们真的要走了。外公把墨西哥地图也装在了我包里,一一确认了我什么东西都不缺,还把他的手帕、他的备用牙膏和牙刷也都给了我:"以防万一。"

我坐在外公旁边,等着。男人们在后院抽烟,奇诺离马塞洛和切莱只有几步远。女人们在桌子另一头谈天。帕特里夏正告诉玛尔塔,她的口红是哪儿买的。我们如同没头苍蝇,等着堂达戈回来带我们出门。

堂达戈吱呀一声打开金属门。我们听到好几辆自行车的土在外面,还听到了赫苏斯的喇叭声。我们把塑料椅子叠起来放在露台一角,就像每天吃完午饭后做的那样。堂卡洛斯祝我们一路顺风。他转向我,喘着粗气,在我面前双膝着地。他的衬衣没扣扣子,大肚子似乎下垂得更厉害了。"祝你好运,孩子。你会成功的。"他轻声说,"我知道你会成功,你也知道的,对吧?"

"是。"我说,努力屏住呼吸。他咧嘴一笑,站起来和外公握了握手,跟外公讲了几句话,我没听明白是什么。堂卡洛斯跟我们道过别之后,我们都走到外面,来到大街上。

"总算要走了!"奇诺大喊一声。帕特里夏嘘了他一声,马塞洛也在他背上猛击一记,叫他闭嘴。

"啥?!"

"安静。"马塞洛说。

赫苏斯把"快如闪电"留给了我们。他拍着他那辆自行车的士前面的乘客座位说:"走吧,老弟。"我和外公坐了上去。

"早就跟你说了吧,很快就可以走。"我们坐在条凳上,我转过脸去看赫苏斯,赫苏斯便对我说道。他开始蹬车,他的头发在风中飘扬,就像车上挂着的飘带一样。我们飞速前进的方向,是镇子一头的游戏厅,而不是我们头天晚上来这儿时下车的那个长途车站。只有这一条路,两边都是香蕉树。我们到了,车停了下来。外公叫赫苏斯等他一下。赫苏斯点了点头。

"很好,老弟,好运!"我下车时他说。他也从驾驶座走下来,跟我碰了一下拳头。

所有人都下了自行车的士,骑车人都掉头走了。除了我们这群人,没有别人来这里等车,而这辆车又小又旧,就跟我们拉埃拉杜拉的公共汽车一样。我们排成一队。堂达戈走到最前面,对所有人说:"上车。"

大家都踩着踏板上了巴士。玛尔塔最先进去，然后是帕特里夏、卡拉和奇诺，再然后是切莱，马塞洛是最后一个。我站在外公旁边，在巴士外靠近后面的地方。他教会了我那么多。关于天空。关于我的家人。关于地图。我就快学会正确地系鞋带了。现在我也可以自己上厕所、自己冲水了，我没有以前那么害怕了。我每天、每次上厕所的时候，外公都在门外边守着。所有人都已经上车，只有堂达戈还在外面等着我们，他一只脚站在地上，一只脚站在车门最底下一级踏板上。

我抬头看着外公，他拉着我的手。他的脸变了，上面是一种我没见过的表情。就算在他大醉后狂怒的时候，在他流着泪跟妈妈保证再也不喝酒的时候，在他拿着砍刀在卢佩姨妈身后狂追，因为她怀了孩子，肚子里就是我表妹胡利娅的时候，所有这些时候我都没见过他脸上现在这副表情：像干瘪的水袋一样皱缩成一团，紧张万分，青筋暴起，皮肤发红，那些时候的所有情绪都出现在这张脸上，但也还有一丝淡淡的微笑。

"好啊。呀。"他喃喃着，声音沙哑，嗓子破得厉害。他微笑着，是教堂里他在我旁边跪下来祈祷时那种微笑。外公不走，只有我会走上那嘎嘎作响的踏板，走进汽车。备胎旁边的排气管喷出一股股黑烟。

我们站在路边，两旁是香蕉树，雨滴仍在叶子上，滑下去，滴落地面。今天早上下过雨，但这些雨滴还没蒸发干净。外公的眼睛也是一样，他努力把眼泪藏在眼眶里，不让眼泪流下来。外公，我已经习惯了在他身边入眠的外公。他不是玛丽姨妈，但他也尽心尽力了。

"好了,最远我就只能送到这儿了,小切佩。我爱你。保重。愿上帝一路保护你。"

他在我身上画十字,像修女和神父那样,像我动身那天清早的外婆和玛丽那样。我这才想到他也是信神的,他去教堂,不只是因为必须有人陪着我去。

"记着,相信马塞洛。他是我们镇子上的,他认识咱们。听他的话。"

我不知道该说什么,也不知道该看哪里。他的脸仍然红通通的。他身后的天空看起来好像还没拿定主意,不知道是该接着下雨还是怎样。铅灰色的云朵中间,是一小片一小片的亮蓝色天空。

"走吧。"外公说着,擦了擦眼睛。我没有看到眼泪,但我知道他想哭。我也想哭。真的要走了。我真的动身了。

"来。"堂达戈两手向下一挥,穿过凝重的空气。"走了。"他一边说着,一边轻拍自己的蓝色牛仔裤。

"去吧,小切佩。我爱你。"外公说着,又一次把手搭在我肩上,把我往前推了推。他朝着堂达戈的方向轻轻拍了拍我,随后又抓起我的手,比往常握得更紧,我不介意。每一步都那么漫长,但怎么也不会超过十步。

堂达戈两脚都踩回到地面上,站到一边,给我们留出空间。"你会安全抵达那边的。告诉你爸妈,我向他们问好。"外公说。"你有卡德霍保护你。"他的声音很柔软,"要一直记得哦。"

我转过身抱住他。"我也爱你。"我平生头一回对他这样说道。我高大起来,就好像我长高了,也长大了。他也抱住了我。他的皮肤温热。他的手指捏进我的肉里,我的手指也紧紧压在他的后背上。我从来没有像这样拥抱过他。

"我爱你。"他又说了一遍,几乎是耳语。他把我的黑色背包递给我,我接过来,拿在手上。外公的脸好红好红。他的血管粗大,好像蚯蚓一样。他又拍了拍我,我走上踏板,回过头来,看到他在跟堂达戈说着什么。他们握了握手,堂达戈也上了车。司机关上了车门。

车上很空,只有我们这一行和几个小贩。车上所有人都看着我。车后面也有一扇窗户,我跑过去,车子动了起来,透过车后的浓浓黑烟,我看到外公站在有干有湿的道路中间,挥着手。赫苏斯在他身后,坐在他那辆自行车的土上。道路两边的绿色让外公的白色马球衫显得更白了。天上那些没有下雨的云朵,是我见过最明亮的。外公的肚皮又大又圆,像一颗弹珠。他的手还在挥舞。我的脸紧贴着后面的窗户玻璃。我紧紧盯着外公挥动着的浅棕色手臂。车子丁零当啷地往前开,外公的身影越来越小。他变成了一朵云,一颗弹珠,一只手,一片指甲,一个白点。

我深吸一口气。

再见了,我对自己轻声说。我盯着脚下飞驰的路面。我站在那里,不知道站了多久,希望着仍然能看到那个白点,直到我感觉到堂达戈把手放在我肩上。

他什么也没说。他没怎么用力拉我,我却不知怎么的,被他拉着紧挨着他坐了下来。车在坑坑洼洼的路面上不断颠簸。我看着道路两边绿色的香蕉树,所有那些绿色的叶子。我不想让任何人看到我在哭。我希望我的卡德霍赶快出现。我换了个座位,跟堂达戈隔了条过道。我盯着路边，盯着一棵接着一棵闪过的香蕉树，还没成熟的香蕉上，缠着蓝色、红色或黄色的塑料膜。时不时地，我会看到有人在砍香蕉树叶，砍下整串整串的绿色香蕉。但我想看到的不是这些。我在找两个红点。找外公说的，"像燃烧的煤块一样"，两只红色的眼睛。

第 三 章

危地马拉，奥科斯

1999年4月27日

我们在奥科斯（Ocós），一个小渔镇。在拉埃拉杜拉，只有大风暴的时候我才会听到海浪拍击在岩石上的声音。码头下面河道里的水平静宜人，周围都是红树林。如果想去海上，就要坐三十分钟的船穿过红树林。然而在这里，大海只隔着几条街，走路就能到，潮水的轰鸣在哪都能听到。这里的沙子、微风和空气里的盐分，都让我想家。

在这里跟在特昆一样，晚上我会盯着天花板，等着什么东西掉到床上——掉到我嘴里的蟑螂，掉在我眼睛上的蜘蛛，掉到我脚上的蝎子。这儿的床不像我在家里睡的那张顶上挂着蚊帐。外公也不在这里，没人在我入睡前跟我说话，也没人跟我出去散步，到镇子上四处看看。因此我觉得很孤独、孤单、形单影只、独自一人、茕茕孑立。

除了"早上好""晚安""把吃的递过来""起床啦"以外，大人们没有正经跟我说过什么话。我也太腼腆，不敢跟他们说话，总是觉得很难为情，所以多数时候我都是自个儿待着，不去碍他们的事儿。大人们说话的时候，我就看着自己的手。我把两只手握在一起，玩大拇指。我不知道能说啥。不知道要跟谁近一点。马塞洛一点儿都不在乎我。他只知道抽烟喝酒。我感觉自己就像湿漉漉的沙子，像泥巴，像外婆用来做玉米馅饼的面团，她用手把面团捏成团又揉开，啪，啪，啪。

我跟帕特里夏和卡拉住一个房间。这个房间很小。我们让电扇整日整夜地开着，这样才能凉爽一点，也能把蚊子赶走。我的床摆在她们床对面，她们的床挨着窗，我几乎一伸手就能够到。无论什么时候，无论我做了点什么，帕特里夏和卡拉都会眉头紧皱，我让所有人都觉得厌烦。所以我只待在房间里，让自己只是睡觉、看地图，记诵各种事情。我多想外公也在这里。我看着帕特里夏盯着卡拉吃下盘子里所有食物，在晚上给卡拉掖好被子，睡觉前亲吻她的额头，早上给她梳理波浪一样的黑发，编成辫子或者束成马尾，把她的衣服在床上铺开，等等。外公跟我说要待在马塞洛身边，但我想要跟他说话的时候，他都叫我一边待着去。他唯一跟我说话的时候，就是每天派我去给他买一包万宝路。

在这里的第一天晚上，堂达戈跟我们讲了一下"新计划"：我们会坐船穿过边境进入墨西哥。我们不会经过墨西哥恰帕斯州（Chiapas）的塔帕丘拉。外公画在地图上的蓝线要修正一下，伸到太平洋里再到瓦哈卡，但外公不知道。我家里人一个都不知道。他们还以为我们正坐着大巴，然后会换乘筏子过河。这儿所有大人本来也都是这么以为的。

马塞洛提高了嗓门，敲击着我们吃饭用的塑料桌——他手里要是有东西，肯定就扔出去了。奇诺对着堂达戈大吼，我吓坏了。我从来都不知道奇诺还能气成这样。切莱很安静。帕特里夏也朝着堂达戈尖叫。现在所有人的皮肤颜色都更深了，只有切莱的皮肤是变红了，成了亮粉色，就像一只熟透的大虾。大人们吵来吵去，我只是听着，好想把自己藏起来，藏到没人能看到的角落。

跟不是玛丽也不是妈妈的女人住在同一间房里让我觉得很怪异。我觉得不舒服。而且，我觉得我喜欢卡拉。我很担心自己会放屁、打鼾，或是干了什么别的尴尬的事情。我不想让她和帕特里夏看到我没穿衣服的样子，所以我去洗澡的时候，总会把所有衣服都带去洗澡间，在汽车旅馆这一侧最头上那个房间旁边。

洗澡间里有个喷头，可以让水像下雨一样淋到水泥地板上。唯一让人保有一点隐私的是一张浴帘。这里有一口装了马达的井，跟堂卡洛斯那里的很像，但这里的水泵会把洗澡间后面一个巨大的塑料水箱注满。只有在没人洗澡的时候我才会去洗，拉屎也是。没有外公在，我很难不去担心自己会被冲下马桶，冲进海里。

我一直很安静。帕特里夏一有时间也会关心一下我，但她还有自己的女儿要操心。我努力做好所有事情。我自己洗手，自己洗澡，不找人帮忙，把盘子里所有食物都吃完，还会自己清理干净，自己铺床，只管我自己的事情。我不希望任何人认为我还是个小孩子。

第二天晚上，堂达戈给男人们带了一箱他最喜欢的内格拉莫德洛（Negra Modelos）啤酒。喝完以后，他们出去买了些更便宜的，嘉露（Gallo）啤酒或是苏尔（Sol）啤酒什么的。奇诺和马塞洛差点儿因为他们的文身大打出手，切莱费了好大劲才拉住他们。可能是因为谁不喜欢对方的文身，或是别的什么事。堂达戈跟他们一起喝，喝了还不到一瓶，但这时候，男人们开始问诸如我们什么时候动身之类的问题，然后就升级成朝堂达戈大叫，他握着自己那瓶莫德洛啤酒听着，就握在包住瓶盖的金纸那个位置。马塞洛是头一个大喊大叫起来的，他嗓门最大，也醉得最厉害。切莱威胁说要回萨尔瓦多，说他要把钱要回来。奇诺往堂达戈脚下扔了个莫德洛酒瓶，想要跟堂达戈大干一场，但堂达戈还是坐在他那把塑料椅上，而其他人要拦住奇诺也并不难，毕竟他那么瘦。我担心马塞洛会杀了他——他有这个能耐，但他醉得太厉害了，一拳也打不中。

我吓坏了。就像外公喝醉的那一次，当时妈妈还在家，外公砸破厨房门，妈妈往他脚下扔了个搅拌机，摔碎了，外公朝天开了一枪。第二天，我远远地躲开那些男人，我知道外公跟我说过要"待在马塞洛身边"，但他是最叫人害怕的那个，只知道喝酒、抽烟和吵架。

我们在这里的第五个晚上，那些男人又打了起来。这天吃完晚饭，堂达戈在餐桌旁边站起来，用他几乎是耳语的声音告诉我们："去睡觉。好好休息。你们两天之内动身。"他这次没有带莫德洛啤酒，饭也吃得非常快。他告诉了我们更多细节，我们也只是点着头听着，直到他说起自己不会跟我们一起走。他说，他不跟我们坐船过去更好，他是墨西哥公民，他会赶在我们前面，确保我们的关系都建立好了，确保不会像在特昆和奥科斯一样再出什么纰漏。

"我可不想再耽搁了。"堂达戈说完,跟玛尔塔一起去了他房间。大人们称之为他们之间的"老皇历"。几天前,我听到帕特里夏朝玛尔塔大喊,说耽误这么久都是因为她。

帕特里夏把我和卡拉从餐桌上送回房间,就像从始发站急火火开出来的火车一样。回房后,她告诉我们就待在房间里,然后又急匆匆赶回饭厅。我和卡拉都把耳朵贴在门上,我听到马塞洛像疯狗一样狂叫着:"就别他妈废话了,老东西。"所有人也都跟着骂了起来,"别扯淡了""老狗日的""吵死了,屎橛子""狗娘养的"不绝于耳。足足一小时后,所有人才平静下来。我只希望我们真能像他说的那样,两天之内动身。

"行了,哎,小家伙们,去洗澡,睡觉。"帕特里夏回到房间时对我们说。她一脸平静,假装什么都没发生,我们也什么都没问。我拿上衣服,抢在所有人前面去洗了澡。一地的玻璃碴,还有还没熄灭的烟屁股,都没人收拾。

现在是第六个晚上了,没有人在外面喝酒或是抽烟。堂达戈叫所有人早点去睡觉,去休息,因为我们天一亮就出发。吃完晚饭,他来到我们住的每一个房间,拿来装水的塑料瓶和路上吃的薯片,让我们装进包里。我们的背包都打好了。感谢汽车旅馆的老板,因为尽管她从来不跟我们说话,也没有任何人知道她的名字,但她今天给我们洗了衣服。多亏她,我们的衣服现在全都是干净的,也全都干透了。现在晚上十点半了,没有人吵架。我祈祷着,希望一切顺利,但我还是很害怕。我已经洗过澡了,但又出了一身汗,因为堂达戈叫我们穿着衣服睡觉。他说:"深色衣服。"我穿上了深蓝色的牛仔裤,深色T恤,黑色皮鞋,系上了皮带,还把外公的手帕放在了口袋里。

我听着帕特里夏和卡拉说话,直到她们上床睡觉。帕特里夏没有打鼾,所以我知道她还没睡着。她只要睡着了肯定打鼾,有时候还会发出一些很好玩的声音,但现在很安静。卡拉从来不打鼾。我没法知道她是不是还醒着,但我也听不到任何耳语。这个房间的墙,包括整个这家汽车旅馆,都是裸砖砌起来的,摸起来很粗粝。我们之间只有一块水泥地面,总是很凉,早上尤其凉。她们床边上有一台小电扇,现在只有这台电扇还在发出声音。我放慢呼吸,好跟电扇摇头的咔嗒声保持一致。电扇转到房间一侧了。咔嗒。然后又转回来吹这一侧了。咔嗒。我喜欢把脚抵在墙上,就像跟玛丽一起躺在床上时那样,但现在我不想这么做。我躺在毯子下面,努力保持静止,因为帕特里夏醒着,我不希望她问我在想些什么。她在想什么? 在像我一样担心吗?

每张床只有一个枕头。帕特里夏和卡拉共用一个。我从来不喜欢睡枕头,但我没告诉她们,因为我喜欢把枕头抱在怀里。我脸朝下睡着,假装枕头是妈妈,或者玛丽。天花板上有个灯泡。屋里有个小塑料抽屉,上方挂着日历。帕特里夏喜欢拿支笔把日子一天天画去。她们床边放着一个很小的塑料桌,帕特里夏会把圆圈状的耳环取下来,夜里就放在那桌子上面。卡拉戴着耳钉,从来没摘下来过。正对着我床的门边上有几个挂钩,我们的背包就挂在那里。背包已经打好了,拎起来就能走。

几天前,男人们在夕阳下抽烟时,马塞洛说他听到了一些流言,说的是翻船的事情。当地人告诉他,我们来到奥科斯之前的那个周末，有六十多人死了。跟我们是同一条路线，坐的船跟我们明天要坐的是同一个型号。马塞洛说，就是因为这个，我们才没有马上动身。大人们问堂达戈有没有这回事，堂达戈说全都是无稽之谈，一派胡言。他说这是危地马拉警方散布出来的谣言，他们给当地人钱让他们到处说，好吓住像我们这样的人——当地人管我们叫"移民"。一个很难发出来的词。从"移"到"民"就好像中间隔了一座山，我的舌头很难跨过去①。发这个词的音，就会感觉喉咙里好像有盐水一样。"你们移民就像这样""那些移民就像那样"，移民，移民。

堂达戈一直说，不要相信"那些印第安人"——外公也老说这个词。很刺耳。堂达戈说他知道自己在做什么，说我们付过他钱，说之前这种事他都做了好多回了。

当地人说，肯定是因为海上风浪太大。因为蛇头没什么经验。因为海上有一场风暴。但是现在，很快就要到天明了，我却怎么也睡不着。我希望堂达戈对任何情况都了如指掌。我不希望发生在那些人身上的事情发生在我们身上。我不会游泳。尽管我在海边长大，我爸爸还是渔民，我却不知道怎么游泳。对我们镇子旁边看不到底的黑水，我总是怕得不行。我也害怕鲨鱼。

我专心地听着风扇摇头的咔嗒声，想着我的卡德霍。我聆听他会在暗夜里发出的声音，但什么都没听见。没有哨声。没有像燃烧的煤块一样的明亮的红眼睛。但这也没关系。外公说，大

---

① 此处"移民"原文为西班牙文"migrantes"，作者觉得拗口的两个音节是"gran"和"tes"。——编者注

部分人从来没见过他们的卡德霍，但这并不是说他们就没有卡德霍。卡德霍，小卡德霍，保护我。我在床上低声说。

1999年4月28日

我们听到一阵敲门声。"起来，起来，起来！"堂达戈是想大喊，但他的声音听起来并不大，在敲门声中更是显得有些无力。随后是同样的敲门声，同样的词句，不过是在我们隔壁，男人住的那间。

我擦了擦眼屎。我不记得做了什么梦，但感觉自己好像没睡过一样。脖子很疼，就好像后面有个线团正在收紧。帕特里夏马上就醒了。我能认出她的影子，她的躯干从床上立了起来，腿伸直了。

"喂，小家伙们，起床啦！起床啦！"她大叫起来。毯子在她身后的空间里皱缩成一团，卡拉就蜷在那里。帕特里夏也没招呼一声，直接就开了灯。我的眼睛一阵刺痛。帕特里夏把毯子从女儿身上扯了下来。

"妈妈！"

"快点，起来了，卡拉。"帕特里夏的声音没那么大了，但仍然有些尖厉。我的手表上是凌晨4点25分。我们已经穿好了衣服，但帕特里夏和卡拉并没有穿着鞋睡。

"快点。"帕特里夏摇晃着卡拉。

我的鞋是黑色的，上面有尼龙粘扣。我把需要系鞋带的靴子放在背包里，这样脚上这双穿坏了我还有得换。我还不知道怎正确地系鞋带，只会打上我自己解不开的死结。外公在特昆的时候教过我，但我还没完全学会。

蝙蝠在我们头上飞来飞去。我们忘了把房间里的灯关掉，灯泡照亮了汽车旅馆的露台。男人们的影子徘徊着，小红点在他们嘴里一闪一闪，烟雾在他们的头顶缭绕。所有人都背着背包，穿着深色衣服。我能看到垃圾桶已经堆得溢了出来，里面都是男人们过去一周喝下的啤酒瓶和啤酒罐。

"走走走。"堂达戈说着，在所有人前面走了出去。他的棒球帽朝后戴着。但我们不是往大街上走，而是走向汽车旅馆后面，走向一条小溪：我都不知道那儿还有条小溪。好多树，好多灌木丛，看着好吓人。

"那边。"堂达戈说着，指向正从小溪那边过来的一盏灯。

我们沿着小溪的岸边走，在椰子树下，在红树林中，朝那盏灯快步走去。蟋蟀在叫，我们的脚踏碎了地上的树叶。堂达戈让我们装起来的水瓶也在背包里晃荡。男人们还带了额外的水壶，打在他们肩膀上。奇诺带了两壶。帕特里夏也带了两壶，其中一壶是给我的。

堂达戈拿着一个手电筒，蚊蚋、蛾子都飞了过来。男人们的香烟无法盖过泥水和臭鱼夹杂的味道。天空是非常暗的蓝色，火山上面一点儿都看不到太阳要出来的样子。空气和一个星期以来一样，充满了盐分。一袋袋薯片在我们背包里窸窣作响。

"路上没有吃的。"昨天晚上堂达戈说，然后给我们每人发了三小袋薯片。"如果还要，自己去买。商店开着。"我不知道帕特里夏有没有去买。我没有。外公给了我一些钱，我藏在衣服里面还没花。我们走向小溪里的那盏灯，那是跟着一条船一起来的。就像我们在拉埃拉杜拉的那种小船。六米长，上面没有顶棚，就像一根大香蕉挖空了果肉，从中间剖成两半。渔民们也用这样的船去捕鲨鱼。捕鲨船。

船上的人沿着船的长边，挨着船舷坐着，两排木头座位看起来就像露天足球看台上的长凳。船中间有块很厚的木板，靠近船头也有一块，还有一块很厚的在靠近船尾的地方，上面放着巨大的塑料容器，前边还有两个巨大的马达。船上有人拿手电照了过来，照在切莱身上，他的皮肤像纸片一样反着光。

"早上好，堂达戈。"船上一个站着的人说。他听起来像墨西哥人——像赫苏斯，但口音更重。他的话音是从喉咙里出来的，跟我们发声的方式不大一样。还有一个人站在他旁边，但没有说话。

"早。"堂达戈回应道。他把手电上下晃了几下，就像他在点头一样。

"上来，上来，随便坐。"拿着手电的人对我们说。我看不见他的脸，但能看出来他戴着帽子——不是棒球帽，而是那种围住整个脑袋，在任何角度都能遮阳的帽子。然后那人对已经坐在船上的人说："腾点地方，挪一下，挪一下。"

堂达戈也说着一样的话。"找地方坐下，找找地方。"他一边说着，一边给登船的木板照亮。我们走上船，靠近船中间的人给我们腾了点地方。我们坐下来，看着岸上的堂达戈，他在跟最后面马达那里的几个人低声说着什么。玛尔塔不在。她甚至都没跟我们道别。没有人说起这事儿。也许昨天晚上大人们吵了起来就是因为这事儿。

大家都关了手电。我们坐在船中间。我、帕特里夏和卡拉在一边,马塞洛、切莱和奇诺在另一边。他们抽着烟,小红点一明一灭。蚊子叮我们,男人们把他们的烟吹了过来。

"好。"堂达戈说着,往岸上退了一步,"走吧,上帝与你们同行。"他又退了一步,"我们墨西哥见。"他拍拍船舷,后面两人操起两条桨,把我们推离岸边,进入宽阔的小溪中央。

"嘿,你,"切莱拍了拍奇诺,说,"他们还会给我们水吗?"我差不多能看清切莱脸上的粉刺,还有过去一个星期在他脖子上长成一圈的红疹子。他穿着一件长袖衬衫,一直盖到手腕,但他从来不会把衬衣扣子扣到最顶上,里面的白色背心露了出来。

奇诺回头看着切莱,说:"傻啊你,干吗问这么蠢的问题?"

切莱装作给他肩上来了一拳,奇诺低声说:"不要!大傻帽。"帕特里夏笑了。天很黑,但有些人衣服上的浅色物件看起来很明亮,比如切莱的白色背心。有人穿着白袜,我的表带也很扎眼。有些人的深色衣服上有白色的线,看起来就像圣诞灯饰。

我一直都很乖,不去碍大人们的事。我很听他们的话,把他们当成外公和玛丽,爸爸妈妈也告诉过我要这么做。但是现在我必须问问谁了。我盘算着怎么以最快的速度把这个问题问出来。我拽了一下帕特里夏的衣服,问道:"这一趟要走多久?"

"我估计要十七八个小时吧。"

比从圣萨尔瓦多到特昆的长途汽车时间还长!我不想在水上待那么久。这么长时间,鲨鱼有更多机会出现。风暴、大浪也更有可能出现。

"别担心。"帕特里夏说，拍了拍我的肩膀。我害怕鲨鱼、大蟒蛇、冰山和鳄鱼，任何能在水里游的东西我都怕。昨天晚上我想过的所有事情都回到了我脑子里。"这些人很在行的。瞧着吧。我们会安全到达墨西哥。"

"对，不用担心。"奇诺在对面说道。

卡德霍，小卡德霍，请保护我。我把这些话含在嘴里，没有人听得到。奇诺、切莱和马塞洛也在不出声地互相说着什么。我上上下下看着船里，所有人看起来都很害怕。我也很害怕。河水颜色很深。两岸的红树林和其他的树搭成了一条隧道，有一股水流推动着我们，把我们推向大海。我听到海浪的声音。

船尾的墨西哥人没有开马达。他们慢慢从水里把船桨提起，然后又重新插回水里，尽量不发出任何声音。我们坐在长凳上。帕特里夏抱着卡拉。马塞洛、奇诺和切莱先后抽完了烟，把烟屁股丢进水里。木桨入水的声音让人平静，就像水在呼吸。

※

外公离开以前我们有九个人。在奥科斯，我们是八个人。现在，玛尔塔和堂达戈也走了，我们还剩下六个人。我管我们叫六人组。这是我的秘密称呼。就好像我们是恐龙战队，是美少女战士，是《地球超人》里戴着戒指的那几个年轻人，他们的戒指合在一起，地球超人就出现了。我们是一支队伍。我们的重要任务：抵达美国。

我们一个挨一个坐着，周围还有二十来个陌生人，没有谁跟我们说话。天仍然黑着；我手表上显示早上五点了，但太阳还没有从山上出来，溪流两岸密密层层的红树林和椰子树自然也还没有阳光穿透。船尾那个墨西哥人身后的天空越来越明亮。希望到今天结束时我们能到墨西哥，到我和爸妈之间相隔的最后一个国家。

所有人都挤在一起，跟身边的人肩挨肩，膝盖碰膝盖。所有人也都把背包放在膝上，两手环抱着。几乎都是男人。跟切莱、马塞洛和奇诺差不多年纪的成年男人，不过也有几个十来岁的少年（脸上没有胡子）。也有几个人看起来超过五十岁，跟堂达戈和外公年纪差不多。算上帕特里夏一共有四个女人。另外还有两个孩子——比所有人个子都小，跟我和卡拉一样胸前是平的。没有人说话。

三个鲜红色的汽油桶把我们跟船尾的驾驶员分开，桶排成两排，差不多跟我一样高。我离得很远，但也能闻到汽油味，跟油漆的味道差不多，也有点像胶水，像有气味的荧光笔的味道。汽油味刚开始闻起来还好，但很快就让人受不了了。汽油桶后面是我见过的最大的马达，大概有驾驶员一半那么高。而整个这条船上，只有驾驶员是站着的。

也只有他们俩是墨西哥人。他们其中一个跟堂达戈说话的时候我就在这么想，等到听见他俩互相交谈的时候，我就更加确信了。他们的口音跟我们一点儿也不像，而且说了很多"老弟"。他们还没跟我们说过话。他们一边划桨，一边盯着两岸，直到溪流越来越宽，海浪的声音越来越大。在汽车旅馆那边时木桨还会扎到泥巴，到这里就全是水了。

我想找到月亮在哪儿,但哪儿都没找到。我想找个大点的目标盯着看。再过两天就应该是满月了。我们房间里的日历上,每个黑色数字旁边都有个小小的红色月亮,但现在天上什么都没有。而且现在云很多,希望不要下雨。我一直想着当地人告诉马塞洛的事情。一切都会好的。

已经很暖和了,尽管也有微风吹进我的鼻孔,吹在我的舌头和脸颊上,带来一股股盐的味道。海浪摆荡得越来越厉害,水面不像在汽车旅馆那边那么平静。我们快到三角洲了。这让我想起从我们那个镇子坐船去海上的情形,在海浪中颠簸,是那段旅程中最让我害怕的事情。那两个墨西哥人不再划桨了。其中戴着圆帽的那个,从船尾朝着我和卡拉走过来。他凑到我身边时,我能看到他的胡子有一些已经白了。他年纪很大。有副太阳镜用一根鞋带吊在他脖子上,他俯身时太阳镜几乎能碰到我的额头。

"你们俩——"他说。他的声音,他说话的方式很不一样。甚至比堂达戈说话还要生硬。他听起来像墨西哥老电影里的人,比如比森特·费尔南德斯出演的那些电影里的牧场主。"拿着。"他轻声说。他的声音让我想起外公。坚硬,直接。他松开拳头,里面有两粒白色小药丸,在深蓝色灯光下闪闪发亮,就像两只眼睛在抬头看着我和卡拉。

"这样你们就不会吐了。"他说着,大手又往我们这边伸了伸。卡拉先拿了一粒。随后他把手伸到我跟前,我拿走了我那粒。他递给我们一瓶水,是用绳子拴在他腰带上的。卡拉看着帕特里夏。帕特里夏点了点头,卡拉才把药片放进嘴里。我也看着帕特里夏,她又点了一次头。

小药丸在我舌头上留下一股苦味。我没有什么感觉。他别的什么话也没说，只是笑了笑。他的牙齿歪歪扭扭，上面那排牙齿的每道牙缝都非常宽大。他也给了帕特里夏一粒药。帕特里夏吞药时那人走开了，走向船头其他孩子和女人坐的地方，我们看着他们也把药吃了下去。他又走了回来，回到船中间，就在我们边上站定，然后说起话来。

"听着！"他的声音穿透了海浪声，也穿透了微微的海风，"有几条规矩跟你们说一下。"所有人都转过头来看着他。"马达只要打开，路上我们就不停了。我们要到太阳快落下去的时候才停一次船，让你们休息一下。所以谁要是想尿尿，趁现在去。"他说得很慢，我们每个字都能听清。"如果需要拉屎，"——他顿了顿，环顾一周——"要么现在拉，要么憋着。我们不会停下来。"他等着大家提问，但没有人问任何问题。

随后有一个说话跟我们很像的人在船头问道："那我们什么时候出发啊？"

"另外两条船到了我们就出发。"墨西哥人说。我以为我们会停到海滩上去，伸伸胳膊腿什么的，但没有。墨西哥人看着帕特里夏、卡拉和我，然后是其他女人和孩子，继续说道："以前我们也这么做过，别害怕。"他的国字脸很瘦，帽子是用浅棕色的布做的。没有人提问，于是他走回船尾。

快五点半了。太阳的光芒开始照亮浪尖，那景象很美。浪尖下其他的水看起来像深蓝色的果冻。我们看到有两条船从河上面向我们驶来。那两条船跟我们这条一模一样：没有顶棚，坐满了人，船尾是巨大的红色汽油桶。船刷成了白色，船舷是深蓝色的，没有名字。我想起老家镇上那些渔民的话："船要有名字才行，不然会沉。"

那两条船顺水而下，来到我们身边才停下来。我们停得非常近，都能在船之间来回走动了。每条船后面的墨西哥人，也就是蛇头，都在相互交谈。船上其他人跟我们这条船上的人也很像，大都是男人。有的人跟我肤色差不多，有的像切莱那么白，有的比我黑，还有的是我见过的肤色最深的人。有的人像我们一样说着"你们""我们"这样的词，也有人叫我"刮瓜"①，我也不知道是什么意思。有些人说的不是西班牙语。年纪大一些的男人穿着长袖衬衫，戴着宽边帽，就跟我们老家的乡下人在玉米地、棉花地和甘蔗地里干活时穿的一样。剩下的人几乎全都像奇诺和马塞洛一样穿着深色T恤。

我们这条船上，马塞洛是唯一只穿了件背心的人，他在奥科斯也穿着这件深绿色背心，露出他左肩上的文身。这样穿让他看起来很像《第一滴血》里面的兰博，或者别的什么随时能投入战斗的大兵。我想认清楚马塞洛的文身都写了啥，但已经开始褪色了。我听到堂达戈不止一次叫马塞洛把文身遮起来，说别人可能会误会什么的。马塞洛不听，反而像戴着勋章一样到处招摇。有些人像蛇头说的那样站起来往船外面撒尿，但我还不需要撒，至少现在还不用。

今天会很热。马塞洛穿背心的想法是对的。我多希望我也带了一件。天气热了起来，尽管还有点微风。蛇头停止了交谈。

---

① "刮瓜"原文"güirro"，为萨尔瓦多邻国洪都拉斯俚语，意为"小男孩"。——译者注

"准备好了，龟儿子！"那个年轻些的蛇头喊道。他也反戴着一顶棒球帽，那支球队的名字我没听说过。他的声音没有那个留络腮胡的蛇头那么低沉。他的脸圆圆的，脖子上也挂着一副用鞋带绑着的太阳镜。"坐下来！所有人，坐下！"

另外两条船荡开去，也都打开了马达。老蛇头紧了紧帽子——有根绳子勒在他下巴下面——然后坐了下来。年轻蛇头握住两个马达的手柄——马达轰鸣起来，发出的声音很像摩托车。所有人看起来都吓坏了。人们开始窃窃私语，坐在我们旁边的人说着"天哪这""天哪那"之类的，帕特里夏开始祈祷，嘴里念念有词。有人看向天空，他们手掌张开，掌心向上。有人握住他们系在脖子上或挂在腰间的十字架。也有人拿出上面印着圣人的卡片。我祈祷着，希望能很快见到爸爸妈妈。我说，卡德霍，小卡德霍，保护我。

我们离三角洲越来越远，离外海越来越近。那外面就是大浪，浪头是白色的。我们屁股下的浪一个比一个强劲。那颠簸就像心跳，永不停息。我们这条船走在最前面。两个蛇头都站了起来。他们俩似乎在尝试解读海浪，就像我们家乡的船夫那样。我感到刺痛，麻木。我的脸很僵，就像很长时间一直在笑一样。

"准备好了！"老蛇头大叫起来。我们的船等待着、摇晃着，享受着暴风雨前的宁静。海浪是小型地震。我肚子里翻江倒海，就快吐出来了。我肚子一边有一个装过蛋黄酱的空塑料袋，一边有一个装过食物、已经脏了的纸盘子，像一扇脏兮兮的窗户。

戴着圆帽子的墨西哥人朝戴着棒球帽、握着马达手柄的墨西哥人喊起来："你！用力！用尽全力！全力！"他对着棒球帽狂叫。

船颠簸起来。老蛇头朝所有人喊道:"抓着船! 抓着船!"帕特里夏一手搂住卡拉,另一只手抓住船舷。我两只手都紧紧把着船。颠、颠、颠,海浪一个接一个在船头击碎,也一个比一个大。很难抓住船。有人尖叫起来。戴着宽边帽的老人抓住他们,免得这些人飞出船去。我抓着我身边的人,抓他们的衣服、裤子,碰上什么抓什么。每一道浪都让我们的屁股生疼。汽油的黑烟让空气浓得化不开,那味道也很难闻。船破开了一道道浪,然后又是一道大浪——

我们飞到空中。天空触手可及。所有人大气都不敢出。有人落在了船中间。然后便结束了。

没那么颠簸了,也更安静了。但气味还在。浓浓的汽油味扑鼻而来。

"也就这样嘛!"老蛇头兴高采烈地说,露出那一口歪歪扭扭的牙齿。太快了。我们已经越过分界线,来到开阔的外海。海岸线在我们身后。火山。奥科斯。水泥楼房。那座塔楼,男人们在那儿抽过烟。天亮了,房子里的灯光渐次熄灭。我们看着另外两条船也乘风破浪,冲过了河流跟海洋的分界线。马达轰鸣。所有人都在笑,在往自己身上画十字,在祈祷。切莱、马塞洛和奇诺又掏出烟,抽了起来。所有人看起来都轻松多了。

屁股好疼。背后是马达的声音。嗡——啪。嗡——啪。嗡——啪。盐水溅在我们脸上,海风吹拂着我们的胸膛,阳光温暖着我们裸露的皮肤。老人们把手放在他们的帽子上,那样子看着很累。也有人把帽子摘了下来,免得被风吹走。太阳已经完全爬上山顶,海岸上、水面上所有的一切,现在看起来都更接近本来的颜色。我努力让自己不去想脚下那不知道有多少米深的水,那密密层层的海鱼、鲨鱼、鳄鱼和海怪。这是我出海最远的一次。在这里,我们不会发生任何事情。不会有任何东西来把我们从船上带走,把我们扔进海里。我会在墨西哥上岸。我会见到我爸妈。

※

我们在太平洋中央,修女们说的最大的那片海洋,在外公的地图上,是一片巨大的蓝色。一个月前我还在海滩上过圣周,那时候我晒脱了皮,因为我害怕魟鱼,也不想下水。而现在我来到了这里。周围除了水还是水。抬头看,除了天空还是天空。云,好多云。移民。奥科斯的当地人就这么叫我们。我们是移民。我是移民。这条船上所有人都是移民,我们到奥科斯以前在海里淹死的那些人,也是移民。

我想到了蚂蚁。我老家的蚂蚁生活在地下的洞里。下了雨发大水时,蚂蚁会手牵着手,或是用触角互相连起来,我也不知道究竟是什么,反正会连成一条线,就像在玩"闯城门"的游戏①。闯城门,闯城门,蚂蚁们互相紧抓,形成一大团漂在水中,看起来就像在洪水里浮沉的一片树叶。浅褐色水流上,漂着深

---

① 原文为"red rover",是一种不仅在西方多个国家,同样也在中国流行过的儿童游戏。中国部分地区称之为"闯城门"。游戏一般需要十人以上参加,分成两队,各队手拉手站成一排,一队出一人去冲击另一队,如冲破则带一人回来,如未能冲破则留在另一队,直到所有人都在同一队中。——译者注

褐色蚂蚁。

现在我觉得自己就像那些蚂蚁。船上我们这些人，互相靠得那么近。肩挨肩，膝盖碰膝盖。但没有人手拉手。我想拉着帕特里夏的手，拉着卡拉的手，拉着马塞洛的手。有些人在聊天，但大部分人都只是自己待着。马塞洛坐在我对面。虽然太阳就在我们头顶，但吹着风，还是很冷。卡拉坐在妈妈腿上。我不知道我要不要靠他们近点。我试着冲马塞洛点点头，但他的目光越过我头顶。奇诺和切莱坐在他旁边，没有说话，也闭着眼睛。他们睡着了吗？帕特里夏扶着自己的额头。浪涛击打着我们，我睡不着。

闯城门，闯城门。我们和闯城门的蚂蚁只有一个区别：我们没有触角，倒是背着背包，带着水和吃的，我们在一条船上，我们自己的纸船，我们自己的树叶，在水上漂着。我们离开了在城里、在乡下的家，离开了靠近海滩、靠近火山的家。我们一个个独自离开，然后找到一个蛇头，组成一支队伍，而现在，我们又组成了一支更大的队伍。一个巢穴。一个殖民队。我们至少有三十人。旁边另外两条船上，分别还有三十人。

一百只蚂蚁。在拍击着我们屁股的浪涛中，在溅上我们脸庞的水花中，在阳光中，我喃喃低语。海风吹进我的衣服，有些凉意，这使我的皮肤没有在阳光下晒伤。没有人带防晒霜，但我喜欢这样。我喜欢晒到脱皮。我想要让自己觉得好像仍然在家里，在度过圣周的那个海滩上。我喜欢第二天和后面那些天，身上一块块脱下来的皮。

尽管我们座位底下有地方，我们所有人都还是抱着自己的背包。马塞洛、切莱和奇诺抱得很紧。尽管马塞洛在"睡觉",我还是能看到他手上青筋毕露。每当船只猛地撞上一个大浪,我担心着船会不会裂开的时候,我都会紧紧抓住我的背包。这是我的枕头。是为我遮挡海风和阳光的盾牌。

西边现在有些乌云。我希望那些云能一直远远的。我们来奥科斯以前,一场风暴淹死了好多人,说不定真有这么个事儿。大海着实狂暴,着实叫人害怕。那么多浪冲击着我们的船,我们的屁股在座位上撞来撞去,身体都已经麻木了。有的人拿背包垫在座位上,有的人坐在自己手上,还有的人把他们的毛衣、T恤等等衣物全都拿了出来,当成垫子放在座位上。

云块散开时会露出亮蓝色的天空。我本以为海水越深颜色越浅,但实际情况刚好相反:浪尖是像萨尔瓦多国旗那样的深蓝色,接近海面的地方颜色更深,就像洪都拉斯国旗,而海面以下的颜色还要更深。

移民。这个词好难发音。就好像我嘴巴里有太多口水,好像我要淹死了一样。我一直大声说着这个词,后面一直有马达的噪声。嗡——啪。嗡——啪。一遍又一遍。我感到头晕。我感觉天旋地转。

汽油味像一根手指压着我的喉咙。我想吐。这也是为什么那个留着小胡子的圆脸蛇头会喊:"每三个小时,船尾的六个人换到前面去!前面的人换到中间,中间的人换到后面!懂了没,龟儿子?!"

"换!"他第一次尖叫起来,就仿佛拿着个大喇叭高喊一样。船尾的人弓着腰,紧紧抓着腿、胳膊、手和船,一步步挪到船前面。没有人敢站直了走,生怕会翻到船外面去。我们互相搀扶着,把人们往船中间推,这样他们就不会被海浪卷下去。我们在长凳上往船尾滑行。

每过几分钟都会有人往海里呕吐。另一些人吐在了塑料袋里,或是紧紧抱着自己的头,让自己不要吐出来。啪。闯城门,闯城门。我们基本上都是中美洲人。每当有人听起来像是要清空肠胃时,人们就会说:"你个婊子养的,可别吐啊!睡觉吧。全弄脏了。"但是也有一些人说话的样子很好玩。巴西人?他们头一回讲话时切莱看着他们,说他们听起来像是舌头上裹着奶酪。奇诺大笑起来。马塞洛还在装睡。

几乎所有人都吐得昏天黑地。如果不小心,吐出来的东西会被海风吹到旁边的人身上。刚开始,人们会因此吵起来,但过了几个小时,大家都吐了,也就没人在意了。我们用浪花清洗身上的脏污。帕特里夏给卡拉洗过,也给我洗了洗。马塞洛、切莱和奇诺都在睡觉。他们醒着的时候一直在抽烟,他们把烟握在拳头里,这样火光就不会灭。他们挤在一起,为火苗挡风。

"这样能让食物留在肚子里。"他们说。切莱的脸已经变得红通通的,马塞洛和奇诺的肤色也变得越来越深。也许他们说的是真的。他们还只吐过一次。

每隔几个小时,那两个墨西哥人会轮流扛起红色汽油桶,放在膝上保持着平衡,然后把汽油倒进马达嘴里。一个人倒汽油的时候,另一个人就驾着船。什么事都不会让我们停下来,我们一直在全速前进。因此他们会把汽油洒在衣服上、洒在船上。我从来没有这么近地看过汽油,看起来闪闪发光,像彩虹一样,但味道非常可怕。

我不知道船上其他移民都是从什么地方来的。我觉得他们之前可能也住在我们那家汽车旅馆，要不就在附近。我能听到人们聊天。帕特里夏和卡拉没说什么话，她们只是盯着之前能看到陆地的方向。有时候我会看到奇诺、马塞洛和切莱目光越过我们头顶，看着外面的大海。有时候，我会向前看，看向北方，看向我们要去的地方。墨西哥，爸爸妈妈就在那边。

所有人都把带着的东西藏在背包里。外公跟我说过要小心，要把带的水、带的吃的都藏起来。"换位子，龟儿子！"那个刻薄的墨西哥人又大喊起来。他好喜欢说这个词。我们甚至都不用看就知道是他。那个留络腮胡的墨西哥人不会管我们叫龟儿子。人们听见了，就站起来，弓着身子挪动。有时候会看到有些人手上已经在脱皮。有些人已经脱掉了上衣，尽管他们知道这样会晒伤、晒脱皮。很冷。然后又很热。我好累。我好困。我很好。很清醒。我觉得很好玩。又不觉得好玩了。我的肚子。我想睡觉。我不能睡。谁都不能睡。太吵了。那么多蓝色。总是一样的。闯城门，闯城门。我们的背包。呕吐。啪。嗡——换！啪。太阳。汗水。海风。嗡——啪……

※

有时候你会看到远处有成群结队的海鸥和鹈鹕什么的。"它们在吃呕吐物……"帕特里夏告诉卡拉。卡拉靠在妈妈身上，眉头紧皱，似乎没听明白。她们俩都还没吐过，我也是。到现在，船上大部分人都吐过好几次了。衣服上、头发上、船上，到处都有呕吐物。在这样有些像烂木瓜的味道中，没有谁睡得着。蛇头们曾告诉我们，上船之前什么东西都不要吃。还说只能带浅色的食物，像是香蕉、玉米薄饼、面包什么的。大家吐出来的东西都是淡黄色的，可能也是这个原因。

"……那些鸟儿。"帕特里夏说，声音很轻柔。

我喜欢看弯弯曲曲的黑线在水中盘绕。那些鹈鹕和海鸥看起来像秃鹫。离我们好远——说不定它们就是秃鹫。

"不是。那边有鱼。"坐在马塞洛旁边的一个陌生人指着鸟群说。有些鸟像炸弹一样俯冲，往水里扎着猛子。

"才不是呢。是因为你没洗澡。"那群人里的另一个人说。有人大笑起来，他们也笑了，我也笑了。马塞洛没有反应。

我们已经在海上好几个小时了。没有遮阳的东西。我的皮肤已经晒伤了。我的胳膊一直收在袖子里，我看到很多人都是这么做的。我背包里所有东西现在都湿了。我希望能看到海豚。我反反复复地感到恶心。蛇头又给了我和卡拉一人一粒药。

就连马塞洛都吐了。奇诺、切莱和他一直在抽烟。"把这气味消灭掉。"他们几乎异口同声地说。帕特里夏冲他们摇着头，她不喜欢他们在我们身边抽烟。

一切都很难闻。那些人够着海水清洗自己的时候，我好担心他们会落水。我不敢相信，到现在我们一个岛都没看见。我想看到岛屿。我想看到灯塔。说不定我们可以停下来。说不定可以去那里拉屎。说不定那样我就能吐出来了。我希望天黑下来，这样就能看看我们离陆地还有多远了，也能看到星星，看到月亮。我没那么害怕了。我想看到更多鸟儿。我希望我们已经到那里了。我想看到鲸鱼，因为外婆说，鲸鱼代表好运。我希望能有什么东西跳出水面，而不是只有海浪拍击着我们。船里有些积水，有几厘米深的时候，我们就会用塑料碗舀出去。这看着就像我们撞船漏水了，像泰坦尼克号撞上冰山之后那样，但那个和善的蛇头说："这很正常，不用担心。"他是在动手给我们示范怎么把水舀出去的时候说的，他的声音很平静，让我也平静了下来。

"要是真有裂缝，就用这个。"他说着，举起装在一个五加仑①塑料桶里的焦油。他笑着，又说了一遍"不用担心"。

"操，别他妈搞笑了。"帕特里夏说。

那还是我们刚动身的时候。现在已经好几个小时了，还没有看到裂缝。但有时候，一个大浪会把我吓坏。帕特里夏好像并不担心，六人组里其他人好像也是，他们让我觉得安全些了。我想起以前有一次玛丽带我去阳光海岸的时候，那次她们诊所有人过生日。她的一个同事说想教我游泳。

然后，他说都不说一声就直接把我扔进了游泳池里最深的地方！我到现在都还记得那种没顶的感觉。氯水的味道，白色的池壁，我头顶那天蓝色的水面在阳光下波光荡漾。一个大鱼缸。

玛丽大叫起来，我在水里那么深的地方都能听到她声音。还是那个人跳进水里，把我救了上去。他指望我会划水、踩水、压水，随便什么动作都行，但我什么动作都做不出来。我躺在泳池边的水泥地上大口喘气时，那个同事一直在跟玛丽说冷静，说

---

① 美洲一般采用美制加仑，1加仑约为3.785升。——编者注

他自己就是这么学会游泳的。玛丽再也没跟那个同事说过话。

　　这里才是真的深。那么深的深蓝色。周围别的什么都没有。我要非常努力，才能不去想我们身下会有什么。我一遍遍重复着和外公一起练习过的那些内容：恰帕斯。墨西哥城。洛斯莫奇斯（Los Mochis）。埃莫西约。蒂华纳。一路走到加利福尼亚的圣拉斐尔。在奥科斯，堂达戈拿走我们的地图，扔掉了。他说："移民局就是这么抓到你们的。"但我还记得那些地名。我也在练习口音。好吧呀（Órale）。叫"吸管"（popote）不叫"饮管"（pajilla）。叫"票子"（lana）不叫"款子"（pisto）①。叫"老哥老弟"（carnal）不叫"密友"（chero）。我听着墨西哥蛇头说话。我做了记录。到我们上岸的时候，我就是墨西哥人了。瓜达拉哈拉人。要去墨西哥城。我知道国歌，知道那些总统的名字，我在船上看人看累了，就反复背诵这些。我希望太阳变得低一点，这样我就能用外公教我的那一招，来看太阳还有多久落下去。我想快点天黑，我好看星星。

※

　　月光给海浪涂上了一层铂金。月亮和星星倒映在水面上，看上去就像水母，巨大的触手伸向亚洲。倒映在水上的星星，就像铺在煎锅上的玉米薄饼。马达的声音盖过了其他所有声音。

---

① "票子"（lana）在墨西哥俚语中可以表示"漂亮""美女"，也可以表示"钱"。"款子"（pisto），既指一种酒精饮料，在中美洲俚语中也指钱。——译者注

嗡——。我们的鼻子感觉像有人往鼻孔里塞了两个浸过汽油的棉球。终于有几个人坚持不住，睡觉了。他们害怕在大浪打来的时候翻下船去，所以没有坐在长凳上，而是蜷缩在船中间的底板上，背着他们的背包，缓冲海浪的颠簸。

很冷。我往手上哈着热气。有些人带了备用的衣服，便从背包里拿出来套在身上。每一组人都坐得更近了，各自挤成一团。女人搂着女人。女人搂着孩子。有些男人也互相搂抱着。但切莱、马塞洛和奇诺没有。他们坐得比白天要近一点，穿上了所有衣服，往手上哈着气，两只胳膊抱在一起，但也就这些。他们对全船喊道："抽烟可以让我们暖和！"他们的烟谁都不给，虽然很多人问他们要过。船尾的蛇头也抽烟。他们没吐过。

帕特里夏从背包里掏出一件深灰色的短外套，很薄，但很宽大。她穿到身上，然后努力想把卡拉也装进这件外套里，让她暖和点。她们看到我冻得发抖，便想让我也挤进去。卡拉坐在她妈妈腿上，胳膊也在外套袖子里，跟妈妈的胳膊叠在一起。我坐在卡拉腿上，但胳膊没法也塞进袖子里去，而且拉链也拉不上了。帕特里夏想尽所有办法想盖住我，但海风还是打在我的胸膛上。她就像玛丽一样，想要帮我。我都不知道她也关心我，有这么关心。

我还是很冷，但没有我们努力抱团取暖之前那么冷了。我们的身体就像毯子一样，一层叠着一层。卡拉呼出的气吹在我的脖子上。我能感觉到她的腿。我希望自己不是太重。我喜欢我们这么紧密的样子。我希望我们俩对帕特里夏来说不会太重。这是我们贴得最紧密的时候。是我跟家人以外的女孩或女人贴得最近的时候。尽管汽油味那么重,我还是能闻到她们身上的味道。我能感觉到她们的体温。我的心跳得好快。

我试着不去想我有多紧张,试着让自己的视线越过对面人的脑袋,试着去发现一盏灯,任何灯光都行,这样就知道我们离海岸很近了。然而月亮升起来的那边,完全是漆黑一片。快要满月了。那边就是墨西哥,我悄声对自己说,也只对自己说。但那边没有灯塔。没有岛屿。也没有别的船。好几个小时都没人说话了。就连蛇头也好久没说话,不再说"换位子"了。一片寂静,只有马达的声音,海浪的声音,以及那两条仍然跟着我们的船的声音。我们能听到那两条船上的马达,比我们的声音轻,但我们知道他们在那儿。

一声"救命!"打破了寂静。一声凄厉的惨叫,就像猫在夜里打架。是一个坐在船尾的大个子男人。"停船!救救我!"他叫得就好像他骨头断了一样,就像有人在打他一样。

我转过头,想看看帕特里夏,她把我抱得更紧了。卡拉问妈妈怎么了,帕特里夏什么也没说。那个男人周围的人问他怎么回事,但那男人一直尖叫着。人们互相看着,也看着蛇头,但两个蛇头无动于衷,装作什么都没听见。

那个男人说他看到鱼了。看到了他妈妈。他的兄弟。他反复说着自己没法动弹,没法站起来。说他需要拉屎。说他真的需要拉。"停船!停船!"

那个男人比任何人都要高都要大。第一次换座位的时候,蛇头叫他就待在船尾,他们说:"这样安全点。你不要动。"他从那时候起就一直没挪过地方。这么长时间里他就一直离汽油那么近。

"救救我，有鲨鱼！"他喊着，"停船！"

每声大喊后面都跟着长长的停顿，就好像他要死了一样。我的胸膛好像就要碎裂的冰块。

"那人怎么了？"卡拉的气呼在她妈妈的脖子上。帕特里夏看起来很担心。她两手用力搂住我们，搂得更紧了。我看到有人在往自己身上画十字。

所有人都喊了起来："我们为什么不能停下来？！停船！看见没，他都要疯了！他会把我们全都害死的！他要跳船了！"

他旁边的人想把他摁在座位上。月光照亮了他有点儿发胖的脸。他的脸颊。他的鼻梁。这时蛇头拿手电照了过去，照亮了他的身体。他粗壮的胳膊。他在哭，在出汗，在乞求。他的手势让他看起来像是在祈祷。

他试图跳到船外面去，但更多的人把自己的身体压了上去。棒球帽蛇头终于也冲那个男人喊了起来："给老子冷静下来，你他妈的老浑蛋！"然后又重复道，"冷静！冷静！"

"我们为什么不能停下来？！停船！"有人喊道。

"你傻啊，因为我们要是停下来，就所有人都得停下来。"和善的蛇头喊道，声音像外公一样，又响亮又坚定。

"你们现在不能停下来吗？"另一个人问道。

"不能。"

"为什么？"

"不行。"

马塞洛、切莱和奇诺都自己待着，没有搭理这茬。人们继续跟蛇头来回争辩着，直到最后，马达终于慢下来，噪声消失了。

另外两条船疾驰而过,但老蛇头冲着衣服里面说了几句话,拿手电晃了几晃,那两条船就也都减速停了下来。我们全速前进的时候感觉海面更平静,现在船速越低,我们就越能感觉到海浪。起——落。起——落。这节奏让我的肚子以为我吞下了海浪。有人开始呕吐。没有风,也没有东西落进船里。大家都吐在了船外面,吐进水里。

"好了,龟儿子!"那个刻薄的蛇头喊起来,"就给你们停这么一次!没有第二次了!要拉屎的,要撒尿的,要吐的,都给我赶快!"那两条船停得很远,但我们能看到人们站起来的剪影。我不用撒尿。我没有任何感觉,但所有人都站了起来,排起了队。男人,女人,孩子。

"如果要拉屎,就到船尾来。"棒球帽喊道,"女人到那边排队。"

帕特里夏不再紧紧搂着我们了。她说:"我们去撒尿吧。"她拍拍我,让我起身。"抓着船。"卡拉也从她身上下来了,我们俩都抓着船,互相搀扶着,免得摔倒。帕特里夏弓着身子,保持住平衡,走向女人排起来的队,走向船头。我们抓着她的外套。男人们就在各自站着的地方拉开裤子拉链开始放水。风声很大,但我们能听到尿液击在水面上的声音,那个尖叫男还在抱怨。他安静些了,但他的举止很怪异。他就待在船尾。

"我们就在这儿尿吧。"帕特里夏说着,转向奇诺。奇诺正在他的座位上往外撒尿。"奇诺,帮我一下。"帕特里夏说。

她转过身面朝我们,抓着奇诺的手,好让自己不掉下去。帕特里夏的屁股朝着海里,奇诺没有看向那边。

"嗨，小家伙！捂住眼睛！"她对我说。可我想看，想知道船下的情形。"转身！"她又说了一遍。"你们俩也是，屎橛子。"她朝切莱和马塞洛吼道，他俩也照办了。

声音听起来一样。水流从她身体里流出来。卡拉盯着我的脸，我都能看清她的眼白。其他女人也有男人掩护着。没有人去船尾，去接近那个尖叫男。他不需要撒尿，他说："我要拉屎。帮帮我。"他求着身边的男人。

"该死的家伙，你他妈的也太操蛋了。"刻薄的蛇头说。另一个笑了起来。

"别整脏了。"那个留络腮胡的老蛇头说，看着那个胖乎乎的男人费力地蹲下来，想把屎拉到船外面。但是他离船舷太远了。他摇摇欲坠，要么差点掉到船外头去，要么差点摔进船里来。他的裤子拉下来一半。应该是那话儿的地方一片漆黑。他周围的人，那些不认识他的人，大笑起来。

"别闹了，看。"切莱指着那个男人，对马塞洛和奇诺说。那人的白色内裤现在裹在腿上，在月光下很是显眼。

"你快掉下去了，还是跳下去吧，更容易点。"留络腮胡的蛇头说。

"不行！我不会游泳。"

"那就把着船帮。"

"我不会游泳。先生，不要，求求你了。"

"跳下去！别他妈的像个婊子！"那个刻薄的蛇头朝那男人喊道。那男人还在努力在船舷上找回平衡，裤子半挂在腿上。

"鲨鱼！"他大喊起来。

我好害怕。

年轻蛇头走近那个男人，伸手抓住他的衬衣，在他耳边低声说起话来。有些人尖叫起来，以为蛇头要揍他。帕特里夏坐在长凳上，把我俩拉向她的外套。我闻到了她的汗味。帕特里夏放开了我们，那墨西哥人仍然在跟那个尖叫男说话。那男人面对船舷，盯着水面，裤子仍然半挂着。他往下看了看裤子，随后脱了下来。全脱了。现在他从腰部往下全裸了。

他看着身边的男人们，看着年轻蛇头，说："求求你们了，抓住我，我不会游泳。"随后，他一点点走上长凳，靠近船舷，坐到船舷上，最后终于让自己落了下去。

那男人发出一声尖叫，就像外婆从噩梦中醒来时那样。那样的时候我总是很害怕。我想着会不会一个大浪把他卷走。他要是溺水了会怎么样？如果有鲨鱼的话呢？浪尖被照亮了，但其他一切都一片漆黑。我为他感到害怕。船在上下颠簸。男人们抓着他的两只手臂。他的手指抠进船舷。另外两条船上都很安静，大家都在看着。

卡德霍，小卡德霍。我悄声说着。我想起拉埃拉杜拉，想起加利福尼亚。有那么一阵，所有人，所有的一切，都安安静静的。海浪拍打着船只。海风吹拂着帕特里夏的头发，吹拂着她的外套，也吹拂着我放在船底的背包。那声音好像有人跑过玉米地，风吹动玉米叶的声音。汽油桶里的汽油荡来荡去，撞击着船边。塑料对木头。船里的塑料碗发出像是敲鼓的声音。散放在船底的船桨。木头对木头。

"上来！"年纪大的蛇头喊道。这是命令。那个尖叫男准备照办,他往上爬的时候,船朝一边剧烈晃动。他在往上拉,但上不来。

"手脚并用!笨蛋!"

人们想把他拉上来,但也拉不上来。

"跳进水里,然后再跳上来。"和善的墨西哥人边说边做动作,"像这样。"更多人过来帮忙拉,但六人组没有加入。我们只是看着。船歪了,往一边剧烈摇晃着。

"所有人,到那边去。"老蛇头说。帕特里夏把我们搂得贴近外套。"那边!"

更多人加入进来。他们把那个男人推进水里再往上拉。第二次尝试差点儿就成功了。他们又把他推下去然后往起拉,这回终于把他拉到船舷上,然后他湿漉漉地翻落到船里,发出砰的一声巨响。就像扔下一堆木柴。那人看起来像一条死鱼。他肯定哪儿受伤了。他不再尖叫,但哭了起来。轻轻的,呜咽。帕特里夏把我和卡拉搂得更紧了。

"没事的。"她对着我们的耳朵轻声说,"我们马上就到了,小家伙。"帕特里夏揉着我们的胳膊,我们的头发。我很害怕的时候,玛丽也会这么做,这样会让我觉得安全。就仿佛在说,一切都很好。

那个男人说着什么,但我听不清。

"好了,坐回去,坐下。坐下。"老蛇头说。他往另外两条船闪了几下手电。年轻蛇头重新启动了马达。嗡——一路拧动着油门。风又大了起来,打在我们脸上。帕特里夏叫卡拉坐回她腿上。然后我又坐到卡拉腿上。外套拉链还是拉不上。

奇诺坐在我们对面。可能是因为我们停了一阵,也可能是因为夜深了,反正打在我胸口的海风感觉比之前更冷了。奇诺注意到了,俯身靠近我们,问我:"小家伙,冷不冷?"

我点了点头。

"来我这儿。"他的手掌从浅灰色外套里伸出来,朝我挥了挥手。

我转头去看帕特里夏,她微笑着点了点头。"去吧,没事的。"她静悄悄地说。

我不知道该不该过去。奇诺抽烟,还老是喝醉。还差点儿跟马塞洛和堂达戈干一架。他有文身。

星星很亮。我能尝到盐的味道。我的屁股早就木了,那么多颠簸,那么多海浪。我坐太久了。帕特里夏的外套不够暖和。外公没跟我说过可以信任奇诺。但他总是跟帕特里夏在一块儿,而帕特里夏对我很好。而且马塞洛一点儿都不关心我——他无精打采地靠在船上,穿上了所有衣服。他两只胳膊抱在胸前,看起来像是睡着了。切莱也在睡觉。

"小家伙,过来。我会像帕蒂一样盖住你。"奇诺说。他的声音很轻柔,在马达声里听起来甚至更柔和。他管帕特里夏叫"帕蒂"——人们也是这么叫我妈妈的。我想妈妈了。他一边说,一边拉开自己的外套拉链。我都不认识他。

"去吧。"帕特里夏说,"你就把他当成你的大表哥。不用怕他。"

"没事的,我不会伤害你的。"奇诺知道我很害怕。他瘦瘦的脸,瘦瘦的身子。我点点头。我让他用他那瘦瘦的胳膊搂住我,让他把外套拉链一直拉到我脖子下面。他的胳膊比玛丽的还瘦,甚至可能比我的还瘦。我尽可能久地抬头看天,想找到我和玛丽看过的星星,假装这是玛丽的胳膊,假装我是跟她在一起。他像帕特里夏那样搂着我,在外套里揉搓着我的肩膀,好让我暖和过来。我还从来没有让一个成年男人这样子搂住过。他这样就跟外公抱着我的时候一样。我不记得我真正的爸爸有没有抱过我。帕特里夏,卡拉,现在是奇诺。一天之内,有三个陌生人抱过我了。我浑身紧张,都忘了呼吸。

"呼气,小家伙。没事的,呼气。"他一边反复说着,一边用他冰凉的手从我肩膀一直揉到胳膊肘上,"操,你让我想起了我弟弟。"

我都不知道他还有个弟弟。

"他叫什么名字?"我问。奇诺的手这会儿快揉搓到我的手指那里了。在起作用。我感觉暖和过来了。

"奥斯卡。"他说着,手里停了下来,"你笑起来很像他。"他长出一口气,抬头看了看天空。

"哦。你很快就能见到他了。"我脱口而出。

奇诺低头看了我一眼,他的胳膊找到袖子穿回去,又来到了冷空气中。

"他已经死了。"他拍着自己的腿快速说道,又在身上画了个十字。

我不知道该说什么。我还记得"大便纸",在我还在睡觉的时候被人杀了。我什么都没听见。但他年纪大一些,跟马塞洛差不多。

"没事的,哈维尔。我们马上就要到了,不用担心。睡吧。"奇诺深吸一口气,然后又呼了出来。

过了一阵,他又让自己的手从袖子里缩回来,揉搓我的胳膊。他两手冰凉。

我让奇诺想起了他弟弟。我一直想要有个哥哥或者姐姐。奇诺让我想起玛丽。他竟能这么友善,这么温柔。帕特里夏也是。我想着家里的每一个人。我的朋友们。我不想死。玛丽说,死亡就是"睡着了,再也醒不过来"。我不想像修女们说的那样上天堂。现在还不想。坐在奇诺腿上,这一趟路走得更轻柔,船颠簸得没那么厉害了。马塞洛和切莱时不时地还会动一下。他们在睡觉。奇诺没睡。他一直把手收在外套里,揉搓着我的手。每过几分钟都会说一声:"睡吧,没事的,一切都会好的。"

1999年4月29日

我硬撑着不想睡觉,但最后还是放弃了,睡了过去,直到奇诺轻轻推了我一下才醒过来。

"小家伙,小家伙,快看!"他的声音越来越大,呼出的气里有烟草的味道,"飞鱼。"

飞鱼?水面上的鱼,飞舞着,在空气里游着。就像蜻蜓,但要大一些。越来越多的飞鱼。

"海豚在追它们。"那个刻薄的蛇头大声说。我不敢相信。说不定我是在做梦。我以为飞鱼只是个传说。以前我在电视上见过,但从来不信这是真的。这些飞鱼能在空气中滑翔好几米,像子弹一样御风而行,像细瘦的气球。越来越多。

我们会成功的。我低声说。

"这是个好兆头。"奇诺说,"我们成功了。"

船上的人欢呼起来。我不知道自己睡了多久,也不知道离我们要去的墨西哥的某个地方还有多远。有人高喊:"这是个好彩头!好彩头!"更多欢呼雀跃,更多拊掌欢笑。

然后飞鱼就消失了。就像什么都没发生过一样。我们等着飞鱼回来。我看着卡拉,她的笑容在月光下光彩照人。帕特里夏也笑了。她们俩大睁着的眼睛在黑暗里闪烁。我们一直在看还有没有飞鱼,但现在星星出来了。月亮在我们头上已经走过了一半的路,走到了船的另一侧。我肯定睡了好长时间。我看呀看,看着水面——什么都没有。奇诺说:"睡吧,小家伙,好好睡吧。"

※

船猛地停了下来。"醒醒!醒醒!"两个蛇头都用尽浑身力气喊了起来。海浪的间隔感觉变长了,上下起伏的感觉又回来了。我仍然裹在奇诺的外套里。天空更蓝了,跟昨天我们上船时的蓝色一样。我转向右边,啊,就在那儿!海岸线。远处有一些灯光,但没有城镇。我们面前什么也没有。只有海滩。没有火山。一切都是蓝绿色。

我们往陆地那边漂去。所有人都要么在地板上,要么没精打采地坐在长凳上。马塞洛已经醒了,看着我,也已经开始抽烟。

切莱还在睡。

"喂，你。"马塞洛摇晃着切莱说。卡拉还在帕特里夏的外套里面，眼睛半睁半闭。

"醒醒，闺女。"帕特里夏大声说。

奇诺拉开外套，我爬出来，坐到他旁边。我身上闻起来有一股烟味。汽油味也仍然充斥在空气里。海浪声击打着我们的船。塑料碗，木桨，但这时又有了一种新的声音——沙子。听起来就像在撕纸。

我们即将靠岸。波涛渐渐平静下来。沙子是棕色的，像漂流木一样。海滩上一个人也没有。但上岸时我们听到几辆四驱卡车的声音。这几辆车打开车灯，往海岸加速驶来。所有人都看着蛇头。

他们说："你们的车！"

"我们到了。感谢上帝。"那个和善的蛇头说。

椰子树在海岸上排成行，到处都是灌木——我觉得是海葡萄。这里看起来就跟萨尔瓦多一样，只是海水颜色更浅，波浪也没有那么大。好美。我想要玛丽也来看看。外婆。外公。卢佩。我的爸爸妈妈。周围一栋房子都没有，也没有其他人。

"好好好，等一下再跳出去。"老蛇头说。然后我们的船颠了一下。船停下来，年轻蛇头跳下船，用系在船头上的绳子拉住船。"去吧，上帝与你们同行。"老蛇头说，声音比他下过的任何命令都更轻柔。人们往自己身上画着十字，我也画了一个。我低声说，谢谢你，小卡德霍。感谢上帝。

马塞洛收拾好所有东西，跳了出去。所有人也都跟着跳了出去。

"来,小切佩。"马塞洛挥着手说,把两只手都伸出来,让我跳到他怀里。他是不是感觉自己很糟糕,因为自己没有好好抱着我,反倒是奇诺一路上在照顾我?说不定他终于想起来,外公给过他钱。

我跳进他粗壮的怀里,跳进他的肌肉里。我身下的水像是一个能跳过去的水坑。水溅在马塞洛的小腿上。海浪冲上沙滩,听起来仿佛是大海在对我们耳语:嘘——

奇诺抱着卡拉。帕特里夏自己走着。切莱在帮助另一些人。那么多条腿在移动。衣服。裤子。鞋子上满是沙子。水从鞋子里流出来,从衣服里挤出来。阳光像手电一样,从四面八方射向我们。卡车排气管喷着黑烟。棕榈树在微风中轻轻摇曳,每一片叶子都像手臂一样挥舞着,欢迎着我们。鸟儿端坐枝头,高声鸣啭,告诉我们它们多么有生气。我们找了一片没有水的沙滩等所有人都过来时,卡车司机大喊:"上卡车,上卡车!后面,后面!"

突然之间到处都嘈杂起来——海浪声,卡车重新启动时金属振动的声音,奔跑的脚步声,脚踩在水里的声音,排气管吱吱嘎嘎的声音。卡车车厢同样吱吱嘎嘎地响着,人们爬了上去。马塞洛放下我,我们等着六人组全都到齐。卡拉看起来还是半睡半醒。

"走吧。"马塞洛说着,走向一辆卡车,并示意大家跟上。奇诺看了看帕特里夏,帕特里夏抓着我的手,跟在马塞洛后面,走向那辆人最少的红色卡车。沙子有时候是湿的,也有些地方是干的。还是很冷,但没有在海上的时候那么冷。

"赶快赶快赶快赶快！"司机催促道。他们是墨西哥人，声音听起来跟给我们开船的蛇头很像。我们那艘船已经空了，因为我们是最早抵达海滩的。我们的蛇头把两个背包拿给了其中一个卡车司机。然后坐船的蛇头启动马达，挥了挥手。海鸥在他们头上飞过。这次是真正的飞鸟，不是飞鱼。

我们在红色卡车尾部待着，等人们从船上跳下来，再爬进卡车。随后有个墨西哥人拍了拍我们这辆卡车，说了声："走！"

司机发动了卡车。我们那条船上有些人在这辆车上，还有一些人我们之前没见过。一切都发生得太快了。轮胎碾在沙子上，听着就好像快爆了一样。车灯打开了，现在还不完全是早上。海滩上，我们的船已经走了，第二艘船也是，就仿佛它们从来没在这里出现过。我们前面没有火山。除了椰子树还是椰子树。然后我们的车胎来到了沥青路面上，这条路让我想起我们从特昆到奥科斯的那一段。我一直抬头看天。星星正在隐去。我们到墨西哥了。我马上就到爸爸妈妈身边了。马上就到美国了。我是墨西哥人。马塞洛、奇诺和切莱又抽起烟来。我们都是墨西哥人。路上其他车辆的灯都关了。阳光开始为一切抹上颜色。

第四章

墨西哥，瓦哈卡

1999年4月29日

我们坐了二十分钟的卡车，来到一个只有一层楼的房子前面，外面刷的图案跟我们镇上的诊所是一样的，只不过颜色不一样。墙壁底下那部分是绿色，上面那部分是白色，而且整面墙的油漆都开始剥落了。这是又一家汽车旅馆吗？还是一栋废弃的房子？前面的花园看起来好几年没有打理过了。现在是早上5点50分。我们这辆车到得最早，但其他几辆现在也过来了。船上下来的人没有坐在卡车前面驾驶室里的。司机是墨西哥人，坐在前面的乘客也是墨西哥人。只有司机下了车，喊道："下来！下来！下来！"

我们这辆车的司机快步走过废弃房子的一道道门。人们冲进去时，他说："大家分开，选一间房。"有两个房间。我们分成两组，每组50人。所有人都进到房子里以后，有人关上了门。我们这辆车的司机，也是我们的新蛇头，走向我们小房间尽头的另一扇门。这个房间也就比我们在奥科斯的房间大一点点。

他说:"从这儿开始排队。这里是洗澡间。"

所有人都靠着墙。我们看着就像外婆花园里的切叶蚁,不过我们并没有在头上顶着咬下来的树叶,而是背着我们的黑色背包。房子里什么都没有。没有床,没有家具。地上铺了地砖,墙上是没刷过的水泥墙。很挤,很黑,也很热。蛇头不许我们开灯,只有洗澡间里亮着一盏灯。

"听着! 排到那儿的时候,刷牙、梳头、随便什么事情。"那蛇头指着一个银色的水槽,那边看着像厨房,但没有碗碟,也没有毛巾。"然后就在这儿等着用洗澡间。"他指着自己跟前的那扇门。"拉屎、冲澡。随便什么事情。但是,你们每人只有三分钟。还有 ——"他把"还有"这个词拖得很长 ——"把你们最好的衣服换上。"他顿了顿,举起三根手指,"三分钟!"他喊完这些,才打开队伍最前面的浴室门。我眼前闪过水槽和淋浴喷头。

"八点的时候我们必须出去! 快,快,快!"他打着响指,尖声说。

墙顶上有几扇小窗,拉着窗帘,阳光穿过窗帘之间的缝隙射进来。我们能听到隔壁房间也有人大声说着同样的指示。我们六人组一起等着,排在队伍正中间。尖叫男那一组也都待在一块儿。跟在船上一样,各组人马都各自聚在一起。

"姐们,你们仨先去。"马塞洛对帕特里夏说。他很喜欢说这个词。他也管堂卡洛斯叫哥们,管玛尔塔叫姐们。我想知道玛尔塔现在在哪里。她和堂达戈已经到墨西哥城了吗? 他们是不是坐大巴或者汽车来的?

帕特里夏把我和卡拉往她身前搂了搂，点了点头。

"你，小家伙，你先去。"帕特里夏俯身靠近我的脑袋，低声说着，把我推到队伍里她前面的位置。我不知道我要干什么。蛇头在监督着，确保每个人都只花三分钟。

蛇头一边摊开手掌砸着薄薄的木门，一边尖声发出命令。在打开门之前他也这样提醒人们，这门没有门锁。他就是门锁。我们等着他告诉我们什么时候轮到我们。我们排着的地方已经过了厨房水槽，所以我们还没有刷牙，但我们后面的人打开了背包，刷着牙，把他们装着洗漱用品的塑料袋弄得皱巴巴的。

浴室里有些人冲澡冲得真是快。水龙头旋钮每次打开和关上的时候都会发出很有意思的声音。浴帘上肯定装了金属圆环，因为能听到圆环在金属杆上面滑动的声音。时不时地还会有一阵马桶冲水的声音。三分钟并不算多。这么多人挤在这里，好热。我们闻起来有大海的味道。盐味。汽油味。呕吐物的味道。屋子里没有风，也没有风扇来把气味吹散。我的手和脸都汗津津的。汗水在我唇上已经结成了小胡子。我眼里有眼屎，鼻孔里也满是干了的鼻屎，要是硬挖出来会很疼。我好渴。我都不记得上次喝水是什么时候了。我们把喝光了的塑料水瓶留在船上了。

我脸上有厚厚的一层盐，像面具一样，现在我只想马上洗掉。这些盐积在我脸周围，靠近耳朵，在我的鬓角上。我希望有一天我的鬓角能长成络腮胡。那个尖叫男之前在队伍最前面。我们听到他打开旋钮的声音。水落到水泥地面上的声音。我身上没有沾到多少呕吐物。我甚至都没吐，但我还是感觉有些头晕。站着的时候，我感觉海浪还在我的身体里、我的双腿里、我的肚子里荡漾。我感觉自己在摇晃。我的腿阵阵发抖。我在转呼啦圈。我靠在墙上。终于轮到我了，但我还是不知道我到底是要上个大号还是快速冲个凉。

"到你了，快点！快点！"那个墨西哥人很喜欢反复下令。帕特里夏的手把我往前推了推。

"小兄弟，赶快。"那个蛇头说"赶快"的样子很好玩。

我拿起背包，紧紧抓在手里。

"你如果知道怎么洗，就把你的衣服洗一下。"帕特里夏说。

我还从来没洗过衣服。我看着她的脸。

"那就留在里边，我来洗。"

我不想把我的"狂欢三宝"①T恤留在里面。

"赶快赶快赶快！"蛇头有些烦了，砸着门喊道。

帕特里夏生气地摇摇头，咬着嘴唇吸了口气。她对奇诺说："看着卡拉。"然后跟我一起走进浴室，把门关上，但并没有关严。

"脱下来。"她指着我胸前说。

我摇摇头。

"不用怕。"她伸出手来抓我的衣服。

我不想让她看到我光溜溜的样子。看到我的胸，我的肚子。至少卡拉在外面。我拉上塑料浴帘，金属环发出一阵响声。

"把T恤衫脱下来！"

"赶快赶快赶快！"蛇头大喊着推开门，把脑袋伸了进来，

---

① 《狂欢三宝》(Animaniacs)是华纳公司发行的美国动画片，主角是一群动物，有老鼠、猫、松鼠等。——编者注

但帕特里夏把门往他脸上一推,门又关上了。

帕特里夏很生气。她还没有像这样跟我说过话。"赶快。"她的声音很坚决,就像妈妈生气时候的样子。她生气的时候,脸也会变得像葡萄干一样。

我隔着浴帘把 T 恤递给她,确保她什么都没看到。

"给。"她从背包里拿出一块白色的肥皂递给我,然后又命令道,"你的裤子。"我呆住了。

现在她的手在淋浴间里挥动着,等我把裤子递过去。"给我。"我把裤子丢到她手上。

"把你的内裤洗了。"她说这句话的声音比前面都小,但我没有把内裤脱下来。

这个淋浴间跟奥科斯的那个一样,水也是从一个喷头淋下来的。我很渴,于是张开嘴。我喝啊喝啊,一点都不在乎这水喝起来有一股土腥味。我喜欢这样洗澡。帕特里夏靠在水槽上,给我洗着衣服。

"赶快。"她不断重复着。我用她给我的肥皂擦遍全身,那是一块很薄的白色肥皂,闻起来有卡拉和她的味道,就像早晨外婆花园里的玫瑰花。

"好了。"她洗完衣服,一边拧干一边说。我正打算把肥皂放进内裤里,一边洗干净我下面的"部件",一边"洗内裤"。

"出来!"蛇头敲起门来。"出来!"他重复道。

我脱下内裤,使劲儿拧到最干,然后塞到我放在浴帘外边的背包下面。什么都没弄湿。我拿出干净内裤和最好的衣服,那件深蓝色短袖纽扣衬衫。我没有时间擦干身子,衣服一上身,就有

139

几块地方湿了。我走到外面,帕特里夏留在里面。卡拉跟我换了地方,帕特里夏砰的一声关上了门。

"闻着一股土腥味儿呀。"奇诺开着玩笑,在空气里嗅着。我每回洗完澡玛丽也会这么说,说得就好像我从来没洗过澡一样。

"太对了。"切莱回应道,六人组里的三个男人全都大笑起来。我也笑了。我跟他们一起等着,拿着我半开的背包。我是穿着袜子走出来的。我的湿衣服在帕特里夏那里。

我就站在门口等了三分钟。淋浴喷头仍然开着,我也听到了一阵冲水声。蛇头想打开门,但帕特里夏阻止了他,说她们有六分钟,因为是两个人。他们争了一会儿,蛇头对着帕特里夏的脸喊道:"五分钟!"五分钟后,帕特里夏和卡拉穿着她们最好的衣服走了出来。帕特里夏没有洗澡。卡拉的头发是湿的。也有可能帕特里夏洗了澡但是没洗头发。我也不知道。玛丽有时候就会这么做。她拿着她手洗过的我们所有的湿衣服走出来,一路滴着水,在地上留下了一道水迹。

"到我了。"奇诺指着自己走了进去,开始脱上衣。我看到了他的肋骨和脊柱,他的六块腹肌,胸前的文身,乳头上还有金属闪了一下。我都不知道还能在那地方挂个耳环。马塞洛和切莱都做了个鬼脸。随后奇诺关上门。蛇头也很滑稽地看着奇诺,但什么也没说。我不知道他盯着看的是他的文身还是乳钉。

"到这儿来。"帕特里夏拽着我的胳膊。卡拉走在我们旁边,我们排成一排,开始刷牙。我终于有时间穿上那双带尼龙粘扣的鞋了,现在闻起来一股霉味,因为弄湿了。

奇诺、马塞洛和切莱冲完澡后一个接一个地跟我们排成一队。我们看起来全都"挺不错"。我们穿着裤子和正装衬衫，帕特里夏穿着深蓝色牛仔裤和黑色女式衬衣，卡拉则穿了件黑色背心。

我们等着的时候，帕特里夏拿出化妆盒，之前我见她在早上用过。盒子里有好多种颜色，还有一小块镜子，涂口红的时候可以照着。今天她选了浅红色的口红，是我最喜欢的。随后她把卡拉的头发梳成马尾辫，用一根两头都有透明球的黑色头绳扎了起来。她俩看起来都好漂亮，而且闻起来都有玫瑰的味道。我闻起来也跟她们一个味道。我喜欢这样。让我感觉自己也是她们家的一员。

我们来到漱口的水槽那里，脏得很：水龙头上面和侧面有干了的牙膏，带血的唾液，灰色的鼻屎，粘在水槽侧面的头发。蛇头们告诉我们："水需要多少用多少，别用多了。"

我漱了两遍口才把嘴里的汽油味去掉。我能尝到这股味道。我能闻到皮肤上还有汽油味，但玫瑰的味道把这股味道盖了过去。我把盐味去掉了，但汽油味就是洗不掉。我的头发里，指甲里，我的两腿之间，我的衣服里，裤子里，内裤里，到处都是汽油味。也有可能这味道是留在了我的鼻孔里，我的舌头上。洗过的衣服上这味道已经基本没有了。不是只有我们想到了这个主意。还有一些人也洗了衣服裤子，有人拿手臂举着洗过的衣物挥来挥去，好干得快一些。有人把衣服铺在地上的背包上，但是也晒不到多少太阳。有人想打开前门，但还有个蛇头在外面。

"八点才开。"外面的蛇头说。里面站在浴室旁边的蛇头说了同样的话，随后又补充道："你们是他妈的偷渡移民。"又是这个词。"本地人可能会叫警察,警察会抓你们,抢你们的东西,甚至杀了你们。"

他不用很大声,所有人都听见了。就是这个字。"杀"。听起来像在说一种植物①。一棵牛油果树。一棵柠檬树。一棵玻璃树。卡德霍,小卡德霍。我不想死。

卡拉抱住妈妈,帕特里夏把我拉到她们身边,对我们说:"没事儿的,啥事儿都没有。"

切莱的脸跟他的舌头一个颜色了。看起来再也不像马可·安东尼奥·索利斯了。就算刚洗完澡,他的脸也仍然满是汗和油。他的粉刺更粉了。

"快八点了,做好准备。"外面那个蛇头的身体探进来一半,还有一半留在外面。他有肚子。在他关上门之前我只能看到这些。人们开始站起来,在前门排起队。

"最后一个洗澡的了!"里面那个蛇头喊道。队伍里最后几个人还在等着洗漱。

切莱说了一个我从来没听过的词:迫在眉睫。"去墨西哥城的大巴发车迫在眉睫。"切莱说这个词的时候听起来活像美国佬。一个侦探。查克·诺里斯(Chuck Noris)。尚格·云顿(Van Damme)。史蒂芬·西格尔(Steven Seagal)在找线索抓坏人。

我觉得马塞洛和奇诺也没听懂这个词。奇诺问:"你说啥呢,屎橛子?"

---

① 西班牙语中表示"杀"的单词 matar 和表示"植物"的单词 mata 极为接近。下文几种树里都用了"mata"一词来表示植株。——译者注

"就是说我们要走了。"

"那我们抽根烟吧。"马塞洛脱口而出,指望周围谁有烟。谁也没说什么。我们在很靠近前面的地方。切莱、奇诺、帕特里夏、卡拉和我。马塞洛在我们所有人后面。

几分钟后,前门打开了。这次是完全打开,房间里所有东西都照亮了,成了亮黄色。

"走吧!"外面的蛇头说。他穿着一件T恤。

"走走走!"里面的蛇头拍着浴室的门大声说。队伍开始移动。

"早跟你们说了吧。"切莱大言不惭地说。他看着我们所有人喜笑颜开,露出一口大牙。

人们把所有东西都塞进背包里。帕特里夏拿着我们的湿衣服,放在一个塑料袋里。那些衣服差不多干了,但还没干透。我希望这些衣服不会像我的鞋一样一股子霉味。

一靠近门,就有一股热浪打在我们脸上。像是有火在烧。我们穿过水泥走道走向土路,卡车就停在那边。穿T恤的蛇头发给我们一人一袋宾堡多纳圈或宾堡贝壳包,我希望自己能拿到宾堡多纳圈,那是我最喜欢吃的,里面的白色粉末好甜,让我回味无穷。我喜欢蘸着牛奶或咖啡吃。但这里什么都没有,倒是还有个蛇头分发着亮黄色的坦皮科瓶装饮料。他穿着网球鞋、短裤和T恤。我们之前没见过他。

T恤蛇头递给我一包绿色多纳圈,说:"早饭。"那绿色跟萨尔瓦多的一样,塑料包装上的皱褶也让我想家了。外婆也卖这样的宾堡多纳圈,大多数早上我会跟她分着吃一包。我好想外婆。

她的玉米馅饼摊估计已经支好了。切莱·格洛丽亚的水果摊估计也是。我喜欢包装上绿色的部分，上面有只宾堡熊在微笑。

"找辆卡车跳上去！"所有八个蛇头都喊起来，两个蛇头负责一辆车。我们走向把我们拉过来的那辆红色卡车。同样的程序：奇诺先上，然后把卡拉拉上去。马塞洛拉我。切莱帮帕特里夏。

"好了，大家听好。"那个分发坦皮科饮料的蛇头说，"我们会把你们一车一车地送走。到长途汽车总站，我们当中会有一个人陪着你们，把你们送上去墨西哥城的大巴。现在你们是墨西哥人了。墨西哥人。懂吗？"

我和外公在特昆的那棵杏树下练习的就是这些。我来自瓜达拉哈拉。一样的年龄，一样的生日。我在脑子里重播着墨西哥国歌。我支持的球队是芝华士足球队。我已经完全切换到"篡夺者"模式①。詹姆斯·邦德。我们得说我们要经过墨西哥城前往瓜达拉哈拉，我们是从海滩回来的。

奇诺像马塞洛一样坐在卡车车厢的边上。他看着我，伸出大拇指，说："不错嘛，老弟！"随后他笑了，露出跟他一样瘦巴巴的牙齿。

"还行。"我也微笑着回应，想起他的弟弟奥斯卡。

"走起来，伙计。"帕特里夏拍了拍奇诺的后背，皱着眉头看他。他们的动作看起来像一家人，虽然他们并不是。卡拉笑了，脸上形成了酒窝，但她只要不笑酒窝就很快消失了。所有人都在

---

① 原文为"Usurpadora mode"。《篡夺者》（*La Usurpadora*，国内也译作《真假夫人》）是一部1998年播出的墨西哥浪漫爱情电视剧，在墨西哥获得了巨大成功，并被许多国家译制引进。——编者注

等卡车打上火,动起来。我们抓着背包。所有人看起来都很疲惫。外面很热。冲凉留在身上的水已经干掉,又开始出汗了。

来自第二家汽车旅馆的那群人分乘两辆卡车先走了。奇诺的左膝盖上下抖动着。马塞洛的膝盖也在抖动。在奥科斯,我们吃晚饭的时候他们也会抖腿。穿上好看的衬衣后,就看不见他们的文身了。切莱坐在卡车轮胎位置形成的座位上,他对面就是帕特里夏。帕特里夏左腿上坐着卡拉,右腿上坐着我。我们几个人把整个座位都占了。

现在我们是最后一辆车了。分发宾堡的T恤蛇头是司机。敲浴室门的蛇头坐在副驾上。他敲了敲车厢顶,喊道:"抓稳了!"卡车便吱吱嘎嘎地从土路开上了沥青路。

我们一路经过了好多汽车、自行车、摩托车、小贩,人们忙忙碌碌地做着早上要做的各种事情。微风拂面,感觉很好。没有人问任何问题,但我在想着,堂达戈到底会不会在长途车站出现。

来到那栋老楼后,马塞洛问蛇头的第一件事情就是,他们知不知道堂达戈在哪儿。帕特里夏也问了同样的问题。

"在前面。墨西哥城。"一个蛇头回答,再没说别的。

我们又开了几分钟,来到长途车站,这里有高高的水泥柱,还有铁皮屋顶。人挤人。我们在路边停下来。

副驾上的蛇头跳下车,说:"堂达戈和堂伊格纳西奥的人跟着我。"三个男人跳下卡车。我不认识他们。他们不在我们船上。六人组也下了车。"其他人在这儿等着,你们的人马上就到。"

那三个男人很矮。我们跟着新蛇头,他还没跟我们讲过他叫什么名字,尽管他都已经朝我们大吼大叫好几个小时了。他有点微胖，走路很慢。他身高跟切莱差不多，比帕特里夏和我之前没见过的那三个男人要高。我们看起来不像本地人，因为我们背着背包。我们周围的人都没拿多少东西，拿的东西也都是从附近市场上买的，比如鸡、鸡蛋、蔬菜、衣服什么的。

我们走向一条金属长凳。"坐下。那边就是我们的大巴。就是那辆。"这个蛇头喜欢重复自己的话。"我们先等着。不要跟任何人说话。"他的声音因为吼叫太多有些沙哑。我们跟谁都没说话。也没有人跟我们说话。

这个车站比圣萨尔瓦多的小。我们那辆大巴前没有人排队。人们看起来就像一大群鱼，在耐心等待着游过门洞。我环顾四周，想看看其他组的人都在哪，但我谁也没认出来。所有人看起来都像是本地人。这里好吵。大巴。小贩。人们走来走去。流浪狗嗅来嗅去，所有东西、所有人都会嗅一遍，但它们不是卡德霍。

我坐在卡拉旁边，卡拉另一边是帕特里夏，帕特里夏另一边是蛇头。我仍能感觉到我们前面坐在这里的人留在椅子上的温热。六人组里的三个男人，以及另外那三个新加入的男人，在长凳周围挤作一堆。

"烟。"马塞洛对奇诺和切莱说。

"你现在是墨西哥人了，龟儿子，要像我们一样说话。"蛇头直截了当地告诉他们，不过说话的方式还算友善。"其实呢，就别说话了。"他迅速补充道，带着命令的口气，"记住，这里很多东西的叫法都不一样。是冷饮不是凉饮，还有，要说苏打水，不要说汽水。"男人们点着头，很烦的样子。堂达戈以前也跟我们讲过这些。蛇头说："去吧。"摆了摆手腕。他看起来年纪很大，但不会比堂达戈老。

男人们离开前,帕特里夏对奇诺说:"买给我们一些水。"她声音尽可能小,也尽可能像墨西哥人。

"给我们买。"蛇头说。"给 —— 我们 —— 买。"他摇着头又重复了一遍。"说话要像你就是他妈的瓜达拉哈拉人。"

帕特里夏用嘴发出嗞嗞声,就好像她在咂嘴,只是口水和舌头都用得更多。玛丽要是不喜欢什么,也会发出这种声音。

我坐在长凳上等着,大海又回到了我的腿上、我的肚子里。波涛阵阵。像是一个呼啦圈,也像一个一直走下楼梯台阶的魔力弹簧圈玩具。

"你们说话用词的时候必须小心。"蛇头告诉我们和那三个男人,又看着我问道,"你渴吗?"

我点点头。

"你想喝点什么?"

"一瓶凉饮。"

"操你妈!不能这么说!"他努力压着嗓音不喊出来,两手举到空中。那三个男人大笑起来。卡拉也笑了。我看着地面。我想着我练习过的,可还是忘了。"冷饮,冷饮!"蛇头重复道,"要哪一种?"

"欧洽塔。"

他走到离我们最近的小贩那里,给我买了一杯回来。

"跟你姐姐一块儿喝。"他对我说,"她现在是你姐姐了。那是你妈妈。"他指着帕特里夏。"情况有变。这些是你们的新的假证件,小男孩。"他把证件交给帕特里夏。"全都是一样的,只是姓改了。拿好。"他语气坚决，把我新的假证递给她，上面有她的假姓。我本来是要装作堂达戈的儿子。现在我成了帕特里夏的儿子？原本可不是这么安排的。帕特里夏看着蛇头，一脸迷惑。

"你们假装是一家人。这样简单点，对你们所有人都是最好的办法。相信我。"

帕特里夏看着我，说："但愿吧。"便把证件塞进了右边的裤兜里。

蛇头又向饮料摊走过去。我不想帕特里夏生气，不希望她被我烦到，就像我们刚到奥科斯的时候那样。在船上，她确实搂着我和卡拉，表现得就像她是我们的妈妈一样。她就像玛丽。名字也跟我妈妈一样。这是个征兆。她已经是帮我最多的人了。她和奇诺。而且奇诺也跟她们像一家人似的。

"这叫什么？"蛇头拿着饮料回来时问卡拉。

卡拉耸了耸肩。肯定不叫饮管。我们只知道这么多。

"吸——管。"他举起那根吸管，用很安静的声音说。

我喝了一小口手里的欧冶塔，差点儿没立马吐回去。喝起来像水一样！我这么想，但并没有真说出来。味道比我们老家那里的淡。看到我做鬼脸，那蛇头笑起来。

"不喜欢吗？"

"这里的不大一样。"

帕特里夏从我手里把这杯欧冶塔接过去尝了一口，做了个一样的鬼脸。她说："像在喝水。"

卡拉也尝了一口。同样的鬼脸。

蛇头又笑了起来。本地人来来往往，看着我们。他们肯定知道我们不是本地人。我们看起来就不一样。本地人看起来更像马塞洛。像那三个新人。也有点像我,但本地人看起来可不是帕特里夏、卡拉、奇诺,尤其是切莱的样子。他们肤色太浅了,没法跟本地人混同。现在我们肤色比之前深一点了,晒黑了一点,但仍然很浅很淡。就像这杯墨西哥欧洽塔。而我们其他人就像萨尔瓦多的欧洽塔。我想起电视剧里那些人物。我不希望自己因为肤色被警察抓住。我想融入他们。

在拉埃拉杜拉的时候我从来没有真正想过肤色的问题。多数时候,我跟其他人看起来都一样。只有我爸爸的兄弟们,理发师,还有我一些同班同学要黑一些,而人们会取笑他们。但是也有一些人皮肤比我白得多,比如我在学校的暗恋对象玛格丽塔。再比如帕特里夏。都白得像美国佬。我一直以为我看起来像椰子壳,像泡在水里的漂流木,我以为墨西哥人会看起来像电视剧里那些人,像我们在电视上看到的那样。但现在我们看到,墨西哥人更像马塞洛,像赫苏斯,像堂达戈。切莱、帕特里夏、卡拉和奇诺就显得格格不入了。我不想他们被抓走。

来来往往的本地人经过我们身边时盯着我们看,我和卡拉盯了回去。蛇头看到了,便说:"别看着别人的眼睛。"

"为啥?"帕特里夏问。

"这样他们才不会找你们说话。"

就在这时,我们听到有人喊起来:"墨西哥城!墨西哥城!"那人站在一辆大巴前面。"墨西哥城!墨西哥城!"

"是在叫我们。"蛇头四处张望,寻找着奇诺、切莱和马塞洛。

帕特里夏站起来,拉起我和卡拉。"走吧,孩子们。"她说,对我们诡秘地一笑。"你——"她定了定神,"是,"她快速说道,"是我儿子。"她笑着对我说。

"是,妈妈。"我答道。我是个好演员,就像《卢斯·克拉丽塔》里的那些孩子一样。男人们回来了,嘴里叼着烟。奇诺把水递给我们。他还买了薯片给了我们三个人,让我们带上车。

"这趟车要坐很久——尽量睡觉。或者假装睡觉。会有几个检查站,有时候他们不会叫醒你们。"蛇头悄声说。

我们早就知道会有检查站。在特昆的时候堂达戈就提醒过我们,墨西哥警察和大兵会拦下大巴,检查假证件。但我们的证件真的能以假乱真。我们也知道,他们主要检查那些他们怀疑不是墨西哥人的旅客,他们会问我们一些问题,堂达戈之前在活页纸上把这些问题列出来,我们都练习过。我还练习过假装打鼾,练习过眯缝眼睛,透过睫毛去看东西。

"但如果真出了什么事,我会处理的,好吗?"蛇头再三确认我们都听到了,"好吗?"

我们点着头。男人们想赶快抽完烟,一口口都吸得特别深,然后一个接一个地把烟屁股扔在长凳周围的地上踩灭。他们抽烟可能是为了把身体里的海洋排出去。就连帕特里夏也在奇诺抽完之前找他要了一口。

"哎哟喂,这位小姐。"奇诺开着帕特里夏的玩笑,但还是把最后剩下的那点儿烟递给了她。帕特里夏抽了两口,没有咳嗽。

"去大巴那儿。"蛇头拍了拍帕特里夏的背包。所有人都走向挤在车门前的鱼群。帕特里夏抓起我的手,刚才她抽烟用的也是这只手。她闻起来就像压碎的芒果树叶混合着烟草的味道。就像外公总是在下午把到一起烧掉的那些树叶。

这也是在船上时，奇诺呼吸时带出的味道，他的衣服，他拉开和拉上外套的时候手指上的味道。是马塞洛把我从船上或卡车上接下去时他手指上的味道。是切莱头发的味道，而现在帕特里夏闻起来也是这个味道了。她握着我的手，过了一会儿又放开了。我闻了闻我的手指，是的，也成了压碎的绿色芒果树叶混合着烟草的味道。

这味道在我身上越来越浓。我们在拥挤的人群后面使劲推的时候，奇诺看着我，问我想不想也来一口。我摇摇头，躲到帕特里夏身后，她重新握住了我的手。

"别他妈——"帕特里夏住了口，瞪大了眼睛。她四下看了看，想确保人群中没有人听到。没有人看我们。就连领着我们往车门那里挤的蛇头都没听见。

我还记得在奥科斯的时候，这几个男人叫我去给他们找"汽油粉"的事情。整整一周我都在帮马塞洛买烟。因此马塞洛、奇诺和切莱叫我去给他们买些"汽油粉"的时候，我以为不过是另一种有点儿类似的东西。我跑到每一家店里，问："您这儿有汽油粉吗？"

"刚卖完了。""这星期没有。""我看看啊，哎呀真不巧，没有呢。"店主都是这么跟我说的。一直到我走进最后一家商店，店主一听就放声大笑起来。我从来没有在大庭广众之下那么窘迫过。我一路哭着跑回自己房间，感觉自己是个大傻帽。我怎么会那么傻？我被捉弄了。我，年年考年级第一的我。

帕特里夏问我怎么回事。我趴在枕头上哭得尽量小声，因为担心卡拉会出现。我不想告诉她,但她一直问一直问。

"不行。到此为止。操他妈的。跟我来。"她说话的语气跟妈妈简直一模一样。

她拉着我的手,把我拽出房间,往上走到汽车旅馆的楼上,男人们经常在那儿抽烟。她朝马塞洛、奇诺和切莱大吼,就仿佛他们是她的孩子。

"这样他就记住了,是个玩笑。"他们说。帕特里夏逼着他们多次道歉,以各种方式道歉。帕特里夏听够了,要回卡拉待着的房间去,回去前她告诉我不要相信他们。随后切莱叫我留下来,跟他们一块儿看日落,我便留在了楼上。

奇诺一直说那只是个玩笑,不用感觉那么糟糕。马塞洛说,他叔叔在他才五岁的时候也跟他开过这种玩笑。他说:"别像个奶娃娃一样。"他让我更难过了。切莱说他哥哥也这么整过他。说这不过是个测试,然后便问我想不想也来一支烟试试。奇诺跟他说我还小,但马塞洛看着奇诺,说:"抽烟会让他变强大,变成大人。"于是我也抽了一口。

烟气填满了我的嘴,在我的舌头、我喉咙后面的小沙袋上面缭绕。一根火柴。一个火苗。一个火炉。我咳嗽起来,怎么也止不住。马塞洛猛击我的后背,好让烟气跑出来,他说:"现在你是个男人了。"

"你蛋蛋上有毛了。"切莱说。

"对着呢。"奇诺点头附和。

然后他们便大笑起来,但不是店主笑话我的那种笑。他们笑着,就好像他们是我朋友。我止住咳嗽,也笑了起来。我感觉自已长大了。那是两三天前的事儿了。我真的感觉自己长大了。就好像抽烟让我有了勇气登上那条船。让我不哭,不呕吐。让我现在独自身在另一个国家,外公不在身边。我有些害怕,但我烟都抽过了。我懂事了。我下面长毛了。我有了卡德霍。现在我有帕特里夏牵着我的手,保护着我。

终于,我们穿过了人群。车门处的台阶很干净。我感觉到了空调。以前我们坐过的车没有一辆有空调的。车窗上挂着天鹅绒窗帘,车里很黑,我都不用假装睡觉了。这是我坐过的最好的大巴。很大。就算有这么多人上车,都还有空位。

我们还是像以前一样分开落座。帕特里夏、卡拉和我坐了两个座位。我挤在靠窗户的位置,我们三个人坐两个座位还是很舒服。奇诺和切莱在我们后面。马塞洛一个人坐,但跟其他男人隔着过道。那三个新男人有两个坐在一起,在马塞洛后面,另一个在他们后面隔了一个座位。蛇头坐在我们所有人前面,离前门有两三个座位。没有人坐在他旁边。我们要装作不认识他的样子。帕特里夏是我妈妈,卡拉是我姐姐。

司机往车下走,看着我们,但什么也没说。我的腿有一半搭在帕特里夏腿上。卡拉在靠近过道那边。车里好冷。我从背包里拿出一件薄外套,在船上的时候穿着并不暖和。我把背包抱在胸前,把头靠在又厚又软的天鹅绒窗帘上,假装睡觉。

※

"检查站。"帕特里夏轻声说,拿胳膊肘顶了我一下。"睡觉。"

153

她对我和卡拉说。

车里又黑又冷。我能感觉到大巴靠边停车了,因为轮胎开上了砾石路面。天鹅绒窗帘打在我脸上。透过有色玻璃的窗户,外面看起来还是白天。我看了看表,从我们出发算起还不到三小时。都还不到中午呢。

我感觉喉咙里好像卡着一根鱼刺或是头发。好痒。我病了吗? 很可能是汽油。我们当中到现在还没有人生过病。在奥科斯,堂达戈在离开前说:"简直是奇迹。大家好好保持。"

"因为我们是小时候吃土长大的。"切莱开玩笑说。但我不是。我经常生病。我希望这会儿不是生病了。过检查站呢。我需要清清喉咙。我拼命把嗓子眼里感觉像痰的东西吞下去,努力不发出任何声音,卡拉看着我的样子,笑了。

"你听起来像只猫。"她轻柔地说。

"是因为空气。"帕特里夏悄声说,指着空调的出风口。

我趁我们的司机打开车门之前咳嗽了几下。透过挡风玻璃,我们可以看到有两辆巡逻车挡住了两车道的公路,一辆盯着我们,另一辆看着别处。小轿车、大巴、卡车已经排起队,等着大兵跟他们说话。公路车道中间摆着橙色的路锥。

"睡觉。"帕特里夏又说了一遍。蛇头没有看我们。我们只能看到他的后脑勺,后面的头发紧贴着头皮,顶上抹了发胶。我们练习过这种情形。要是有人问,就说不认识他。我靠在天鹅绒窗帘枕头上。我没有擦去眼屎,希望这样就能骗过那些大兵,让他们以为我真的睡着了。我是瓜达拉哈拉人。如假包换,货真价实。我会唱国歌。知道最好的总统都有谁。知道那座城市的三支足球队。我的球队是芝华士队。

发动机关了,车子也不再嗡嗡作响。我两眼紧闭,但在睫毛中间留了一道缝,可以悄悄偷看。车门旋转着打开了。司机说:"早上好。"

大兵们也回了一句"早上好",还说他们必须检查一下乘客的证件。

我听到两个人,四只靴子,踏上了车门那里的踏板。那声音听起来跟任何人的鞋都不一样。很重,走路的时候声音很大,很有劲儿。

"早上好。"这个大兵嗓门很大。"我们上车是要检查一下,你们是不是你们声称的身份。"他顿了顿,"证件拿出来。"

司机打开灯。我的眼皮上一道闪光,让眼皮从黑色变成了浅橙色。我眯着眼睛,希望大兵们不会看到我。我继续闭着眼睛。让眼睛放松,好看起来像真在睡觉。

人们在包里翻来翻去,打开钱包,塑料沙沙作响,打开皮夹子。我的手掌在出汗。我不希望我们这组有任何人被发现。靴子吱吱作响,越来越近了。我闭着眼睛,专心去想墨西哥国旗的画面。红色,白色,绿色。还是绿色,白色,红色?一株仙人掌上,有只老鹰在吃一条蛇。仙人掌。老鹰。老鹰。仙人掌。卡拉和帕特里夏没动。空调好像关了。我身上的外套和怀里的背包让我觉得很热,但我没法动弹。我胳肢窝里有了汗珠。

靴子越来越近,最后在我们这排停下了。他们转身朝着我们。"女士,这位女士,醒醒。"

我想睁开眼睛。这个声音不是下命令的那个人。鼻音比喉音多。他摇醒帕特里夏，我从我的腿上能感觉到。我控制住呼吸。要是呼吸重了，就表明我醒着；要是没呼吸，那我就死了。我呼出一口气，尽可能安静，也尽可能像真在睡觉的样子。帕特里夏把我们的假证件交给了那人。他翻看着我们的"证件"，看是不是真的。

"你的孩子？"

帕特里夏假装很困，点了点头。我能感觉到她在发抖。一分钟。两分钟。我胳肢窝里的汗现在都成湖了。但我还是一动不动。我继续呼吸。正常。正常。

他把证件还给帕特里夏，往我们后面的座位走去。我想睁开眼睛，但没有。我们过关了？帕特里夏没有说话。我们是墨西哥人。红色，白色，绿色。我等着靴子一直走到我们后面最远的地方，想等到那个时候再长出一口气，但他们没再移动——

"你，还有你。起来。"

"为啥？为啥？"一个男人说。

"起来。"这是刚开始那个声音。

"下车。现在。"

我睁开眼睛，尽可能悄无声息地转头去看。是跟我们一块儿的三个新人当中的两个。个子不高的那三个人。

一个大兵带着他们走向车门。他们肩膀松垂，眼睛盯着地面。剩下的那个大兵叫一个老妇人把证件拿出来。老妇人说，她来自墨西哥城，她是墨西哥人，但穿制服的仍然叫她起身下车。"我是墨西哥人。"她反复说着，一声比一声高。她拒绝起身，还用购物袋占着她旁边的座位。

"把他们带走！他们不是墨西哥人。我是墨西哥人。"那老妇人说着，朝与她隔着过道的座位点头。

"这位女士，你说谁们？"

"他们。去问。尽管去问他们。你会听出来的。"

"你。你。还有你。下车。马上。"

"马上！"另一个大兵也喊了起来，"下车！"

几个人从我们身边走过。是他们——奇诺的寸头。马塞洛的高个子。切莱的肚子。我想尖声喊出来：他们是墨西哥人。我认识他们。

帕特里夏看着我和卡拉，两手放在我们俩身上，摇着头，盯着我们，仿佛在说："不要轻举妄动。"她的手指紧紧掐进我们的胳膊。我一动不动，也没有张嘴。他们全都下了车。另一个大兵走上踏板。他留着小胡子，国字脸上一副大墨镜。

"还有谁不是墨西哥人？"他顿了一下。他的声音很严厉，身上的制服很干净，很挺括。"如果现在站出来，对你是最好的。除非我们把所有人都找出来，否则这辆车不会开走。"

我看着帕特里夏，她没有看我，也没有看向旁边，腿一直在发抖。我的手汗透了。蛇头没动，一直看着前面。没有人站起来。小胡子大兵走了出去。

人们透过窗帘偷看，于是我们也偷偷看着。外面，那些大兵让那些男人跪在泥土地面上，离我们停在路边的大巴有那么几米。小胡子大兵踱着步向他们问话。他们谁都没说话。太阳打在他们脸上。马塞洛、奇诺、切莱，还有另外那三个人。蛇头说过这种事可能会发生，说他会处理。但他什么都没做。

小胡子大兵走回踏板上，叫司机等着，然后又走了出去。所有大兵，除了在另一边拦住车辆的一个，全都围在跪着的男人旁边。我们后面的轿车开了过去，因为那个大兵叫他们继续前进。帕特里夏看着蛇头，蛇头也回头看着她。她朝窗户点了点头，两眼圆睁，能看到好多眼白。

蛇头只是摇了摇头，什么也没做。

帕特里夏眉毛拧在一起，脸变得通红。她从我们腿上把手拿开，突然转向那个老妇人，说："印第安蠢货，狗娘养的，屎都不如。"她的嘴像疯掉的狗的嘴，口水像毒液一样喷涌而出。我从来没见过她生这么大的气。

"操你妈，湿背人。"那老妇愣了好一阵才回了一句。她紧紧抓着自己的包，声音沙哑，好像吓坏了。

"要不是有孩子在这儿，我能把你揍得屁滚尿流。"

蛇头转过头来，对帕特里夏说："坐下！什么话都别说。"说完又把头转了回去。

"印第安蠢货。"帕特里夏又说了一遍。

"坐下！"蛇头又喊了一声。

老妇人尖叫起来："把这些湿背人带出去，带出去！出去！"

另一个大兵来到踏板上。

"这里。"那老妇人指着我们。

大兵快步走过来。

"操你妈！"帕特里夏朝那妇人喊道。大兵想抓住她的手。

"我们自己会走，狗娘养的。"

"做点什么！"她朝蛇头喊完，又冲我和卡拉喊道，"拿上你们的背包！"随后她把卡拉推进过道，把我从窗边拉起来，她的指甲掐进了我们的胳膊。地面快速移动。我们走下台阶，走出车门，来到砾石路面上。阳光打在我的脸颊上、鼻子上和额头上。我的眼睛好一阵才适应泥土地面反射的亮光。卡德霍，小卡德霍。

"你们什么也做不了。"小胡子大兵正在跟男人们训话，一边来回踱步，"这里是墨西哥。这里是有法律的，你们犯了法。"他肯定是这群大兵的头，踱来踱去，还有五名大兵站在一旁。他管我们叫"不法分子""湿背人""罪犯"。他说："我有权把你们全都送回萨尔瓦多、危地马拉，随你们他妈的是从哪儿来的。"

沥青路面上，看起来有蒸汽在升腾。我们的大巴仍然停在路边。好多车停在后面等着通过，有个大兵仍在检查证件。之前我们在车里，现在我们站在枪口前。挂在肩带上的长枪。腰间的短枪。大兵们都穿着靴子，黑色的，大皮靴。我想起修女们告诉过我："紧急情况下不用跪下也可以祈祷。"阳光如果以特定角度照射，他们的枪就会闪闪发光。外公走了以后，每天晚上我都会躺在床上低声念诵《主祷文》。我开始念：我们在天上的父……

"把你们的背包都扔到前面来。所有人。"小胡子大兵平静地说，没有叫喊。

我看着帕特里夏，看她会不会照办。所有男人的背包都已经扔在泥土地面上，像一个个黑色的岛屿。

"别他妈愣着！"把包扔出去之前她又冲车上大喊了一声。我把我的也扔了出去……愿你的旨意行在地上……

"跪到他们旁边去。"小胡子说。

那群男人里跪在最外面的是马塞洛。帕特里夏跪到他旁边，卡拉跪到帕特里夏旁边,我跪到卡拉旁边,我旁边没有别人了。

"双手抱头。"

我们所有人都双手抱头跪成一条线,跪在泥土地面上,膝盖生疼。我试着蹭开顶在我右腿小腿上的一块石头。太阳晒得我头发好热。我脖子后面,我的手。我还穿着那件薄外套。我脸上干燥的空气,那热度——

"所有人,不许动。"

"停下,停下!"蛇头终于从车上冲下来,朝小胡子大喊。小胡子先跟旁边的另一个大兵耳语了几句,才跟蛇头搭话。

"趴下!"那个大兵喊道。他的头发四周围剪得很短,上面用发胶往后梳着。"脸朝下!"

……我们日用的饮食……我仍然念念有词的嘴唇亲到了泥土。我用手擦了擦嘴。

"不要抬头!"

"四肢伸开!"

我的胳膊向前伸开,弄得我就像超人一样。就像我在飞行。就像我是《七龙珠》里的孙悟空。我朝旁边偷偷看去,看到了我们那辆车。车流。汽车轮胎,在动,又停下了。那个老妇人肯定在看我们。司机也是。所有那些没说话的人也是。

有些大兵看起来像马塞洛,另一些看起来像那三个男人。但那个小胡子看起来像墨西哥电视剧里的人。他的小胡子很是浓密,像自行车胎一样。他是唯一一个没有带着长枪的人,他的枪跟外公那支差不多,装在枪套里。他朝另一个大兵走去,枪套也在晃动。他身后跟着蛇头,在苦苦哀求着什么。

小胡子低声说了几句，一个大兵向大巴跑去。

"你们的车走了。现在，听着。"他看着我们所有人说道。大巴摇摇晃晃地起步开走了。所有人都看着蛇头，他站在那里，嘴里无声地说着"冷静"，双手在空中下压。

"行，行，我们来想想办法。"终于，蛇头提高了说话声音，足够让我们所有人听到。

"我早就跟你讲过的。"小胡子擦着太阳镜，声音很坚决，也比之前响亮。

"太高了。"蛇头摇着头。

"行吧。"小胡子朝大兵们点点头，他们所有人的手就开始在我们身上上下拍打，就像蜘蛛一样到处摸索，搜查我们的口袋、衣服，所有地方。小胡子说，他们在找"走私品"。我也不知道这个词什么意思。我试着重复这个词。走 — 私 — 品。

大兵俯身搜查我们的时候，我能看到他们的枪尖。《第一滴血》里面那种长枪。金属的。黑色的。小胡子在我们前面踱着步，踢起地上的尘土。

"你们赶巧碰上我今天心情好。我们简单点。试试看能不能说服我，不把你们驱逐回你们那些该死的国家。"

"怎么个说服法？"我们队伍另一头的一个人问道。我看不到是谁，也听不出是谁的声音。

"你说呢，印第安人？"又是这个词。所有人说这个词的时候都带着恶意，就好像这是个很糟糕的词一样。没有人回应。

我也不知道说什么。卡德霍，小卡德霍……我闭上眼睛开始飞翔，飞啊飞啊，飞得好远好远。我飞到云上，飞过山川湖泊，飞过城市，一直飞到金门大桥。我什么都听不见，我在加利福尼亚——直到一只土黄色的小蜥蜴爬到我脸前。它跟我一样皮肤棕黄，跟地面完美融合。

"你们要是肯配合，也要不了多长时间。"

配——合。

我用手遮住眼睛和脸，因为不想沾染靴子踢起的灰尘。那只小蜥蜴离我的手越来越近。它很小。我给它起名葆拉。

你好，葆拉。

你好，哈维尔。它说。它舔着自己的脸。它的肚子又大又白，在身体两侧凸了出来，就像怀孕了一样。它尾巴很细，像一缕棕色的头发。

"把鞋脱了！"

"把口袋掏干净！"

葆拉几乎要舔到我的手指了。

"把所有的票子都交出来！"

我不知道这个词啥意思。

"钱。清楚了没？"小胡子明确说了出来。蛇头在他旁边喊着数字。

我的舌头没法动弹，葆拉也僵住了。它的四肢和我一样在地上摊开。和大家一样。肚皮着地。我们看起来都跟葆拉一个样。跟蜥蜴一个样。每次呼吸都会把更多尘土吹到我脸上，粘在我的汗液里。我的大鼻子戳在路上。阳光太刺眼了。我让右眼一直闭着，把脑袋往右边稍微倾斜了一点点，这样我就能呼吸了。葆拉没动。没有离开我身边。

葆拉一边用舌头舔着脸，一边说，一切都会好的，会很好，越来越好。它每次都把脸舔得好湿。然后它便跑走了。

那些大兵的手再次伸进我的口袋。我的鞋。他们拉开了我背包上的全部拉链。他们的手，他们的手指，检查着每个角落。拍呀拍，拍呀拍。我闭上双眼。他们的手摸索着我们的上半身。下半身。每一道缝。他们在帕特里夏身上花的时间格外长。葆拉还在这儿，躲在灌木丛下面。

我们口袋里所有的钞票和硬币都被他们掏出来扔在地上，在太阳底下晒干。

蛇头还在跟小胡子说话。小胡子问我们还有没有钱，说这是我们的机会。

"没有了。"大人们喃喃地说。

随后靴子们捡起皱巴巴的钞票，闪闪发光的硬币，放进他们自己的口袋。我没带多少钱，只有点儿"点心钱"，就像外公跟我说的，"够买一两杯饮料"。

但是我还有钱，藏在他们找不到的地方。我告诉葆拉。但接着靴子们走到离灌木丛特别近的地方，葆拉走了。他们的枪好大，闪着金属光泽。

"起来跪下！"

"跪下！"

他们拿枪指着我们，像嘴巴，像眼睛。枪口跟外公的枪一样。但他们的枪口更宽。枪更大，也更长。我又闭上了眼睛。蛇头哀求得更大声了。

"要是你们还有钱，现在是最后的机会了。"

谁也没说话。我的衬衣里、裤子里到处都是汗，脸上也汗水横流。没有人拿更多钱出来。

"所有人，把袜子脱了。"小胡子说。

跟我们一起的那三个人当中，有一个人的袜子里藏着整整齐齐叠成方形的绿色钞票。小胡子凑过去，捡了起来。

蛇头想阻止他，但其他大兵都拿枪指着他。蛇头僵在原地，举起了手。

"美金。"小胡子说着，走近我们组里的那个人。我闭上眼睛。卡德霍，小卡德霍……

"美金大人。"他语带讽刺地说。

"别看。"帕特里夏说。我看向葆拉的灌木丛。砰——

那个男人，美金先生，抱着头。我听到他在抽泣，拼命忍着不哭出声来。

"别哭，伙计。"马塞洛对他说，声音大得我们全都能听到，"别像没卵似的。"

"真男人啊，"小胡子脱口而出，提高了声量，"这么说你是个真男人咯？"他走近马塞洛。

"好了好了，够了。"蛇头用低沉的声音说。"行吧，"他恢复了正常的嗓音，"按你的价码吧。"

小胡子带着笑，从马塞洛身边走向蛇头，蛇头把一卷钱递给他。

我们在天上的父……

靴子们终于把枪放下了。

"刚才有点儿误会，女士们，先生们，"小胡子边踱步边说，

"大家请起，快快请起。"

我们所有人都慢慢站了起来，拍打着衣服上的尘土。卡拉抱着帕特里夏，奇诺抱着卡拉。马塞洛走近我身边。"没事的，什么事儿也没有，小切佩。"他拍拍我的后背。我的腿在发抖。还有我的手。

帕特里夏朝我走过来，说了一样的话："没事的，什么事儿也没有，小家伙。"像玛丽一样加了个"小"字。她抱了抱我旁边的卡拉，又抱了抱我。一切都很好。什么事儿也没有。我们在墨西哥了。美金先生不再哭了。他的头也没事。跟他一起的人扶着他站了起来。

但随后小胡子走向我们六人组之外的那三个男人。"你们三个跟我来。"

他们看着蛇头，很是困惑。

蛇头对六人组说："等着，跟这儿等着。"他跑向那三个人，他们每人身后都有个大兵跟着。蛇头跟那三个男人说了些什么，他们摇着头，朝他大吼。

"还不够。"他重复道。

"走了！"小胡子说着，带他们走向卡车。

大兵们拿枪指着那三人。我把脸深深埋进帕特里夏的肚子里，就像卡拉也把头深深埋在帕特里夏胸前一样。

帕特里夏轻抚我们的后背，一遍一遍反复说着同样的话："什么事儿也没有，什么事儿也没有。"

卡车发动了。我从帕特里夏肚子的位置看过去。那三人爬上卡车后面的车厢，大兵包围着他们。卡车加速离开了。那三个人走了。没有人试图把车拦下来,也没有人说什么。

我唇上的汗珠越来越大,浑身湿得像又洗了一回澡。我脱掉外套。我说不出话。我去看葆拉,但哪儿都看不见它。

蛇头朝我们这边跑回来,说:"他们给的钱不够。我不负这个责任。"

"操你妈。"马塞洛说。

"你们没被抓走啊,不是吗?"蛇头说,"你们才是我要负责的人。"

跟我们同船的人全都不在了。卡车和橙色路锥不见了。大巴开走了。汽车一辆辆飞驰而过,就仿佛这儿什么都没有发生过,仿佛我们没顺着路边走向临时搭成的汽车站。所有的一切,所有的人,全都不见了。

※

我们从中午就开始在路上走。一点钟。两点钟。我们一边走,一边注意盯着路上有没有警察和大兵。我们走的不是那条主路,那条大路,而是另一条路,蛇头说车少一些,碰到的镇子也少一些。我们已经在这条路上走了几个小时了。仍然是沥青路,但两边都有泥土地面、仙人掌和灌木丛,没有大树遮阴。

如果有警察或大兵靠近,我们就从路上跑开,躲进灌木丛里。要是有车从我们前面或后面开过来,我们就喊:"躲一躲!"马塞洛倒退着走,眼观六路耳听八方。然后是奇诺接替了马塞洛的工作。再然后是切莱。如果不是警察也不是大兵,蛇头就会像动画片里那样伸出大拇哥,说由他来伸手拦车,我们跑开躲起来,这样比较安全。

蛇头问我们上车的时候有没有说话,在长途车站的时候有没有说话。大家什么都没说。他告诉我们,要始终,始终带着我们蹩脚的墨西哥口音。"你们知道不,全给我他妈的闭嘴。现在你们基本上身无分文了。"他解释说,之前他都这么做过上千次了。我们不得不靠脚走,是我们的错。让他替我们说话就好了。

他还是没跟我们讲他叫什么,没跟我们讲过他的多少事情,我只知道他是墨西哥人,但不是来自我们现在所在的"狗屎不如"的墨西哥南部。我们走了好几个小时了。没有人停下来过。大太阳底下好热。沥青路上更热,我们的鞋感觉要化开了一样。我们把好看的衣服脱了下来,帕特里夏觉得把湿衣服穿在身上是个好办法,就是她给我们洗干净的那些。湿衣服确实让我们凉快了一点儿,但现在又热起来了。我们出汗出得跟我们趴在泥土地面上的时候一样。枪。他们的手。

计划是拦下一辆车,愿意搭我们一程。必须得成。蛇头说,大兵拿走了我们几乎所有的钱。说他没有别的办法,只能把钱给他们。他说,也是这个原因,我们没钱接着坐大巴了。剩下的钱我们必须省着花。

蛇头说,美金先生搞砸了,他"堂而皇之地搞砸了"。说大兵们只不过想吓唬吓唬我们,并不是真的想驱逐我们。"太多文书工作要做了。"

"这也是为什么你们得把钱藏在没有人能找到的地方。他们只想咬一小口。"

连我都记得堂达戈跟我们说过,不要把钱藏在鞋子、口袋和袜子里。他说我们可以穿两层袜子,把钱藏在两层袜子中间。

"男娃娃,甭担心。"切莱边走边对我说。他也在出汗,呼吸粗重。他喜欢叫我"男娃娃",还没有人这么叫过我。"我们可是从全世界唯一一个以上帝命名的国家来的,想想看。"

我都不知道切莱也信教。

"没错,那可是个好兆头。"奇诺附和着他。

"也就是说,上帝会帮助我们去合众国!"切莱喊出最后一句话。

路上一辆车都没有,除了我们也看不见人。没有人跟他说话。

合众国。我喜欢这个叫法。那就是我们要去的地方。一起去。去跟我的家人团聚。我最后一次跟爸爸妈妈说话还是在特昆,外公给他们打电话的时候。从那时起我们谁都没往北边打过电话。外公走后,我再没有跟所有亲人说过话:外婆、玛丽、卢佩、妈妈、爸爸。我想念他们,想念所有人。

去合众国! 我好想像切莱那样大声喊出来。但我只是跟着大伙儿。我们走啊走,直到我们的双腿再也迈不动了。蛇头说:"休息吧,会有人停下来的。"

"今天我们已经经历得够多了。"帕特里夏补充道。

于是我们躲到路边的灌木丛里,让我们的蛇头老大举着大拇指。我们全都聚在马塞洛身边,听他跟我们解释"次奥"①是什么意思。只要有车减速经过又一溜烟开走,马塞洛都会大喊一声:

---

① 原文为"faak",即"fuck"不标准的发音。下文"鹰语"也是同样的情形。——编者注

"次——奥！"没有人知道这个词啥意思。

"这是'鹰语'（Inglish）。"马塞洛说。他告诉我们生活在洛杉矶是什么感觉，被送回萨尔瓦多之前，他在那里生活过一段时间。说他也不想回萨尔瓦多，但美国佬抓住了他。我不知道那么说是什么意思，但也没人问。

外公是对的。镇上人说马塞洛回来不是因为他想回来。"但是在那儿的时候，我学了一点'鹰语'。"所有人都目不转睛地盯着马塞洛说话。他接着说道："美国是最好的国家，比我们去过的任何国家都要好。"他向我靠过来，"最好的国家，小切佩。"

这下我逮着机会了，于是问他我听到的一些事情是不是真的。"那里的学校午餐有比萨吗？孩子们是不是老吃汉堡？街道干净吗，是不是遍地都是麦当劳？海滩是不是像《海滩救护队》①里那样是蓝色的，很宽广？"

他说对，对，对，对，还是对。所有人都笑了。

"行行行，但是跟我们说说次奥是啥意思吧。"帕特里夏说。

"那是句脏话。"

"说说。"帕特里夏催促着。

"有孩子呢。"他朝我们点点头，然后靠近帕特里夏，低声说了出来。

她脸红了，眼睛睁得老大。

所有人都大笑起来。

---

① 《海滩救护队》（*Baywatch*），美国电视剧，讲述海滩救生员的故事，于1989—2001年播放，共11季。2017年被翻拍为同名电影。国内也译作《海滩游侠》。——编者注

又一辆车减速经过,但没有停下来。"次奥!"马塞洛说。

"次奥!"帕特里夏也喊道。

然后是奇诺。然后六人组所有人都喊出同样一句话:"次——奥!"这句话打我们肚脐眼上升到我们喉咙里,再从我们大张着的嘴巴里呼啸而出。我们笑得停不下来。我还是不知道这句话什么意思。刚开始我还希望有车能停下来。但现在,身体里另一个我希望那些车都一溜烟跑开,这样我们就能继续高喊:"次——奥——!"

天色已经晚了。还没到黄昏,但也差不多了。蛇头想到一个主意。"人们会更愿意帮助妈妈和孩子,对吧?"

"漂亮。"

"的确。"

过了几分钟,就变成了帕特里夏、卡拉和我站在蛇头旁边,盼着有谁能停下来。我们都晒伤了。水快喝完了。在车站买的零食也全都吃完了。鞋底热得跟煤块一样。

随后便有一辆浅灰色的小巴开了过来。

"你们上哪儿啊?"司机问道。

"您上哪儿我们就上哪儿,老板。"蛇头边说边看着我们,确保我们不会乱说话。

"多少人?"

"除了我还有六个。"

司机用所有手指敲打着方向盘,透过挡风玻璃往外看,然后甩了甩头,就好像那是条尾巴一样。"上来吧。你们不会想在这里过夜的。"

帕特里夏长出一口气。我笑了,卡拉也笑了。蛇头朝马塞洛、奇诺和切莱挥挥手,他们从灌木丛里站起身来。

"他们都不是坏人。"蛇头对司机说,确保帕特里夏、卡拉和我都上了小巴,同时把着车门,让车门保持开着。

男人们也爬上车。车上除了司机之外只有一个人,坐在副驾上。是司机拉的活儿?还是司机的兄弟?司机什么也没说,但那个乘客也拿着一个背包。

"我们去阿卡普尔科(Acapulco),行吗?"

"没问题。"蛇头说。

阿卡普尔科。我知道这个地方。我坐在后排,坐在帕特里夏腿上。卡拉坐在我旁边。奇诺坐在卡拉旁边。另外几个人坐在中间那排。

车上没有空调。司机把所有窗户都放了下来,让风吹到小巴里面来。奇诺打开车子后面的三角形车窗,虽然很小,没多少风能进来,但总好过躲在灌木丛里。

"好好休息。"蛇头说着,特意转身看了我和卡拉一眼。他还是没跟我们讲他叫什么名字。"我们安全了。"他说,声音仍然有些沙哑。他的嗓子今天一整天都是这样,早上所有人从船上下来,在那栋房子里洗澡、上厕所的时候,他就用这副嗓子冲我们大喊。我脑子里到现在还回响着:"三分钟!"

"我们安全了,好好休息。"他重复道。谁都没说什么。司机打开收音机。是特梅拉里乌斯乐队(Los Temerarios)的《我还记得你》(*Como Te Recuerdo*)。我超喜欢这首歌。玛丽超喜欢这首歌。外婆也超喜欢这首歌。开场非常丝滑,非常安静。然后便开始加速，音量也逐渐增大，到后面就像烟花绽放：我还记得你，亲爱的，要是你知道，我有多想你……

  微风从车窗缝隙里吹进来。我想念我的家，我的家人。我想睡觉。我努力闭上眼睛。这里是墨西哥。我们在往阿卡普尔科开。太阳是天上的一个点，今天在那片美丽的海滩上我亲眼看到升起来的，正是这同一个太阳。回想起来，仿佛是好多天前了。那船，那些大兵，我们走的那么多路。飞鱼，海滩，卡车，淋浴间，三分钟。

第五章

等 待

1999年4月29日

"最远只能把你们送到这儿了。"司机说着，踩下刹车，后座的我在刹车中醒了过来。蛇头挤在马塞洛和切莱中间，在我们前面那排座位上。司机转向蛇头，用头示意着小巴右侧，说："我建议你们走那条路。"随后又转头示意着小巴左边，"我要走这边。"发动机仍然转着。

"多谢了，老兄。"蛇头把手伸进口袋，掏出一把墨西哥钱：闪闪发光的银币，周围有一圈漂亮的金边。我第一次见到墨西哥比索是在特昆，当时外公在堂卡洛斯店里把危地马拉格查尔换成了这种钱。

"谢谢你们。"司机说，转头看着我们所有人，让银币落在他手里。

蛇头向马塞洛点点头，马塞洛便拉开了小巴的滑动门。我们六人组每人都说了声谢谢，马塞洛，切莱，奇诺，卡拉，我。我在帕特里夏前面下车，帕特里夏下车的时候，司机拉住她的手，说："祝你好运。保护好你的孩子。"

她没有回应，但点了点头，脸上没有笑容。我们骗过了司机！他认为我们是一家人。我拉着帕特里夏的手，加了一句："走吧妈妈。"声音足以让司机听见。帕特里夏看着我，眯着眼睛，让笑容在她脸上绽放开来。我是个伟大的演员。我想。

"欢迎来到阿卡普尔科。"蛇头说着，张开双臂，原地转了一圈。我们不应该来这儿。至少堂达戈的原计划不是这样，外公的地图上也没有这一站。但我知道这个城市，在电影和电视剧里听说过。卢斯·克拉丽塔他们来这里郊游过一次。风从海上吹来，从这么高的地方看，大海就像一个水洼，像一个弹坑，一个洞。我们在一座山上，这座山让我想起老家的火山。

帕特里夏的头发在街灯下颜色很浅，不太说得上是金黄，但也差不离了。她染过发梢，我在圣萨尔瓦多的时候就注意到了，但现在染的色已经差不多都掉了。我记得玛丽也想把头发染成金色，因为电视上所有人都是那样子。

只要有染过头发的女人从我们家门口走过，或是在诊所门口排队等着进去，外婆都会对玛丽说："不要把你的头发搞成那么花里胡哨的样子。"所有人都会背地里笑话这些女人。"看，天生是杂毛，却非要以为自己是纯种。"外婆喜欢这么说，"老黄瓜刷绿漆。以为自己是美国人。"

天已黄昏，天色也差不多全黑下来了，大海就在那边。星星开始在天空隐现。我喜欢想象有一个巨人，一只手托着地球，另一只手拿着一根针，在天上戳呀戳，这里，那里，这里，那里……

"往山上走，我知道有一家汽车旅馆。"蛇头的声音仍然很沙哑。对面过来的人经过我们向海滩走去，在水泥铺成的人行道上蹦蹦跳跳。

来到一家三层楼的汽车旅馆后，蛇头叫我们在外面等着。

"次奥，我们到阿卡普尔科了，伙计。"马塞洛对切莱说。他们俩都抽着烟。奇诺也老是在他们旁边一块儿抽烟。

"烟囱。"帕特里夏摇着头说。这是她给他们起的诨名。他们没啥反应。

马塞洛接着说道："我觉得要再过一百年，我们才到得了那儿。"

他很喜欢那么说。"再过一百年。"我也不知道他究竟是什么意思。他已经活了一百岁？不是。他觉得自己活不到一百岁？我可不想还不到一百岁就死。

"我也这么觉得。"切莱说，"很有可能。"

"很有可能？别他妈开玩笑了，屎橛子！这事儿可开不得玩笑。"奇诺点着头对切莱说，右手好像想用食指和拇指指向天空中的某样东西，那手势活像一把枪。

"对吧？"马塞洛说，又抽了一口。

"对头。"奇诺答道，抽完最后一口，把烟屁股扔在人行道上。他们相互之间表现得更友好了。奇诺通常都跟帕特里夏和卡拉在一块儿。我见过他们仨一起抽烟，但之前抽烟的时候他们不会聊天。

蛇头出来了。"一间房。"他说。大家都没有反应。蛇头拿着两套钥匙，向前门走去。我们跟在他后面，走进一道走廊，尽头是一个庭院。院子里有两棵高大的棕榈树。透过树叶能看到星星。羊齿草、金鱼花、虎尾兰，院落边缘还有一圈心叶球兰。跟外婆花园里的植物品种一模一样。我们从院子里走上水泥台阶，来到我们房间所在的二楼。蛇头转动钥匙，轻轻打开门，看着我们，笑着说："他妈的还是有点儿走运的，屎橛子们，那边朝着海湾。"

我们看到有一道滑动玻璃门通往阳台。地上铺了瓷砖。我想看看海湾，看看灯光，看看大海。月亮和星星高高挂在天上，树在微风中轻轻摆动。

"我就要见到我爸妈了！"这句话不小心溜出了我的嘴巴。

"对，你会的，"马塞洛说，"我们知道，小切佩。"

"绝对正确。"奇诺回应着，一巴掌拍在我背上。

"是的，男娃娃。"切莱附和着他们。

帕特里夏紧紧握着我的手。卡拉看着我，因为我脱口而出的那句话笑了起来。

"说啥呢，小东西？"蛇头问。他没听见。

我没回答。

我才想起来我还从来没睡过楼上。会影响我的梦吗？我还能做梦吗？要是地震了怎么办？着火了呢？我没有问。我因为把自己的想法大声说了出来而有些难为情。六人组里没有谁真正讲过自己去美国要做什么，要见谁之类的问题。

在特昆的时候我们简单聊起过，在奥科斯也聊过一点，但只是男人们喝醉了的时候。马塞洛想建大楼、盖房子，想修桥铺路，想建造任何"可以持久"的大物件，我就是这么知道的。我觉得我爸爸也是在做这些事。马塞洛说，以前他在洛杉矶就是干这些活儿的。说他喜欢开车经过他出过力建造起来的墙或人行道。他说:"很辛苦的工作。男人的工作。"

奇诺想在餐馆工作,为"有钱的美国佬、又有名又漂亮的人"服务。他超爱摆弄吃的。每回我们吃饭,他要吃到什么喜欢的东西,我们都能看出来,因为他会呻吟,面带微笑,脑袋一上一下地点着头。他妈妈开过一家餐馆,他以前在那里工作。后来妈妈去世了,餐馆也关了门,但他一直想当大厨。这也是为什么我那么喜欢他,也是为什么我喜欢餐厅。我喜欢给外婆帮忙。看着她做玉米馅饼、泡菜沙拉、欧洽塔和鼠尾草籽饮料。我超喜欢做她的赏味师。告诉她什么东西还需要加什么。说不定我也想当大厨?

切莱喜欢汽车。后面拖一个巨大的活动房屋的卡车,就像墨西哥电视剧《两个女人一条路》里的那样。他提到他的表兄或是叔叔——我也不记得到底是谁了——就有辆拖车式活动房屋,他开着这辆车走遍了美国。切莱想开车去各个城市,各个镇子,去看各种各样的风景。"兜兜风。"

帕特里夏的老公有工作。他的工作跟砍树有关。我都不知道这也算一份工作。外公砍树的时候我可不喜欢。但帕特里夏想给女人剪头发、做造型、化妆。她想开一家"沙龙"。我觉得对她来说那是最好的理想。她自己化完妆看起来非常漂亮。卡拉跟我一样,在憧憬着美国的学校,想跟她妹妹在一起,她妹妹已经在北边她爸爸身边了。我不知道我想成为什么样的人,但我知道我想学游泳,这样我就能在爸爸妈妈大院子里的游泳池里游泳了。他们的房子有两层楼吗? 会不会像这家汽车旅馆一样,有一个阳台？

所有人都冲到外面的阳台上。帕特里夏是最后一个进入205房间的,她进来后便关上了身后的门。门很难锁上。客厅有一台小电视、一张玻璃桌、两把塑料椅子。地板上的瓷砖不是方形而是菱形,有些已经破了,尖头指向阳台的方向。我们全都看着周围的山丘,天上的星星和月亮,海里的水和船。那个尖叫男成功到达墨西哥城了吗？他有没有被人从大巴里揪出来？从海滩上岸以后,我们要么在走路,要么在睡觉,一刻也没停过。我已经忘了大海的样子。我觉得我能看见海浪。我在家里对海浪有多一无所知,现在就有多了解海浪。我打心眼里了解。爸爸以前是渔夫。也许,大海一直就在我的身体里,我的血脉里。

喧闹的音乐从海滩上一直传到我们这里。我们听不出来那是什么歌,但很可能也是特梅拉里乌斯乐队,就像我们在小巴里听到的。也有可能是野马乐队（Bronco）。也有可能是布基斯乐队（Los Bukis）。到现在为止,在萨尔瓦多、危地马拉,还有这里,我们从收音机里听到的所有歌曲就是这些。马塞洛、奇诺和切莱的头顶,环绕着一团万宝路形成的浓雾。

围住阳台的金属栏杆刷成了白色,我朝栏杆走过去。我伸出舌头,能尝到空气中的盐味。我喜欢阿—卡—普尔—科。从奥科斯开始,我们周围的空气里就一直有盐味。现在这里更冷,空中这么高的地方,离天空更近。我远远看着海滩上蚂蚁一样的人群,设想着自己是个巨人,一只手托着地球。

男人们把抽剩下的烟屁股扔下阳台,而后便回屋了。我仍然留在这艘孤孤单单地飘在空中的水泥船上,站在阳台金属栏杆最底下的横档上。我感觉自己很高。很强壮。像个大人。我能控制风，控制海浪。控制海滩上的人群，他们看起来就像群集在垃圾堆里的果蝇。我紧紧握住阳台栏杆。每推一次，我都让所有东西都移动起来。我可以让星星出现和消失。我右手的食指是我用来戳地球的针。我挤压着金属，越来越用力，于是人们跳起舞来。

※

奇诺本来在卧室里跟帕特里夏和卡拉聊天，这时他走出来，对其他男人说："我们出去瞎转转吧。"

"走吧——"切莱拖长尾音回应道，在奇诺的背上拍了一巴掌。

马塞洛点点头，蛇头也点了点头，但他们出门前，蛇头说："把你们最好的衣服穿上，以防万一。"

万一什么？我没听懂，但男人们马上冲进浴室，往腋窝里浇水、擦干，然后往浑身上下喷古龙水：手上，脖子上，胸前，衣服上。他们走出去的时候，身后留下了一团浓浓的味道。

帕特里夏等了一会儿，看看男人们有没有忘带什么东西。不过他们没人跑回来。她说，现在房间是我们的了，床也是我们的了，时候不早了，我们该准备睡觉了。但是还不到晚上九点呢。

"我们去睡觉吧，我们该休息啦！"帕特里夏唱了起来。这是萨尔瓦多所有电视频道晚上十点都会放的曲调，来自《泰勒林一家》(*Familia Telerín*)，也是我上床睡觉的信号。在我眼前出现了那些动画人物的画面，他们拿起自己的东西，排成一排在电视屏幕上走向自己的床铺。我超爱这首歌。我越是长大，越是喜欢熬着不睡觉，等着听这首歌，这就证明我已经大到可以看晚上十点以后的任何节目了。

"去吧，小家伙们，去刷牙。"帕特里夏对我和卡拉说。她指向浴室，那里仍然散发着男人们难闻的古龙水味。浴室装点得很别致：小小的银色水龙头上边有面镜子，而水龙头旁边是马桶和淋浴喷头。男人们头一回看到这间浴室时说："好家伙，真叫人精神焕发！"这里什么都有：马桶、淋浴、洗脸池，还跟卧室近在咫尺。不像在家里、在特昆还有奥科斯那样，浴室是在户外。

"非常方便。"蛇头看完整个地方之后说，"而且还便宜。"

我打开水龙头，水就从里面流了出来。就好像我们是在一家高档餐厅，只需要坐在那儿等服务员上菜，比如圣萨尔瓦多的必胜客。卡拉走进浴室，站在我旁边开始刷牙，仿佛我们真的是亲姐弟一样。我一直想要有个哥哥姐姐或弟弟妹妹，妈妈去美国以后，我只是希望有人陪我玩。最能算是我兄弟姐妹的就是卢佩姨妈的女儿胡利娅，但她小我五岁。有一回，也只有那么一回，我不小心把她挤到床底下去了，卢佩姨妈就再也不许我们一起玩了。卢佩姨妈冲着我的脸大喊，说我"笨手笨脚的，太可怕了"。

卡拉够大了，比我强壮，也比我高。要是我们有机会在一起好好玩儿，我不用担心自己"太可怕了"。问题是，我喜欢她。我还是不希望她和帕特里夏看到我肉嘟嘟的胸脯，我松松垮垮的腹部，我粗壮的双腿。在卡拉身边时，我总是手足无措。我觉得我烦到她了。她必须把妈妈分一半给我，还得在公共场合假装是我姐姐。我理解。要是帕特里夏是我妈妈，我也会觉得烦，甚至会嫉妒。但是我喜欢假装自己在演电视。我喜欢戏耍别人，然后自己还能全身而退。

卡拉在公开场合假装我姐姐的时候，会管我叫"小弟弟"，奇诺也是这么叫我的。私底下，只有我们六人组在场的时候，她会叫我小家伙、小猴子，或是小小孩。我不介意。我本来就是最小的。除了在奥科斯跟帕特里夏和卡拉睡在一个房间、在船上搂在一起之外，这是我们到现在为止最亲密的时候了——在阿卡普尔科一起刷牙。浴室很小，浴室门开着，我们俩几乎胳膊肘挨着胳膊肘。我能感觉到她手腕上面的汗毛拂过我胳膊肘顶上的汗毛。

卡拉的牙刷是亮蓝色的，我的是红色的。她的头发编成了辫子，用一根黑色的头绳紧紧扎着，头绳两头各有两个透明的球。帕特里夏有一大包这样的头绳，扎在一块白色纸板上，就像排成一排的帕特纳荚果或佩佩托荚果，就像我们在船上的样子。

装在帕特里夏和卡拉她们包里的东西有些我是见过的。帕特里夏的化妆盒今天早上所有人都见到过。还有个小小的黑色钱包，里面有张她小女儿和丈夫的照片，她没给我看过，但有一天晚上她以为我睡着了，给卡拉看过。我最喜欢的是帕特里夏的梳子，满是细小的齿，所有的齿都是钝头，有一次我问她，她说，是"用来按摩头皮"的。

我们所有人的背包都跟我们形影不离，我们在哪儿，背包就在哪儿。鞋也是。我们还没脱过鞋。我担心要是把鞋脱了，我的脚会像玛丽的一样臭。我可不想让卡拉认为我有脚臭。我不希望她忍受我跟玛丽睡一个房间时不得不忍受的那种痛苦。

卡拉刷牙刷了很久，但我不想比她先刷完。她的牙齿很完美，很白，而且不像我，她的犬齿和门牙之间没有牙缝。我不喜欢那些牙缝。外公走了以后我就只在早上刷牙，这会儿刷牙只不过是因为帕特里夏叫我刷。卡拉刷牙跟我不一样：我比较轻柔，她用很大劲儿，吐出来的沫子也比我多。她吐沫的时候我也往洗脸池里吐沫，她含漱的时候我也含漱，她拧开水龙头，我把水龙头关上，顺便清洗了洗脸池边上我们吐下的沫子和牙膏。洗脸池是白色的，就像从里侧看没有蛋黄的半个蛋壳。她刷完几秒钟后我也停了下来，这样她就知道我的牙齿也刷干净了。卡拉走出浴室，三四步路穿过走道，走回我们房间。

床笠看起来很旧。有淡黄色污渍。是尿？是汗？好恶心。帕特里夏把被子下面那层被单也铺在了床笠上面。

"好多啦。"她说着，跳到被单上轻轻拍着，示意卡拉上床睡觉。卡拉脱了鞋，在妈妈身边躺了下来。我犹豫了一会儿才把鞋也脱掉。只有一张床。我们怎么睡？

"发什么呆呢？"帕特里夏在床上问道。

"没什么。"我说。

"过来，傻瓜。"我真的不想自己的鞋有味道。我抱着最好的希望解开尼龙粘扣，使劲儿闻了又闻。什么都没闻到。谢天谢地。就算穿着袜子，地上的瓷砖也仍然很凉。脚好痛。我们走了那么多路。帕特里夏坐在床上，两腿交叉，背靠着墙，用钝头齿的发梳梳着自己的头发。

我坐在床的另一侧，通过背单词来转移自己的注意力。我无聊透顶的时候就会这么做，但只会在脑子里背，不会背出声来。

"小家伙们,看电视不?"帕特里夏问道,尽管她已经说过我们该上床睡觉了。卡拉点点头。帕特里夏甚至都没等我点头就从床上跳了下去,卡拉快步跟在她身后。我跟着她俩,袜子在冰凉的瓷砖地面上滑动。

帕特里夏坐在一把塑料椅上,卡拉坐在她身上,我坐了另一把椅子。微风吹拂着推拉门。在门的那一边,能听到海滩上播放的音乐,隆隆不绝。这怎么睡得着?我们全都要睡在一张床上吗?帕特里夏是不是这么想的?

"啥也没有。"帕特里夏翻看着电视频道,开始重复了。

"妈咪,我困了。"过了几分钟,卡拉说。我也累了,但也有些害怕。要是我睡着了放了个大臭屁,把她俩都熏醒了怎么办?我要是流口水怎么办?要是她们不喜欢我,把我留在客厅里怎么办?

"睡觉啦。"卡拉又说了一遍。

"啊,去吧,小姐。"帕特里夏跟卡拉开玩笑的时候就会这么叫她。"那就上床吧。"帕特里夏把卡拉从自己膝上推下去,一跃而起。卡拉朝卧室走去。我僵在原地。

帕特里夏把塑料椅往墙边推了推。"走吧。"她对我说,紧接着又唱了起来:"因为明天又是新的一天,你一定要开开心心地生活……"

我知道这首歌。

"吉乔鼠!"我举起手喊道。

"完全正确!"

《吉乔鼠》(*Topo Gigio*)是另一部我看——曾经看过——的

动画片，跟玛丽和外婆在周末看的。周中的电视节目都是外婆要看的电视剧，只要《泰勒林一家》的曲子一出来就意味着我上床睡觉的时间到了。到了周末，《泰勒林一家》出来之前会播出《吉乔鼠》。帕特里夏把我的椅子也推到墙边，关掉电视，拉着我的手进了卧室。

卡拉在背包里翻找她睡觉时穿的衣服。我都没注意到她还没换衣服。帕特里夏已经穿上了睡衣，但她俩还是一同起身，去了浴室。我知道她们会穿成什么样子：帕特里夏穿深蓝色运动裤，深灰色衬衣，上面写着英文；卡拉穿深绿色足球短裤和上面没有文字的黑色 T 恤。

对我来说这也是一个信号，表明我该做同样的事情了：在她们回来之前换上印着英文的深蓝色衬衫和黑色足球短裤。在奥科斯的时候每天晚上我都是这么做的，只不过那时候浴室在房间外面，我要带着所有衣服去那里，换好了再回来。而现在浴室近在咫尺，她们随时都会出来。好在我所有的衣服都是干净的。我不知道跟这儿我们怎么才能洗衣服。帕特里夏把她在船上穿过的所有衣服都拿了出来挂在窗沿上，我把我的也挂在了帕特里夏的旁边。玛丽跟我说过："大人怎么做，你就怎么做。"

我还没洗过内裤。我把内裤脱下来塞进背包底部，藏在装着我的漂亮鞋子的塑料袋下面，这个袋子能让我的鞋子保持干净。在家里，玛丽和外婆会给我洗衣服。在特昆，我的衣服有外公给我洗。在奥科斯，我们住的那个地方的老板有一回把我们所有衣服都拿去洗了。有时候我会在白色内裤上留下一道屎的印记。这事儿只有玛丽、外婆、妈妈、外公和那家汽车旅馆的老板知道，别人谁都不知道。我不想让六人组认为我还小，我还不会擦屁股，我还需要帮助。卡拉肯定会认为我还是个小宝宝。帕特里夏会觉得我很脏。我不知道帕特里夏和卡拉把内衣都放在哪儿。她们把内衣藏了起来，但是我想告诉她们，我早就见惯了女人的内衣了。外婆和玛丽会把内衣挂在晾衣绳上，有时候刮风，我还得从地上把她们的内衣捡起来挂回去。

我想待到十点钟再睡。我是应该爬到床上去，选一边睡下呢，还是应该抱个枕头在地上搭个窝？男人一个都不在，我就是这个屋子里的男人了。但男人们会回来的。他们睡哪儿？他们什么时候回来？

"你在干吗，小哈维尔？"帕特里夏呼出的气息里有薄荷的清香。她很少这么叫我。卡拉跟在妈妈身后走了进来。"你们两个，都给我到床上去。"帕特里夏拍着被单说。

帕特里夏看到我把衣服也挂在了窗沿上她的衣服旁边，朝我点了点头，笑了，好像她很高兴我学着她的样子做了。我很喜欢自己把事情做对了的感觉，但我仍然只是站在床边，出着汗。

"睡觉吧。不过，先让我们祷告。"我不知道帕特里夏也会祷告。我一直在床上祷告，嘴里念念有词但只有我自己听得见，但现在？她想要我们跪下？卡拉和我互相看了看，有点迷惑，但什么都没说。我跪在帕特里夏左边，卡拉跪在妈妈右边。我们双手紧握，胳膊肘压在床垫上，握成的拳头贴在嘴唇前面。我左手的大拇指盖在右手大拇指上面，卡拉也是，但帕特里夏是右手大拇指搭在左手大拇指上。膝盖下面的瓷砖地面又硬又冷，但我们全都什么也没说，也没人想站起来。我们闭上眼睛。

帕特里夏嘴里念叨着什么，但我听不清究竟是什么话，只能听到她嘴唇嚅动、舌头也在动来动去的湿漉漉的声音，让我想起在家里下雨的时候，雨水从屋顶上漏进来，滴在地上的杯子里。卡拉嘴里也在无声地念着什么。我默默祈祷着，嘴唇没动。

我祈祷着，祈祷我们能抵达美国，祈祷爸爸妈妈会在边境上等着，祈祷玛丽、卢佩、外婆和外公都睡在他们自己床上，祈祷我的朋友们都不会考试不及格，也不会被修女们打得太厉害。我祈祷修女们没有报警，我们不会再次被拖出大巴，帕特里夏、奇诺和马塞洛会继续对我好。我祈祷卡德霍能继续保护我们。我为尖叫男祈祷。我为堂达戈和玛尔塔祈祷，祈祷他们能回来继续跟我们一起。我为特昆的赫苏斯祈祷，为堂卡洛斯祈祷，为大兵抓走的那三个危地马拉人祈祷。我为船上的人祈祷，为大巴上的人祈祷，也祈祷自己睡在卡拉身边的时候不会放屁。

帕特里夏低语一句"阿门"，声音比她之前念叨的那些词都要大，随后两掌分开，立起右腿，从地上站了起来。卡拉也跟着做了一遍这些动作。我睁开眼睛说了一句"阿门"，像她们一样说出了声。

旅馆里很安静。我留神听有没有钥匙的声音，有没有男人们走进门来的声音，但什么都没听到。卡拉跳到被单上面，帕特里夏朝门边走去，灯的开关在那里。我仍然僵立在我做祷告的地方。灯灭了。我坐到床边上。帕特里夏的身形像一团阴影向我们走来。

"睡觉吧。"她说着，钻到床中间，钻到卡拉和我站着的位置中间。"睡吧，小家伙。"她轻拍着她旁边的位置说，"没事的，过来。"她的声音很轻柔，气息里有薄荷的清香。屋子里很暖和，但还没热到需要开风扇的地步。

"晚安。"帕特里夏大声说。

"晚安,妈咪。"卡拉说。

"晚安。"

1999年4月30日

我通常都是趴着睡觉,但大家睡在一张床上,要趴着睡就比较难了。敲门声把我惊醒时我是仰卧着的,我从床上稍稍抬起头来,就好像在做仰卧起坐一样。帕特里夏俯卧着,双手像两把钉耙,手指在被单上伸展开来。

咚、咚、咚。

卡拉睡觉的时候,无论她是怎么睡着的,她的手在醒来时都会看起来像小恐龙的脑袋:她的大拇指和食指环在一起,形成一个拉长了的圆圈。早上我想跟她说的第一句话就是"噢呜",但我没说。母女俩闻起来像是肉汤里炖着的肉,豆汤里炖的牛肉,牛尾汤,天气很热的时候外婆炖来"发汗排毒"的汤。

咚、咚。

我拿胳膊肘轻轻顶了一下我的冒牌妈妈,还轻轻踢了她一下。终于,帕特里夏擦了擦从嘴角流下来的口水。她赤脚踏到瓷砖上时,我知道地上很凉,因为看到她轻轻晃了晃。我让眼睛一直微微睁着,就像我在大巴里想要骗过那些大兵的时候。男人们晚上都在哪儿睡的?

我能分辨出来是奇诺,因为那个人的头看起来光溜溜的,而且有青芒果叶和灰烬混在一起的味道冲进门来。他嘴唇在动,但我不知道他在说什么。帕特里夏走向背包,翻找着什么。

"怎么了?"我从床上撑起上半身,问道。

"没事儿。睡觉。"

卡拉也醒了,打着哈欠,揉着眼睛,问了同样的问题。

"哎呀,都说了没事儿,你也睡觉去!奇诺想用一下指甲钳。"

"前面的袋子。"卡拉说,"不是那个。我背包里。"

"你为啥要挪地方?!"

"我没动。真讨厌。"卡拉发着牢骚,眉毛紧紧拧在一起,"也不说早上好,不说你好吗女儿,啥都不说,你瞧瞧。"

帕特里夏没理她,继续翻找着。我忍住没笑出来。她们通常不会一大早就吵架,但一天总要吵上几回,很有意思。我妈妈也会这样:在我想帮忙的时候发脾气。而且跟我妈妈一样,帕特里夏非常讲究,喜欢所有东西都"各有其位"。在奥科斯的时候,每天早上她都会拍松枕头,把床铺好。我怎么也想不明白。又不是我们的家,我们待过的地方没有一个是我们的家,但帕特里夏把奥科斯看得跟家里一样。

"谢了啊,小卡拉。"帕特里夏找到指甲钳之后说,给前面加了个"小",还拉长了后面的"拉"。她在逗卡拉。

卡拉学着妈妈的语气加倍奉还,语带讽刺地说道:"是,妈咪,不用谢。"还添了个假笑。

帕特里夏揉了揉卡拉的腿,这才走回门口。她们身上牛尾汤的味道从被单上溢出来。我看着卡拉,但她没有看我。帕特里夏把指甲钳递给奇诺,他俩小声说了几句什么,然后帕特里夏锁上了门。

"他们在哪儿睡的?"帕特里夏回到床上后,卡拉问。

"客厅。"

"哦。"

昨天晚上我一点儿动静都没听到。他们没进来睡更好。他们很可能会打鼾,会让我们整晚都睡不着。外公打鼾就很厉害,但我最后还是习惯了。帕特里夏也打鼾,但鼾声很浅。卡拉早上的样子看着很好玩,头发总是乱糟糟的,一侧的卷发压得很平,因为她睡觉总会把辫子解开。我想跟她说:"你看起来就像一只落水狗。"但要真说了,她肯定会气死。

我看着自己的指甲——已经比月牙还厚了,简直跟西瓜皮差不多厚。外公走了以后我就再没剪过指甲。玛丽给我带了一把指甲钳,"以防万一",就好像她早就知道这一趟会比堂达戈说的时间要长。在家里,妈妈离开以后我学会了自己剪指甲。她离开之前,每次都是在我刚洗完澡的时候给我剪指甲,因为"这时候最软"。我的头发也是她剪的。她去美国后的那个月,一个星期天,外公提早一个小时出发去教堂,先带我去了他常去的理发店。他说:"这就叫'一石二鸟'。"

卡拉回来后我会去洗澡、剪指甲。我喜欢走两步就能到淋浴间淋浴。爸爸妈妈住的地方是这样子的吗?豪华浴室。瓷砖地面。帕特里夏和卡拉对此并没有那么多想法。在奥科斯她们会抱怨,因为她们在圣萨尔瓦多的家里就有这样的浴室。那时候我并不知道她们在说什么。卡拉说我是个"脏东西""穷鬼",让我很不好受。帕特里夏跟她说不要这样叫我,但在奥科斯的那个星期剩下的时间里,她只要生气了就会凑在我耳边那样叫我。离开奥科斯以后她还没这么叫过。

我喜欢在户外拉屎,把屎藏在干枯的树叶下面,把厕纸留在那一坨上面当作记号。我喜欢从井里压水起来洗澡。这也是为什么我喜欢在特昆洗澡的原因,它让我想起在家的情形。

"到你了。"卡拉从浴室走回来,湿着头发,穿着新衣服。帕特里夏朝我走来,拍了拍我的后背。

我很喜欢这家汽车旅馆的淋浴喷头。很容易就能让屋里看起来像是在下雨,这可是在离地面两层楼高的地方。我会好好享受的。跟在瓦哈卡不一样。我拿上衣服、牙刷、洗发水、有屎印的内裤和肥皂。男人们在客厅里。马塞洛坐在一把塑料椅上,切莱坐在地板上,屁股底下是一条毯子,旁边还有一条没打开的毯子。奇诺在外面阳台上剪指甲。我冲进浴室。蛇头不在客厅。没有人注意我。没有人急着要用浴室,我可以好好享受淋雨的感觉。我在脑子里唱了起来:下雨吧,下雨吧,洞穴圣母啊,小鸟在歌唱,云彩在升起,是啊,不,让雨落下吧!

※

白天的时候蛇头不允许我们离开汽车旅馆。男人们昨天晚上出去了一趟,但今天早上蛇头跟我们说今天不能出去,因为是周五。"街上人很多,待在屋里更安全。只有我能出那道门。"他指着锁上的前门说,他的嗓音比昨天更差了。

好在蛇头还买了一大堆宾堡,各种各样的宾堡饼干和甜点。我们连着两天早餐都是吃宾堡。蛇头也买了速溶咖啡,但没有牛奶。没有炉子加热,所以我们只能喝冷咖啡。在家的时候,我讨厌热牛奶,因为上面会浮一层薄薄的奶皮。但现在,我想念亮黄色的雀巢奶粉罐。

我们蘸着速溶咖啡吃面包,整个上午都围坐在电视旁边。好无聊。十点钟的时候帕特里夏选了《马丽玛》(*Marimar*),萨尔瓦多早上也放这部电视剧,不过这里要早好几集。然后马塞洛选了《克里斯蒂娜秀》(*El Show de Cristina*),他说他喜欢看人们谈论美国那些"狗屁"。克里斯蒂娜看着像美国佬,但她说西班牙语,住在迈阿密。迈阿密离圣拉斐尔有多远?我想去现场看她的秀。当然没人想看《妙妙狗》(*Blue's Clues*)。我想念那张大脸遮住了整个电视屏幕的时候。在家里,我总是在《妙妙狗》和《大自然反斗星》(*Nature*)之间换来换去。自从我看到两只蜗牛亲嘴的画面,我就被这个节目迷住了:两只蜗牛的身体纠缠在一起,完全对齐,四只"眼睛"滴溜溜乱转。电视上但凡出现大人亲嘴的画面,我都必须捂上眼睛。但看到蜗牛亲嘴,谁都不会对我说什么。外婆在干活儿。玛丽在干活儿。外公去地里了。没有人说:"别看!"我的眼睛没法从画面上挪开。

自从我头回看到蜗牛亲嘴,任何跟动物有关的节目我都看。但阿卡普尔科的任何频道都没有《大自然反斗星》。《克里斯蒂娜秀》放完后,奇诺选了《猫和老鼠》。《猫和老鼠》放完,切莱选了新闻。没有人问我和卡拉想看什么。帕特里夏好歹还有把塑料椅子。蛇头坐着另一把。卡拉坐在妈妈腿上。其他所有人都躺在地上，身下垫着毯子。

　　宾堡面包不够吃。我很饿，但现在什么都吃完了。蛇头出门给我们买午饭去了。男人们一个接一个去外面抽烟。屋子里很热，因此男人们回来的时候有微风吹进来也挺好。微风吹动了一小块宾堡包装纸，那是帕特里夏忘了清理的。我知道接下来会发生什么。她拍了拍卡拉，让卡拉从她腿上下来，抓起蛇头拎面包进来的那个塑料袋，把包装纸揉成一团，放进塑料袋里，其他包装纸全都已经扔进去了。她就是塔斯马尼亚恶魔①，叠毯子，拿扫帚，丢垃圾，低声自语。

　　"好多了。"她从厨房回来时说。但这样的安宁状态不会持续太久。她跑进卧室整理床铺，帮我们把背包挂起来，叠好衣服，随后开始用打湿的报纸擦玻璃桌上的咖啡渍。她好多地方都让我想起妈妈，妈妈一旦进入"清理模式"，就跟她这个样子一模一样。我的冒牌妈妈，恰好跟我真正的妈妈一个名字。

　　奇诺跟帕特里夏是一个镇上的，所以他总是管帕特里夏叫帕蒂。其他男人到坐完船以后才开始也那么叫她。我没有。我不会叫她帕蒂。帕蒂是留着给我的妈妈帕蒂用的。我必须在公开场合假装她是我妈妈的时候，我会叫她"妈妈"，这也只是为了骗过那些大兵。我知道我真正的妈妈是谁。但是说来也很有意思，她们俩都好矮，也都脾气好大，还都喜欢干干净净的。

　　"这是注定的。这也是个预兆。"奇诺发现这些后说。他老是

---

① 塔斯马尼亚恶魔（Tasmanian Devil），即袋獾，是澳大利亚塔斯马尼亚岛上的一种有袋类动物，体形如中小型犬，昼伏夜出，经常嘶吼尖叫，让人夜间难以入睡，早期欧洲殖民者深受其苦，因此有"塔斯马尼亚恶魔"的绰号。——译者注

这么说。

男人们抽完烟回屋的时候,奇诺总是会跟帕特里夏说:"别收拾啦,看电视吧。"

"我们是湿背人,但我们爱干净。"她回答道。这让我想起帕蒂妈妈在旱季说的话。外婆的玉米馅饼摊尘土飞扬,于是妈妈每二十分钟都会拿起扫帚扫一遍地。"我们是穷人,但并不是说我们就生活在猪圈里。"

听到钥匙插进门把手里的声音时,我们还在看新闻。

蛇头打开门走进来说:"吃吧,吃吧,吃吧。"他的声音就好像是一大群蜜蜂。他的肩膀上下耸动,就像电子游戏《打鸭子》里的那条狗一样。他快步走向那张已经擦干净的玻璃桌。他停下来,把装得满满当当的两塑料袋吃的丢在桌上,就像《大自然反斗星》里的郊狼[①]给自己的小狼带回来吃的一样。我们围到桌边,看起来就像一群角马聚在河边喝水。

"吃吧。"蛇头又说了一遍。他打开一个袋子,接着又打开了另一个。

哦,那味道:油、盐、海洋、酸橙。我最先注意到的是那两双眼睛,炸得脆脆的,是吉他那样的浅棕色。两张嘴大张着,露出锯齿状的牙齿,像几把小锯子。炸过的鱼鳍跟炸薯片一样硬,而炸过的尾巴是我的最爱。尾巴有些碎屑掉在泡沫塑料盒

[①] 原文"coyote"一词既指"郊狼",也指从拉丁美洲组织非法偷渡去美国的人,后一种含义中文翻译为"蛇头"。这里作者一语双关,用了 coyote 一词的两个含义。后文有两处同样如此,写到作者路上碰到郊狼尸体,联想到蛇头,觉得是不好的兆头。——译者注

子底部。

鲜鱼！自从离开家我还没吃过鱼。这两条炸全鱼旁边还有一盒薯条。鱼和薯条。酸橙一个切成四块，装在小塑料袋里。还有个小塑料袋装着海盐。旁边还有个袋子装着辣酱，蛇头拎起这个袋子，说："我知道你们这些屎橛子不喜欢这个。"

"我能吃，哥们。"马塞洛回道，"在洛杉矶学的。"

我都不知道美国也有墨西哥人。跟我们说过话的墨西哥人，只有蛇头、小巴司机和那些大兵。我好想问马塞洛，他觉得这些墨西哥人怎么样，以及美国的墨西哥人是什么样子的。但我还没逮着机会问他，男人们就人手一个纸盘子，直接上手把那两条鱼五马分尸了。鹰的爪子。鬣狗的下颚。所有人都大笑着，手上油油的，嘴上也油油的，笑得特别开心，因为我们有鱼吃。鱼！蛇头就是我们的"神通先生"，我们的向导、专家，知道什么时候该花足够的钱吃顿最好的。

啊，那软乎乎的白肉，那脆生生的皮！我抓起一块尾巴上的肉，热乎乎的还在冒气，挤了点酸橙汁在上面，撒了点盐，然后就着薯条送进喉咙。嗯……

"狗日的真是太绝了，对吧？"马塞洛手里抓着肉，咧开嘴笑着问我们。我们全都在用手抓着吃。卡拉眼睛瞪得好圆，马塞洛说粗话时我的眼睛也一样，尽管他就没有不说粗话的时候。

"他娘的，伙计，要好过……"切莱停顿了好长时间，所有人都开怀大笑起来。"我这辈子吃过的最好吃的鱼！绝对的！"他张着嘴大嚼。

"绝对的。"奇诺手里拿着薯条回应着。

"比'阳光海岸'的要好吧,对不对,小切佩?"马塞洛边嚼个不停边问我。我满嘴都是吃的,只能点着头笑了笑。所有人都笑起来。

"就像巴拉巴斯的鱼。"我一咽下去就说。

"巴拉巴斯是谁?"卡拉问,拿餐巾纸擦了擦脸颊。

"一个打鱼的。"马塞洛说。我都忘了他完全知道我是从哪儿来的。我们是从哪儿来的。他认识所有人,或者说几乎所有人,尽管他离开我们镇子去洛杉矶待了五年。他年纪都够当我爸爸了。我爸妈二十八岁,马塞洛二十六岁。他不认识我爸妈,但知道他们。马塞洛家在镇子的中心位置,跟集市很近。爸爸家在码头上,而妈妈家在镇子深处。三个不同的地段。

"对。"我回应着马塞洛的回答。

他讲述着巴拉巴斯如何"抓到最好的巨型虾,这么大"。他伸出油乎乎的手,张开的手掌上下移动,好像握着一块石头。

"对。"我附和着。

"还有最好的海鲜大杂烩!我的娘啊,小切佩,你让我开始想念拉埃拉杜拉了。"

"哪儿?"奇诺问道。

"拉埃拉杜拉,屎橛子。"马塞洛答道,声音重新变得低沉。

"我觉得我去过。生猛海鲜,一柱擎天。"切莱伸出小臂说。

"嘘,蠢货,"帕特里夏开玩笑般捶了一下他的后背,"放尊重点!"

蛇头爆发出一阵大笑。

我喜欢这样。我们都在大笑,开着玩笑,吃着美食。马塞洛终于变友善了。外公给过他钱,但他一直都没有真正照顾我——但现在他开始往这个方向努力了。他让我感觉他就像我的朋友一样。就好像他很了解我。不知不觉间,泡沫塑料盒子里已经吃得只剩下骨头渣和油了。我们真是鬣狗。

"又便宜又好吃。"蛇头双手拍打着肚皮。

所有人都站起来帮帕特里夏收拾,把垃圾扔回装食物进来的袋子里。帕特里夏把袋子交给奇诺,奇诺把袋子扔进垃圾桶。蛇头又出门了。帕特里夏进了卧室,跟卡拉一块儿小睡去了,但在那之前还是拿报纸把玻璃桌擦干净了。我跟男人们待在客厅,继续看电视。

1999年5月1日

"一个小时!换上好衣服,好衣服!"蛇头敲着我们卧室的门大喊。

刚刚黎明,天已经开始热起来。我的上唇周围和后背中间都有了些细小的汗珠。帕特里夏擦了擦口水,咕哝道:"好,好。"

尽管帕特里夏和卡拉让床上更热,而且她们身上牛尾汤的味道也在被单上挥之不去,我还是习惯了睡在她俩旁边。帕特里夏就像外婆,早上要是喝不上咖啡就会暴躁得很。她蜷缩在卡拉旁边,低声说:"起床啦!"然后用胳膊肘顶了我一下。

我们已经建立了一套程序:帕特里夏跳下床,去刷牙、洗澡。卡拉继续睡,等顶着湿发,但已经穿好衣服的妈妈回到房间,她就起身,也去刷牙、洗澡。这时帕特里夏化妆、梳头。等卡拉头发湿漉漉地回来，就轮到我离开卧室了。

把衣服带去浴室非常有好处。我非常不愿意让别人看到我的胸脯。每回踢足球、换校服的时候，男孩子们都会起哄："胸！胸！"我永远也不会忘记。

我回房间的时候，卡拉和帕特里夏在船上穿的衣服已经不在窗台上挂着了，我的那些衣服也已经有人帮我放在了背包上。我们的背包就立在门边。帕特里夏这时候一般都已经化好妆了，但今天她还没弄完。这是我的机会：趁她们都没看我的时候，把有屎印的内裤塞到背包最底下。昨天和今天我都洗了一遍，但那屎印就是洗不掉。

帕特里夏有一个跟玛丽的一模一样的化妆盒，巴掌大小的黑色盒子，最底下卡着一把很小的刷子。刷子上面是一个长方形，跟皮肤一个颜色，里面装着粉。长方形上面还有几个更小的正方形装着另外四种颜色，分别是红色、粉色、绿色和蓝色。我们去圣萨尔瓦多的时候，玛丽称之为"便携式化妆用品"，说需要在路上"补妆"的时候用。帕特里夏早上的程序里最后一项是涂口红。她噘起嘴唇，好把口红都涂到正确的位置，看着就像一条鱼。

堂达戈和蛇头都说，路上坐大巴的时候我们形象要鲜亮，但上次这么做压根没起作用，结果我们被拖下大巴。可能这也是为什么帕特里夏现在做起了一件我从没见她做过的事：拿一支蜡笔大小的彩色铅笔在嘴唇上画线。

随后她用起了卷睫毛的金属夹子，这是玛丽的工具里我最喜欢的一样。看着她卷睫毛真吓人。看玛丽卷睫毛也挺吓人。金属夹在那么细的睫毛上。要是把那些睫毛全都拔下来了咋办？终

197

于卷完睫毛后,帕特里夏拿了一支钢笔一样的东西把睫毛弄黑,这玩意儿形状有点像卷发棒,也像卢佩姨妈用来清洗胡利娅的奶瓶的金属刷。帕特里夏的眼睛更"突出"了。她好漂亮。

我们走出卧室,所有人都穿上了"好衣服"。男人们穿着深蓝色牛仔裤和短袖纽扣衬衫。帕特里夏和卡拉穿着深蓝色牛仔裤和黑色背心。玻璃桌上,宾堡面包和咖啡在等着我们。早上4点45分,太阳没有一丝要出来的迹象。电视节目在我们所有人脸上涂了一层偏浅灰的蓝色阴影。

"我去抽烟。"马塞洛说,随后男人们都拥去了阳台。我也跟着他们走了出去。外面很热,但没有屋里那么热。一丝风也没有,他们喷出来的烟雾久久不散。我想看看月亮在哪儿,这时我意识到,跟月亮一样,卡德霍有时候就在身边,有时候不在,但并不意味着没有卡德霍。卡德霍只不过这会儿不在跟前而已。卡德霍就是这样。就像月亮。我知道卡德霍在那里。看着,听着。卡德霍就是月亮。它们俩都会保护我,就像在船上的时候一样。就像坐大巴的时候一样。这是个好兆头。我们坐上一趟大巴的时候天上没有月亮。而现在,它就挂在那里。

蛇头把烟头扔在阳台地板上一脚踩灭,说:"走吧。"随后走进客厅。大家都跟着他走了进去。他已经叫了一辆出租,在楼下等我们。大家背上背包。蛇头走向门口,帕特里夏还在收拾那些包装纸和咖啡杯。

"就搁那儿吧。"蛇头不耐烦地说。

帕特里夏没理他,把包装纸丢进垃圾桶。"我们不是野兽。"她低声说。

"走吧。"蛇头的声音比昨天稍微好一点,"出租车会把我们拉到车站。我们从那儿坐十二小时的车去瓜达拉哈拉。"

比圣萨尔瓦多到特昆还久!

"我操!"奇诺说。

"啥?总比坐船好,龟儿子。大局观,大局观。"蛇头对我们说。其他人都没抱怨。"别担心。我给你们带了吃的。"他打开门,我们往楼下走去。

※

"瓜达拉哈拉。瓜达拉哈拉。"

扬声器发出的声音吵醒了我——是司机在说话吗?车灯亮着。我们出发的时候灯并没有亮。帕特里夏和卡拉在睡觉。空调并不是特别凉。座位很宽大,也很舒服,像一件毛衣。可以说比我跟帕特里夏和卡拉在阿卡普尔科那家汽车旅馆挤着睡的小床还要舒服。她俩总是跟我一起坐大巴上的两个座位,因为我们是"一家三口"。

这趟十二小时的路刚出发,我就开始假装睡觉,但很快,我也不知道是什么时候,我就真的睡着了。我是已经睡了大半天了吗?我本来就打算打个盹,像之前在家里那样,但打盹变成了睡觉,然后越睡越死,然后就是——

"瓜达拉哈拉,瓜达拉哈拉。"司机重复着。

十好几个小时!路上有检查站吗?有的话我会醒的,对吧?帕特里夏也会告诉我的。我甚至都没醒来上个厕所。我甚至都没做梦。我都不知道我有这么累。

这辆车挺豪华。我们上车的时候闻起来很干净,就像打开刚从美国寄来的新玩具的味道。我们的计划还是一样:分成三组,假装谁也不认识谁,假装睡觉。要是有人问起,就说我们从瓜达拉哈拉来,但"绝对不要多说话",我们抵达阿卡普尔科车站时蛇头这么说的。

我四下看了看,看到马塞洛和切莱挨着坐着。奇诺一个人坐着,在我们后面几个座位。蛇头也是自己坐着,离前门很近,旁边有个陌生人。没有人要把我们拖出去。车灯亮着,但车里还是很昏暗。

我马上把紫褐色天鹅绒窗帘拉到一边,想透过茶色玻璃好好看看这座城市,比森特·费尔南德斯的城市。我记得最早在萨尔瓦多听到的那首歌,从电视节目里、电影里和电视剧里,从到处瞎逛、喜欢开玩笑改歌词的疯子和醉汉的嘴里,都能听到:

> 瓜达拉哈拉!瓜达拉哈拉!
> 瓜达拉哈拉!瓜达拉哈拉!
> 你是一个省份的精魂,
> 你闻起来像清晨的玫瑰花一样干净……

真的。这里看起来确实很干净,虽然我们还堵在车站门口的车堆里,等着进站。但我没看到任何玫瑰,只有寻常的花——红的、黄的、白的,在街道的隔离带上排成线。我们的大巴终于停下了。这是我们见过的最大也最有序的车站。所有大巴相互间隔一米停着，人们穿过玻璃门走进站里——是一栋大楼，不是露天的。车里更多的灯亮了起来，人们慢吞吞、昏沉沉地起身，又差点儿跌倒在附近的座位上，或跌回他们已经坐了十几个小时的座位上。

我们已经坐了十几个小时车了！我想撒尿，但大巴后面有一股屎尿和肥皂的味道飘来。我感觉自己像是飘浮起来了。我站起来，屁股都麻了，肌肉也有些酸痛。

蛇头离门最近。他头也不回地走了出去，然后是我们。卡拉在帕特里夏前面，然后是帕特里夏，然后是我。男人们走在我们后面。外面很亮，很热，也很吵。有汽车的马达声，有叮叮叮的声音，有人们用电话免提说话的声音，有脚步声，还有汽车的喇叭声。

"欢迎。"我们路过驾驶座时司机对我们说。我们没有回应，帕特里夏随便挥了挥手。我们到"家"了。我们的出生地：墨西哥第二大城市，哈利斯科州瓜达拉哈拉。离美国近多了。空气里没有歌里唱的那种土地湿润的味道。我们闻到了垃圾、烟、汽车的味道，太多的人走来走去的味道，还有狗屎的味道——闻起来跟圣萨尔瓦多一样。

跟往常一样，我们必须时刻留意蛇头在往哪儿走。到处都是人。男人，女人，大人，孩子，背包，装着各式各样东西的塑料袋和纸箱。我抓着帕特里夏汗津津的手，卡拉抓着另一只。奇诺本来在我们后面，后来加快了速度，从我们旁边超过去时还朝我们点了点头，没有说话。我们能看到他几乎剃光的脑袋，细瘦的腿，还有黑色背包。

切莱和马塞洛在我们后面几步,两人互相隔了有几步远。我们所有人,路过小贩,商店,食品摊,狗,苍蝇,垃圾桶。还有那噪声!那么多各式各样的鞋:靴子、凉鞋、高跟鞋、运动鞋。人们的衣服窸窣作响,像树叶一样,或是像鸽子拍打翅膀。我们是在一个巨型蜂巢的正中间!什么肤色的人都有,什么体形的人也都有,但这里大部分人确实看起来比瓦哈卡和阿卡普尔科的人更白。蛇头是对的。在汽车旅馆里他对我们说:"瓜达拉哈拉人,我们比其他墨西哥人都白。"

蛇头说,帕特里夏、切莱和卡拉都没问题,他们能"过关"。说奇诺和我只要把嘴巴闭紧,也能过关。但他也说他担心马塞洛,因为他看起来像"尤卡坦人"。他说:"在公共场合,你们所有人,都给我把嘴好好闭上。"他的声音更正常了,很柔和。刚开始,我习惯了他冲着我们大吼大叫,后来又习惯了他的喉音,而现在,他的嗓音跟他一点儿都不搭,太友好了。

我们看到蛇头在车站外面一根路灯杆下停下来。他张开的手掌上有一盒烟,另一只手敲了敲烟盒的底,就在手腕根部的位置。其他男人只有在开一盒新烟的时候才会这么做,但蛇头一直这么敲。他从屁股兜里掏出黑色打火机,抽起烟来。他冲奇诺点了点头,奇诺也像鬣蜥一样点了点头,站到他旁边,摸索起自己的烟来。

在奥科斯的时候奇诺喜欢在右耳朵后面别一根烟,说这样"好拿"。但在墨西哥他还没这么干过。蛇头先后朝我们和马塞洛、切莱点了点头,他们俩也抽起烟来。帕特里夏、卡拉和我站的地方离他们都有一米左右。我们离街道很近。我们就仿佛谁也不认识谁一般,直到蛇头向男人们耳语了几句什么,然后他们便向我们走来。

"我会叫一辆出租车,"他一边抽烟一边说,"但在车里不要说话。明白?"

我们点点头。等着的时候,男人们几乎异口同声地说:"十二个小时,伙计!"

"奶奶的,十二个小时!"

"他娘的!"

"嘘!"帕特里夏呵斥着他们,四下看了看,抓着我和卡拉的手更用力了。

他们吐出的烟在空中冉冉上升,形成了一团灰色的浓云。我希望自己年纪大一些,这样就能像在奥科斯一样跟他们一起吞云吐雾了。我有些后悔那次哭了。我希望自己喜欢抽烟,那样我就可以抽烟,同时随便说什么话都不用有压力 —— 也可以吐出大口的烟,有时候甚至还可以吐个烟圈出来。马塞洛和奇诺都很擅长吐粗烟圈,看起来很酷,他们也会吐小烟圈,看着像灰色的谷物圈麦片。切莱不会吐。他喜欢说:"抽烟又不是比赛。"

蛇头招手叫停了又一辆小面包车。这回男人们坐在后面,帕特里夏、卡拉和我坐在中间。我的脸贴在推拉门的透明玻璃窗上。时近黄昏,一切看起来都是金色的,一切都涂上了一层明亮的颜色,像覆了一层蜂蜜。

好酷啊:这样的色彩,我们探索着一个陌生的城市,那么多人,那么多高楼大厦。我目不转睛地盯着窗户外面。在好多好多电视剧、歌曲和电影里都出现过的瓜达拉哈拉。小巴里都是烟味。啊,我喜欢那种气味,在男人们的衣服上、呼吸中、头发里挥之不去,他们的指尖,他们碰过的所有东西,也都有这个味道。帕特里夏抓着我和卡拉,两只手臂环在我们肩上。车里没有空调。收音机也没开。蛇头拧了拧旋钮,但什么也没有。司机看着他,摇摇头,翻开遮阳板,一盘磁带从那后面掉到他手里。

"喜欢布基斯乐队吗?"司机问道。

蛇头竖起大拇指。音乐开始了。我知道这张专辑。帕特里夏随身带着的也是这盘磁带:《爱我》(*Quiéreme*)。

音乐响起来的时候,奇诺拍了拍切莱的肩膀,低声说:"你的歌,屎橛子。"后座和中间这排座位上的人拼命忍住笑。马塞洛摇了摇头。我看看司机,看他有没有听到这句"屎橛子",他没听到。切莱看起来确实很像马可·安东尼奥·索利斯,布基斯乐队的歌手之一。他们俩都皮肤白皙,棕色头发,前额宽大,脸上胖嘟嘟的。唯一的区别是切莱没有留胡子,头发也没有那么长。

外面看着越来越不像大城市了。整盘磁带播完了A面又换到B面。道路从沥青路变成了土路,上面满是石头,颠得我们屁股生疼。我没看到任何瓜达拉哈拉小孩骑着马,一路也没有看到牧场,更没有电视剧里那种龙舌兰农场。只看到一些男人穿着靴子,戴着牧场主戴的那种帽子——我本来还以为所有人都会穿这一身打扮的,但大多数人的穿着跟萨尔瓦多人没什么两样!

我们花了三十多分钟才来到要住的地方。终于黄昏了。蛇头率先走出小巴,然后搀着卡拉下了车。帕特里夏跳了出去,然后是我,男人们跟在后面。谁都没说什么。蛇头给了司机一些钱,拍了拍车子。小巴启动离开,身后扬起一线尘土。我敢说,这些街道到冬天也会发水，就跟我们镇上一样。好热。

除了房子，这里别的什么都没有。水泥，砖块，楼梯，风，尘土，就这些。没有树！没有人！只有流浪狗和垃圾，塑料袋在风里打着转。这画面让我想起旱季在外婆的玉米馅饼摊度过的漫长一天，那也是炎热的季节，我身上起了那么多小红点，玛丽每天都往我身上擦芦荟，因为那些疹子都破了。我希望自己在这儿不会起疹子。我可不想靠在什么杆子上或墙上摩擦后背，就像狗一样。

"就上下小巴来说，我们已经是专家了。"只有我们的时候，帕特里夏说。

"老手。"马塞洛说。他扬起下巴，也许是灯光的原因，反正我注意到他刮得光溜溜的下巴，这是他为了坐车时"好看"采取的方式。

"是啊。"

"是呢。"切莱的棕色头发在黄昏看起来好像变浅了。

"别那么大声。"蛇头一边对男人们说，一边走向……他家？

"哇，哥们。"马塞洛向蛇头点头时，他下巴的线条让他看起来像条硬汉。随后他后退一步，好跟我走在一起。"你是老手了。"他拍着我的背包悄声说。

老——手。我在脑子里重复着。我喜欢这个说法。也许马塞洛也是喜欢我的。对切莱来说我是男娃娃。对奇诺来说我是小弟弟。现在马塞洛没那么叫人害怕了，因为他都跟我说过话了，就算他有文身。刚开始我更害怕奇诺的文身，因为外公认识马塞洛。但奇诺对我那么好,而且看起来像《大力水手》里的奥莉薇,只不过奇诺有粉刺,而且没头发。

蛇头一直朝着一个方向走,要去的地方现在看起来不像是一户人家,而更像是一栋楼了。"这次不是汽车旅馆,但也能住。"他一边走上砖砌台阶一边说。我们跟着他上了三层楼。我正经要睡到我到过的离地面最高的地方了!

"这是你们的公寓。"蛇头指着水泥裸墙之间的一扇黑色金属门说。

公——寓。这个词我只在电影里和《老友记》里听过。又是一件我从来没经历过的事情。这个"搞定清单"越来越长:住汽车旅馆,搞定。用豪华浴室,搞定。用淋浴喷头洗澡,搞定。在两层的楼里睡觉,搞定。三层楼,搞定。住公寓,搞定。

蛇头打开门,里面灯火通明,有个皮肤白皙的少年跟一个大人一起坐在铺着蓝色厚毛毯的沙发上。电视上有两支足球队正在热身,解说员在交谈。

"你好。"那男人说道,站起身来帮帕特里夏把背包放下。

"谢谢。"她说。我们全都走了进去,围着沙发站定。蛇头锁上了身后的门。

"欢迎,欢迎。这是我儿子。"那位父亲指着孩子说。那孩子比我和卡拉都大。那少年对我们这么多人的到来并没有表现出惊讶的样子,他冲我们挥了挥手,眼睛一直盯着离他脸只有一米远的屏幕。

"你啥话都不打算说是吧,小东西?"蛇头问,那少年点了点头。电视的蓝光把他的短发染成了浅棕色。他俩认识。

"欢迎！"那父亲又说了一遍，"到厨房来，坐，坐。你们肯定累了。"这房子就是一道长长的水泥走廊，没有汽车旅馆里铺的那种地砖。水泥地面是灰色的，很光滑。从门口一眼就能望到最里面。门，沙发，电视，一张木头餐桌，旁边还有四把木头椅子。那位父亲拉出一把椅子对帕特里夏说："坐。"椅背上有三根板条。

"谢谢。"帕特里夏把背包搁在地板上，再次道谢，随后拍了拍自己的大腿，示意卡拉坐到她腿上去。马塞洛和奇诺一人抓了一把椅子，扔下背包，坐了下来。切莱拉出最后一把椅子，努了努嘴，示意我坐过去。切莱的背包还在身上，他站在蛇头和那位父亲旁边，而他们站的是走廊里离沙发最近的地方。我抱着背包。我喜欢这感觉，像是抱着一个枕头或一只泰迪熊。

"我们成功了！"蛇头说，"我们就待在这儿，等我得到下一步指示。"他从沙发走到餐桌，餐桌不大，这里的一切都好像压扁了的样子。"所以呢，现在你们只有一件事，就是休息。你们需要休息。那边有两个房间，不大，但是你们有两张床。男人们一张，你们三个一张。"他指着帕特里夏、卡拉和我。"这儿还有张沙发。有任何需要，都可以找我这位朋友，"——他拍了拍那位父亲的后背——"他住楼下。他会上来看看你们有啥需要的。明白了吗？"

大人们点着头。

"但是，除此之外，不要离开这个房间。他，"蛇头指着那位父亲，着重强调了一下这个"他"，"他每天早上，午饭和晚饭的时候都会上来看看。他会确保你们需要的东西都备齐了。"

"你去哪儿?"帕特里夏问道。

"就在附近。"蛇头咧嘴一笑,"我家就在这儿。但是我也会来看你们的。我会提前一天让你们知道我们什么时候走。"

"大概多少天?"奇诺插了进来。

"接下来几天吧,我也不知道。但周一前肯定走不了。"

今天是星期六。要不是蛇头说起,我都想不起来。

"这个地方不怎么样,但现在属于你们了。"那位父亲补充道,"厨房里,还有那台小冰箱里,都有些吃的。"他指向煤气罐旁边一台黑色冰箱,这冰箱还没我高。"我再拿些枕头和毯子来。晚上挺冷的。"他比堂达戈年纪大,脑袋周围很多头发都已经花白,但顶上大部分仍然是黑的。

"行,"蛇头接着说道,"还有什么问题吗?"

我们全都摇了摇头。

"那我们就把你们留在这儿了。好好休息,要看电视的话随便看,就是小点声。我们下一站就是边境了。休息,休息,还是休息。"蛇头说着,紧紧抓住自己的背包。

"如果还需要别的什么,尽管跟我讲。"那父亲大声说,眼睛看着帕特里夏。"走吧,小子。"他跟那个少年说,少年的眼睛一直没离开过电视。"哦还有,洗手间在顶头,那边。"他指着走廊尽头,越过我们两个房间的位置。"随便用!"他看着餐桌旁的所有人,大声补充道。

"可这场比赛……"这是少年嘴里冒出来的头几个字。

"回家再看,小东西。"三个墨西哥人一起走向铁门。

小东西。我想这个词在这里意思有些不一样。在我们老家,这个词说的是我们用来做碗的一种树①，也用来说我们放进欧治塔的种子。

"记得任何时候都要锁着门。"蛇头说，"他们有钥匙。"他指着父子俩。"不要给任何人开门。任何人都不行。明白？"

切莱这么长时间一直都站着，他跟他们一起走到门边，锁上了门。我们听到他们走下楼梯，走到下面的公寓里。另一道金属门打开又关上的声音。奇诺打破了沉默。

"谁跟谁踢？"奇诺问切莱。切莱不再僵立在门边，朝我们这边走过来。电视机一直开着。

"不知道啊。"切莱眯缝着眼睛说，"啥都看不见。"

"到了美国买副眼镜。"帕特里夏开起了玩笑。

"是得买。"

以前妈妈每天早上都让我喝胡萝卜汁。我站得很远，但我能看到比分旁边写着"ATL vs. AME"。

马塞洛起身看了看。"阿特拉斯②对美国。刚开始。"

1999年5月某日

整个屋子闻起来都一股烟味。我醒过来，鼻子里满是鼻屎，黑的灰的都有。我们睡觉的时候，男人们拿了个小碗放在沙发旁边当烟灰缸用，里面全是烟屁股。帕特里夏非常生气。早上我们

---

① "小东西"原文为morro，在萨尔瓦多指十字叶蒲瓜树，果实呈圆球状，也称墨西哥葫芦。但这个词在墨西哥有时用来指小孩子，还有其他多种含义。——译者注

② 阿特拉斯（Atlas）和前文说到的芝华士都是瓜达拉哈拉的足球队。——译者注

默默地吃了宾堡面包。到中午，那位父亲带了一锅豆子来，但不是我们在家里吃的那种豆泥。

晚些时候，蛇头给男人们拿了一条烟过来，跟我们说还不到出发的时候。"休息，睡觉，因为下一段是最难的。"随后他直视我和卡拉，说，"尤其是你们两个小家伙。只要有最新的消息我都会告诉你们，但估计要到下周比较晚的时候才会走。"

锁上门以前，他提醒我们牢记下面这些规则：

没有蛇头在的时候不要打开铁门。（除非有人要死了。）

不要从窗户往外看，窗户要一直关着。

无论白天晚上，任何灯都不要开。客厅里就用电视当照明。卧室里只能用一盏台灯。

如果我们需要什么，蛇头每天都会过来一次。那位父亲每次吃饭的时候都会来。

不要被人看见。

只能在屋子里抽烟。

轮换着洗澡。会停水的。男人们一天，我们三个另一天。

就这样。没有谁可以离开。我们只能整天看电视。一大早是动画片，随后是电视剧。卡拉、帕特里夏和奇诺真看进去了，还讨论起剧情来。然后是谈话节目《胖子和瘦子》(*El Gordo y La Flaca*)。《龙珠 Z》(*Dragon Ball Z*)。新闻节目《第一影响》(*Primer Impacto*)。如果有比赛，我们会看芝华士队——理论上我们要支持的球队。那位父亲会在我们楼下大声尖叫，让我想起外婆和妈妈看1994年世界杯决赛的时候。六人组里的男人们对比赛全都没啥反应。我猜他们不喜欢足球。

1999年5月某日

我好想有一张吊床,因为我每次醒过来都是一身汗。没有空调。风扇的风力不够。今天是我洗澡的日子,但上次我刚从洗澡间出来,马上又开始出汗。我想家了,想念外公挂在后院的桃金娘树和番荔枝树之间的那张吊床。我们跟这儿待了快一个星期了。六人组分成了两拨,男人一拨,帕特里夏和卡拉一拨。我在两拨人之间来回窜。男人们边抽烟边看电视的时候,帕特里夏和卡拉会待在卧室里,关着灯睡觉。有时候我会跟她们一起小睡。今天我一直都在卧室里,因为实在是不想看电视了,而且帕特里夏一直在骂那些男人,因为他们把衣服和垃圾扔得到处都是。帕特里夏拒绝跟在任何人后面收拾。她大部分时候看起来很沮丧,总是在睡觉。风扇摇来摇去,不让我们凉快下来,但能把烟味吹开,也让男人们显得没那么吵。

这个房间,还有整个公寓,都让我想起外婆的玉米馅饼摊。不是她做馅饼的那块大铁板,不是那张木桌,不是那六把塑料椅,而是我们存放所有这些东西以及薯片和糖果的地方。每天下午,我都会帮外婆把这些东西收进那间没有灯的小储藏室,所有东西都放在里面,最后在粗大的银色链子底下锁上一把银色大锁,只有外公有钥匙。我们现在的房间就像那个小储藏室,只不过拿着钥匙的是蛇头和那位父亲。我们被锁在里面,与世隔绝。"这是为你们好。"蛇头说。"有好多人都整拨整拨地被驱逐出境了。"

那位父亲补充道。

在特昆和奥科斯的时候,我们至少还能在镇上到处走走,呼吸呼吸新鲜空气。过去这几天,我假装自己是条狗,在公寓里到处闻。男人们从沙发上起身时,透过浓浓的烟雾,我能闻到他们的一些汗味。马塞洛闻起来像外公的柴火炉里的灰。奇诺闻起来像最干燥的土块。而切莱闻起来像温热的鸡毛。我无法摆脱的,也是在我这里记得越来越牢的,是帕特里夏和卡拉大清早呼吸时的味道,闻起来像玉米馅饼里的洛洛可花。我试着回想帕蒂妈妈闻起来是什么味道,但怎么也想不起来了。我再见到她的时候就可以重新记住她的气味,这让我觉得很兴奋。玛丽闻起来像刚砍下来的木头,像锯末——除了她的脚。

在玉米馅饼摊,我把塑料椅堆叠起来的时候会闻一闻。这些椅子闻起来有腐臭味,像烂芒果。我把这些椅子堆在黑暗的储藏室的角落里,使之看起来就像厨房角落里的一堆白色盘子。这是我的游戏。我抓起一把椅子的时候,会正面抓住它粗壮的扶手,就像这把椅子正要拥抱我一样。我会把脸凑过去,闻塑料的味道。去诊所就诊的大都是刚当上妈妈的人,我在卖欧冶塔、薯片和糖果的桌子那里留意着这些年轻女人,看她们坐在哪里。闻那些椅子就好像在嗅探小婴儿从哪里来的秘密。到现在我也不知道小婴儿到底是从哪儿来的,但那些椅子让我相信,它们是从屁股里出来的。

瓜达拉哈拉!瓜达拉哈拉!男人们总是冷不丁就会唱起来,还合辙押韵。我好无聊。电视也太多了。扮演狗我也只能扮演到这份上。我一直在蛇头带来的报纸上画卡德霍。没有人看报!

我只希望这次等得不会像在特昆那么久。两个星期！我好想看到下一个城镇。我明白帕特里夏和卡拉为什么待在卧室里睡觉了。我的卧室。我们的卧室。每天我们吃的东西都一模一样：意式肉肠配奶酪三明治，咖啡和宾堡面包，跟我们家里的吃起来不一样的豆泥，吃起来不像新鲜奶酪、不像干奶酪，也不像凝乳的软奶酪。墨西哥奶油味道也不一样。而且这里的玉米薄饼甚至比危地马拉的还薄！

"但是吧，总好过坐在大巴里。"奇诺说。他说得对。总比好几个小时不说话要好。尽管在这里，我也没怎么正经跟谁说过话。我就看电视，吃糟糕的食物，嗅来嗅去。汪汪。我学外面的流浪狗狂吠。我试过仙人掌片。好难吃！还吃过另外一种叫作黏果酸浆的东西，让我直犯恶心。汪汪。汪汪。更多狗。更多嗅探。更多爪子，更多鼻子。说不定这样一来，卡德霍就会终于现身了呢。

1999年5月某日

我知道今天是星期天，因为有球赛。从早上起就在放芝华士队对亚特兰特队的广告。亚特兰特队的比赛是下午五点，季后赛之前的最后一场。所有队伍都会在同一时间比赛。男人们更喜欢芝华士队而不是阿特拉斯队，因为芝华士队在积分榜上表现更好。没有人喜欢特科斯队。我觉得我喜欢阿特拉斯队，是因为他们的黑色队服。我不喜欢芝华士队的条纹队服。有比赛的时候很好玩，因为男人们喜欢假装拿香烟和啤酒打赌，但最后总是会一块抽一块喝。啤酒也换了。蛇头拿来的是醉星（Jalisco）啤酒和苏尔啤酒，但从来不够男人们喝个一醉方休的。我不喜欢他们在奥科斯差点儿打起来的样子。有比赛的时候，他们聊天聊得更多。

1999年5月某日

切莱待在他自己房间里听音乐。公寓里有一台小型收音机，可以放磁带，他放的声音很小，但唱的声音很大，在我们房间都能听到。他有一盘野马乐队的磁带，但自从我们拿他长得像马可·安东尼奥·索利斯打趣以后，他一直都挺高兴的，还借了帕特里夏那盘《爱我》来听。

奇诺听阿根廷乐队维尔玛·帕尔玛和吸血鬼（Vilma Palma e Vampiros）的歌。这是奇诺最喜欢的乐队。他带了这个乐队的两盘磁带：《维尔玛·帕尔玛和吸血鬼》和《3980》。我喜欢那首《红车》（Auto Rojo），唱的是：喔噢喔噢哦，喔噢喔噢哦，喔噢喔噢噢哦……

马塞洛不怎么正经听音乐。他只是坐在电视机前面，不停换台，不断抽烟。遥控器总在他手里。但他也带了一盘磁带，孔特罗马切特乐队（Control Machete）的《好便宜》（Mucho Barato）。有一回他们都在沙发上时，我听到他对切莱说："我喜欢很重的音乐，比如说唱乐。"我喜欢假装没有人看得见我，坐在地上看电视，听男人们聊天。重？一首歌能有多重？我不知道，但我知道马塞洛最喜欢的歌是《了解门德斯吗？》（Comprendes Mendes?）。学校的母亲节舞会上修女们会放这首歌，所有人都爱这首歌，爱得不行——其他任何舞会上修女们都不允许放说唱乐。马塞洛喜欢说:"了解门德斯。"蛇头也喜欢这么说。

除了布基斯乐队,帕特里夏还带了特梅拉里乌斯乐队的最新专辑《我还记得你》。我们一直在收音机里反复听这张专辑。在特昆和奥科斯的时候她很喜欢放这盘磁带,但现在不放了。我觉得她就是因为这个才沮丧的。现在收音机老是在男人那间卧室里,她从来没有开口借过。只要切莱和奇诺在他们房间里,我就会去帕特里夏床上听。大多数时候,我都尽量不碍着任何人。我希望他们喜欢我。

1999年5月某日

我跟帕特里夏和卡拉一起躺在床上,数着她们上嘴唇上方的汗毛。我听着她们的鼾声,以及其他奇怪的声音。我从来没见过有谁那么喜欢蹬腿或抽动。有时候帕特里夏会把自己弄醒,有时候会弄醒卡拉。她们俩每天都睡得越来越多。不睡觉的时候,她们就静静地盯着天花板。

1999年5月某日

除了去找"汽油粉"那次以外,我还没哭过。除了那次以外,我一直都挺好。看到墨西哥大兵的枪时,我没有哭。在船上我没有吐。靠双腿走了那么远的路,我也没有抱怨。我什么都吃,就连让我犯恶心的黏果酸浆我都吃。爸爸妈妈、外公、外婆和玛丽交代我的所有事情我都做到了，"听话，大人怎么做你就怎么做。"但卡拉还是不喜欢我。

不是说我想娶她还是怎么的。我喜欢她，就像我喜欢电视剧里那些女孩子一样。但她是真人，就在这儿。所以我很害羞。我甚至都没碰过她！在船上时我坐她腿上，但那是帕特里夏让我坐的。在车上，在床上，帕特里夏总是在我们俩中间。帕特里夏也没抱过我。我想玛丽。我想去外面。我已经学会了用马桶上厕所，学会了洗内裤。我还不会做的事情只剩下一件，就是系鞋带。我穿带尼龙粘扣的鞋，但我背包里另一双鞋是要系鞋带的，外公说那双是过边境的时候穿的。在学校里我会叫修女们帮忙。卡拉已经觉得我是个小孩子了。背地里她管我叫"小家伙""小猴子"什么的，让我很不好受，但她走过我身边时说"哎呀，穷鬼"的时候还会叫我更难受。我要学会系鞋带。

1999年5月21日

我们终于要动身了！明天我们会带着假证件离开瓜达拉哈拉。感谢上帝。这段时间太太太无聊了。甚至都没人注意到是什么时候过的5月10号。

"妈呀，前两天不是母亲节吗？"有一天奇诺说。

"节日快乐！"马塞洛对帕特里夏说，帕特里夏只是耸了耸肩。我都不知道他们说的是哪天。但现在我们知道了，明天我们动身。

瓜达拉哈拉！瓜达拉哈拉！……

我正躺在床上想着这首歌的韵律，发现帕特里夏把钱藏进了胸罩里面。外婆把钱放在围裙里，她说："用胸罩放钱的女人没品位。"帕特里夏看到我看着她，但什么也没说。她信任我。她只是把手指竖在唇上。我点点头。然后，她放了个屁。

她放屁了！

我不知道该大笑、走开还是屏住呼吸。帕特里夏马上大笑起来。她额头的皱纹、眼角的皱纹、酒窝，全都显露出来。我都能看到她嘴里银色的补牙填料。我也大笑起来。她恐怕也能看见我的银色填料，两个龋洞，都在嘴巴右侧。

她的屁闻起来不怎么臭。玛丽的屁要臭得多。妈妈从来没放过屁。帕特里夏有好几个星期没像这样放声大笑了。她现在不一样了，因为我们知道什么时候要动身。所有人都不一样了。卡拉和男人们在看电视。他们没听见。我们还在笑。明天我们就要走了！我大声放了个屁，我们都大笑起来。然后，她——又放了一个屁！但这回放完了她追着我，把空气往我这边忽扇。我笑得太厉害，好像又要放屁了，但没有放出来，尽管之前我确实一直憋着来着。玛丽几年前才开始在我身边放屁，后来只要我们吃了太多大蒜或凉拌卷心菜，我们就会在卧室里展开"臭屁大战"，外婆的喊声从她的房间传过来："卷心菜的屁！"

我们明天动身！路上的城镇会是什么样子？我们会做什么？会吃什么？我要多久才能见到爸爸妈妈？自从蛇头跟我们说，可能这个周末动身，帕特里夏就大致恢复了以前的样子。这几天，她一直会把几乎所有东西都放回"正确的位置"，扫干净她和卡拉掉在地板上的头发，就连洗澡的时候也会把冲下来的头发都捡起来。但她对男人们还是怒气冲冲，他们刮胡子的时候把毛发弄得到处都是，还会尿在马桶圈上。

帕特里夏抱怨说，她在我们洗澡前给我们清理浴室，我和卡拉从来没感谢过她，但我们确实表达过谢意。母女俩假装拌起嘴来。不是外公外婆那种大声嚷嚷的拌嘴。帕特里夏也从来没打过卡拉。

明天我们一大早就走，就跟以前每次动身一样。

"穿好点。"蛇头告诉我们。我们早就知道。

但现在是帕特里夏在这么告诉卡拉。电视剧放完了，卡拉回到卧室。

"我知道，妈妈。谢了。"

"客气啥。"

"不客气点你不得把我吃了。"卡拉说。

我们都笑了，尽管这是卡拉最常说的笑话。她离开卧室洗漱去了。我已经刷过牙了。风扇开着。我们已经知道，风扇可以有效降低男人们的吵闹声。他们老是熬夜到很晚，尤其是临出发前一天，这样他们就能在车上睡觉了。风扇是螺旋桨。直升机。这个风扇的方方面面我都已经了如指掌。那四个扇叶比我的指甲要厚，跟玻璃杯一样厚。螺旋桨看起来像被困在了白色金属外壳里面，积满了灰尘。风速有三挡。有个按钮，拉一拉可以控制风扇是摇头还是固定在一个方向。我盯着那风扇。我能听到玛丽的声音，说风扇会把我手指切下来。但她不在这儿。我想干什么都行。

在家里有一次我把一支铅笔插进风扇里,玛丽跟我说再也不要那么干了。玛丽姨妈和外公外婆从来没打过我,但那次我觉得他们差一点点就要动手了。

在学校里,那些大孩子会互相打赌,看谁敢把手指插进风扇里让风扇停下来。午饭的时候老师们离开教室去吃饭了,那些大孩子会留在教室里,我跟小孩子们一起看着。看到他们粗壮的手指拦停了风扇,我钦佩不已。我的手指够粗吗?我的年纪够大了吗?

长大了就意味着变强壮了。这是大孩子们说的。我和朋友们从来没试过。我得留着我的手指,用来玩。用来跳舞。用来吃饭。用来抱爸爸妈妈。用来爬我很快就能去爬的围栏。明天我们就要离开这个地方了。我是个老手了,就像马塞洛说的那样。帕特里夏在床上。卡拉在浴室里。我把风扇调到一挡。

"停!小家伙!你他妈的在干吗?!"

帕特里夏从来没像这样冲我大吼过。

"过来这边,小傻瓜。"我感觉像一桶凉水兜头浇在身上。除了玛丽,从来没有人这么叫过我。帕特里夏拍着她腿旁边的床。她的声音好柔和。我坐了下来,但没躺下。

"怎么了?"

我耸了耸肩。

"想萨尔瓦多了?"

"是。"

"我也想。不过你很快就会见到爸爸妈妈啦。"

"我知道。"

"你好爱他们吧?"

"对。"

"我也爱我女儿。"

"卡拉?"

"对,但我现在说的是在美国的那个。"

我都忘了她还有个女儿在等她。忘了卡拉有个妹妹。我想问她女儿是怎么去美国的,但这时卡拉从浴室回来了。

"她坐飞机去的。"帕特里夏对我说。她捂着胸口,她藏钱的胸罩也是在那个位置。

"坐飞机?"

"她有签证。"帕特里夏说。

"那你们俩呢?"

"显然没有啊,你个傻蛋。"卡拉插进来,摇着头。好刺眼。

"别那么叫他。"帕特里夏厉声道。

"你很爱爸爸妈妈,对吧?"

"对。我很快就会跟他们在一起了。"我脱口而出,看着地上,有些难为情。

"我相信你,小哈维尔。"帕特里夏微笑着说,"我感觉好多啦。你爸爸妈妈也是爱你的,明白吗?"

我点点头,尽量不去看卡拉,不去看她的眉毛在做什么动作。

"睡吧。上床。"

帕特里夏在我头上揉了几下,然后躺到床上。我睡在她旁边,卡拉睡在另一边。我为明天感到激动。终于要走出那扇金属门了。

瓜达拉哈拉! 瓜达拉哈拉!

第 六 章

瓜达拉哈拉到索诺拉

1999年5月22日

"这儿，然后这儿，然后这儿。"蛇头指点着我们前往边境的路上会路过的城市。在他随身带着的那张袖珍地图上，他的手指跟墨西哥的各个州差不多大——这张地图比外公那张要小得多。这是墨西哥北部的一张地图，有下面五个州：纳亚里特（Nayarit）、锡那罗亚（Sinaloa）、索诺拉（Sonora）、北下加利福尼亚（Baja California Norte）和南下加利福尼亚（Baja California Sur）。我都不知道美国的加利福尼亚在墨西哥还有亲戚。蛇头指着他用笔画出来的那条路线时，我注意到他的手指并没有往左边走，没有走蒂华纳那边。他没有提到这个地方，只说了特皮克（Tepic）、马萨特兰（Mazatlán）、洛斯莫奇斯、奥夫雷贡城和埃莫西约。

"这些是我们会停下来过夜的地方。"他在厨房对大家说。大家都想看看地图上是什么样子。"时间不会很长。最多两天到那条线。"他指着不是蒂华纳的地方。我跟外公一块儿背路线的时候,蒂华纳是最后一站。

"怎么不去蒂华纳了,哥们?"马塞洛问。

"我们不能打那儿过去了。"

"为啥?"帕特里夏问道。

"有变化。"

"什么?"奇诺沮丧地说。

"老板们叫我带你们去哪,我就带你们去哪。新方案。"蛇头说,语气变得更严厉了。"从这里"——他指着跟美国很近的一个镇子——"可以直接穿过那条线。"他今天没戴帽子,头发用发胶定了型。我喜欢他把边境说成是一条线。地图上确实是一条线。"有铁丝网,其他路线现在太危险了。走那边移民局肯定会抓住你们的。"

"啧啧。"六人组说。奇诺弹了一下舌头。切莱很惊讶。马塞洛听起来很抓狂。帕特里夏的声音里尽是讽刺。我和卡拉什么都没说。移民局。我记得"移民"。我们就是移民,瓦哈卡的蛇头们就是这么叫我们的。外公逼着我记下了那么多城镇的名字,理由很充分,但我们的方案在特昆有变化,在奥科斯有变化,在瓦哈卡又有变化。堂达戈一直在提醒我们,方案可能会变……

堂达戈又在哪儿呢?现在大人们甚至问都不问他一声了。现在我们的蛇头是这个人。这个我们不知道名字的人。马塞洛只管他叫哥们。帕特里夏和卡拉叫他先生,奇诺和切莱称他老人家。蛇头跟帕特里夏说过一个名字,但我们都知道不会是他的真名。我们也没有人那样叫他。好消息是,明天我们就要离开这间公寓了。

我本来还以为我们会一直这么吃了睡睡了吃永无止境,一直那么无聊。我抓着背包上的带子,走过最后几步路,穿过这道长长的走廊,经过沙发和电视,走到金属门外,走下楼梯,来到泥土地面上。那位父亲和那个少年没有出来告别。

我们终于在外面了。我们呼吸着的空气里,不再是烟味和垃圾的味道。就好像我们拘留期满,终于解放了。阳光打在我们的皮肤上,我们的眼睛还在适应着。我们上了一辆小巴,这辆车会带我们去车站,蛇头说到那里我们再换乘大巴。

"但愿一直到那条线都不会再有人拦下我们。"切莱坐在小巴后排,低声说。

"但愿。"坐在他身边的奇诺和马塞洛也低声说道。司机打开了收音机。八点刚过,这是我们动身去另一个城市最晚的一次。

蛇头老大看起来最精神抖擞。他戴着一块银色手表,不是他平常戴的黑色的那块。他的衬衫熨得笔挺,扎在裤腰里。腰里扎着皮带,皮带扣很大。还有,他在鼻子下面蓄起了浓密的黑色小胡子,而脸上其他地方都刮得干干净净。男人们喷了好多古龙水。就算窗户关着,这气味也能盖过他们抽烟的味道。

"你们一直想打电话……今天你们可以打一个。"蛇头在前座说,"但是在打电话之前,都给我把嘴闭上。"

小巴把我们扔在一座巨大的教堂前。一群人围在那里,等着进去。蛇头说,这座教堂非常有名。有人在卖瓜达卢佩圣母的护身符和小雕像,她的形象让我想起每年12月12日的瓜达卢佩圣母节我们用鞋油在脸上画胡子的情形。我有自己的布袋子、白衣服、凉拖、帽子和十字叶蒲瓜做的水壶。在这里,一个打扮成这种样子的人我都没看见。树就从巨大的水泥盆里面长出来，这些水泥盆也充当着长凳。广场中间有个喷泉，是我见过的最大的喷泉。

"我们不用假装互相不认识。跟我来。"

我们步行穿过人群，所有人都紧靠在一起。我抓着帕特里夏的手，她牵着我和卡拉。大教堂外面，有人双膝着地祈祷着，还有人在拍照。

"走吧。"蛇头说着，走上通向城堡入口的台阶。所有的门都巨大无比，尤其是中间那道门。

什么都比我们镇上的教堂大。教堂里面，除了数百条长椅和水泥地面，一切都是白色的。牧师讲话的地方上面，有彩绘玻璃，还有耶稣和各个圣徒的深色木雕，抛过光，闪闪发亮。深色、反光的木头建成的阳台。厚实的木头。到处都是蜡烛。粗壮的白色柱子一直伸到天花板，柱子上还有一道道金线。蜡的味道。烟的味道。人群。

蛇头往前走去，在半道找了个位置，就在中间过道右侧的长椅上坐了下来。"祈祷吧，祈祷你能成功到达那里，小男孩。"蛇头边对我说，边自己跪了下来。我们也都在他身边跪下。

很安静，但同时也有些嘈杂，因为人们的鞋在地板上踢踢踏踏，衣服擦来擦去，还有他们的呼吸声。声音从地面直达天花板。六人组在自己身上画了十字。嗒，嗒，嗒，嗒，嗒。很难集中注意力，但我在努力。我祈祷着，内容跟我每天晚上的祈祷一模一样：希望我们能成功到达北边。

我睁开眼睛。大人们还在祷告。我闭上眼睛继续祷告，祈祷我们能以最快速度穿过那条线,祈祷我们跳过围栏快速跑开,这样就没人能抓住我们,尤其是那些坏美国佬。我祈祷爸爸妈妈就在我跳过去的地方等着我,我想要妈妈的胳膊,我祈祷妈妈会拥抱我,亲我,祈祷爸爸会把我往空中扔,我听说他以前每天下午打完鱼回家就会这么扔我。我希望妈妈不会因为我跟帕特里夏和卡拉一起待了这么久而生气。我祈祷妈妈不会介意我在公共场合牵帕特里夏的手。

蛇头在我肩上拍了拍。我掸了掸膝盖上的土。其他所有人都坐在长椅上。大家都已经完事儿了。蛇头看着我们,低声说:"走吧。"

我们跟着他走了出去。我们没有说话,也没有看别人的眼睛。我们在公共场合。我们不能被人看见。我们是墨西哥人。我们的墨西哥口音又回到了我们嘴里。

"我是瓜达拉哈拉人。"我悄声对自己说。

"塔帕蒂奥①,"卡拉纠正我,"塔帕蒂奥。"她又重复了一遍。

我点点头,有些难为情,但也因为她跟我说话而高兴。随后我开始练习应付大兵的新说法,是蛇头告诉我们的:我们要去索诺拉州的埃莫西约走亲戚,他们搬去了那边,我们要去那边看他们。

坐大巴的时候,帕特里夏是我妈妈,卡拉是我姐姐。我不认

---

① 塔帕蒂奥(Tapatío)一词来自纳瓦特语,原指前哥伦布时期的一种货币单位,与瓜达拉哈拉关系最为密切,因此现在也用来表示瓜达拉哈拉人等含义。前后文另有几处"瓜达拉哈拉人"作者也是用的"塔帕蒂奥"一词,为方便阅读,仅在此处译为"塔帕蒂奥"。——译者注

识那些男人。万一我们走散了，我们就留在原地，打蛇头给帕特里夏和其他大人的电话。蛇头自己或别的什么人会来救我们。我没有他的电话。我有的只是帕特里夏瘦骨嶙峋的手。在我们这趟旅程刚开始的时候，她手上美丽的长指甲涂成了红色，但现在上面的颜色已经掉光了，也跟我们一样剪短了。

我们走出教堂，走下台阶，经过喷泉，来到一张水泥长椅附近，旁边的水泥盆里长着一棵树。蛇头说："这附近有一家西联汇款的店面。但是，先给北边打电话，叫他们汇钱。这是你们穿过去之前最后一次打电话。"我们团团围在他身边，他的声音很轻。"一个电话。别打给家里，打给北边。"随后他看着我，说："我们给你爸妈打过电话了。他们很好。我们不需要你付钱。"

"我们"是谁？我想听爸爸妈妈的声音，听任何我认识的人的声音。但我还没来得及说什么，蛇头就走开了。我们是在公共场合。帕特里夏看着我，抓着我的手，悄声说："很好啊，你爸妈知道你没事儿。感谢上帝。"她让我平静下来。我相信她。

"走吧。"蛇头说。他带着我们走到离马路最近的一个电话亭，不过仍然在教堂前面的这个广场上。这儿的电话亭看起来跟圣萨尔瓦多的公用电话很像，就像巨大的蓝色芸豆。面板上的数字按键是金属的，还有一根金属线连到一个跟我的头差不多大的黑色塑料听筒上。

"大家分开。你们仨，"他指向帕特里夏，我们知道他的意思是带上我和卡拉，"跟那儿等着。"他指着几步远的水泥长凳说。"你们先去。"他告诉马塞洛，递给他一张电话卡。

"好啊，哥们。"马塞洛说着，便拨起号来。

我坐在那儿，看着树上的鸽子，喷泉边上的鸽子，吃垃圾的鸽子。远处有个男人在喂它们。前往教堂的人不断走上广场。有些人停下来买圣母护身符。帕特里夏看着那几个男人。奇诺和切莱在电话亭后面抽烟。卡拉看着教堂。蛇头听着马塞洛讲电话。我们好久没出来过了。我们被关了好几个星期。

我东张西望，什么都看。脚下的水泥有什么图案，教堂正面有什么细节，钟楼什么样，人们穿着什么，说着什么，他们是怎么说的，堵在车流里的都是什么车——小巴、出租车、小汽车、大巴、卡车、更大的卡车。但最重要的是，我留意着人们的眼睛，看他们有没有看着我们觉得好笑。我好担心又有大兵出现把我们拖走，拿枪指着我们问问题，让我们脸贴着水泥地面趴下，拿走我们的钱。但这一回，我们是在外面，是在大庭广众之下。我知道卡德霍在这里。他一直都在。我也一直在听他的声音。蛇头和卡德霍不会像堂达戈和玛尔塔一样抛弃我们。

蛇头把电话卡递给帕特里夏，说："找他们要这么多钱。"他没有说出来具体是多少，但是给她看了写在一张浅黄色纸上的数字。这张纸之前他一直放在背包里，叠得很小，数字在我面前一晃而过。"告诉他们汇到这个地方。"他翻动那页纸，指着另一个地方，说，"这个名字。"他把那页纸留在了那里，好让她打电话。

帕特里夏拨号时，我发现电话亭里有用黑色油性笔画的涂鸦，还有一些贴纸，很多都写着我不认识的英文单词，但有张贴纸上画着一颗心，写着 love 字样，我知道那是爱的意思。电话亭里最大的那颗心是用刀刻上去的，然后又用涂改液涂过一遍。上面写着"弗拉科＋玛利"或是"玛利亚"什么的，看不清了。靠近电话亭底部,放电话簿的金属面板看起来像个桌面,底下有好多已经干了的口香糖,又白又硬,所有颜色都已经褪去了。

"喂!喂?"帕特里夏的声音很微弱,好像快要消失了一样。我猜电话那头是她老公,卡拉的爸爸。她讲了一会儿,叫那边寄蛇头要的数目过来。她解释了一下为什么之前一直没打电话,现在我们在哪儿,以及接下来是怎样的计划。

然后她把话筒递给卡拉,卡拉的声音听起来也变了。我讲电话的时候声音也会变吗?卡拉捂着嘴和话筒,我也就没法听了。帕特里夏招手示意蛇头过来,她的手就像风中晾衣绳上的袜子一样上下翻动。没有人留意我。我想跟爸爸妈妈说说话。帕特里夏叫卡拉别说了,把话筒还给她。

"亲爱的,这位先生要跟你说话。"帕特里夏跟老公说。蛇头跟她老公聊了起来,我们就在一旁听着。蛇头把话筒还给帕特里夏后,我拉了一下他的裤子。

"你没问题,小男孩。我们跟你爸妈谈过了。"

我又拽了一下他的裤子。

"他们付过钱了。别烦我啦。"

我不知道那是什么意思,但他说话的口气让我感觉很糟糕。我想告诉爸爸妈妈我很好,告诉他们我想他们了。蛇头踢踢踏踏地走向那几个男人。他们在抽烟,在说说笑笑。他们谁都没看见蛇头对我生气了。就连奇诺都没注意到。我好孤单。

帕特里夏挂了电话,蛇头示意我们聚到他身边。"现在等他们打回来。好确认。"他说。我也不知道那是什么意思。

我瞪着蛇头,但他没理睬我。我站得离所有人都远远的,离长椅也远远的,仰头数着水泥盆里长的那棵树上的叶子。我好想哭,但不能让他们看到我这个样子。我默默承受着。我想着我的长尾小鹦鹉、我的狗、玩具、《龙珠Z》。今天有足球比赛。芝华士队必须赢得第二场比赛,才能晋级下一轮。我又猛拽了蛇头一下——

"别烦我!我们给他们打过电话了。我们浪费不起时间和钱。"蛇头生气地对我说。我只能继续盯着人群看。六人组里的所有人都在思考,在抽烟。没有人叫我到他们跟前去。没有人关心。我好想跑开。我把拳头攥得紧紧的。盯着地面。盯着树上树叶的图案。我不能哭。别哭。

然后,有什么温暖的东西搭在了我肩上。

"过来。"卡拉挥着手。

我看着她棕色的大眼睛。她脸上绽放出笑容。她的头发梳成了辫子,坐大巴的时候她一直都这样。看着太像玛丽的头发了,又粗,又黑,又卷。我希望她没看出我在抹眼泪。

"过来,小家伙。"她说,但这次听起来更友善。我跟着她走到一张水泥长椅上,对面是帕特里夏在等着,一只手扶在前额上。

"妈咪说蛇头已经给你爸妈打过电话了。"卡拉说,"挺好的。"

"但是我不能跟他们说话。"

"我知道。"她抚着我的后背。她确实关心我,"所有人都在想自己的事情。你看我妈。"她指着帕特里夏。帕特里夏正盯着电话亭,就像她在我们公寓里的时候盯着天花板一样。"没事儿的。"

她是对的。意识到这些让我觉得温暖，觉得晕眩。没有人说话。一支接一支烟。一只接一只鸽子。一个接一个人。电话没响。电话终于响了。电话一响起来，蛇头就起身走向电话亭，拿起听筒。他在同一张纸上写下数字。他没有把话筒转交给任何人。然后他走回来，告诉我们是谁打的。我们等着。一直等着。直到所有人都付完了账。

※

我们又上了一辆很豪华的大巴，有空调，有天鹅绒窗帘。蛇头从西联拿到了所有人的钱。我们等了三个小时。然后我们坐上大巴，终于在下午三点左右离开了瓜达拉哈拉。帕特里夏、卡拉和我坐在一块儿，跟那几个男人分开了。要我装作不认识他们并不难。

开车还不到一个小时，帕特里夏和卡拉就睡着了。我的眼睛片刻也舍不得从窗户上挪开。我把注意力集中在路面上同一个点，让我感觉自己在飞翔。绿色的原野，绵延不尽的山丘，让我想起外婆家的后院，穿过那些芒果树，往后看去就是火山。绿色，还是绿色。但靠近路边，靠近窗户，是尖刺一样的植物，像是巨大的芦荟和菠萝，排成一排排。龙舌兰农场！跟电视里一模一样。一排排尖刺；银色、蓝绿色的树冠从地面长出来。

我一直醒着，看有没有检查站。蛇头说可能会有，叫我们"睡觉"。但现在是白天。我一直醒着，希望我们不会被拦下，不会被拖出去。希望我们能安全到达马萨特兰。今晚我们会在那里过夜。蛇头坐在靠近车门的地方。一个人。我还在生气,因为他没让我给爸爸妈妈打电话。

我还在生气,因为只有卡拉关心我。帕特里夏也有那么点儿在乎我来着,但对男人们来说,我就是他们鞋里的小石子儿。一根尖刺。我不喜欢这种感觉,就好像少了点什么。一块没完成的拼图。一套缺了几小块的乐高。大人们对我不理不睬,他们跟自己家里人通电话时,我更想念我的家人了。我真正的家人。我本来以为他们也会关心我。奇诺说我是他的小弟弟,但他什么都没做。我希望他像玛丽一样关心我。但他们没有。我只能看着外面——

有时候会有海报,上面写着 PRI(革命制度党)。三个字母底下是红色、白色和绿色。看起来就像我们镇上的竞选海报。让我想起有人花钱雇玛丽满镇子贴这种海报的时候。她为国家共和联盟党(ARENA)工作过一段时间。爸爸不喜欢他们。我喜欢他们,因为他们有大头棒,还免费发塑料足球。我努力让自己不睡过去。蛇头说到特皮克是四小时,然后还要四小时到马萨特兰。更长的长途车我们都已经习惯了。特皮克在另一个州。我们已经到过墨西哥的四个州:瓦哈卡州、格雷罗州(Guerrero)、哈利斯科州,现在是纳亚里特州。这里很漂亮。墨西哥好大。

※

灯亮了,帕特里夏用她最好的墨西哥口音对我和卡拉说:"醒醒!"我们走下车,直接就站在了马路上。这不是瓜达拉哈拉那样的豪华车站,只是我们路上的一个经停站。没有高楼,只有一户户人家。我的手表显示现在是晚上十点。好多人围着路边摊。这里更像一个夜市,而不是汽车站。

蛇头离我们很近,是他在公共场合离我们最近的时候,因此我们不会在人群、灯光、煎锅和煤气罐之间跟丢了他。我们没有假装互相不认识,但我们知道不要说话。"我们吃点墨西哥卷饼吧。这位女士做的最好吃,来。"

我们还没吃过墨西哥卷饼。玛丽之前知道我会吃到墨西哥卷饼,她很激动。这是墨西哥的国菜。我们一直在吃淡而无味的饭菜。我想吃顿好的。蛇头带我们走向最大的一群人。我们看起来像苍蝇、像蜜蜂、像蚂蚁,群集在盘子周围。这让我想起奥洛奎尔塔(Olocuilta)的玉米馅饼摊,这个镇子在拉埃拉杜拉到圣萨尔瓦多的路上,那里的玉米馅饼摊也就在路边,没有顶棚,人们要么在车里吃,要么在煎锅和煤气罐旁边站着吃。

只有一位女士,又做煎饼又管收钱,什么事情都是她一个人。她脚边放着一个冷藏保温箱,她从里面拿饮料出来,抬脚一踢就关上了盖子。我们在排成一圈的队伍里等着。她手上飞快。用勺子翻动着平底锅上的肉,用手翻动着薄玉米饼,伸手到包里找零,问着:"您要点什么? 几个?"

她全都能记住,每个人点了什么从来没错过。六人组站在嗷嗷待哺的圈子外面,瞪大了眼睛。蛇头负责给我们点餐。他转头看向我们,问道:"多少个? 她这儿只有烤肉可以配。"

大家都说着四个五个。我说:"来两个,谢谢。"

我们等着。

蛇头管钱。他给我们买吃的,找地方睡觉,买车票。他是我们的钱包,我们的嗓音,我们的大脑。她用的煎锅比一般用来煎玉米饼的浅锅要深一些,肉在里面嗞嗞作响。棕色和红色相间的小肉块冒着烟,流着汁水,闻起来让人食指大动。随后那女士抓起原本在烤肉上面冒着热气的两块玉米薄饼,铲了一勺肉放进两层薄饼里,然后用手从一个塑料容器里抓了些切碎的洋葱和香菜末撒了上去。她把做好的卷饼一个个放在纸盘子上,上面还装点着红皮小萝卜、酸橙片、腌制的墨西哥辣椒和胡萝卜。

"沙司酱?"

蛇头答道:"这些不用,但最后五个加点儿。"

她点点头,递给蛇头一个纸盘子,然后又是一个。蛇头穿过人群,一次一个把盘子传给我们。我们挤出人丛,小心翼翼地不让汤汁洒出来。

我的肚子咕咕直叫。我站在人行道中间,终于咬了一口肉。我的天哪!这是天底下最好吃的东西!比上次的烤鱼还好。比跟外公一块儿吃的炸鸡还好。卷饼确实是墨西哥最好的食物。肉里流出来的汁液,带着那么丰富的味道,浸透了玉米饼。我终于喜欢上了这种玉米薄饼。就本身来说,玉米薄饼淡而无味,但像这样……正在这时,一阵灼烧感。我舌头后面发起痒来,然后上行到舌头中间,舌头前面,一直来到上腭。我站在帕特里夏旁边大口吸气,用手往嘴里扇着风。帕特里夏问道:"你还好吧?要喝可乐吗?"

我一上一下狠狠地点着头。男人们狼吞虎咽,蛇头也跟他们一样。他们一口就能把整个卷饼吞下去。他们没有注意到我正大张着嘴,在用一只手往嘴里扇风。

"走。"帕特里夏扶着我的肩膀朝那女士走去,找她要了两瓶可乐。

启瓶器用一根尼龙绳系在煎锅上,那女士打开了可乐盖子。我记得外婆建议过一定要用吸管喝饮料,因为谁也不知道启瓶器上有什么细菌。我愣了一下,走向那女士,叫她给我一根饮管。

"饮——管?你说啥,小家伙?"

我抬头看着帕特里夏。她假装没听见,指了指吸管。

"你说啥?饮——管?饮——"

我搞砸了。我好笨。我不知道该怎么办。

"哦,这个?"那女士拿起一根吸管。

我点点头。

"你是想说吸管吧。吸——管。"她放声大笑。帕特里夏就站在我旁边,盯着我,瞪着那女士,而那女士笑得都停不下来了。

"谢谢你。"帕特里夏对那女士说,一把从她手里抢过吸管。凑近了看,这位女士比外公年纪还大。

"他妈的湿背人啊,学学怎么说话吧。"这位老妇人对我们说。帕特里夏扶着我的肩膀,从人群里挤了出来。

"没事的,走着。"她说,就像我们在家里说的那样:走着。那老妇人还在大笑。隔着人群我都能听到她的笑声。我觉得很可怕。我们会没事吗?她会叫警察吗?她知道我们是萨尔瓦多人,是南美原驼,是屎橛子,是湿背人,是脏东西,是神经病,是呆头鹅。我们脑门上就顶着个玉米馅饼摊。

"没事的。"帕特里夏重复道,"他们这里叫吸管。没关系。"

我不想喝可乐也不想用吸管了。白色的包装纸在黑暗中太显眼了，上面有一张明亮的贴纸，大兵肯定能看见。

我们回到六人组那里后，帕特里夏跟蛇头讲了些什么。"操他妈的！我们走吧。"他对我们说，随后又自己低声咕哝了几句。

我们默默走向汽车旅馆，切莱问几点了。

"十点二十。"我回答切莱。

"九点二十。"蛇头回答。

"先生，我手表是十点……"我说着，拿我的手表给他看。

"是九点。"

"但是……"

"现在九点二十！他妈的小鬼头别烦我了！你知道个屁。这里时间要改。"他生气地说。很严厉。这是他跟我说话态度最差的一次。谁都没说什么。我的手表显示的是10点21分。我没错。我想哭。但那样蛇头就会觉得我很软弱。我很坚强。

"所有人，调一下手表。现在我们在锡那罗亚州了，时间跟哈利斯科州不一样。"他定定地盯着我，同时对其他人说道。

卡拉现在绝对认为我是个大傻子，大笨蛋，认为我很烦人了。先是吸管，然后又是时间。我这是怎么了？今天我是个很糟糕的演员。我怎么会忘了说吸管呢？我被关在屋子里太久了。

奇诺追上我，说："我也不知道时间要改。"他拍了拍我的后背。随后他指着我的手表，说："这块手表很酷哦。瞧，我也有一块。"他给我看他的手表。终于有大人关心我了。我早就知道他关心我。我在电话亭那里就能感觉到，但他跟切莱和马塞洛在一起的时候有些不一样，会更冷漠。帕特里夏帮我买可乐。卡拉

235

叫我跟她坐一块儿。现在奇诺表现得跟他在船上的时候一样,就像他真的是我的大哥哥。马塞洛和切莱没有看着我们的时候,他对我更好。我现在只想上床睡觉。

我们来到一家汽车旅馆,同样的流程:我们等着蛇头去拿钥匙。男人们抽烟。我们拿到钥匙。我们走向一楼的房间。蛇头打开门。

"一间房?"奇诺问蛇头。

"对。省钱。"蛇头说。我们所有人都进来后,他锁上房门。

"那我们给你的钱呢,哥们?"马塞洛跟着说道。他对我并不友善,但我喜欢他问这样的问题,会让蛇头慌里慌张,有时候甚至会让蛇头生气。

"我们还有好多站呢。你们可不想再给北边打电话了,对吧?"

所有人都点头称是。

"我做好我的事情,你们也做好你们的事情。"蛇头有点儿情绪。什么情况? 这是他跟我们所有人说话最不客气的一次了。"我们越往北越危险。以防万一,今晚以及后面每天晚上,你们都穿着衣服睡,背包也要准备好,要拎包就能走。"

"真要这样吗,老人家?"切莱问道。

"真的。我们必须更加小心从事。到处都有大兵。我们不能损失太多钱。让我来跟外人说话。"谁都没说什么。我呆住了。我真的搞砸了。所有人看起来都好累,也都好饱,好撑。这怎么行? 一个房间? 这家汽车旅馆很小,是我们住过的最小的一间。比那间公寓小。只有一张很小的床,一台小电视,还有个像是沙发的玩意儿，只睡得下一个人。

"我睡这儿。"蛇头指着沙发说，"你们自己找地方。"

"你们仨睡床。"马塞洛对帕特里夏说，同时对我和卡拉点了点头。

"好。"奇诺和切莱也同意了。

这可真糟糕。我比以前任何时候都更想一个人待着。像在家里一样跑到香蕉林里大哭，没人能听到我的哭声。卡拉永远不会喜欢我了。我的指甲上有一个坚实的白点。一团云。十根手指上只有一个。这是正式宣告：我恋上卡拉了。以前有一次，玛丽检查我的指甲时发现了一个白点，她就是这么说的。

"白点颜色越浅，你暗恋别人的时间就越短。"玛丽说。玛丽，指甲云的解读专家，情感顾问，恋爱领域的星象学家。现在我只想依偎在她身边。跟她一起看星星，远离现在这些人。卡拉让我觉得自己很怪异。我的胸脯跳得就像蜂鸟在为外婆花园里的木槿花而战斗。我觉得自己很蠢，而现在，我们还得一起睡在这么小的一张床上。我讨厌看到帕特里夏和卡拉在睡觉前互相帮忙打理的样子。帕特里夏给女儿的头发编上辫子，解开辫子。我想跟妈妈一起这么做。跟玛丽一起。我只是想要一个拥抱。

1999年5月23日

昨夜男人们鼾声震天。嗡嗡的。汽车旅馆的墙比公寓的要薄。我没睡着。有个男人喘着粗气，直到把自己弄醒了才停下来。还有一个人说着梦话——声音很低沉，我觉得应该是马塞洛。他们的声音听起来就像牛。我太累了。现在我们已经来到另一个城市，锡那罗亚州的洛斯莫奇斯，坐在金属长椅上，等着下一趟大巴。

洛斯莫奇斯又小又热。没有风。没有云。时间跟马萨特兰一样。"一直到奥夫雷贡城时间都不用改。今天十个小时。"我们离开马萨特兰之前，蛇头说。坐车的时间比昨天还长。今天有三站：库利亚坎、洛斯莫奇斯和奥夫雷贡城。我们走得太快了，我好想还能有无聊的机会。就是走走走。我们起床。准备好。走出一扇门。下楼。上又一道台阶，走进又一扇门。又一辆大巴。又一个座位。

我们全都穿着自己最好看的衣服。男人们喷了古龙水。我刷了牙。帕特里夏补了妆，也给卡拉重新编了辫子，但我们谁都没在汽车旅馆里洗澡。那个卖墨西哥卷饼的女的没有告发我们。

去洛斯莫奇斯的大巴也很豪华，但没有我们离开瓜达拉哈拉坐的那辆豪华。库利亚坎是个大城市，比马萨特兰大得多，也是我们到过的所有中转点里最大的。越往北开，道路就越干燥。现在，帕特里夏、卡拉和我坐在一张金属长椅上，等着开往奥夫雷贡城的大巴。我们面前有一台电视，正在播放当地新闻。男人们在我们身后抽着烟。有蝎子"大量出没"。蝎子！我们目不转睛地盯着地面。男人们边抽烟边走动。这个车站有个金属屋顶，地面是水泥的，但没有墙；也就等于是露天。蝎子！

蛇头今天很友善。昨天晚上没有人跟他说话，今天早上也没什么人跟他说话。大家都各自为政。

"嘿，瞧见没，姑娘，那边有人在卖凉饮呢。"奇诺轻声对帕特里夏说，尽管周围并没有人。我们全都把头转向他用嘴唇示意的方向。那是个饮料摊。大罐大罐的凉饮。其中一种浅灰泛白——墨西哥版的欧洽塔。

"叫冷饮。"蛇头纠正奇诺。我再也不会犯同样的错误了。我从墨西哥卷饼女士那里吸取了教训。我紧闭着嘴。"你们想喝吗？我去买点。"蛇头特意强调了一下"我去"。

我们点点头。

"哪种？"

"他们有什么口味的？"

"估计就是罗望子茶、欧洽塔和洛神花茶。"

"我的娘！还有洛神花茶？"奇诺惊呼起来，额头上露出皱纹，"给我来一杯，谢谢。"

嗯。洛神花茶听起来好清新。

"我想再试试欧洽塔。"切莱说。

"先生，请给我一杯洛神花茶。"我告诉蛇头。

"一杯欧洽塔，四杯洛神花茶，两杯罗望子茶。"蛇头掰着指头数了数大家的订单，往前走了一步，然后又停下来，叫切莱跟他一起去。蛇头今天真的很友好。他是不是想弥补一下昨天？

切莱和蛇头带回来巨大的泡沫塑料杯。我们不知道哪杯是什么茶。蛇头看着杯盖，把我们各自点的饮料递给我们。透过塑料盖子往下看，洛神花茶差不多是粉红色的。帕特里夏要的是罗望子茶，看起来颜色比其他饮料都要深。欧洽塔渗进了塑料杯盖和泡沫塑料杯壁。

我的洛神花茶好棒。不是太甜，颜色很深。洛神花茶把卡拉的舌头涂成了洋红色，她吐出舌头给妈妈看，笑了。我敢说我的舌头也成了洋红色。

切莱做着鬼脸："好恶心。"

"你又搞砸了，伙计。"奇诺告诉他。

马塞洛大笑起来。他很少大笑。

"这可不是欧冷塔，老人家。"切莱对蛇头说。

"这是欧冷塔。"蛇头一边说，一边品尝着自己的罗望子茶。切莱一边喝，一边不停做鬼脸。

"这里面没有十字叶蒲瓜子，没有南瓜子，好多东西都没有。这狗日的喝起来就跟水一样。"

"你不是还在喝嘛。"蛇头说。他没有生气，甚至可以说像在开玩笑。

"妈的，没得选呀。"

我选的是对的。我的洛神花茶是最好喝的。我尝了一下帕特里夏的罗望子茶，太甜了。我想念外婆用我们后院里树上的罗望子做的罗望子凉饮。我们都喝完了饮料，摇着杯子，让冰块在里面晃来晃去，加速融化。

"那是我们的车。最后一口烟，把饮料喝完。"大巴停车入位时蛇头说。挡风玻璃上方用巨大的黑体字写着"奥夫雷贡城"。所有大巴看起来都一模一样：前面一个扁平的大鼻子，巨大的前挡风玻璃，进车门有几级台阶，有色玻璃的窗户，里面挂着窗帘。我们等着男人们把烟抽完，好去排队。帕特里夏站起来，伸了个懒腰。大家都舒展了一下身子。我们坐在这儿等了有六个多小时了。

"再坐四个小时车。"蛇头悄声说。没多少人排队上车。我们很安静。我们必须说墨西哥人说的话。那些冷饮真好喝啊。哇哦。了解门德斯吗？喂，伙计！我们走着墨西哥人的步伐。呼吸着墨西哥人的节奏。我们挺起胸膛，对我们的假证件充满信心。快黄昏了。"白天没事儿。晚上我们需要小心提防。要是发生了什么情况，让我来说。"这是蛇头在汽车旅馆时提醒我们的。在公共场合，他不会像那样说话。

※

帕特里夏用胳膊肘顶了顶我的肋骨。我一头撞在车窗边拉起来的窗帘上。她举起食指，竖在唇边，意思是说，安静。她朝大巴车前面的方向点了点头，又朝同一个方向噘起嘴唇。透过挡风玻璃，可以看到红色和蓝色的灯光在盘旋，装点着夜色。大巴减速停了下来。

蛇头说过可能会有检查站，还说他会处理的。我们是墨西哥人。我们有很好的假证件。蛇头给我们看过他的真证件，我们的看起来跟他的一模一样。警察认不出来。之前我们就通过了检查。

"不要像在瓦哈卡那样跑到车外面去了。不要做得太出格。"在马萨特兰的汽车旅馆，蛇头特意嘱咐帕特里夏。每天早上他都会过一遍我们要守的规矩，但我不知道"太出格"是什么意思。"我会处理的。"他在汽车旅馆对我们所有人说。

"但是那辆大巴把我们扔下开走了。"帕特里夏答道。

"那是因为你下车了。你有孩子。人们不想看到孩子被拖出来,跪在地上,双手抱头。这也是为什么那些大兵挥手让车都开走。车开走了,我们就完蛋了。给老子好好待在车里。好好想想。"

帕特里夏脸红了。男人们笑起来。蛇头转过身,对我们其他人说:"这些路我熟得很。我知道在这儿怎么应付警察。我对瓦哈卡不熟,但这是我的地盘。明摆着的。"

我可不想又被谁拖下车。

"女士们先生们,请出示一下证件。"司机用车里的麦克风说道。马路中间横了一道木栅,两辆卡车亮着灯,车前都站着荷枪实弹的大兵。跟瓦哈卡一模一样。我的手和腋窝都开始出汗了。

"睡觉。"帕特里夏对我和卡拉低声说。她从裤子口袋里掏出我们的证件,塞到她右边的大腿下面,这样很容易就能够到。

灯还没打开。我一直睁着眼睛,直到大兵们走上车门那里的踏板。我想看看他们。卡拉把脑袋靠在妈妈左肩上。帕特里夏需要用右手拿证件给他们看。我迅速贴近窗户,把脑袋靠在天鹅绒窗帘上,假装睡觉。

"晚上好,我们来检查一下你们的证件,简单问几个问题。"其中一个大兵说,"如果大家配合,我们很快就能完事儿走人。"他的声音比我们见过的所有大兵都更温柔。"这是我的搭档,他会沿着过道走。"

我稍微睁开一点点眼睛,看到两个大兵都拿着手电,往每个人的脸上照。人们翻着背包和口袋找证件。有时候,那两个大兵只是照了照人脸就接着往下走了。有时候他们会问问题,比如:你最后是要去哪?你从哪儿来?你在哪儿出生的?你为什么要去奥夫雷贡城?

今天我们要说：我们的终点站是奥夫雷贡城。我们每天的终点站都是我们当天要去的最后一个地方。昨天是马萨特兰。明天又不一样了。大兵们的靴子朝我们移过来。我紧紧闭上眼睛，试着放慢呼吸，好让自己看起来真的是在睡觉。

"证件。"我们旁边的一个声音说道。

帕特里夏抬起右腿，靠近我这边的那条腿。

"一家人？"

"对。"

他翻看着证件，随后还给了帕特里夏。

他的靴子从我们旁边踏了过去。"证件。"他对我们身后的人说。结束了。我们过了。我继续"睡觉"。卡拉一动不动。帕特里夏把我们的证件又塞回大腿下面。我听着。更多相同的问题。更多脚步声。然后有一阵骚乱。

"不要看。"帕特里夏低声说。

另一个大兵越过我们冲向后排。是男人们吗？帕特里夏紧紧抱住我们。我嘴唇没动，默默祈祷着。车灯还是没开。他们还在争吵。那人不想出去。听起来不像他们。那人有墨西哥口音。卡德霍，小卡德霍。大兵们拽着什么人往外走，经过我们的时候，这人撞在了我们的座位上。谁都没有说什么。我把眼睛闭得更紧了。我们听到车门打开，他们走了出去。

我睁开眼睛。

"我的天，是马塞洛。"帕特里夏低声说。她的脑袋像猫头鹰一样，四处张望。

我闭上眼睛,继续祈祷。

"完蛋了。不要看,不要看。"帕特里夏听着像是吓坏了。我们说不上来发生了什么。我透过窗帘和窗户之间的空隙往外偷看,但什么也看不到。一分钟过去了。两分钟。然后蛇头和马塞洛走回车上。我感谢卡德霍,感谢蛇头,感谢上帝。蛇头跟大兵们说了什么?

"一切正常。"大兵告诉大巴司机。

马塞洛经过我们这排座位往后面走去。我笑了。卡拉也笑了。马塞洛没有看我们。他很生气。气得发狂:眉头紧皱,双拳紧攥,额头旁边青筋暴起。我从没见过他的下巴如此坚硬。他鼻孔大张,喘着粗气经过我们身边。我们座位对面的乘客看起来像是被烦到了。他们瞪着马塞洛,就像我被蚊子咬了一口之后瞪着蚊子一样。啪!然后他们又看了看我们,摇着头,低声交谈了几句。

"睡觉。"帕特里夏把头转向我们,没有理睬那些人。

门关上了。车启动了。我尽量不去看——我们周围所有人肤色都比我们白。蛇头说:"北边的人甚至比瓜达拉哈拉人肤色还要浅。"我移开窗帘,看着路面。

1999年5月24日

"今天我带你们去那条线。"这是蛇头早上说的第一句话。我们在索诺拉,过围栏前的最后一个州。昨天感觉比我们坐十二小时车到瓜达拉哈拉那天更漫长——三小时,再三小时,又四小时。坐车坐得好累。

蛇头听起来很自豪。我们动作太快了。他把马塞洛弄回了车上。他心情很好。他去市场给我们买了正儿八经的早饭：豆泥、鸡蛋，还有两种薄饼。这些薄饼跟之前吃的不一样，是面粉做的，又扁又大。烤焦的地方跟眼睛差不多大，味道真的挺不错。比以前我们一直吃的玉米薄饼好吃。

在瓜达拉哈拉的时候，蛇头从来不和我们一起吃。这么薄的玉米薄饼该怎么吃，我们一直没看到。我们一直是把这些薄饼叠起来，这样就跟萨尔瓦多的玉米薄饼一样厚了。蛇头跟我们一块儿吃的时候，我们吃的是薯片，要不就是面包，再就是墨西哥卷饼——该怎么吃一目了然。但现在，我们看着他把一张玉米薄饼在手掌上摊平，然后用另一只手把薄饼卷起来——就像一块卷起来的地毯。然后蛇头用他的薄饼毯推着鸡蛋，蘸豆泥吃。我们所有人都看着他吃。

马塞洛是最不觉得这有多了不起的，他说："墨西哥人在洛杉矶就是这么吃的。"他老是在提醒我们他在美国待过，提醒我们这趟路他早就走过。

"是吗？"奇诺边问，边从薄面饼上撕下一块，双手抓着卷起鸡蛋，就像我们在家里的吃法。

马塞洛点点头。

蛇头抬头看了看，说："干啥？吃！今天我们要坐七八个小时的车，还有，我们还得让你们备上袄子。"

"袄子？"切莱问。

"袄子。"蛇头又说了一遍。我们茫然地看着他。"你们不知道袄子？"

我们摇着头。

蛇头看着马塞洛。"你知道吗？"他成了我们的墨西哥话翻译。

"就是毛衣。"马塞洛说。

我们所有人要么"哦——"了一声，要么点了点头。

"有点儿像。更像是一件短外套。"蛇头纠正马塞洛。"沙漠里你们需要外套。那里白天很热，但夜里可真他妈冷。"他顿了顿，"你们感觉到了吧？这边晚上比在瓜达拉哈拉要冷。"

他说得对。我们晚上下车的时候，外面的空气差不多跟空调一个温度。洛斯莫奇斯很热，但晚上到了奥夫雷贡城很冷。

"吃饭，然后去买袄子。"

薄面饼吃得我好撑。我们吃光了纸盘子里所有东西。

"那条线。"蛇头又重复了一遍，用卷起来的"薄饼毯"最后一扫，擦干净了所有豆泥，"今晚我们就待在那儿。"

谁都没说什么。

"今晚我会把你们送到诺加莱斯（Nogales），那儿会有另一个蛇头，一个鸡头①，带你们过去。明天我就转身往回走了。今天我们要经过埃莫西约去诺加莱斯。七个小时。"

"啥是鸡头？"帕特里夏问。

"就像蛇头，但管的是过那条线这一段。他们会带你们走过去。"

---

① "鸡头"原文 pollero，原指养鸡的人，墨西哥俚语中也指在美墨边境带领人步行偷渡的人。后一含义暂无对应的中文翻译，姑且照应"蛇头"译为"鸡头"。——译者注

"为啥叫鸡头?"切莱问。

"你们就是我们的小鸡。"

蛇头说着这些的时候,我听到的只是:小鸡们饿了,小鸡们冷了,就会说叽叽叽。这是以前妈妈经常唱的一首歌。我们就像小鸡。蛇头带给我们吃的。我们找他要东西,他就把我们要的东西带来。现在我们冷了。叽叽。他就会给我们买"袄子"。我们会去商店,买新衣服!所以我们会披着我们暖烘烘的羽毛,走路穿过边境,进入美国。

※

我们轻松通过埃莫西约。从埃莫西约到诺加莱斯的路上碰到了两个检查站。有时候那些大兵很友好。有时候大兵们像狗一样乱吼乱叫,到处嗅来嗅去,然后会一直冲人大吼,直到被吼的人走下车。奇诺被拖了出去。我的心跳得好快。浑身都在冒汗。但有惊无险。蛇头也下了车,给了大兵们一些钱,他们就不叫了。奇诺走到我们后面几个座位的地方坐下来,经过我们身边的时候还冲我们挤了挤眼睛。他不像马塞洛那样生气。帕特里夏长出一口气。她真的很关心他。我也真的很关心他。

接下来那次我们六人组谁都没被嗅出来。被嗅出来的是别人。一个陌生人。大兵们回到车上,又把之前坐在他旁边的人,以及坐在他们后面的两个人也带走了。他们一行四人座位挨得太近。在那之前我都没意识到,在我们坐过的所有大巴上,我们身边的人,可能也正努力前往那条线。可能他们没有蛇头。可能他们的蛇头水平太次了。大兵叫大巴开走。那几个陌生人留在了外面，就像在瓦哈卡那次我们被留下来一样。司机启动车辆加速离开的时候，他们没有跪着，而是两手背在背后站着。我为他们祈祷。

※

我们黄昏时才抵达诺加莱斯。这座城市看起来很拥挤，到处都是小山包，房子一座挨着一座。我们没有在车站等。一辆深蓝色的皮卡在等我们，里面坐着两个男人。他们没有跟我们说话，但他们认识蛇头，叫他"佩德罗"，这名字蛇头告诉过我们。

"去后面。"蛇头说，"抓稳了，会很颠。"然后他去了前面的驾驶室。我们蹲下来，在卡车车厢里保护好自己。好冷——好在我们有袄子了。蛇头说袄子必须是深色的，这样我们才能"融入夜色"。我们都买了深色的。奇诺的是深褐色。马塞洛和帕特里夏的是黑色。切莱的是深蓝，卡拉的是深绿。我的是深灰色，因为我的尺码只有这一件。

出了城，星星越来越多。我们高速行驶在一条没有路灯的沥青路上。几乎没有车。除了草还是草。卡车车厢里有一些沟槽，硌得屁股生疼，所以我坐在背包上。还会有检查站吗？我想起船上的那个男人。大巴上那几个危地马拉人。他们是陌生人，但我记得他们其中几张脸；记得其中一个人哭起来的时候，脸上出现的皱纹；船上的人吐在自己衣服上；衬衫套着衬衫；他们坐在背包上，就像我现在一样。我感觉他们现在好像仍然在这儿，跟我们一起坐在又一辆皮卡的车厢里。我希望他们一切都好,希望他们已经在美国了。

天好黑,但月亮只有一半多一点,就像一个歪向一边的鸡蛋。我马上就到了。空气感觉更新鲜了。干净。清新。我们在这条路上开了三十分钟,只碰到两辆从对面方向开过来的汽车。就这些了。这条路不颠。我不知道蛇头为啥那么说。奇诺和马塞洛也坐在他们的背包上,背对着驾驶舱,腿伸展着。他们的手放在膝盖上,嘴里叼着烟。他们的眼睛看向我们身后黑洞洞的路。帕特里夏和卡拉坐在后车厢的右侧,他们的视线越过了她俩。我和切莱坐在左侧,他们的视线也越过了我俩。切莱没抽烟。他看着卡拉脑袋后面的黑暗。我抬头看天,想起天蝎座,玛丽和我都对这个星座烂熟于心,因为那根毒刺"就像鱼钩"。

但我找不到天蝎座。我听着风的声音。轮胎碾过路面。偶尔有小石子被轮胎弹起。坐在前面的蛇头们,或者说鸡头们,都没有说话。他们甚至都没听音乐。很安静,只有风吹过我们的声音。我伸出手,想感受一下有多冷,并跟风击个掌。我平伸手掌,先是掌心向上,然后又掌心向下,感受到了风力有多大。谁也没有跟我说什么。以前我这样把手伸到车窗外时,玛丽吓坏了,说:"对面来一辆车,你的手就没了!"但这事儿从来没发生过。

这里什么人都没有。没有了船上的那些人,卡车后面感觉好空。

1999年5月25日

我们在镇子最边上的一栋房子里醒过来——这个镇子好小,

比我们见过的所有镇子都小，比奥科斯和拉埃拉杜拉还小。昨天晚上到这儿的时候，鸡头跟我们说了上哪儿睡觉。有三个房间。卡拉、帕特里夏和我倒在床上昏睡过去，但这回奇诺睡在我们床边的地板上，因为帕特里夏说："房子里其他人我们都不认识。"

"那边，"蛇头拍了拍帕特里夏的肩膀，"就是那条线了。"他看着卡拉和我，指向厨房窗外土路那边的灌木丛。蛇头看起来很精神，味道也很好闻，因为他洗了澡，但还没喷古龙水。

"那边就是美国了吗？"我不放心地问。

"是的，小家伙。就在那边。"他指着绵延不绝的灌木丛，"过去之后再走上一段，就能见到你爸妈了。"

"没有围栏吗？"

"这儿没有。在诺加莱斯能看到。"蛇头对我们说。我不知道我在期待什么，但肯定不是现在这个样子的：周围什么都没有。只有黄褐色的泥土，石头，还有些仙人掌。好多灌木丛。狗在叫。鸡在打鸣。

"你们这些小东西走的时候，还是坐昨天晚上那辆皮卡，把你们带到很远很远的地方，一直到那边。"他指着远处更远的地方，天空与地平线交会的一条线，"然后你们就走啊走，走啊走。"

我感觉不会有玛丽说的妈妈翻过的那些山丘。这儿看起来一马平川。没有电影《生于东洛杉矶》(*Born in East L.A.*)里那种青山，也没有需要跳过去的高大的铁制围栏。我们在哪儿？这不是堂达戈承诺过的蒂华纳。我本来还以为，爸爸妈妈会在围栏后面等着我，我一跳过去，就能坐进他们车里。然而这里没有围栏，没有沥青路，更不会有路对面的麦当劳停车场。什么都没有。连大树都没有！只有仙人掌和灌木丛。

"你们所有人，务必好好休息。"蛇头继续说道，"要走很长很长的路。你们必须准备好。"

"什么时候？"帕特里夏问。

"什么什么时候？"

"什么时候动身？"

"很明显我也不知道啊。两三天吧。"蛇头从厨房的餐桌边拎了把椅子过来，"也可能更久？现在你们不归我管了。"

这里好冷。地板砖也不会让地面更暖和。我们到这里的时候，开皮卡去接我们的那两个鸡头给了我们巨大的厚毯子，每人都有一条，但我还是穿着袄子睡的觉。

"你们饿了没？"有个老妇人从第四个房间里走出来问道。我们分成了四个房间：我们一间，男人们一间，蛇头（鸡头）一间，再就是老妇人一间。

"晚上好，老人家！我们是饿了。"蛇头回答道，我们点着头。

"我准备做辣酱玉米饼和豆子。"她径直走向冰箱，同时快速说道。

"好啊。"蛇头说。

"晚上好，老太太。"帕特里夏说，我们也随声附和着。

"晚上好。"老妇人说。她没有介绍自己。我们也没有介绍自己。她打开罐头，从冰箱里拿了些东西。她年纪很大，但不会比外婆大。她光溜溜的黑发盘成了一个发髻。我不知道辣酱玉米饼是什么。我希望是很好吃的东西，别像我们在瓜达拉哈拉吃到的。

帕特里夏和蛇头想跟那妇人搭话，但她很专心，每次只回答一两个字，他们也就放弃了。

鸡头最先从他们房间里出来。然后是男人们。我估计他们都没洗澡。我们也没洗。只有蛇头和老太太看起来形象很好。老太太已经是妆容整齐的样子。所有人都出来后，她摆下纸盘子，往里面装吃的，看起来像是切开的玉米饼上面加了红色酱汁。

我咬了一口，真是美味啊。酱并不辣。有辣的，就是蛇头在一个奇怪的木制容器里压碎的红色干辣椒，但我没试。

"好想念这东西啊。"蛇头一边压碎木制容器里那些红色的小辣椒球，一边说道。但我不知道他说的是这辣椒还是那个木制容器。"索诺拉产的，对吧？"他拍着坐在他旁边的其中一位鸡头的肩膀问道。

"对。"那鸡头一上一下地点着头，嘴里塞满了辣酱玉米饼。

"带点儿回去。我们邻居种的。"老妇人对蛇头说，蛇头点了点头。

"这什么呀，哥们？"马塞洛问，伸手去拿蛇头手里拿个奇怪的木头装置。

"野生小红椒研磨器。"另一个鸡头说。他俩的口音都跟蛇头的不一样。更抑扬顿挫。不像电视上那些墨西哥人。不一样。

"野生小——角？"

"野生——小——红椒。"2号鸡头告诉马塞洛，"就是这种辣椒的名字。用这个木制研磨器，你就不需要用同一只手去扶你的老二了。"

他很有趣。昨天晚上我没法分辨出他俩谁是谁。现在也还是不能。他俩皮肤都很白,很瘦,脸上刮得很干净,年纪也差不多——比六人组里所有人都年长,但比蛇头年轻。

"瞧。"蛇头拿起那个木头的东西。"这样子。"他看着马塞洛,把一整个野生小红椒放进木头工具顶部。那上面有个很深的小坑。"把小红椒搁这儿,然后用这个压碎。"木杵把辣椒压成碎末,看起来像盐粒。"然后撒上去。"蛇头拿起这个木头装置,把里面的辣椒粉倒在他的食物上。

"好吧。"马塞洛说。我不知道他是在开玩笑还是想融入他们。他和外公一样喜欢吃辣的。我们全都看着他的反应。他咬了一口撒了野生小红椒的辣酱玉米饼,脸上的表情亮了起来,"我的妈呀,真他妈不错。"

"别闹了。"奇诺说,"给我试试。"然后奇诺开始碾碎野生小红椒。咬了一口。他的脸变红了,但他继续吃着。他竖起大拇指,说:"真棒。"六人组里的其他人没有一个接着尝试。

"他们都疯了。"帕特里夏对男人们说。

老妇人什么都没说,也没跟任何人说她叫什么名字。蛇头和两个鸡头叫她老太太。她还在做饭,时不时地问一声还有没有人要。我觉得这是她家。有四个房间,但只有老太太一个人住一间。奇诺让我们都睡不着。他醒着的时候什么话都不说,但等他睡着了……喘气声最响亮的就是他,有时候还吹得嘴唇都振动起来,像在放屁一样。

"听着,"早饭差不多吃完的时候蛇头开始说,"今天我就走了,但是在这里,把你们交给他们,我一百二十个放心。"他拍着两个鸡头,他们俩坐在一起。"我跟他俩一块儿做这生意好些年了,从来没有出过问题。从来没有。"他顿了顿,"他们会很快把你们送到那边。飞快。"随后他拍了拍坐在他旁边的那个鸡头的肩膀,说:"跟他们讲讲,马里奥。"

马里奥是1号鸡头。他的头发是棕色的。另一个鸡头的头发是黑的。马里奥的鼻子也比2号鸡头的更瘦、更尖。"好,现在的计划是这样子的:我们走几个小时的夜路,我们在那边的伙计早上会用面包车接上我们,把我们带到图森(Tucson)。"马里奥说话的声音高低起伏,每个字都好像要挣扎一番才能从他嘴里出来,让我没法集中注意力。我喜欢这样说话的声音。

"我们对沙漠了如指掌。"2号鸡头说,"我叫帕科。你们什么都不用担心。我们就是这儿土生土长的。这事儿我们做了好些年了。一直都很安全。"

蛇头看着我们,"有什么问题吗?"

"我们要走多远?"帕特里夏问。蛇头看向马里奥和帕科,等着他俩回答。

"我不知道具体多少,但我估计大概有八到十公里。十五公里顶天了。"马里奥说。

"十五公里!你没看到这儿有孩子吗?你他妈的怎么会指望他们能走那么远?!"帕特里夏指着我和卡拉大声说。她的脸皱了起来,变红了,我还是头回见她气成这个样子。

"冷静,女士。我知道,我知道。我们带的队一直有小孩子,他们也都走下来了。这条路很平,很好走。我走了得有几百趟了。"马里奥用柔和的声音说,似乎是让帕特里夏平静了下来,我看到她深吸了一口气,才又准备开口说话。

"我们带过的孩子还有比他们俩还小的呢。"帕科补充道。

"横穿沙漠？"帕特里夏问。

"对，不过是晚上。"马里奥说。

"很不一样。所以你们才要穿袄子。"帕科澄清道。

"小孩子，在沙漠里，还是晚上？！"帕特里夏的声音又高了起来。

马里奥看向蛇头，蛇头见状答道："帕蒂，他们一直都是这么做的。他们是最棒的。"

"我们确实是，这位女士。"马里奥说，"我们不用走很长的路。只需要一个晚上，然后，唰！就上面包车了。"他猛地一挥手。

"我们会带水，带吃的。"帕科补充道，"我们需要你们做的就是休息，这样你们的体力才够。"

"为什么晚上走？"切莱插了进来。

"没那么热，还因为加瓦乔人①。"

"加瓦乔人？"

我从来没听过这个词。

"就是外国人，美国佬，白人啦。"马里奥答道。

"这样移民局就不会看到你们。"帕科声明道。

移民局。我知道他们是爸爸妈妈和玛丽说起过的那些美国坏蛋。他们也叫加瓦乔人？但是在电影里面美国佬都挺好。大

---

① "加瓦乔"（gabacho）最早为西班牙人对法国的贬称，在其他讲西班牙语的地方则有更广泛的含义，可泛指各种来源的外国人，此处则用来指美国人。——译者注

人们一个劲儿说着"沙漠",但是沙漠就像《阿拉丁》里那样有沙子。有流沙和金字塔。没有树,没有仙人掌,也没有灌木丛。大晚上在沙漠里走听起来好像也没那么糟糕。没那么热。比翻围栏、爬山容易。

"我们过去之后呢?"奇诺问,"下一步是什么?"

"我们还有别的面包车,你们要去哪,就送你们去哪。还有很多人。不是只有你们。"

很多人?!我怎么不知道。

"那要是我们被抓住了呢?"马塞洛胳膊抱在胸前问。

"不会的。"帕科迅速回了一句。

"要真被抓了,有什么方案?"帕特里夏穷追不舍。

"要是你们被抓了,你们可以给一个号码打电话——但我知道你们不会被抓的。"帕科说。

"无论移民局把你们送到什么地方,我们的网络里都会有人,我们的人,到你们下车的地方接上你们,再把你们送过去。"马里奥补充道,"你们付的钱有两次尝试的机会。"

"在那之后就不是我们的责任了。你们的问题。"帕科说。

"啥意思?"马塞洛问。

"要怪就怪你们运气不好。"

"但是从来没发生过那种事情。这些人,"蛇头指着帕科和马里奥,"了解更多情况以后会继续跟你们说。现在,保存体力。这是眼下最安全的路线。"

"谁还要吃的?"老太太问。她一直听着,什么都听到了。

我举起手。

"别吃太多啦,吃撑了走不快。"蛇头说。是开玩笑吗? 所有人都大笑起来。我不喜欢大人们嘲笑我。

"我开玩笑的,小男孩。别哭别哭。"

"我才没哭呢。"我生气地说。

"不不不,你是需要多吃点。"帕科看着我说,"你需要变强壮。你也是。"帕科一边活动着肌肉,一边看向卡拉。

"对,你们,多吃点,哈维尔。老太太,再来点,多谢啦。"奇诺指着自己的盘子说。帕特里夏也给她和卡拉又要了一些。

辣酱玉米饼真好吃。味道几乎跟在拉埃拉杜拉的市场上能吃到的辣肉馅卷饼一样。上面的沙司酱,碎奶酪,非常像。只不过辣酱玉米饼里面有炒鸡蛋,而我们的辣肉馅卷饼里有煮鸡蛋切片,还有西红柿片、甜菜片和黄瓜片。我咬了一口,几乎忘了大人们在笑我。我不喜欢蛇头。他要走了我还挺开心的。帕科和马里奥要友善一些。我信任他们。他们会把我送到爸爸妈妈身边。又快又安全。为了变强壮,为了跑得快,为了走远路,我要多吃。但也不用那么远。从现在算起,最快三天后,我就能见到爸爸妈妈了! 我好几个星期没跟他们说过话了。我好几个星期没跟外公外婆说过话了。我希望他们没为我担着心。我们的第三个国家,也是最后一个国家,就在那里。美国。美——国。美国佬的土地。电影和爆米花的国度。学校午饭的比萨,打雪仗,泳池,玩具反斗城,还有麦当劳。那条线就在那里。

第七章

美 国

1999年5月29日

今天是星期六。我们今天动身。蛇头在我们到这儿的第一天就走了,那是25日,星期二。他走的时候说"祝你们好运",还拥抱了帕特里夏、卡拉和我,跟男人们握了手。蛇头走了以后,我们每天吃两顿老太太烧的饭:比较晚的早饭和比较早的晚饭。其他时间要是饿了就吃点三明治什么的,跟我们在瓜达拉哈拉的时候一样。这是我们吃得最好的时候。辣酱玉米饼,辣椒炖肉,肉炸玉米卷饼,墨西哥夹心玉米饼,墨西哥煎蛋,土豆泥玉米卷饼。我超爱大面饼。老太太会在上面洒点酸橙汁。尽管她不怎么跟我们说话,我想我还是会想念她的。她跟我们说过的话只有:"吃。长力气。睡觉。"还有就是做饭的时候会问我们:"还要吗?"就这些。

"不认识你们更好。"帕特里夏感到有些灰心时,老太太对她说,随后又补充道,"是为我自个儿好。"

"在你们之前,她接待过很多人,在你们之后也还会有很多。"帕科解释道,"镇上不止她一个。还有别人,住在另一些人家里,会跟我们一块儿走。"

沙漠在晚上很冷,大早上的时候也是,但早晚之间很热。鸡头叫我们白天睡觉,这样我们就能适应过来,因为"我们只在晚上行路"。但这也不是说改就能改的,我们晚上还是会睡觉。来这以后我们就没看电视了,但昨天是半决赛的第一回合。坐了那么多车,经过了那么多城镇,我都已经忘了还有球赛了。我的队伍,阿特拉斯队,对阵蓝十字队,但没有人关心。男人们也没打赌。马里奥和帕科很喜欢一个名叫哈雷德·博尔格蒂(Jared Borgetti)的球员,因为他跟他们一样来自墨西哥北部,但今天下午他们也不会看桑托斯和托卢卡这两支队伍的比赛。

在这里,我们可以去外面走,也可以往窗户外面看,我们不用躲起来不让邻居看见。男人们可以在房子前面或者后院里抽烟,没有任何问题。问题反倒是他们要是在屋子里抽烟,老太太就会把他们轰出去,说再也不给他们吃的了——不过她从来没那么干过。街对面的房子和左右邻舍看起来是空的,但我们能听到鸡鸣狗吠,一直都有。马里奥说,沙漠里空气会把声音传得更远。他告诉我们,在沙漠里走的时候不能说话。如果必须要说话,也一定要低声说。狗叫声很大。两个鸡头都告诉我们,要是被抓住了,我们一定得说我们是从索诺拉州的诺加莱斯来的,说我们是墨西哥人。绝对不要说是萨尔瓦多人。他们给了我们每人又一套假证件,证明我们是诺加莱斯人。奇诺和帕特里夏正式成为冒牌夫妻。帕科说这样更好。我希望人们会相信这回事儿,因为奇诺才十九岁，当然了，他看起来确实年纪要大一些，帕特里夏二十七岁，但看起来要年轻一些。我觉得会管用的。我也正式变成了他们的孩子。卡拉还是我姐姐——但除了跟她妈妈，她跟谁都不说话。

"以防万一。"马里奥在把新的假证件分发给我们时说。我很开心，因为现在有理由在公共场合拉着奇诺的手了。现在我们是一个小小的四口之家，尽管是假的。我早就感觉我们像是一家人了，尤其从奇诺在我们床边的地板上睡觉以后。马塞洛跟我更加疏远了。他在瓜达拉哈拉的时候比现在友好一些，但自从我们坐上一路向北的大巴，他就跟我保持着距离。烟抽得越来越多，什么话也不说。切莱还是切莱，游离着，在他自己的世界里。

我们是诺加莱斯人。这个名字让我想起糖饼①。我对诺加莱斯一无所知。我们在那儿待了统共还不到十分钟。瓜达拉哈拉有足球队，有比森特·费尔南德斯，还有龙舌兰。诺加莱斯有很多小山，我见过那里的长途车站，仅此而已。我们在离诺加莱斯很近的地方，一个满地都是石头、仙人掌和鸡犬的地方。

昨天的足球比赛前，马里奥要去镇上的商店买些玉米薄饼和别的东西，老太太等着做饭。他问我和卡拉想不想去镇上看看。卡拉不想去。奇诺和我一起去了。我们坐在车后面。这里没有长满叶子的大树，只有小灌木和小树，上面的叶子又细又小。土路上满是石块，这车坐得跟过山车似的。

---

① 原文为"nuégados en miel"，是一种用木薯等食材制作的糖饼，发音与"诺加莱斯"有些相似。——编者注

"今天我们要走很远的路。"吃早饭的时候我们围坐一桌,马里奥对我们说,"我和帕科会给你们准备水和吃的。洗澡。休息。睡觉。今天晚上你们睡不了觉,我们会一直走到太阳出来的时候。"

走到太阳出来?那可比我们在瓦哈卡那次走得还久,在那之后我的脚好疼。我得穿上好走的鞋,但我很紧张,不敢叫别人帮我。我那双尼龙粘扣的鞋已经臭了,也没有系鞋带的那双舒服。我不能带着一身臭味走到美国。大人们也很紧张。帕特里夏用一只手给另一只手按摩,听鸡头讲话的时候,两只手换来换去。奇诺坐在那儿,右膝上下抖动。切莱看起来很茫然。马塞洛也是一样的神情,不说话,还时不时地抓一下头。卡拉看着妈妈,想抓住妈妈的手,这样妈妈就不会两只手揉来揉去了。

"穿深色衣服。使劲儿吃。会很冷的。"帕科在厨房对我们说。

"你们三个烟鬼,现在把该抽的全抽完,走路的时候没法抽烟。"马里奥对男人们说。

切莱不再瞪着眼,点了点头。另外两人一副不解的表情。

"火光。你们可不想大晚上的那么显眼。"马里奥紧跟着解释了一句。然后两个鸡头就离开了,去买我们需要的东西,以及他们跟我们一块儿走需要带的东西。

老太太把我们喂养得很好。我吃得特别撑,我们就要动身的消息让我头晕目眩。我们就要离开墨西哥了。维尔玛·帕尔玛的歌在我的脑子里回旋。这儿没有录音机。我想听那首歌。让我,让我触摸你的皮肤……我想跟谁拥抱一下,跟谁都行,就像蛇头拥抱我们,祝我们好运那样。在那之前,我好久都没跟人抱过了。他紧紧抱着我，那一天剩下的时间里我身上闻起来都有他的味道。也许这就是他总是喷那么多古龙水的原因。我最喜欢那首歌了。歌名是英文的：《再见》。其他全都是西班牙语。我知道歌名的意思。我终于要见到我爸爸了。他个子是高是矮？他会跟我讲英文吗？

男人们吃完饭就去外面抽烟了。他们还剩下一盒烟。帕特里夏和卡拉去了浴室洗澡。我躺在床上，看着窗外。空气越来越热，直到蝙蝠在黄昏出现。这里的蝙蝠比萨尔瓦多的小，但同样吵。蝙蝠带来凉意。早上狗的叫声赶走凉意。蝙蝠和狗。石头和仙人掌。灌木和小树，细瘦得像在呼出最后一口气。老太太不说话，但她收拾来收拾去的时候动静可大了。很难睡着。我肚子里像打了结。帕特里夏和卡拉回来了，我们一动不动地躺在床上，虽然我们都醒着。

※

我们穿着深色衣服等着帕科和马里奥，袄子围在腰间。我穿着黑色的"狂欢三宝"T恤，上面印着英文，这样就算美国佬看见我也能有个说法。外面又干又热，屋子里也又干又热，所以我去了后院。我喜欢在太阳底下，因为一切都会发烫：石头，灌木，空气，我们的鞋，衣服，舌头。但大家都没出汗。

男人们身边都绕着一团香烟的烟雾。我假装在大仙人掌上面找有没有带刺的红色果子。仙人掌差不多比墙还高。马塞洛回屋了，切莱和奇诺还留在外面。我的机会来了。要是不抓住这个机会，我就只能把鞋带系成死结，最后剪掉了事，玛丽就剪过，因为那时我还不好意思向修女们求助。

"奇诺，过来。"我把他从切莱那边叫了过来。

"啥事儿？"

"你能帮我系鞋带吗？谢谢。"

"没问题呀，"奇诺说，"现在吗？"

我点点头。切莱看着我们。

"去吧，去把鞋拿来。"

我跑向前门，我们的背包都放在那边，排成一排等着鸡头回来。我从背包里翻出玛丽用塑料袋包上的那双鞋。看起来新崭崭的。我只穿过几次。这双鞋穿着很舒服，还很结实。差不多可以算靴子，只是鞋帮没那么高。这是妈妈装在盒子里寄过来的圣诞节礼物，盒子里还有一张照片，是一只耳朵很大、白色和浅棕色相间的小狗，非常可爱。

我拉好背包拉链，跑到外面，把靴子扔在泥土地面上。

"好，把鞋脱了。"奇诺说。我把右脚从有尼龙粘扣的那双鞋里脱出来。切莱看着我们，又点燃了一根烟。他脸上红通通的，长满了粉刺，过去几个星期越来越多了。奇诺脸上的粉刺也比之前多多了。

"真他妈热啊。"切莱说着，走了过来。

"是啊。"奇诺边给我系右脚的鞋带边说。他打了一个结，又打了一个结。他额头上的粉刺好大，就像快要喷发的火山，额头上方的头发直棱棱的，从特昆开始他就没剪过了。他抬头看看我，说："这样子行不？要不要再打一个？"

"再打一个吧。"三个结绝对够了。

他拍拍我的鞋,看看穿着舒不舒服。

我活动了一下脚趾。"挺好。"

"好,另一只。"

我把左脚脱出来放进新鞋,他同样打了三个结,系完又拍了拍。

切莱靠过来看着打好的结,"说真的!系成这样他肯定脱不下来。"

"别说他了,移民局的人都脱不下来。"奇诺说,俩人都笑了。

移民局,又是这个词。"他们是什么人?"我问道,只是想确认一下他们是不是美国坏蛋。

"移民局?"奇诺问。

"男娃娃,你不知道?"

我摇摇头。

"移民局的人是很凶恶的美国佬,就像把我们从大巴上拖出去的那些墨西哥坏蛋一样的王八蛋。"奇诺一边说着,一边从地上站了起来。

"那帮狗日的。"切莱添了一句。

奇诺又掏出一根烟。"但是他们抓不到我们的。"他说着,把那根烟放进嘴里,"有了这几位鸡头,没门,他们绝对抓不到我们。"

"说得太对了。"切莱说,"我们得像动画片《飞奔鸵鸟和大灰狼》(*Road Runner*)里的鸵鸟那样。"

"就像警察和小偷。"奇诺说。

我从来没想过飞奔鸵鸟和大灰狼就等于警察和小偷。

"酷,太酷了。"切莱点着头,"我们必须比他们快。"

我一直点着头。这么说就说得通了。如果我们跑得比移民局的人快,我就能见到爸爸妈妈了。

"但是就算他们抓住了我们,我们也不会就此罢手,我们还可以再来一次。"切莱加了一句。

"然后继续尝试,直到我们他娘的终于成功越境。"奇诺说。

我还没想过我们要是被抓住了该怎么办。我不想被抓住。我很擅长玩躲猫猫。我很擅长玩警察和小偷。我很擅长玩捉人游戏。

"这也是为什么我们要从诺加莱斯走。"奇诺用他蹩脚的墨西哥口音说,"得啦,我们是墨西哥人,同志。"

"墨西哥人,响应战争召唤。"切莱拿腔作调地唱起了墨西哥国歌。

他们让我好紧张。我不想被抓住。我不想满脑子坏念头。

"走两步,小男孩。"奇诺仍然用墨西哥口音说道。

我踏着步从一块石头走向另一块石头,走到结了果子的仙人掌那里才停下来。我的脚在这双鞋里感觉挺舒服。

"好,就要这么精神焕发!"切莱说,这也是外公爱说的话。

"好了,我们去休息吧。"奇诺灭了烟,往屋子里走去。我们跟着他走进去。帕特里夏和卡拉在卧室里。老太太和马塞洛坐在餐桌旁。我们走过去,在他们旁边坐下来。

"马里奥和帕科很快就来。"老太太说,"祈祷吧,把自己交给上帝。他会帮助你们的。"她的口气听起来和修女们一样。但男人们按她说的,在自己身上画起了十字。画完十字,我们静静地坐在那里,直到帕特里夏出来叫我去房间里。

"祈祷吧,就好像你还从来没祈祷过那样。"我们一进房间她就说。

我跪在帕特里夏一边,卡拉跪在另一边。我开始祈祷,首先是祈求卡德霍跟我们一起走,在路上保护我们。我一直祈祷着,帕特里夏没有站起来,于是我也继续祈祷。我两手紧紧合在一起,上面布满了汗珠。帕特里夏动着嘴唇,嘴里念念有词,我时不时能听到几个字。于是我也开始背诵起《主祷文》来。

最后,她终于站了起来。我从没见过她哭成这样。浅棕色的眼睛周围那么多粉红。卡拉抱住她。

"没事的,小卡拉。"帕特里夏说,"你也不会有事,一切都会好的。"她对我说,抱住了我们两个,"上帝会保护我们的。"

※

我们听到一辆卡车嘎吱嘎吱地开过来,最后停在我们房子前面。

"是他们。"帕特里夏说,"感谢上帝。"我还从来没听她说上帝说得这么勤。男人们起身背上背包,这时帕科打开副驾车门。

"过来帮忙!"他喊道。

男人们放下背包,帮忙从卡车后面把塑料壶装着的水一壶一壶地拎下来。马里奥放了一箱金枪鱼罐头到客厅,递给我们每人两罐,说:"把这些罐头装进背包。"然后拿了一整条宾堡面包给马塞洛，又拿了一条给帕特里夏，"分了。"

"大人一人一壶。你们俩，试一下一人背两壶。"马里奥对奇诺和帕特里夏说，"给这两个小东西。"

帕科拿了一卷厚厚的防水布胶带，开始给塑料水壶做提手，这样大人们拿起来容易些。我也拎起一壶试了试，好沉。"你们拿这个。"帕科递给我和卡拉几个小些的塑料瓶，上面也粘着胶布做的提手。

"这会儿从这两壶里喝。多喝点。"他拿起两壶没粘胶带的，让大家传着喝。所有人都在动。背包打开又合上。

"多喝点。"马里奥也说。

就连老太太也发话了："使劲儿喝。"

我们喝着水，帕科看了一圈，说道："我不跟你们一块儿走，但我会开车带你们到你们出发的地方。"

"他会带我们去找大鸡头，那里有更多人。我们认识他。他会把我们照应得很好。"马里奥解释说，"去上厕所，拉屎，撒尿。我们要开一个小时车，然后在那儿等所有人都到齐。一旦开始走，我们就不会停下了。"

这些水，这些指示，所有的一切是那么真实。真的要走了。我想起了船上。那时候我没拉屎也没出问题。要是这次我有问题的话怎么办？

"好了！去上厕所吧！"马里奥拍着手说。帕特里夏站起身，拉起我和卡拉。男人们让我们先去厕所。

我这厕所不是说上就能上的。尽管我吃得很饱，肚子还是咕咕直叫。我对卡拉说："你先去吧。"

她很快就出来了。轮到我了,我坐在马桶上,一直坐到帕特里夏来问我咋回事儿。

"我拉不出来。"

"先撒尿。把所有尿都撒出来。"

我用尽全力,直到最后一滴。

然后就轮到男人们了。二十分钟后,马里奥喊:"上车!"

老太太没有拥抱我们,但是在我和卡拉额头上画了个十字。在画十字之前和之后,她都吻了吻自己的手。"上帝与你们同行。"她说。她凑近帕特里夏,说:"这条路像胭脂仙人掌一样,刺又多,路又滑,但你们会成功的。"

"谢谢。"帕特里夏点点头。

门在我们身后砰的一声关上,狗叫起来,鸡也叫了起来——这声音我们已经听了几乎五天了。听起来好像它们在跟我们道别。奇诺帮我上了卡车。车厢底部的金属板还是热的。

"再见,老太太!"马里奥喊道。

"回见啦您!"帕科说。他负责开车,手在车窗外挥舞。

引擎轰隆隆地响了起来,路上的每一块石头我们的屁股都能感觉到。我们身后是落日,是一大团扬起的尘土。天空是一大桶浇在太阳上面的水。空气仍然很热。蝙蝠还没出现。鸡鸣狗吠声越来越微弱,直到再也听不见。

"终于。"奇诺说。

"全副家当去美国。"马塞洛补充道。这是我听到的好久以来他说的第一句话。他坐在我旁边,凑近我,用他的胳膊环住我的后背,贴近我的耳朵。

"小切佩，我跟奇诺聊过了。"他指指坐在我们对面的奇诺，他朝我眨着眼睛，"到走路的时候，他会走在你旁边。马里奥说最好是那样。"

我点点头，什么也没说。奇诺伸出大拇指。他们聊过这些事情？

"我们会两个两个地走。奇诺跟你。帕特里夏跟卡拉。我跟切莱。"马塞洛是对我说的，但声音比较大，帕特里夏也能听见。

"马里奥是这么说的吗？"帕特里夏问。

"对。"切莱回答。

"是的，帕蒂。"奇诺说，"你和卡拉走在最前面，紧跟着鸡头们，小哈维尔和我走中间，马塞洛和切莱在我们后面。"

"好。"帕特里夏说。

周围什么都没有。只有一丛一丛的小灌木和看起来是紫色的小仙人掌。好多好多灌木。我们朝着月亮应该升起来的方向开去，但现在还没出来，那些小山上面什么都看不到。

"月亮在哪儿？"我问马塞洛。

"我不知道，但今天是满月。"

"不是，是明天。"帕特里夏说，"我在老太太的挂历上看到了。"

几乎是满月！这是个好兆头。卡德霍，月亮，会很大。

※

尽管穿着袄子，风还是能吹进我们衣服里。两车道的公路上有个检查站，但这回大兵们挥挥手就放我们过去了，我们的车在他们的枪口下驶过。我们又开了十五到二十分钟，沥青路旁边出现了一大片空旷的泥土地面，我们拐进崎岖不平的土路，又开了几分钟。

太阳在山丘上还露着个头，但也快要没入地平线，把一切都染上了颜色——鲜红、深橙、粉红和淡紫。就好像我们卡车后面的所有尘土都扬到了天上。落日映照下，土路有那么几分钟变成了亮橙色。然后我们来到了一块空地，完全没有任何灌木的一片地方。地面越来越红，非常鲜艳，几乎像血。满地都是撕破的塑料袋、空罐头、衣服碎片、袜子和塑料水瓶。有些还卷进了灌木丛里面。有人坐在鲜红的泥土地面上或是灌木丛下，还有人躺在地上睡觉，用帽子盖着脸。

"我们到啦！"马里奥砸着驾驶舱车顶喊道。帕科停好车，马里奥钻了出来。"就这儿。"他嘴里叼着一支烟说道。

奇诺跳下车，伸展了一下胳膊，这姿势让他看起来比我们所有人都瘦，尽管他已经穿上了厚厚的棕色袜子。我注意到，他左手戴着一枚银戒指。我什么都没说，像雨滴一样投进他怀里。马塞洛帮着帕特里夏下车，但那个一加仑的水壶用胶布提手挂在她身上，在她胸前荡来荡去，让她很是费劲。卡拉抓着切莱的手保持平衡，从卡车车厢里跳到了地上。

我们准备好了。帕特里夏牵着我和卡拉的手，水壶现在挂在她左侧，贴着她的肋骨。

马里奥凑近卡车开着的副驾车窗，跟帕科说了些什么，但我没听清。随后他拍了拍车门，帕科便开走了，边走边喊："祝你们好运!"一手伸出窗外挥舞。

卡拉和我也挥了挥手。大人们都没有挥。马里奥把烟头扔到红色地面上,说:"到我们出发前都还可以抽烟。跟我来。"说着就走了起来。

我们跟着他走向一丛灌木,那里没有垃圾,也没有人在附近。那些陌生人没有一个跟我们说话的。那些灌木先是亮绿色,但很快就变成了暗绿色。我们头顶的天空变成了岩石的颜色,然后变成蓝色,并渐次加深。太阳落下去的地方,地平线上是红色、很深的橙色和黄色。地面很快从跟我皮肤一样的颜色变成了血色,又变成泥土色,最后变成了灰色。空气里闻起来像是锯末和水混在一起的味道。

"在这儿等着,要是饿了可以吃东西。我去找鸡头。"马里奥说。他的帽子反着戴,我还是头一回看到他这么戴帽子。听到他管别人叫鸡头,感觉还蛮怪异的。我们学着其他人的样子,全都坐在地上。切莱放下背包当枕头,脸朝上躺了下来。

"喂,你,这儿凉快。"帕特里夏对他说。

"那又咋的?"切莱笑着说,露出一口又大又白的牙齿,然后掏出一根烟点上。我从来没见过有谁躺着抽烟。马塞洛和奇诺也抽起烟来,奇诺吐着烟圈,马塞洛没这么做,他两手放在膝上,凝望着我们来的那条路。

"你上次是从这儿穿过去的吗?"奇诺打破了沉默。马塞洛是我们当中唯一一个以前偷渡过的。但就连他都比平时更安静。

"没有。上次是走的蒂华纳外面,翻山。"

地面比空气热,半截埋在地下的石头比地面还要热。各种各样的鸟在叫,但有一种鸟儿的声音听起来像是人在吹口哨。微伊——微伊。微伊——微伊。万物都在失去颜色,我看不到这些声音都是从哪里来的。又是微伊——微伊。微伊——微伊。来自另一丛灌木。这是我们周围唯一的声音。人们无神地看着地面,看着灌木丛,看着天空。鸟叫声停了下来。看起来像鸽子的鸟在我们头上飞。

"它们要睡觉了。"有个陌生人说。他的声音很像赫苏斯。接下来发出声音的是棕色的小蝙蝠,听起来像钥匙互相碰撞,或拉链碰到金属的声音。有些蝙蝠甚至就在我们脸旁边拍打着翅膀,但没有一只真的撞上我们。

没有了光,让一切都变成了灰色。天更冷了,我身上起了鸡皮疙瘩,但可能是因为紧张。才刚过七点半。太阳已经不见了,另一头的地平线上,月亮正在升起,但还没有变成黄色。我之前都没意识到这儿究竟有多少人。一辆辆卡车开到这里放下更多人,每一辆都比马里奥带我们来的那辆装得更满。所有人都穿着深色衣服,背着水。

"他在那儿。"奇诺指着走在马里奥旁边的一个人说。他比马里奥高一点也瘦一点。他们俩都在一丛灌木前停了下来,下面有些小红点,有人在抽烟。随后他们的阴影又在另一丛灌木前停了下来。那个人也戴了顶棒球帽,不过帽舌朝前。

"你们好,小东西。"马里奥双手扶在腰间,看着我和卡拉说。卡拉坐在帕特里夏两腿间。

"怎么啦,哥们?"马塞洛问。

"没什么。就是介绍一下。这是向导。"马里奥笑着说。我们知道他的意思是鸡头。"梅罗·梅罗①。"他指着他身边的男人说，然后拍了一下他的后背。

"你们好。"梅罗·梅罗说，伸手扶了扶帽檐。他没有胡须，因而看起来比马里奥年轻一些。他穿着工装靴，那么瘦的腿戳在里面，看着好宽大。

我们点点头，我注意到星星开始在他脑袋后面的天空中隐现。

"我们还在等人。等所有人都到齐了，我会再讲一些事情。现在，歇着就好了。小口喝水，省着点喝。"梅罗·梅罗说。

我们点点头。

"好了，我们一会儿回来。"他们俩都走开了。

"吃点东西吧。"帕特里夏说。

"把面包拿出来吧。"切莱对帕特里夏说完，又对马塞洛说道，"你也是。"他们几人的面包在他那儿。

"害怕吗？"奇诺问我。

我点点头。

"甭害怕，小弟弟，梅罗·梅罗可是货真价实的，看起来有真材实料。"

"好。"我说。他抱了抱我。下了船之后，这是我头一回又被他抱在怀里。他还管我叫小弟弟。我能闻到他的古龙水味。他的烟味。但除了所有这些味道，还有他自身的味道：下雨之前干燥

---

① 原文为"El mero mero"，在墨西哥俚语中相当于说"优中选优""老板的老板"，有"最好的""顶级的"等含义，也可以用来指领袖人物。——译者注

的泥土。他的拥抱温暖了我,让我觉得自己受到了保护,好像玛丽、外公或者妈妈现在就在这里似的。

帕特里夏打开背包,宾堡面包白色的塑料包装纸这时候看起来格外显眼。我跟她说了说。

"哦!"她惊讶地说。

"是你的眼睛在适应。"马塞洛实事求是地说。

"就像在船上的时候。"切莱补充道,"还记得吗?"

"记得。"我说。卡拉冲我笑了笑,没有露出牙齿。我忘了有些颜色会发光,但以前没有哪种颜色会这么明亮。船上那一次,海上有很多云。但现在,到处都是星星。我们的塑料水瓶看起来白花花的。干草也是。有些石头也是。

还有卡车在来。我们会先听到车声,然后才看到车子。有的车正对着我们停下,车灯非常晃眼。在光柱中,灰尘像星星一样在卡拉脸前飞舞。她看起来很担心的样子,这会儿她没有坐在妈妈两腿中间了,看起来还有些冷。帕特里夏费力打开一听金枪鱼罐头,准备我们一起分着吃,她开罐头的时候,两道眉毛往下指着。人们从车上跳下,朝我们走过来。车灯拉远,卡车开走了,一切又都陷入黑暗。我们嘴里满是尘土的味道。新来的人什么都没说,也选了一丛灌木坐下来,跟所有人一样出神地看着什么。

奇诺打开一听金枪鱼罐头,味道让空气变得更浓重了。"我跟你一块儿吃,哈维尔。"他拍着我的肩膀说。我习惯了帕特里夏给我做各种事情,而不是奇诺。他真的就像我的冒牌爸爸。

"给。"奇诺递给我一片面包,上面有金枪鱼。面包是白的,在黑暗中很容易看到,上面的金枪鱼看起来则像阴影。"吃吧。"

走这趟路以前我并不喜欢金枪鱼罐头。在萨尔瓦多我们吃的是另一个牌子,但图尼牌(Tuny)的金枪鱼配蛋黄酱很好吃。

"先把这个吃了,然后我们吃这玩意儿。"奇诺说着,又掏出一块士力架。我在萨尔瓦多吃过士力架,是从外婆的摊位上偷的。超好吃。我含着满嘴金枪鱼笑了。

马里奥回来了,悄无声息地蹲到马塞洛和切莱旁边。

"计划是这样的。吃,但不要吃太多。我们得准备好随时能跑起来。"他的声音足以让我们所有人都听见。

"跑起来?"卡拉问。

"万一碰到移民局的话。"

我脑子里怎么也抹不掉坏美国佬追着我们的画面,就像《生于东洛杉矶》里那样。

"这儿?"帕特里夏问。

"不不不。我们还在墨西哥。"他抬起手,指向更远处的灌木丛,"我们往那边走一个钟头,就到加瓦乔人的地盘了。"

帕特里夏抱着卡拉。我看着奇诺,他觉得我没听懂。"加瓦乔人的地方。"他说,"你冷吗?"

我摇摇头。马里奥听到了他的话,说:"要是觉得冷,走起来就暖和了。大部队能走多快,我们就尽量走得一样快。跟你们的人走在一起。"他四周看了看,"你俩,你俩,你俩。"他两个两个地指着我们:切莱和马塞洛,奇诺和我,帕特里夏和卡拉。"我会走在你们前面——"他指着卡拉,"别掉队。"

帕特里夏无声地说了些什么。

"现在,休息,抽烟,起来活动活动,聊聊天。我们还在墨西哥，不会有移民局的人。"他顿了顿，"我去看看梅罗·梅罗啥时候好。"他走向另一个站着的人，这会儿就他俩站着。

地面越来越凉了。透过裤子我能感觉到。我看到有小兔子跑开，一团团小阴影。我吃完了面包和金枪鱼。

"再来点？"奇诺问。

我是想再吃点，但我还要跑起来呢，所以还是说不用了。

"去他妈的。"奇诺说着，给自己又来了一份。我想尽量等久一点，但那一听金枪鱼罐头他都已经快吃完了。

"好吧，再来一点点。"我对他说。他笑了，又给了我一些。这时马里奥走了回来。

"还有多久？"马塞洛问他。

"不用多久，他就要讲话了。装包。"

奇诺裹起面包，塞进背包里。"你的我也拿着吧。"他对帕特里夏说。每个人都使出最大力气，把吃完的罐头扔进夜色。

"集合了，集合了！"梅罗·梅罗喊起来，拿手电照向周围所有灌木丛。"都过来。"他说。马里奥等人——梅罗·梅罗身边的另外四团阴影——也都站了起来，梅罗·梅罗是当中最瘦的，但有一个人比他高。

"大家都在这里了。我是你们的向导。"他的声音很洪亮。灌木丛动起来，人们聚到近处，有些人站着，但我们跟他本来就很近，所以可以继续坐在地上听。"我们再过一遍有哪些规则。"梅罗·梅罗顿了顿，接着说，"我们大概有五十人。"

"操他妈的！真多。"奇诺小声说。

"是好多。"马塞洛应道。

"所以,"梅罗·梅罗说,"他们四个人会帮助大家保持队形。"他拿手电照了照站在他旁边的四个人,马里奥也在里面。"我会走在最前面,他们会分散在队伍里。大家前后相接。他们,"他指着那四个人,"会让你们跟别的什么人结成对子。你跟那个人要互相照应。他停下来,你就停下来。你俩要是有谁受伤了,另一个人要帮忙。如果你还没跟谁搭成一对,在你们自己组里找一个。要确保你随时都知道那个人在哪。随—时。

"跟着你们前面的人走。看着他们的鞋。跟上他们的步子。我们今天差不多是满月——也就是说你们应该看得见自己前面的人。不—要—迷—路。要是有谁想留下,留下好了。我—们—不—会—等你。如果你掉在后面了,继续在队伍里走。要是走丢了,那是你自己的问题。

"这个家伙,"他指着其中一团阴影,"会走在最后面,确保没有人留下来。看看他的帽子。好好记住。"他戴着一顶帽子,看起来就是一个毛线帽子,顶上有个绒球。"你们不能看到这顶帽子。要是看到了,就得走快点。

"如果看到移民局的人,或是听到有车,我们就停下,躲起来。找最近的灌木丛,趴到地上。移民局的人有夜里也能看到东西的双筒望远镜。有直升机。到我吹口哨的时候,也只有听到我吹口哨的时候,就像这样——"他把下嘴唇捏起来,压在上唇上,发出尖厉的口哨声,"只有这时候,大家才能起来。

"不用担心。这条路我走了二十五趟了。这是我的路线。只要听话,明天早上我们就到图森了。我们最多走八到十个小时,取决于我们走得有多快,最后走到一条公路上,会有面包车接我们。再说一遍，"他清了清喉咙，"如果觉得渴了，就喝一两口。别喝太多。不要离开队伍。如果想撒尿，憋着。我们每两个小时停一次。或者就走快点到前面去，在路边撒完尿再回到队伍里。明白？"

"如果有问题，问你们的鸡头。现在去撒尿。去拉屎。把所有东西都打包好。衣服上任何发亮的东西，都要用胶布遮起来。任何文字，任何会闪的东西，都遮起来。不能用手电。我有一个，因为如果大家走散了，我会先吹口哨，然后像这样闪手电。"他的手电一明一灭，一明一灭，"两次。然后我会开始点人。"

"最后一项：如果我们被抓了，你们不认识我，也不认识你们的鸡头，还有，你们是墨西哥人。记住了？十分钟。"

他停止讲话的时候，鸡头们走向各自的队伍。人们站起来，打包，扔掉垃圾。这是我们到了这里动静最大的时候。大家都用正常的声音说着话。

"起来，"马里奥对我们说，"我看一下你们的衣服。"我们全都站了起来，拍打着身上的土。"转身。"马里奥对我们每个人说，用手电照着我们的衣服，别的鸡头也在对各自的队伍做同样的事情。"这儿。"他看着马塞洛背包上的一条亮线，"用这个遮起来。"他用牙齿咬下一段黑胶布。"好了。"他说，又用手电照我们的脸。

"你也有一支手电？"帕特里夏问马里奥。

"一样的作用：要是我们散开了，看我的信号。我会快速闪三下手电，你们看到了就往我这儿靠拢，明白吗？"

"明白。"所有人都说道。

"哦，把这个吃了。"他对我和卡拉说，交给我俩一人一粒白色药片，在黑暗中闪闪发光。跟我们在船上的时候吃的药片很像，但要小一些。我看着奇诺和帕特里夏。

"让他们增强体力的，很安全。"马里奥对他们说。

"没事的。"帕特里夏说，奇诺也点了点头。

我吞了下去，味道有点奇怪，是苦的。

"现在我们等着就好了。我会走在你们前面。我们会走在靠近队伍前面的地方。"

我的腿在抖。我的肚子有些疼，就像饿了一样。我的额头剧烈跳动。也有可能我只是有点冷。

"没有问题的，"奇诺对我说，"八小时不算什么，小弟弟。"他拍了拍我的背包，我的背包陡然一沉，仿佛变重了。

我什么都没说。他也许是对的。八小时。坐船比这久。坐大巴也比这久。没啥。

"你很快就会见到爸爸妈妈了。"

我看着帕特里夏，她正跟卡拉悄悄说着什么。

"对，就是这样，姑娘。"奇诺对帕特里夏说，一副精神百倍、兴奋莫名的样子。

"对，上帝跟我们同行呢。"她说着，努力挤出一副假笑。"跟每一个人。"他看着马塞洛和切莱。

"正是。"马塞洛点着头。

"跟一切。"切莱大声说。

有人从离我们最近的灌木丛靠了过来。

"你们打哪儿来？"一个男人问道。

"墨西哥，经萨尔瓦多。"切莱大笑着说。那个男人也笑了。

"我们也从墨西哥来,不过是经过厄瓜多尔,兄弟。"那人说。

厄瓜多尔? 那么远! 比我们还远得多得多。他坐船了吗? 我们在船上见过从南美洲来的人。

"我们从危地①来的。"另一个人说道。

"啥?"切莱说。六人组里的其他人都没说话。

"大家都准备好了吗?"梅罗·梅罗问。

"是的!"一些人齐声答道。

"列队!"梅罗·梅罗喊道。人们开始排成一条线。梅罗·梅罗说,我们大概有五十人,但两人一排的队伍看起来要长一些。一只巨大的蜈蚣。所有人都背着黑色背包,带着水。我们在队伍前面。我回头看马塞洛,他跟切莱肩并着肩。

"马上啦,小切佩。"他说着,把手搭在我背包上。

我们排成两列。一只肥大的蜈蚣,一条蛇。我看了看表,几乎看不见指针,但白色背景起了作用。快8点15分了,月亮刚刚升上地平线。地面仍然是深灰色。地上有些什么在闪耀,石头吗? 我低头看鞋,看看是不是都系好了。我看向奇诺,奇诺看着卡拉,卡拉看着帕特里夏,帕特里夏看着马里奥,马里奥看着一个我不认识的人。我有些冷,但袄子感觉挺不错。我很饱,但肚子感觉很空。

"出发吧!"梅罗·梅罗在队伍最前面喊道,人们开始移动起来。

"全知全能的天父。"马里奥说着,往自己身上画着十字。有

---

① "Guate",危地马拉的口语简称。——编者注

人喊了起来。我们后面那几个曾经跟我们聊天的人低声祈祷着。

"把力气都使出来！别像没卵似的！"梅罗·梅罗又大喊起来，于是队伍开始从两人一排变成单列。

"跟着我。"奇诺说，因为他步子比我迈得快。马塞洛在我后面走着。他们俩保护着我。我们的脚步声听起来像在吃麦片。我们所有人的脚踏在地面上。嘎吱。我们的衣服沙沙作响。嘎吱。我能听到大家水壶里的水在晃荡。有人带着塑料袋，那沙沙作响的声音比背包和衣服还要响亮。星星全都出来了。我悄声请求卡德霍和上帝，帮助我们尽快抵达图森。

※

我身体里的感觉很有意思。蚂蚁在我的脑子里爬。我的眼睛简直要迸出来。我的肚子咕咕直叫。我有好多能量。我的心跳得很快。我一直想着各种各样的事情，比如迈克尔·杰克逊的视频里，人行道上的地砖在他脚下亮起。要是在这儿我们也能这么做，我们就每一步都会点亮泥土地面。石头？灌木丛？干草？点亮整个队伍。我们是一条肥大的毛毛虫。就连偶尔出现在路边的仙人掌也可以点亮。每隔一段时间都会出现的厚实的仙人掌，跟我一样高，有时候比我还高。

"小心。"马里奥看到一株仙人掌的时候说，"大仙人掌，刺也会很大。"这些仙人掌看起来很孤单的样子，我很喜欢。它们永远都是形单影只。很厚实，沿着身上的线条，到处都是刺。有些灌木也有刺。我们看不到，但感觉得到。"小心。"我们经过时，马里奥又说了一遍。

我们已经走了一个钟头了。我们穿过了铁轨，这还是我这辈子头一回。我希望能看到火车，但什么都没有。"再过一会儿，我们就到加瓦乔人的地盘了。"马里奥像梅罗·梅罗一样大声说，"现在我们必须保持安静了。会有移民局的人。你们如果需要什么，可以碰碰我，也可以低声告诉我。"

六人组点点头。谁都没说什么。我们走得更快了。放眼望去，到处都一模一样。我说不上来我们是不是正在离开墨西哥。城市在哪儿？哪里有标记说我们来到了一个新国家？这是我第三个新国家：危地，墨西哥，美国。空气感觉有些不一样。更冷了。但也可能只是因为夜晚。

我们这条蛇穿过灰色的泥土，穿过草丛，穿过灌木丛。有时候还有树。树！像巨人一样看着我们。细瘦的树干，细瘦的树叶。有时候月光照在什么东西上面，让地面像珠宝一样闪闪发光。没有一个大人停下来看看是不是真有珠宝。卡拉也没停下来。我想停下来看看，但我们不能停。

我看到一种植物，跟到现在为止我们见过的所有植物都不一样。看起来不像灌木，不像树，不像草，也不像我喜欢的孤孤单单的仙人掌。这种植物很高，比马塞洛高。比我们所有人都高。它们看起来并不怎么像仙人掌。可能不是仙人掌。轮廓看起来像是象脚王兰，因为叶子尖尖的，但要高一些。就像一根长矛上顶着个大菠萝，但树叶里还有细长的树枝支棱出来。有时候这些植物的顶部向一侧弯着，看起来就像要爆裂了似的。就像彩纸礼炮。我喜欢这种植物。我叫它们长尖尖。有孤单单，还有长尖尖。长尖尖总是有伴儿。我们经过了一大片。

"小心。"我们经过一大片长尖尖时，奇诺低声对我说。我听到我们前面也有人这么说。梅罗·梅罗跟我们说，如果我们需要停下来，他会把消息低声传下来。外婆现在怎么样？我敢说她现在肯定在为我祈祷。无论早上还是晚上，她总是在祈祷。从我和玛丽的房间，我能听到她祈祷的声音。玛丽会喜欢这里的。这里有这么多星星，但是看不到天蝎座。我还是认不出北极星，外公会不高兴的。

地上的小树枝现在跟干草的嘎吱声、泥土里闪闪发光的东西都混在了一起。我们穿过了好多好多灌木丛，灌木上的尖刺扎在我袄子上，但袄子很厚，保护了我。我的裤子也是一样的情形。大多数时候我两手抓着背包上的带子。抓累了，我就把两手搭在腰间歇着。穿过灌木丛的时候，我把两手挡在胸前，免得有枝子从奇诺身后弹过来打到我。但他非常小心，尽了最大努力让枝子不会弹过来。有些刺扎到了我，但并不怎么疼。没有一根扎进我肉里。有时候我会从没有刺的灌木上摘一小片叶子，在手里捻碎，然后闻手指上的味道。闻起来像是有一些足球场上的草干了以后混在尘土里的味道。但主要是尘土味。所有东西闻起来都有股尘土味。

我看着奇诺的脚后跟。我不知道他的鞋底白天是什么颜色，但现在很亮，在月亮升起来的这段时间里是浅灰色。一切都是带点灰色调的蓝色。月亮是我们的灯光，就像船上的那个夜晚偶尔从云层里探出头来的月亮一样。月光照亮了我们必须绕着走的石头。有人带着的塑料袋看起来更白了。人们提在手里的水壶就像灯笼一样。奇诺身上挂着一个水壶,手里还拎着一个。我可以看到,他时不时地会倒一下手。我后面的马塞洛也一样。我看不到切莱。

"渴吗?"奇诺在自己抿一小口之前先低声问了我一句。我喜欢塑料盖子发出的声音。啵。奇诺一边走着,一边把水壶举到唇边,没有洒出来,喝完一小口冷水后还"啊——"了一声。

别喝太多水,万一还得跑起来。我脑子里闪过梅罗·梅罗的这句话。我舌头很干,我觉得自己一直很渴,但奇诺头两次问我要不要喝水的时候,我都说不要。

奇诺自己喝了第三口之后也逼着我喝了一口。我带了一小瓶水,在背包里,我没拿出来。奇诺把他的水壶递给了我。好沉。我很难边走边把水壶举到嘴边。

"喝点水,这样就不会累了。"

我还在努力一边前进一边把水壶举起来。奇诺看不到我有多费劲。

"小口喝。"马塞洛在后面对我说。他抬了一下水壶,让水壶能够到我的嘴,让我不用因为喝水掉队。

水很凉爽、很提神,就像一直放在冰箱里一样,给了我更多能量。我看不到帕特里夏和马里奥。奇诺为了绕开石头往旁边走的时候,我能看到卡拉。帕特里夏和马里奥也只有在绕开石头的时候我才能看到他们。只能看到没有脸的身体和阴影。队伍最前面是梅罗·梅罗,但我看不到他。我身后还有更多阴影。我感觉跟我在一起的仿佛只有马塞洛和奇诺。在他们俩中间,我觉得很安全。

马里奥曾确保我们会走在中间。在我们下车的灌木丛那儿，他就说："中间是最安全的位置。"我的两条腿还不累。我们继续前进。地面变了。更硬了，不那么像沙地了，走起来更轻松。我努力不去想这些。这时候，人们的脚步声一个接一个地慢了下来。

"停下，停下。"奇诺低声说。他停在原地，一动不动。我停下来。马塞洛，切莱，都停了下来。

谁都没说话。消息继续往后面传去。

"上厕所。"奇诺告诉马塞洛，马塞洛对他后面的人也说了同样的话。

然后队伍两侧都传来了更多低语。

"坐下。"

"坐。"

"坐下。"

"躺下。"

"哈维尔，坐下。"奇诺说着，一屁股坐在地上。

马塞洛在一丛灌木旁边撒起了尿。我们在一条沟里。可能这也是为什么我们会在这里停下：移民局的人看不到我们。我不用尿尿。我起身试了试，但什么都没尿出来。我坐回奇诺和马塞洛身边。帕特里夏和卡拉在灌木丛里撒尿。切莱也是。阴影们一个个都蹲着，他们的内裤泛着白光。尽管刚刚喝过水，我还是又喝了点儿。把奇诺的水壶再次举到嘴边时，我发现自己的心跳得非常快。星星在移动，就像我们仍然在走路一样。我的腿有些发麻。我们走得好快。我终于歇过气来。没有风，但我觉得好冷。我的皮肤像在凉水里浸过。

285

"累吗?"马塞洛问我。他坐在地上,两腿大张,两手放在膝盖上,跟我们下车后他的姿势一样。

"不累。"

"真不错嘛,老手。"他冲我竖起大拇指,"要是你需要人帮你拿背包,尽管跟我说。"他还从来没说过要帮我拿包,或帮我喝水之类的,就连在船上的时候都没有。

"我没问题的。"我的背包感觉并不沉。

"哇哦,"他答道,"你可真是个男子汉。"我喜欢他这么说。外公会为我感到骄傲的。

我终于有机会看看地上那些闪闪发亮的东西了。切莱回来了。帕特里夏和卡拉坐在奇诺前面。我挖起一捧泥土,举起来,让月光照在上面。什么都没有,只有小树枝和泥土。我又挖了一捧。有一些小薄片,除此之外还是小树枝。就好像光芒一样!像塑料,像五彩纸屑一样发亮。这时马里奥过来了,来查看我们所有人。

"大家感觉都还好吧?一切都好?"他询问着六人组里每一个人。我们有人点头,有人称是。

"太好了!再撒两次尿,我们就到了。"他很激动,"喝水。一切都在按计划进行。"

"加瓦乔人的地盘怎么样?你很喜欢对吧,小男孩?"马里奥问我。

"是的,先生!这儿很漂亮。"

大家都笑了起来。我看不到卡拉的脸,但她也在看着我。帕特里夏用胳膊搂着她。

"要是这都算漂亮的话，还有啥是不好看的，小家伙？"帕特里夏压着气息说。这时我们听到一声很低的口哨。卡德霍？

人们低语："起来。"

"起来，起来。"

是梅罗·梅罗在召唤。但他说过这是躲过移民局之后的口令。我看着奇诺和马塞洛。没有人显出有些担心的样子。梅罗·梅罗的手电没有闪。人们拍着身上的尘土，一个接一个站起来。我也拍了拍身上的灰。看着天空这张黝黑的毯子上那些针孔。星星在闪烁。为什么星星会像这样眨眼睛？它们能看到我们脚下的泥土吗？像旧报纸。皱巴巴。嘎吱。像走在蛋壳上。咔嚓。人们手里拿着一加仑的水壶。咣当。我们又走起来。

有时会有兔子、老鼠什么的横穿我们的路。蝙蝠在我们头上飞。如果看到了，我就说它们是我的宠物。我对陌生人也是这么做的：我们全都是一家人。我前面是爸爸。他前面是妈妈和姐姐。六人组是我的直系亲属。我还有那么多没有面孔的表哥表姐、叔叔婶婶。22号叔叔漂移到路边，去灌木丛里撒尿去了。6号婶婶站在路旁，喝了一口水。我们像蛇一样向前推进。

然后，距上次停下来撒尿才过了几分钟，一道围栏！

不是电影里的那种围栏，而是一种格栅。我们家隔开自家和邻居家的地，用的就是这种围栏。我经常从这种有铁丝网的围栏下面钻过去追鬣蜥，还帮外公修补过这种围栏，好把流浪狗挡在外面。那里有铁丝网。这里有铁丝网。大家都散开了，我们排成一队，好穿过围栏。鸡头戴上厚厚的手套，把带着尖刺的铁丝从地面上拉起来，让人们从下面爬过去。

"跳过去或爬过去。"鸡头们用抑扬顿挫的北部口音说。

另一个鸡头在围栏上打开了另一道口子,跟我们这个挨着。切莱和马塞洛跟着他。

"过过过。"鸡头们用正常的声音说,"脸朝下,腹部贴地。"

"把背包卸了。"马里奥告诉我们前面的帕特里夏,但她已经趴在地上了。"卸了!"

"帮帮我!帮我一下!"帕特里夏的背包挂在了铁丝网上,"别丢下我。"

"我们不会丢下你的。"切莱尽量放大了低语的声量,"冷静点。"

帕特里夏一动,围栏也跟着动起来。她看起来就像被棍子戳在那里的一只蜥蜴,拼命想要逃脱。她四肢上下舞动,但哪儿也去不了。

"妈妈,冷静!"卡拉差不多算是在大喊了。奇诺抓着卡拉,不让她去碰铁丝网。

"不要动。"奇诺低声说。

"停!别动。"马里奥低吼着,从帕特里夏背包上拉起铁丝,很快把她从铁丝网下面拽了过去。

"把你的包扔过来。"马里奥对卡拉说。

她把包扔过围栏,趴在地上钻了过去。她动作很快。帕特里夏在另一边拽着她的手拉她,帮她站了起来。

"过过过。"马里奥看着奇诺和我说。

"你先。"奇诺说,帮我把背包取了下来。

"扔过来!"

奇诺把我们的包扔了过去。我趴到地上,弄了一脸土。全是尘土。我喜欢。这是一场游戏。

马里奥看到帕特里夏拽我的手把我拖过去,便说:"就是这样。"

然后是奇诺从下面溜了过来。一切都好快。

我们右边,切莱和马塞洛互相帮衬着过了铁丝网,人们跟在他俩后面,现在他俩也在帮着把别人从围栏下面拖过来。有些男的在试着跳过来,他们站在一根铁丝上,准备爬到最上面。有人会被铁丝挂住,但很快也能脱身。在我们左边还有一个人挂住了,脱不了身,我们听到他用微弱的声音喊着"帮帮我,帮帮我"。有人走回去把钩住他衣服的铁丝解了下来。

"快快快,走走走。"鸡头们一遍遍催促着。

"我们走吧。"马里奥对我们所有人轻声说。

"走起来走起来。"

"快点。"马里奥又说了一遍,现在他成了帕特里夏和卡拉前面的一团阴影。

"快跟上!"马塞洛推着我的背包,奇诺拉着我的手。

这一切也太快了。我的心跳得好快。两腿发麻。两手发痒。有人像帕特里夏一样挂住了。

"帮帮我!"我听到有人的声音比其他人的都大,"我的头发!头发!"

"闭嘴。"鸡头大声说,但并没有大喊。

我们走在前面。我往回看,围栏和那里的人又成了阴影。

"我的头发!"

289

"去帮帮她。"

"闭嘴。往前爬。往前爬。"鸡头们的声音传来。我们走过戴着毛线帽子的那个鸡头，他站在路边，准备留在队尾。我们走啊走，直到再也听不到我们后面的鸡头的声音，也听不到被挂住的那些人了。队伍又形成了，但不再是过围栏之前的顺序和位置。我们相互之间隔得更远了。六人组仍然连成一串，马里奥在最前面，切莱在最后面，但其他组在我们前面好远。我们这组要赶上他们得多赶几步路。我们不再位于队伍的最中间，但我们在努力赶上去。小树枝在我们脚下噼啪有声，老鼠吱吱叫着，蝙蝠在头上拍着翅膀。就好像沙漠在演奏一场音乐会。我留神听着卡德霍的口哨声，但什么都没听到。我们脚步的嘎吱声又回来了。我们离队尾更近了。帕特里夏被挂住了，所以我们才耽误了一下。好在挂住的不是她的头发。好在挂住的不是我。

"前面还有围栏。"帕特里夏对奇诺说，这是马里奥低声告诉她的。

"我们必须快速通过。"奇诺说，然后跟马塞洛讲了马里奥告诉帕特里夏的消息。

"好。"马塞洛说，又把这个消息传给了切莱。就像打电话的游戏。

我准备好了。老是在躲开仙人掌，好无聊。我想钻铁丝网。细的，金属的，很尖。尘土的味道，在我们把脸埋进泥土里的时候更浓郁。尘土进了我们的鼻子。我们的嘴。我们谁都没受伤。在阿卡普尔科，蛇头跟我们讲我们会穿过沙漠时，我从来没想到会是这样：灌木丛、树、仙人掌、野兔、老鼠、蝙蝠、围栏，远处还有好多好多山。我本以为沙漠里只有沙子，就像《阿拉丁》里那样。围栏很酷。我感觉就像回到了家，在追鬣蜥。我练过。这是这一路我们干过的最让人兴奋的事情！这是一场游戏。谁能不被铁丝网挂住并穿过最多的围栏？

我胳膊上有从铁丝网下面爬过来时石头留下的痕迹。印痕。很值得。我的手划伤了，我也能感觉到左掌里有根刺，但没关系。我们继续走着。围栏拦不住我们。我们又碰上了一道围栏，而我们已经成为大师。切莱和马塞洛互相帮衬着，马里奥帮着帕特里夏和卡拉，奇诺帮着我。我们谁都没挂住。有另一些人挂住了，于是我们在队伍里又往前赶了一些位置。卡德霍在保护我们。我寻找着他的眼睛，但只看到垃圾、岩石和什么人扔的水瓶。我一点儿也不困。快十一点了，我从坐船那天以来，还是头一回这么晚还没睡，然而我一点儿也不累。

※

我们看不到梅罗·梅罗，但他在队伍最前面，他就是这条蜈蚣的头。我不知道他是怎么知道该往哪儿走的。他是怎么看见的？我们相信他。他无论往哪儿指，我们都会跟上。我跟着奇诺的脚印。马塞洛的手搭在我背包上。切莱跟在马塞洛这大块头后面。我们不休息。我们一连钻过了四五道铁丝网围栏。我爬过去的时候尽量不碰到铁丝。然后帕特里夏会拽我的手。我喜欢被拖过去。

所有围栏都有带刺的铁丝网，除了一个，围栏上只有细铁丝。

人们以为这道是带电的。我不敢碰它。梅罗·梅罗和鸡头们用尽浑身解数让所有人相信,这道围栏"只是个围栏",大家要"赶快","我们不能光站在这儿"。

"上一队人,他们跟我们说,这玩意儿带电。"有个陌生人说。

梅罗·梅罗伸手去碰铁丝,人们都倒抽一口冷气。但什么事儿也没有。人们趴到铁丝网下面,那声音震动起来,像"机灵鬼"弹簧圈玩具一样。像细金属丝打在石头上。像坚硬的玻璃板上的电视天线。有人笑起来。也有人对说这玩意儿带电的人感到生气。有人还是不相信。鸡头们没有替我们把铁丝举高。马塞洛跳了过去。切莱也想跳过去,但摔了一跤。很难不笑,但六人组谁都没笑。

"真笨。"马塞洛对他说,但他没笑,"赶快。"

兔子们肯定在笑话我们上蹿下爬的样子——它们可以从下面直接飞速跑过去。我们所有人的衣服胸前那一面都沾满了土。我们的背包,还有裤子的背面都是干净的。我们已经连续走了差不多四小时没有休息了。我的腿有些累了,但也没什么。我好清醒!这时,突然之间,一声尖厉的口哨响起。大家都僵住了。

"躲起来!"

"趴下,哈维尔!"奇诺拉着我的手跑向一丛灌木。他的头撞到了树枝,但他没有停下。我踢到几块石头,但我没事。

"那是啥?"

"不知道。"

马里奥、帕特里夏和卡拉在一丛灌木下面。

"嘘。趴到地上。"马里奥低声说,"有直升机。"

"操。"奇诺说。

我两手在自己身边张开,就好像我正要钻过又一道围栏。我听到了直升机旋翼的声音。我从来没见过直升机。只在电影里看到过。

"移民局。"奇诺低声说道,把胳膊放在我背包上。

我想看看直升机的桨叶是怎么转的,但天很黑,直升机也很远。那声音就像有个老人在一遍一遍地说突突突突突突突。没有人动。我往右边看,看到马塞洛和切莱在另一丛灌木下面。马里奥盯着天空。帕特里夏的胳膊压在卡拉身上。所有人,所有东西,都一动不动。没有闪闪发光的石头。灌木主干旁边的地上有些洞。干枯的树叶散落在灌木四周。干树枝。刺。旋翼飞远了。地面比我们出发的时候还要冷,但如果我往下挖,会挖到暖和的泥土。在旋翼的轰鸣声中,灌木丛里一直有"嘘"声。直升机越飞越远。人们看起来很害怕,我的心跳也加快了。这时又响起了尖厉的口哨声。

"列队!"有人大声喊起来。然后便像打电话游戏那样,"列队"的口令从一丛灌木传到另一丛灌木。我们一个接一个从地上爬起来。背包让我们看起来像忍者神龟。队伍又形成了。我真的好想撒尿。奇诺的第一瓶水早就喝完了,我们还在走的时候他就已经把瓶子扔了。他还没打开挂在他胸前的第二瓶,所以这会儿他两手都空着。

我们走了一小会儿,队伍又停了下来。

"趴下!"我们找最近的灌木趴了下来。

"我们没事儿吧?"我问奇诺。

293

"没事。没事。一切都好。"

"我们快到了吗?"

"马上。"

"是移民局吗?"

"不是不是。别想那么多。"

我抓起一把土,撒在自己和奇诺身上。

"他们不会看见我们的。"我低声对马里奥说。他跟卡拉和帕特里夏在同一丛灌木下面。

他什么也没说。

"站起来!"有人喊起来。我们又开始前进。

移民局的人有直升机。有卡车。有黑暗中也能看见的双筒望远镜。我好想我们也有自己的直升机,能跟移民局大战一场,把那些吓坏我们的坏美国佬统统消灭掉。我真的好想撒尿,但我们一直在走,而奇诺又打开了第二壶水。他把这壶水递给了我。

"我想尿尿。"

"要停下来吗?"

"要。"我对他说。

"好,来。"他往路边走了一步。

"我们去撒尿。"他告诉马塞洛。

"赶快。"马塞洛低声说。

"快。"奇诺也说。

我们站在路边,旁边是一丛灌木。人们从我们旁边走过。

我走了好远,想确保奇诺不会看到。没人看我。我好冷。我开始尿出来,是热的。尿砸在地上的声音好大。土很干,我的尿打上去都能砸出一个坑。我在地上写着自己的名字。

"好了吗?"我名字里的"维"都还没写完,奇诺就问道。他已经完事儿了。我抖了抖,好尿得更快些。

"好了。"

"走吧。"他说。我们没花多长时间。我们没花多长时间,但还是已经快到队尾了,都能看到戴着毛线帽子的那个家伙和另外几团阴影了。奇诺抓起我的左手。他肯定很冷,因为他把我的手拽进了他袖子里。我拉下袖子笼住右手。很管用。我们暖和些了,走得也更快了,差不多算是小跑起来。我们冲过人们身边时,他们会慢下来,往边上侧一点儿让我们超过去。我们终于回到切莱和马塞洛那里,马塞洛拍了拍我的背包。

"真不赖嘛,小切佩。"马塞洛说。

我感觉好多了。更加身轻如燕。有一点微风吹过来,就像沙漠呼出的气息吹拂着我们的脖子。我把手一直放在袄子里,这样很暖和,也能让我不被刺扎到。

1999年5月30日

凌晨两点三十分。我们头上的月亮已经滑向左边的天空。越接近地平线,月光就越没有那么明亮了。我和奇诺喝完了第二壶水。我背包里还有一小瓶,但奇诺说那是留着"紧急情况"喝的。我好渴。卡拉和帕特里夏也喝完了她们的水。很多人的水都喝完了。上次大家停下来撒尿的时候,马里奥跟我们说别把水壶扔了。梅罗·梅罗跟他说过,我们正往有水的地方走,我们已经快走到面包车接我们的那条路上了,我们不用走得像之前那么快了。

我们的步伐确实慢了下来,感谢上帝。我的腿好沉。我的两个腿肚子都好疼,就像一刻没停地踢了这么久的足球一样。我右脚中间的几个脚趾已经没了知觉。我不知道是因为冷,还是因为我们走了太多路。这几根脚趾并不疼——疼的是我左肩后面的肌肉,我后背下方靠左侧的那边,还有左腿大腿后侧。是因为钻围栏吗?还是因为摔在地上?

奇诺一直拉着我的左手。他这样拉着我,能让我走得快些。他走路的时候,空瓶在他胸前撞来撞去。他知道我还有水,但没有叫我拿出来喝。马里奥、卡拉和帕特里夏走在离我们很近的地方,马塞洛和切莱在我们后面跟着。过了第一道围栏之后,我们相互之间的距离就拉大了一些,不过没有继续拉大。卡拉和帕特里夏往路边看的时候,我能看到她们的脸。我能听到卡拉管妈妈要水喝。她俩的水全都喝完了。

"我们马上就到了。"我听到帕特里夏说。

空气很干燥。我的脸没出汗,但后背在出汗,背包下面那块儿,胳肢窝也有点儿出汗。

从我们身后传来马塞洛一声低沉的尖叫:"啊——!"

"咋啦,伙计?"切莱马上问道。

"次——奥!狗娘养的,我脚崴了!"

"娘的。"切莱说。奇诺松开我的手,前去告诉马里奥。马里奥跑回来,扶着马塞洛站了起来。陌生人从我们旁边走过去。他们没有停下来,也什么话都没说。六人组失去的阵地越来越多。我们现在处于队尾了,都能看到那个毛线帽子的阴影了。

"还好吗？"毛线帽问道。

"他脚崴了。"马里奥说。

"这操蛋的。"毛线帽答道，"我们马上就要停下休息了。还能走吗？"

"不能走也得走啊。"马塞洛脸上抽搐着说。

切莱扶着马塞洛好好站稳，马里奥和切莱支撑着他，他把两条大胳膊搭在他们俩肩上。他迈出第一步的时候，我能看到他的牙齿。他看起来不妙。

"我没事，"他说，"我没事。"但他差点儿跌倒。

切莱和马里奥架着他跳上一座小丘，然后就是下坡了。大家在我们前面很远，但我们仍然能看到他们的阴影。毛线帽走在我们旁边。马塞洛单脚跳着，直到我们来到一块长了树的空地。各种各样的树，树干很粗，是灰白色。大家都在这儿了。

"水。"毛线帽说。阴影们围在一个东西旁边，那东西看起来像是一个巨大的金属桶，差不多跟一辆小巴一样宽。桶生锈了，看上去是浅灰色，跟我们老家用来盖铁皮屋顶的那种金属板的颜色差不多。

"在这儿把你们的瓶子装满，喝水。"梅罗·梅罗四处走着说，"这些水没问题。"他一边说，我们一边走向那个大桶。我看不到这个桶的上面，不过桶的底部有水泥台阶。我站上去，踮起脚，看里面的水。桶里差不多是满的，水面跟桶沿差一个手掌。水面上漂着一些东西，让我想起煮过的牛奶上面漂的那层皮，只不过水面上这层是暗绿色的。在没有绿色漂浮物的地方，水面倒映着星空。

"没问题的,放心喝吧。"梅罗·梅罗又重复道,"我们马上就到那条沥青路了。我们走得很快,现在可以休息一阵儿。"

奇诺拿胳膊肘碰了碰我,凑近我的脸,低声说道:"我们把你背包里那瓶喝了吧,然后再把这些瓶子都装满。小心为上。"

我放下背包,一下子轻了二十斤。我可以自由活动了!我扭了扭脖子。水壶盖一个接一个地拧了下来。大家瓶子里还有水的,都先喝光,再用这里的水把瓶子装满。

我很高兴。我们马上就能坐上面包车了。我会见到爸爸妈妈。梅罗·梅罗四处走动,跟他的鸡头们说着什么。他来到我们旁边,查看了马塞洛的情况。"我们在这儿待三十分钟吧。"他说,然后走向另一组人。

"饿吗?"马里奥问我们,"我们有时间。饿了就吃点东西。"

我不饿。我肚子里灌满了水。

"三十分钟。"马里奥重复道。

没有人低声说话。桶旁边有棵大树,遮住了好大一片天空。月亮越来越靠近地平线了。

"想不想睡一小会儿?"奇诺问。

"对,孩子们,休息。"帕特里夏说着,看着坐在她两腿之间的卡拉。

我还没累到那个地步。我身上很痛,但我的意识清醒得很。人们四仰八叉地躺在泥土地面上,头枕着背包,跟帕科开车送我们到出发点,我们下车时看到的情形一样。

这时帕特里夏旁边一个女的对她说:"真好,你把你的孩子都带上了。"

"是啊。"帕特里夏答道。我们所有人都看着那女人所在的那团阴影。我看不出来她究竟长什么样子,只能看出来她的头发扎了个很紧的马尾,脸很瘦。

"我希望我的孩子能生在那边。要不在这儿。就这儿。"

"那就是美国佬了。"帕特里夏说。

她俩都笑起来。

"你们一家人还是好好休息吧。"女人在她那丛灌木那里躺了下去。

又安静下来了。那个女人的肚子也没那么大。她旁边那个男的是她老公吗?六人组谁都没问。马塞洛躺下来,轻声抱怨着他的脚踝。桶旁边的树上叶子很大,微风吹拂下像鼓掌一样翻动着。我们马上就到我们需要去的地方了。月光还是很亮,但没有之前那么亮了。我能看到的蝙蝠也少了一些。我看了看手表,快三点了。切莱很快就睡着了。跟往常一样。他一打鼾,奇诺就踢他。奇诺闭上眼睛,手放在我当作枕头的背包上。卡拉在妈妈两腿间休息。

马里奥一直在警戒,尽管他也差不多是四仰八叉躺在地上的。我看向天空,看着星星。我们一停下来不走就会觉得冷。我肚子左边还是有些疼,可能天冷也是部分原因。我的胃很暖和,但我一把手放上去,就起了鸡皮疙瘩。我的乳头是硬的。卡德霍,小卡德霍,我看着月亮,低语着。上面那两个最大的陨石坑,就是一张大白脸上的两只眼睛。谢谢。我知道是月亮在指引梅罗·梅罗。我知道,是月亮让直升机飞离了我们。

※

"奇诺。奇诺。"

切莱推了推奇诺,奇诺的手搭在我身上,于是我也醒了。

"咋了?"

"马塞洛不见了!"

"啥事儿?"帕特里夏很快转过脸来看着我们。

"他不在这儿了。"切莱指着先前马塞洛待的地方说,"狗日的把我的水和吃的都带走了。"

"操。"

"操他妈的什么情况?!"马里奥大叫起来,我们周围的人都醒了。

"他不见了。"切莱重复道。

"操他妈的什么情况?!"马里奥冲切莱大吼,切莱从地上一跃而起,带起好多泥土,都落在了卡拉脸上。

"我睡着了,伙计。"切莱对奇诺说。我们全都坐了起来,两手撑着我们身后的地面。

"操!"马里奥大喊,摇着头。他抓住帽子,摘了下来,又重新戴上,"我就知道这狗日的是装的。"

我看他走起路来真的好费劲。他的脚踝看起来很糟糕。马塞洛为什么要骗我们?他是六人组的一员。他不是最友善的。他不是奇诺,不是帕特里夏,也不是卡拉,但从萨尔瓦多开始他就一直跟我们在一块儿。

"妈的。"

"那坨狗屎。"

"浑蛋。"

"那个屎橛子把我的吃的和水都带走了。"

"我再给你一瓶新的。我们有吃的。"马里奥对切莱说,用力按着他的肩膀,让他平静下来,不再发抖。

马塞洛对我们撒谎了。他这段时间跟我们说话更多,今天也对我相当友好,还想帮我拿背包来着,但他都是在演戏。他骗了我们。偷我们东西。马塞洛一点儿都不在乎。他离开了我们。他理应照顾我的。我想骂人。我对马塞洛很生气,像切莱一样生气。他一点儿不在乎我们在一起待了两个月了。他还让我抽烟。我本以为我们已经是一家人了。这是不是说,他们全都有可能在撒谎?

"浑蛋。"奇诺还在骂。

"那个屎橛子就是一坨屎。"帕特里夏摇着头。

切莱不住地骂着,踢着地面。没有人信任过马塞洛。我觉得好蠢。像"汽油粉"那样的恶作剧。还有谁在撒谎?切莱像狗一样在地上搜寻。马里奥在四处寻找着,我也不知道他要找的是什么。四点差一刻。三十分钟已经过去了,但梅罗·梅罗什么都没说。人们在我们周围聚集起来。切莱还在骂着。

"我看到他站起来,我还以为他是要撒尿。"那个怀孕的女人告诉帕特里夏,"他往那个方向走的。"她指着大桶后面那些树干惨白的树。

"狗日的走不远的。"马里奥说着,朝那个大桶走过去,查看那里的地面,然后又朝灌木丛走去。

"那个浑蛋把什么都带走了!"切莱还在说着,一边找自己的东西。又有一些人醒了过来。天空很暗,但有一边看起来要明亮一些,就跟在船上的时候一样。

"那个狗娘养的,把事儿全搞砸了,个狗日的必须付出代价。"切莱说着,从地上抓起一根棍子。

"冷静。"奇诺拍着切莱的胸脯,"冷静。"

"冷静,切莱。"帕特里夏试图抓住切莱的胳膊好让他平静下来,但他把帕特里夏推开了。她一个趔趄,差点儿摔倒。

"喂,控制情绪,屎橛子!"奇诺抓住切莱的衣服,在他面前摇动手指。

"抱歉,抱歉。"切莱说着,走开了。他踱着步,喃喃自语,挥拳击打着空气。他吓到我了。我的心跳得好快。马塞洛为什么要离开我们?

"他早就知道。马塞洛早就知道。"切莱气哼哼地说,"他会说英语,这破事儿他早计划好了。"

"浑蛋。"帕特里夏说。

"狗杂种。"切莱翻着自己的背包,想知道别的东西是不是一样没少。

梅罗·梅罗和马里奥一起回来了。

"你们有谁知道这事儿吗?"

"不知道。"

"没有,先生。"

"不知道。"

我摇摇头。

"你们最好别撒谎。"梅罗·梅罗说。

"不会。没有,先生。"

"那个狗娘养的,我操他妈的一百遍。"切莱说。

"他走不出这沙漠的。白天办不到。他要往哪儿去?"梅罗·梅罗顿了顿,"跟谁都别说。啥也别说。你们没事。列队,我们要走了。"他往旁边的灌木丛走去,告诉那里的人:"我们要走了。"

"最后一段路,最后一段路了!走吧!"

他说马塞洛走不出去是什么意思?我很生他的气,但不希望发生任何可怕的事情。死。长眠。听到这个词,我想起曾曾外婆菲娜。每天傍晚我都会喝她的咖啡。六岁的时候,有一天我发现她的假牙掉了出来。她没有反应。她皮肤冰冷。

"走走走,太阳很快就出来了。"梅罗·梅罗大声说。

"快,"马里奥对我们说,"赶紧。"

大家排好队。之前马塞洛的位置有了一个缺口。切莱压低声音咒骂着。我一直没有忘记曾曾外婆菲娜的手。马塞洛是坏人。他有文身。外婆是对的。但奇诺也有文身,可他就没撒过谎。

我们继续走着。每走几步,切莱嘴里就会冒出点什么。"就连老子的叉子都带走了!"切莱带了一把叉子从金枪鱼罐头里舀金枪鱼。"那个狗日的浑蛋。"我们走回草地上,脚下几声嘎吱之后:"狗屎浑蛋。"

"你,"奇诺转身对切莱说,"闭嘴。"奇诺拉着我的手。帕特里夏牵着卡拉的手。我们继续走着。我们右边的天空看起来越来越亮。

"一切都会好的,别想这事儿了。"奇诺对我说。

"马上就到了。"帕特里夏告诉卡拉。

"没剩几步路了。"马里奥让我们全都放心。

我们回到了队伍中间。地面平整些了,没有了小土丘和冲沟。没有树。我们回到了灌木丛中间。只有梅罗·梅罗知道我们在找什么,但他一直说"我们马上就到了"——这条消息沿着队伍一直传到最后。所有人都一直在说这句话,但我们一直没有停下来。

我好渴。奇诺命令我喝水。我喝了一小口新装的水,有金属和草的味道。天快亮了。每天天亮的时候我都会帮外婆浇我们的花园。我们会看到青蛙,看到癞蛤蟆。癞蛤蟆都去哪儿了?我一只也听不到。前面有股什么味道。很难闻的味道。像是路上撞死的动物,但没有秃鹫。我们的队伍有点儿骚动起来。是条狗。一条死狗。

我紧紧捏住奇诺的手,奇诺说:"小哈维尔,是只郊狼。"

"啊。"我说着,画着十字。

"郊狼,动物,不是蛇头。"马里奥澄清了一下[①]。

我们走过正在腐烂的尸体。好难闻。它肚子上有个洞。嘴张着,牙齿真白。我说不出它是什么颜色,浑身所有地方若不是白的,就是灰的。我从来没见过真的郊狼。比起叫"郊狼"的动物,我见过的叫"郊狼"的人更多。看起来像条狗。不是卡德霍,不是卡德霍。

---

① 见本书第193页脚注。

"这是卡德霍吗?"

"不是不是。"奇诺顿了顿,笑了起来,"是只郊狼。"

"真的?"

"真的。你看它的腿,那可不是蹄子。"他说得对。是带软垫的那种爪子。我们继续走,直到梅罗·梅罗停了下来,就在又一道带刺的铁丝网围栏前面几米的地方。所有人都在等。

"就是那条路。"马里奥低声说。

"我们只能跑过去。"梅罗·梅罗说,"看着点车,移民局的人在这条路上。"

我一直紧紧捏着奇诺的手,但我自己一点儿都没意识到。"没事的。"他说。

"每个人都找个搭档。另一边还有一道围栏,所以我们只能先从底下钻,再跑过去,然后再钻一遍。我先走。我会看着车。如果安全,我会吹口哨。所有人同时跑。不要排成队,明白了吗?"

人们低声说着"是"。

"好极了。"

梅罗·梅罗跑开了,然后从围栏下面钻了过去,穿过了那条马路。之后我们就看不见他了。他躲在一丛灌木里。我们等着。路上什么也没有。这是我在美国走过的第一条路。路上没有任何坑洞。双黄线在夜里也那么显眼。

"准备好。"奇诺说。这意味着我已经趴在地上,准备手脚并用钻过围栏。卡拉也已经趴在地上。我们做着我们一直在做的动作,只是少了个马塞洛。马里奥和帕特里夏为卡拉举着围栏。切莱和奇诺为我举着围栏。卡拉的背包在帕特里夏手里，我的背包在奇诺手里，等我们从下面钻过去之后就扔过围栏。这时我们听到了梅罗·梅罗尖厉的口哨声。

"走走走走走！"人们大喊起来。

我像鳄鱼一样爬了过去，拿到了我的背包。

"等一下。"奇诺对我说。切莱把他的包扔了过来，自己从下面爬过来，然后举起围栏让奇诺钻过来。帕特里夏过来了。马里奥也过来了。

"手。"奇诺命令道。然后他蹦跳起来。我的腿离地了。他拉着我跑得太快，我都没碰着沥青。

我们来到另一边的围栏。

"扔过去，扔过去，扔过去！"和奇诺一样，我把背包扔了过去，卡拉也扔了过去。他抓住我肩膀下面，说："跳！"然后把我扔过围栏，再把卡拉也扔了过来。

"走下面。"奇诺把围栏举离地面，对帕特里夏说。切莱赶上我们，把他的包扔了过来，自己又从下面爬了过来。

"快！"有人喊道。我看向那条路，但没看到有车过来。切莱为奇诺举着围栏，六人组都过来了。

"这边！"有人喊道，我们从路边跑开，一直跑，直到我们钻到一丛灌木下面。我气喘吁吁。腿很疼。刚才是奇诺拎着我。他先也没跟我说，也没提醒我，但反正成功了。我的脚落到地上。卡拉的脚落到地上。太快了。

奇诺和切莱肩挨肩坐在一丛灌木边上，俩人都呼哧呼哧喘着粗气。

"妈呀，这样子更快。"切莱说。我知道他说的是奇诺把我扔过围栏。

"是，反正就这么过来了。"

"酷啊。"卡拉说。

四点半刚过。一片极淡的蓝色让地平线开始明亮起来。马塞洛成功走到这条路上来了吗？他要怎么才能抵达洛杉矶？他是我们当中唯一一个知道鲜鱼是什么味道的人。他教我们说次奥。我不喜欢他，但也希望他能跟他妈妈团聚。

"我觉得就是这儿了。"马里奥说。

"感谢上帝。"帕特里夏说着，画起了十字。

梅罗·梅罗在灌木丛之间爬来爬去。"我们往那个方向再走一点点，那边有条沟。"他对我们说，"蹲着走，不要站起来。跟着我。"

我们蹲在梅罗·梅罗身后。人们走得很快，差不多算是跑了。然后大地突然降了下去。有些人跌倒了。切莱一屁股摔在地上。我们没看到这个坎。

"这儿。"梅罗·梅罗指着一条满是泥土的沟说。沟的两边长满了灌木，看起来像月亮上的环形山。

"好了，"梅罗·梅罗说，"我们到了！面包车会在那条路上接我们。我们早了。休息。"

人们欢呼起来，画起十字。帕特里夏抱住卡拉，给了她一个长吻。我的心跳得好快，但不是因为奔跑。我止不住地笑。大家都在笑。奇诺抱住了我。

"太棒了。"切莱在他跌倒的地方说。我们没有动。人们还在走着，一个个从我们身边走过。

"感谢上帝。"帕特里夏又说了一遍，画了个十字。

"啊，马上了。"奇诺看着我说。

"瞧见没，你用不着吃那么多的。"帕特里夏对切莱说。

"是——是——是——是。"他语带讽刺，圆脸上露出好大的牙齿。我感觉身体变轻了。我的肩膀不疼，肚子也不疼。感觉很棒。

"任何人都不要站起来！贴地待着，挨着这个坑的边缘！"梅罗·梅罗喊着，"保持安静！"

"我们要等多久呀，妈咪？"卡拉问。

"我也不知道。"帕特里夏回答，"希望很快。休息吧。我们已经到这儿了。"她对我们所有人说。这个坑里也长着小小的灌木丛，我们就在其中一丛旁边。空气和泥土感觉比之前更凉了。月亮已经下去，太阳还没出来。真冷啊。我又把两手揣到袖子里，摸着肚子保暖。

"睡会儿。"奇诺说。

"我好冷。"

"过来。"他张开双臂抱住我。他的袄子也是冷的。

"你们，也过来。"他对帕特里夏说。

其他人也在做同样的事情。六人组在泥土地面上挤成一团，就像一把香蕉。我在正中间。切莱在所有人后面，卡拉在最前面。我在帕特里夏和奇诺中间。我们全都仰躺着，两只胳膊抱着背包压在胸前，好让自己暖和点。

"你们休息，我继续看着。"马里奥说，他仍然跪在那里看着我们,"睡吧。"

挤在一起确实效果不一样。我们暖和多了。我们的呼吸闻起来有铁锈味,就像那个大桶。马塞洛走了。他离终点线都已经那么近了。他为什么要离开? 他走了,但我们还是六人组。现在马里奥是我们的第六个。他没有走。天空开始吞没那些星星了。泥土感觉起来很湿,但其实很干燥。没有任何东西在动弹。没有任何东西、任何人发出声音。我们等着那辆面包车过来,摁响喇叭。

※

"移民局——!"马里奥在我们旁边尖叫起来,他身后的天空已经是浅蓝色。

"移民局——!"大坑另一边也有人喊起来。

"快跑——!"马里奥的眼睛瞪得好大,一脸惊恐,随后一跃而起。

切莱抓起背包。奇诺抓起背包。切莱和奇诺跳进灌木丛里,扬起一阵尘土。汽车从各个方向压着亮橙色的泥土向我们驶来。帕特里夏抓起卡拉的手,抓起我的手。我想背上背包。帕特里夏开始使劲儿拽我们。一切都蒙上了一层浅橙色。跑。大家都跑得好快。白色卡车的车门打开了,穿着绿色制服的人在我们后面追。

"不许动! 不许动!"二、三、四、五个制服喊起来。然后放出了德国牧羊犬——

奇诺在我们前面几米远,但这时他停下了。切莱还在跑着。

"不许动!"

所有人都在接着跑。
"再跑开枪了！"
奇诺朝我们这边跑了回来。
"跳！跳！"他大喊。我跳到他背上，抱住他的脖子。奇诺抓起帕特里夏和卡拉的手。我们跑着。我的脚在他身后晃荡。地上好多背包，我们差点儿绊倒。
"再跑开枪了！再跑开枪了！"
我们左边，有个美国佬用黑色的枪瞄向我们——
"停下！停下！"
他戴着绿色奔尼帽，就像战争电影里那样。他的枪瞄准了奇诺的胸口。
"不——！"帕特里夏发出一声尖叫，放开了奇诺的手。她摔倒在地。"停下来，奇诺！停！停，求你了！"她尖叫着。
我的心扑腾扑腾直跳。奇诺的心跳在脖子上感觉非常强劲。他慢下来。我的肚子紧紧揪成一团。帕特里夏又尖叫起来。
"再跑开枪了！站住！"又一个绿色制服喊起来。
一条德国牧羊犬跑到我们旁边，狂吠着。
"停下，"他们说，"停下。"金发从奔尼帽下面露出来。
我把奇诺抱得更紧了。那条狗还在狂吠。那个美国佬用英文喊着，我们听不懂。"躺—虾。躺—虾。"
奇诺松开我的手，身体后仰，我落在地面上。狗对着我咆哮。美国佬一直在喊同一句话。奇诺仍然站着，双手举起。我的手是湿的。腋窝也是。我喊不出来——
那个美国佬抬起黑靴子踢在奇诺腿上，让他跪倒在地，又推着他全身趴在地上，压在他身上。

帕特里夏抱住卡拉，尖叫着："饶命！饶命！"

我一个人趴在地上，动弹不得。一切都发生得太快了。奇诺戴上了手铐。其他那些跟我们一样跑得不够快的人也被制服们铐上了。一个美国佬给了那条狗一个信号，一人一狗便都去追其他人了。我感觉好沉重。我僵在那里，但胃里在翻腾。

另一个美国佬，戴着太阳镜，朝我们走过来，用很平静的声音说道："都好了。"他没戴帽子。我本来以为所有美国佬都是金发，但他不是。他是一头棕色短发。他跟膝盖跪在奇诺背上的那个制服说了几句话。奔尼帽从奇诺身上站起来，跑向灌木丛，那里有更多制服和狗在追其他人。

棕色短发走向帕特里夏，双臂都抱在胸前。他拍了拍帕特里夏的手，给她戴上了手铐。我躺在红色泥土里看着这一切。我一动不动。我想变小。想钻到地里去。卡拉在她妈妈身边，也是一动不动。

"没事啦。"制服说，揉了揉卡拉的背。卡拉还背着背包。帕特里夏跪在那里，抽泣着。卡拉抱着她。"没事啦。"那制服又说了一遍，朝我走来。他的黑靴子踩在地上的石头上，嘎吱作响。我脑瓜子嗡嗡的。所有的声音都好大。狗叫声，抽泣声，人们踩在泥土上的脚步声，卡车打开的车门里发出的哔哔声。卡车一侧有一道很细的绿色条纹贯穿了整辆车。每个人都尽他们全力跑着。我们本来跑得也很快。地面很凉，但我能感觉到地面正在暖和起来，空气也是。一切都既安静又喧闹。我的胳肢窝、背上和手上的汗干了，有点凉。奇诺一直一言不发。他平躺着。脸上有泥土。帕特里夏抽泣着，嘴里喃喃着什么。这些不是真的都发生了吧。我的整个身体随着每次心跳移动。很难呼吸。我的脑袋感觉很大，额头两侧仿佛要爆裂开来。我好想清醒过来。

棕色短发从帕特里夏身边走向奇诺，用英语跟奇诺说了几句话，又帮他跪了起来。"别跑，行吧？"他对奇诺说，又重复道，"别跑。"他看向帕特里夏，指了指最近的一条狗：棕色躯干，黑脸，黑尾巴。那条狗牙齿很大，很吓人。那美国佬把奇诺往帕特里夏那边推了推，随后押着他俩走向头对头停着的两辆卡车。

他挥手示意我和卡拉也跟上。我脑子里嗡嗡作响。肚子好疼。我要撒尿。我感觉自己必须上一次大号。我一步也迈不出去。他用英语说了什么，我没听懂，他便说道："这儿。"

卡拉朝我走来。她的手让我猛然清醒过来——她的手好冰。"走吧。"她拍拍我的肩膀说。我两腿不住颤抖。

"没事的，"那美国佬对我和卡拉说，"不用怕。"他指着自己的胸膛。

我们跟着大人们走向那两辆卡车。这两辆车跟我们坐过的那些都不一样，没有车斗，窗户玻璃是上色的，顶上也都装着红蓝相间的警灯。我看着沟对面的其他卡车，其中两辆在车后面车斗的位置有个金属罩子。

制服们陆续从灌木丛中回来了。有人只带了狗回来，也有人带回来更多戴着手铐的人。他们互相说了些什么。围着这条沟有五辆车，我们这个红色泥土的坑里，到处都是黑色背包和塑料水瓶。我不知道哪个是我的。帕特里夏和我一样把包扔了，但卡拉的包还在。接下来我该穿什么衣服？我想拿回我的东西。外公给我的备用牙刷我都还没用过。我说不出话。我的舌头就好像被割掉了一样。

我们走到车跟前。那美国佬打开后门,示意奇诺先进去。他的制服是墨绿色的,但阳光照在褶痕上,把制服照成了酸橙的颜色,几乎是黄色了。我离他太近了,他的皮肤比我的白,我都能看到他的血管——条条青筋。奇诺抵着打开的车门,不肯进去。棕色短发用英语说了句什么,随后把奇诺沾了土的脑袋按下来,按到比车顶低的位置,把他推了进去。

"进去。"他看着我和卡拉说。我往里看,发现后座上除了奇诺,别的什么都没有。没有安全带,座椅看起来像是塑料做的。深灰色的塑料,看起来很像皮革。

卡拉揽着我走向车门。前座和后座之间有黑色的金属隔栏分隔。美国佬抓住我,双手插在我腋窝下面把我举了起来。我一碰到暖和的座椅就差点儿尿了出来。卡拉随后走进车里,推着我往里靠。我在深灰色的塑料上滑行。

帕特里夏跟在我们后面,脸上又是泪又是土。棕色短发砰的一声关上车门,走开了。车里很暖和。我们全都默不作声地张望着四周。奇诺向我们靠过来,想用被铐住的手打开车门。没用。

"狗日的!"

帕特里夏想打开她那一侧的车门,但也锁上了。卡拉想打开妈妈手腕上的铐子,但是也打不开。我们身在牢笼。

"狗日的!"奇诺又大喊了一声。我从来没见过他这个样子。以前我只见过外公喝醉了会变成这样。奇诺继续尝试打开车门。踢他面前的座位。踢金属隔栏。踢车门。他是一条疯狗。整辆车都跟着晃动起来。

"啊,不要。啊,不要。"帕特里夏一声声哭着。

我也想哭,但哭不出来。

"冷静点,奇诺。"帕特里夏乞求着,"求求你了!想想孩子们!"

奇诺停下来,大口大口喘着粗气。他气得脸都红了。脸上的粉刺甚至更红了。额头两侧的青筋根根暴起,跟外公生气的时候一个样。他看着我和卡拉,终于慢慢冷静下来。

"我们睡着了。"奇诺说着,摇着头,"全都搞砸了。"他又踢了一次驾驶座,然后便盯着窗户外面。他比马塞洛离开时的切莱还要生气。奇诺一直么么好,还跑回来接我。外公都没给奇诺钱叫他照顾我,可他还是那么照顾我。他跟马塞洛完全是两个极端。在船上他抱着我。他一直确保我喝了,吃了,睡了,就像帕特里夏那样。我信任他。我喜欢他抱着我,喜欢他为了让我好受些问我问题。但现在他好生气,好低落,这让我也好生气,好低落。

没有人说话。所有人都看着窗外。我透过挡风玻璃,透过金属隔栏往外看。制服们用塑料绳把躺在地上的人的双手绑起来。随后那些美国佬押着他们走向别的卡车,看起来跟我们这辆不大一样。那些车的后门打开来,是个笼子模样的东西,还有两条金属长凳。美国佬把他们塞了进去。我头一回看到他们的脸。这些人昨天晚上都只是一团团阴影。我没看到马里奥。没看到切莱。没看到有谁戴着毛线帽,也没看到那个怀孕的女人。我甚至不知道梅罗·梅罗的脸是什么样子,但也没看到像他那么高、那么瘦的人。

帕特里夏深吸了几口气，找回声音说："记住，我们是墨西哥人，我们是一家人。"

奇诺点点头。

"是，妈咪。"

"背一下你们的名字。"帕特里夏说。我在脑子里重复我的假证件上写着的假名字。

奔尼帽没回来。棕色短发还在帮其他绿制服把人们塞进卡车。天开始热起来。我们肯定睡了好长时间。我们一直没听到面包车鸣笛。次奥！我们就差那么一点了！现在我们身在牢笼，就跟长尾小鹦鹉一样。我们打不开车门，打不开车窗。我们什么都做不了。

棕色短发回来了，用英语说着什么，打着了车，对着他的无线电说起话来。副驾是空着的。仪表盘亮起来。空调开始吹风。我们这辆车开动了。更多制服从灌木丛里两手空空地走出来。他们谁也没抓着。我们的车穿过昨晚我们路过的那些灌木丛，随后走到那条沥青路上，面包车本来要在这条路上接我们的。棕色短发问了我们几个问题，我们听不懂，他便试着跟我们说起西班牙语来。

"哪里……国家？"他听起来像牙牙学语的孩子说出自己的第一句话。谁都没回答。我努力活动舌头，但舌头好像僵了一样。我们是墨西哥人。她是妈妈。奇诺是爸爸。卡拉是姐姐。我们不知道蛇头是谁。我们是从诺加莱斯来的。

"墨西哥。"帕特里夏用抑扬顿挫的声音回答道，我们听真正的墨西哥人说过这个词，就是这么说的。奇诺还盯着窗外，两手在背后紧握成拳，手铐在深色衬衫映衬下很是显眼。

"一家人？"那美国佬看着后视镜，短暂地转头指着我们所有人问道。

"是。"帕特里夏盯着自己的手说。她戴着戒指。奇诺也是。卡拉看着妈妈的手。她自从上次跟我说过话之后还没开过口。可能她的舌头也僵住了。我感觉自己要融化在座位里了。

"麦可—西—科？"那美国佬的舌头卡在"可"音上面。

"是，一家人。"帕特里夏回答。她唱歌一样拉长了元音，随后用脑袋画了一个最完美的圆圈。卡拉的手没有铐上，她便用手抚了抚妈妈的后背。

"没事的，闺女。"帕特里夏对卡拉说，专门在后面加了个"闺女"，好让她听起来像是诺加莱斯来的。卡拉没有回应，看着挡风玻璃外面，抚摸妈妈后背的手也停了下来。这个美国佬要带我们去哪儿？我什么时候才能见到爸爸妈妈？梅罗·梅罗什么时候会回来救我们？大家都很沉默。我不知道该看谁，该看什么。副驾上有一架双筒望远镜。我们一路上还一辆车都没碰到过。灌木丛。树。草。草。灌木丛。灌木丛。草。有时候会看到一道围栏，我们从下面钻过去的围栏。泥土在阳光下是红色的。

※

那美国佬终于不再问问题之后，我们的车行驶在沉默中，只偶尔会从他的无线电里传出一阵哔哔声，并继之以人说话的声音。我们汇入那条沥青路，又汇入另一条更大的沥青路，最后来到一个镇子。我们左转右转了好多次，最后把我们带到了这里：两扇黑色的大门，里面有一个砖砌的岗亭。亭子顶上有个牌子，上面写着英文，英文下面写着"亚利桑那州，诺加莱斯"。我们回到诺加莱斯了？可这里是美国，不是墨西哥啊。

岗亭里的美国佬打开大门，挥手让棕色短发进去。里面有一栋两层的建筑，前面巨大的停车场里停满了带绿条纹的白色汽车。美国国旗在旗杆上低垂着，旁边的门看起来像是用有色玻璃做的。美国佬停好车，拿出钥匙，打开车门，一股热浪冲了进来。在车里，因为开着空调，我袄子里的汗已经干了。我还是想上厕所。我肚子里一直在闹腾。

美国佬打开了奇诺那边的车门

"出来。"他平静地说，先是英语后是西班牙语，"来，路上。"这回声音大一点，边说边指着车门外黑色的沥青地面。他的西班牙语说得不大对，但我们听懂了。

奇诺回头看着我们，说："等我一下。"

"好。"帕特里夏说。我们点点头。随后奇诺走了出去。

那美国佬一只手抓住奇诺的手铐，用另一只手示意我们在车里等着。他砰的一声关上车门，抓住奇诺的脖子，推着他走向滑开的前门。

"不会有任何事情的。"帕特里夏换回我们的口音对我们说，"我们来说一下。"她重复了一遍我们的假名。我们点点头。她叫我自己说一遍，但我说不出来。

"你可以的。"卡拉拍着我的腿说，"你可以的，想想。"我喃喃地念出那个名字。从马里奥大喊"移民局"开始，这是我嘴里

317

冒出来的第一个词。

"不会有任何事情的。"帕特里夏一遍遍重复着。

我的下巴感觉好沉。一切的一切，我的身体，我的腿，感觉好痛。我的肚子。我觉得恶心。就像发烧了一样。我的头好疼。我想撒尿——特别特别想。

那美国佬跟另一个戴墨镜的美国佬一起朝这辆车走回来。他们的制服是墨绿色的，就像那栋建筑旁边长着小小绿叶的细树。

"记好了。"帕特里夏最后一次对我们说。

棕色短发打开同一道车门，而另一个制服绕过车头，走向我的冒牌妈妈。我得好好假装一下。两个车门都打开了，热浪涌进来，车里就像火炉一样。美国好热。我爸爸妈妈的国家。我还指望能看到雪，看到可口可乐广告里那样的北极，然而这里比萨尔瓦多还热。

新加入的那个美国佬用英语对帕特里夏说了些什么，然后把她拉了出去，在她身后快速关上车门。他把手放在帕特里夏脖子上，押着她走向车头。

"请下车。"棕色短发把白皙的手伸进车里。他发卷舌音挺费劲。"你们两个，都下来。"他看着我的冒牌姐姐说，手指伸出来张成"二"字。"不是坏人。"他说着，把手掌放在胸前，胸前有一片黄色，上面写着英文。

卡拉想推我。那美国佬抓住我的小臂。他的手很暖和。他的手掌很软，也很光滑。我从深灰色座位上滑过去，滑过先前奇诺坐过的位置。棕色短发把卡拉扶下车。卡拉的脚一碰到沥青地面，那美国佬就关上车门，抓住了卡拉的手。我的胳肢窝和后背下面全是汗。好热。我们全都走向滑动的有色玻璃门。我还从来没走过这样的门。

门自己会开。门里的空气跟车里的空气很像,冷冷的,像打开了一台冰箱。奇诺在这儿,戴着手铐,站在一个柜台前,柜台上有一台电脑。他在跟柜台另一边的另一个绿色制服说着话,那人同时还忙着在键盘上敲敲打打。屏幕又黑又大,跟一台小电视差不多。我不喜欢这些制服。柜台后面还有那么多。他们在沙漠里打奇诺。他们抓住了我们。他们把我们带到这里。他们是坏人。

棕色短发陪着我和卡拉在一条金属长椅上坐了下来。另一个美国佬押着帕特里夏走到奇诺那里,然后沿着铺了瓷砖的长长的过道走开了。柜台里的美国佬继续一边问他们问题,一边敲着键盘。从这里看去,他俩很像已婚夫妇。我从来没见过我的真爸妈这样子在一起。我忍不住一直看着奇诺和帕特里夏。我们看起来像是有血缘关系的吗?他站在离她那么近的地方,两人戴着手铐的手臂都碰在一起了。

"水?"美国佬问我和卡拉。卡拉点点头。但我不想喝水。我想撒尿!但是我无比难堪,也不知道该怎么说。

"吃东西?"我们都点了点头。他站起来,沿着押送帕特里夏的美国佬走过的那条过道走向一扇木门,然后打开门走了进去。有更多美国佬小跑着走向滑动门。

"OK。"柜台上的美国佬大声说。我知道这个词,是从电影里学的。"这儿。"他示意我们过去。卡拉看起来很疑惑。

"过来。"帕特里夏说,声音抑扬顿挫。

棕色短发还没回来。柜台美国佬用英语对我们说了几句什么。"这儿。"他很不耐烦地说。卡拉站起身,抓住我的手,拉着我穿过瓷砖地板,走向奇诺和帕特里夏肩并肩站着的柜台。

"母亲?"柜台美国佬问。

"是。"卡拉回答。

"母亲?"他问我。

我点点头。

"好。"然后大声说出了我们俩的名字。

我们点点头。

"几岁?"

"十二。"卡拉说。

"你呢?"他用一支笔指着我的脸问我。

我僵住了。

"九岁。"帕特里夏替我回答。

棕色短发拿着两个纸杯和一些饼干回来了。我没有喝我的水。我把那杯水举到奇诺的两腿前。他冲我点点头,叫我喝下去。我摇摇头,把那杯水又往他胸前推了推。最后他终于俯下身来,喝了水。

"OK。"柜台美国佬说着,从身后叫来又一个绿色制服。他看起来跟我们很像,肤色比帕特里夏和奇诺都深,头发也是黑的。他是美国佬吗?他头发不是金色也不是棕色。眼睛不是绿色也不是蓝色。

"你们好,你们是一家人吗?"他的口音很好玩,像美国佬说西班牙语一样,每个字音都咬得很重。

"是。"我的冒牌父母几乎同时说出来。

"好,你们知不知道现在你们是被拘留了?"

他们俩都点着头。

"你们知不知道,如果你们再偷渡,就要坐十年的牢,明白了吗?"

他俩互相看了看。棕色美国佬的西班牙语说得很慢,很多字的音都发错了,但大部分时候我们都能听懂。然而这一回,我没听懂。帕特里夏也摇着头说:"能再说一遍吗?"

"他们干的,"他做出人们在走路的动作,"是犯法的。偷渡。坏的。犯罪。"

奇诺和帕特里夏点着头。

"再犯,坐牢,十年。"他举起十根手指。

柜台美国佬抱着胳膊偷偷笑起来。

"是。"奇诺不耐烦地说,青筋暴起。帕特里夏没有完全听明白,她悄悄拿胳膊肘顶了顶奇诺,奇诺向她贴得更近了一点,轻声说:"他们再抓到我们的话,我们就要坐十年牢。"

帕特里夏摇着头,眼睛瞪得溜圆。

"懂了吗?"棕色美国佬又问了一遍,"犯法。"

帕特里夏点点头。

几个美国佬互相说了几句什么。柜台美国佬又往电脑里敲了一些字。

"这里,你们的签字和指纹。"棕色美国佬说着,打开了奇诺的手铐。棕色美国佬依次抓起奇诺的每一根手指按在一个紫色圆垫上,又把一支笔塞进奇诺手里,让他签一份文件。

奇诺按完写完,棕色美国佬又抓过帕特里夏的手指同样来了一遍。

滑动门又开了,制服们带着另一些穿着深色衣服、戴着手铐的人走进来——大都是男人,也有一些女人,但没有孩子。是我们那条大蜈蚣里的人!打奇诺的那个美国佬也跟他们一块儿。奔尼帽。

"没事的。"棕色短发抚摸着我们的后背,对我们说。美国佬命令戴着手铐的人坐在地板上,就在我们刚才坐的那条长椅旁边,其余的人站着。他们好多好多人。

我都准备好往紫色圆垫上按手印了,但没有人要求我和卡拉。棕色美国佬从柜台后面走出来,拽住帕特里夏的小臂。抓住了卡拉。

"我们是一起的,一起的!"帕特里夏冲棕色美国佬大喊,"一家人!"

奇诺往我这边站了一步。

"对。"棕色短发说着,嘴里漏出了英语,但很快又换回西班牙语,"男女要分开。"

"程序就是这样。"棕色短发揉着我的肩膀说。奇诺靠得更近了。

"等着我们。无论发生什么事情,等着我们。"帕特里夏当着所有人的面,大声对奇诺和我说。那美国佬拿起卡拉的背包。卡拉没哭。帕特里夏也没哭。奇诺什么也没说。他点点头,把他的身体靠在我脑袋上。我们还能再见到她们吗?他们会把她俩带去哪儿?

棕色美国佬押着她们沿着瓷砖地面走去,走过刚才棕色短发给我们拿水和饼干的木门。我的饼干还在手里。我不饿。我也不渴。我只想撒尿。

"没事的,我们俩还在一块儿。"奇诺轻声说。

棕色短发捏住奇诺的脖子后面,抓住我的手,押着我俩走向同一条过道。所有人都看着我们。制服们。手铐们。每走一步,我感觉一切都更冷一些。

※

我在一个动物园里。一个笼子里。我是个猴子,跟另外至少二十一只猴子关在一起。所有人都拉长了脸。没有人笑。有其他人进来的时候,我们就超过二十一个了。也有人走。只有我一个小孩。这是我们的房间。如果后面的门是用黑色金属栅栏做的的话,它就像拖车式活动房屋的后部。三面墙。房间后面有一扇很小很小的窗,能照点阳光进来。墙和墙之间只隔了一米多一点,进深有三米。我们被锁在里面。如果想要冷水,我们就从装在金属马桶圈上方的金属水槽里喝水,马桶里一股尿臊味。帕特里夏和卡拉在另一个房间里。她们尖声喊着我们的假名字,奇诺也尖声回应。帕特里夏第一声就听出了奇诺的声音。

"要是你们先出去了,告诉我们,我们先出去的话也会告诉你们。"帕特里夏说。后面我们就一句话也没说过了。所有人都很安静。人们眼神空洞地盯着房间对面。也有人盯着带金属栅栏的小窗户外面。还有些人把脸埋了起来 —— 就算他们在沙漠里跟我们是一块儿的,我也认不出来。没有人知道美国佬们会不会听得出我们的口音。

我身上很冷,也很疼。我的背。我的胳膊。我的腿肚子。我的大腿。就连我的屁股蛋子都疼。左边疼得更厉害。所有地方都很痛。脖子根感觉就好像我还背着背包一样。我的膀胱满了。我的肚子咕咕直叫。我憋着尿。我干不出来大人们干的事儿:当着所有人的面,把裤子拉链拉下来!棕色短发把我们带到这里之后,拿掉了奇诺的手铐。我们靠在门上的金属栅栏上。马桶就在那儿。一个男人站起来,拉开深蓝色裤子的拉链。他的那话儿——好大,比我的大多了。粗。但是跟我一样,是棕色的,顶端是粉色。所有人都看得见!他粗壮的黄色水柱击打在马桶的金属上,力度又大,声音又响,就像大雨落进汤锅里。那尿液是黄色的,简直都可以说是橙色了。还有那味道——

我挪不开眼睛。我还从来没见过大人的小鸡鸡!我见过朋友们的,无意中看到的,是我们去海滩的时候,或是踢完足球互相扒裤子的时候,我们的大小总是一样的。帕蒂妈妈说我的是小斑鸠,是小鸽子。这男人的是只大鸽子。我都不知道小鸡鸡还能长这么大。现在我好羞愧,因为我的好小,因为我看别人撒尿。离我太近了。我跟奇诺说我们走开吧,我们便走开了。

我们走到窗子下面的后墙那里,经过了笼子里关着的所有人。他们有的站着,有的躺着,也有的靠墙蹲着。那些站着的,我脑袋离他们的腰很近。我满脑子想的都是他们的那话儿会比我的大多少。我的也会长那么大吗?收在内裤里面会疼吗?

我想融化到砖块里去。从另一边挤出去,来到太阳底下,来到热空气中,和那些鸟儿一起。它们飞起来的时候,影子会落在我们的笼子里。可能是鸽子。也可能是乌鸦。他们唱着歌。粗声粗气地叫。呕哑嘲哳。这里面很冷，也很黑。我两手缩在袄子里。我们所有的鞋，所有的深色衣服，都很脏，满是尘土。沙漠附在我们身上。泥土。仙人掌。汗。灌木丛。石头。血。洒了的金枪鱼汁。尿。所有这些都在我们皮肤里。

笼子里的猴子有的两眼茫然，有的在睡觉，还有的在打瞌睡。这个笼子。这个寂静无声、臭气熏天的房间。门边的猴子等着叫名字。然后会有个美国佬过来带他们走。制服很干净，是绿色的，他们的靴子是黑色的，闪闪发光，他们黑色的枪挂在黑色的皮带上。有时候带走的猴子还会回来。有的就不回来了。回来的猴子也不知道自己为什么会回来。没有人知道为什么。但他们说，我们全都会被"驱逐出境"。

"赶回墨西哥。"有只猴子说。

"得了，哥们。"另一只猴子以他最好的墨西哥口音说，边说边笑了起来。希望那些美国佬听不出来。

梅罗·梅罗去哪儿了？马里奥呢？制服们押着更多猴子沿着过道走来。绿条纹车上下来的新猴子进入更多像我们这样的房间，在我们左边或者右边。他们当中没有马塞洛。没有切莱。没有鸡头。但蛇头和马里奥说过，我们还可以再尝试一次。我们什么时候出去？我们会在这里关多久？

美国佬有黑色的无线电，看起来像对讲机。我九岁生日的时候想要对讲机，好跟朋友们玩，但爸爸妈妈没有给我寄。我的朋友们要是看到这些会怎么想？我是个猴子。美国佬看着我们撒尿。我再也憋不住了。我不想任何人看见。只有帕蒂妈妈看过我撒尿。她还跟我一块儿洗澡。除了她，没有任何人见过我的小鸡鸡。我非常难堪,但我要是尿裤子了只会更难堪。

阳光透过窗户上的铁栏杆照进来,温暖了我的手,我更想撒尿了。我的舌头像石头一样,但我必须——

"我做不到。"我低声对奇诺说。他靠在冰冷的墙上。他手腕上戴过手铐的地方留下了很深的压痕。

"什么?"

"自己撒尿。"我对着他的耳朵低声说。

他努了努嘴,眼神空白。"那边。"他冷冷地说。

我摇摇头:"我怕丑。"

他没回答,只是盯着他前面的空间:一块冰冷的水泥地,旁边有只猴子躺在地上睡着了。

"奇诺。"我拉着他的棕色袄子说。

他看着我,什么也没说。"走。"他说了一声,然后穿过房间,走向马桶。阳光照在金属马桶盖上,让马桶盖像真的银器一样闪闪发光。他招手示意我去他那儿,最后终于说道:"过来。"

我鼓起勇气,从猴子们身边走过,他们要么眼神呆滞地站着,要么躺在地上睡着了。

"我挡着你。"他说着,在我身后高高地站着,拉开袄子的拉链,摆好角度,让所有人都看不见我。

"别看。"

我确认奇诺的眼睛闭上了才拉开拉链。我的膀胱重重地压在我的裤子上。从马里奥喊出那声"移民局!"开始我就一直在憋着,等着撒尿。我把小鸡鸡捏在手里。那个男人的大鸡鸡在我脑海里闪现——

"快点。"奇诺说,没有睁开眼睛。他在帮我撒尿。我都不记得我的真爸爸有没有这么做过。

终于,一滴跟着一滴,然后变成一股细流,像打开的水龙头,流出的水冲击着马桶里的水面。我的尿是黄的。但没有那个人的那么黄。他的粗大、棕色的那话儿。粉色的头。我感觉自己变轻了。就像气球在放气。我的肚子感觉也没那么糟了。在这里闻起来很臭。我一直尿着,直到最后一滴。我上下甩着我的小鸡鸡,到处看,确保没有任何人看见。

我拉着奇诺的棕色袄子。他什么也没说,开始走回房间后面。他的手放在我肩上,一起走向窗户下面我们的老位置。我听着鸟叫。在笼子里寻找着它们的影子。我被困住了。我想离开这个房间。跟帕特里夏、卡拉和奇诺一起。我们的小家庭。我想要我们所有人,这里的所有人,沿着过道走出去,经过柜台,走到大路上,走进一辆面包车,把我们一个个送到我们现在本来应该在的地方:洛杉矶、圣拉斐尔、华盛顿、纽约……

阳光不再照在马桶盖上,而是照亮了马桶旁边的一小块水泥地面。又一个人拉开拉链,放水,没有我的黄。所有人的脑袋都向地面低垂着。房间里很冷。窗户下面暖和一些,因为外面的空气可以溜进来,但我还是要穿着袄子才行。我多想我的背包还在,能拿来当枕头。接下来我要怎么做? 我多想我所有的东西都还在:睡觉穿的短衫短裤,更多内裤,干净的正装衬衫,尼龙粘扣的鞋,高露洁牙刷和高露洁牙膏,海飞丝洗发水,我的比克笔,外公给我的牙刷,他的备用牙膏,他的手帕。我希望自己干干净净的。我想念萨尔瓦多的家。我想画点什么。我一直没睡。这是我这辈子到现在最累的时候了。之前没法睡觉，是因为我憋着尿。

又有一只猴子想引起美国佬的注意，他们在过道的另一头。他用鞋踢着金属栏杆，朝他们吹口哨，没有人叫他停下来。对美国佬来说，没有什么声音可以算是太吵了。我们能看到他们。他们也能看到我们。奇诺没有挪窝。他很生气。他很沮丧。我脑袋靠在墙上。努力闭上眼睛。我的目光穿过猴子们的深色衣服，我们的黑头发，我们的棕色或浅棕色的皮肤。我数着绿色制服有多少个。一个。两个。五个。十个。他们的黑色靴子，他们黑色的枪，他们的手铐，他们的黑色无线电，里面冒出来的只有英语。

※

"你。"一个暗金色头发、胡子刮得干干净净的制服指着笼子里面。"退后。"他说，在空气中朝我们推了推。我们往后站了站。一只猴子走到前面，被戴上手铐带出去了。我不知道我睡了多久，但太阳还在窗户外面闪耀。我梦见我还在那道沟里，我的背包还在，马塞洛还在，切莱也在。

有些人走了，另一些人补充进来，房间里仍然是满的。制服在过道里来来回回地走，把更多人带进更多笼子里。我们等着美国佬叫我们的假名字。我希望来一场地震，把墙都震塌，这样我们就能跑出去——但什么都没发生。只有鼾声和往马桶里撒尿的声音。

奇诺靠着后面那堵墙，我昏睡过去之前他也是这样子靠着的。他眼睛下面黑着好大一块。我估计他一直没睡。钥匙打开了我们旁边的笼子。"他们要带走我们！"帕特里夏的声音在回荡。奇诺一跃而起，挤过人群冲向前面。

"我儿子，"帕特里夏说，她看着我，戴着手铐，"那是我儿子。我老公。"她对之前那个暗金色头发的美国佬说着，拼命想留在原地。她一步也不肯往前走。帕特里夏想朝我们点头，但暗金色头发的手捏住了她的脖子往前推。

"妈妈！"我尖叫起来，但声音并不大。

"老婆！"奇诺大喊，两手伸到铁栏杆外面，但是帕特里夏和卡拉离我们太远了。

"爸爸。"卡拉柔声说着，松开帕特里夏的衣服，往奇诺这边迈了一步。

"没事的。"奇诺说，拨弄着卡拉的头发。

暗金色头发用英语说了句什么，然后抓着卡拉的胳膊使劲拉。卡拉没有放开奇诺的胳膊。我相信他们是一家人。我的家人。另一个制服跑过来，把卡拉抱离了地面。

"不要——！"我发现自己在尖叫。我能叫出来！

"没事的。"奇诺重复着，抱着我。

两个制服用英语说了几句什么，然后说："好了。"他们不断重复着"好了"，拍着卡拉的后背，她一直在抽泣。

"好了，闺女。"帕特里夏靠近卡拉，亲吻着她的头发。

暗金色头发用英语喊起来，两个制服把卡拉和帕特里夏从我们门上拉开，穿过过道，走向柜台。两个美国佬的黄色徽章在暗下来的大厅里闪闪发光。我的心脏像被逮住的蜻蜓一样跳动着。奇诺抱着我，说着所有人都在说的一句话："没事的。"但所有事都不好。他们要带走她俩。我们什么时候才能再见到她们?

"我会跟他们讲,把你们也带出来!"帕特里夏尖叫着说。我们房间里的人全都没有反应。就好像什么事儿都没发生过。就好像没有任何事情正在发生。我想要帕特里夏,我想要我的真妈妈。我想要玛丽。我不想在这儿。那恶心的马桶。那冰冷的水泥地板。那些制服。

这时暗金色头发领着另一个美国佬沿着过道走过来。他们走到我们门口站定。"嘿,你。"暗金色头发指着我,语气坚定,"你,小孩。"

我看着奇诺,他向我靠近一步。

"你,别。"他摇摇头。暗金色头发的胳膊朝奇诺伸过来,掌心向上,眉头紧锁,手指指着天花板。

"我是他爸爸。"奇诺对他们说。

"你,先别动。"他用浓重的口音说道。

奇诺一开始没有动,只是看着地面。看着我的腿,我的膝盖,我的胸膛,我的脑袋。

"快点!"另一个美国佬催促道。

奇诺凑近我的耳朵,拿胳膊搂着我,小声说:"跟他去吧。叫帕蒂和卡拉等着我。"我闻着他身上干掉的泥土味。他一直抚摸着我的后背。

"所有人,退后!"深金色头发冲其他所有人喊道。门开了,摩擦着地面,发出刺耳的声音。

"再见。"奇诺说,最后抱了我一下,没有掩饰我们的口音。

我迈了一步,奇诺的手直到我走出去才从我背上拿开。门在我背后咔嗒一声关上，金属撞金属。美国佬的钥匙插进门锁，像粉笔在黑板上写字。

我走出我们臭烘烘的房间，这辆拖车，这个笼子。我回头看。有人躺在地上，有人靠在墙上，仿佛什么都没发生过。仿佛我和奇诺压根儿不存在。也有人看着我，微笑着。奇诺也在微笑，挥着手，他两手穿过铁栏杆，像扇子一样挥动着。我沿着过道走去。暗金色头发拉着我汗津津的手。另一个美国佬在我们后面走着。柜台在前面，滑动门那里有一些明亮的光线照了进来。帕特里夏和卡拉看起来像阴影，但我认出了她们。

"去。"暗金色头发说着，朝着她们那边，在我背上推了一把。我跑过去。卡拉抱住我。她闻起来像奇诺一样，一股尘土味。帕特里夏的上半身靠过来，摸了摸我的头。

※

柜台美国佬坐在电脑后面，跟更多戴着手铐的人说着话。暗金色头发跟帕特里夏、卡拉和我站在一起。我们等着。我不知道在等什么。

"好了，他，墨西哥。"暗金色头发说，做出方向盘的动作，随后指向另一个制服，他拿着卡拉的背包。美国佬看起来各式各样。不像我本来以为的那样只有金发碧眼。这个制服看起来跟我们很像。黑色短发，有像切莱一样的浅棕色皮肤。

"你的呢？"帕特里夏指着卡拉的背包问我。

"在沙漠里。"

暗金色头发跟黑色短发说了些什么,两人便都朝前门走去。

"丈夫。我老公。"帕特里夏说,没有迈步。

"他待会儿出来。"

"我老公。"她重复着,朝过道迈了一步,用脑袋向奇诺的方向示意。

我好害怕我们再也见不到奇诺了,就像船上那些人,像被墨西哥警察带走的那几个危地马拉人,像马塞洛、马里奥和切莱。我们不能丢下他。

"爸爸。"卡拉说。

"爸爸。"我也叫起来。

"待会儿出来。"黑色短发又说了一遍。

"不会有任何事的。"暗金色头发跟着说。

"我老公还在那里面。"帕特里夏指着笼子那边说。柜台美国佬转过椅子,看着我们,喊了几句我们听不懂的话。他皮肤更粉、更红,像猪皮。他转过头,把另一个美国佬叫了过来。

"冷静,冷静,"一个新美国佬说,"不会有任何事情的,只不过处理文件还需要更多时间。"他留着浓密的小胡子,说起话来抑扬顿挫,就像梅罗·梅罗、马里奥和帕科一样。这是美国佬里面说西班牙语说得最好的了。

"墨西哥人,对吧?"

"是。"帕特里夏迅速答道。

"好,嗯,不会很久的,今天或者明天,从这儿驱逐出境。"又是这个词。马塞洛就是这样。驱—逐—出—境,回到萨尔瓦多。坏人会被驱逐出境。

"明天？！"帕特里夏一仰头，脚在水泥地面上一跺。

"对。还需要些时间。"他的眼睛跟我们一样，是深褐色的。

"但是他们会放他走吧？"

"对。"小胡子美国佬说。

为什么他们在奇诺身上要花的时间更长？是因为他的文身？他的穿孔？我不明白。但他没把衣服脱下来过。他的文身都在胸前，制服们没见过。

"我老公。"帕特里夏又说了一遍。

"我保证，他们会尽快把你老公放出来的。"小胡子美国佬承诺道，并解释说这里关的男人比女人和小孩多多了。他示意黑色短发和暗金色头发把我们带去外面的停车场。

"祝你们好运。"小胡子美国佬说。

制服们跟我们一起走向入口。一只手搭在帕特里夏脖子上。门往两边滑动。一股汹涌的热浪扑到我们脸上。旗子挂在旗杆上一动不动。我睡了多久？肯定不止几分钟，也不止两三个小时。外面的光亮让我很困惑。我们又身在熔炉里了。沥青感觉很黏，热气沿着我们的鞋爬上来。我们走向另一辆带绿条纹的白色卡车。小鸟歇在细瘦的绿树上，看起来好像好多年没喝过水一样。有仙人掌，又高又肥，跟《飞奔鸵鸟和大灰狼》里的很像。夜里我没有看见过这种仙人掌。不是孤单单，也不是长尖尖。它们看起来像人。带刺的老人低头看着我们。其中一株长在停车场外面，两只胳膊高举，就好像吓坏了一样。另一株有四只胳膊，还有更多胳膊正从这四只胳膊上长出来，像一只奇怪的八爪鱼。

黑色短发打开前门。那门自动开始叮—叮—叮—叮地叫起来。暗金色头发打开后门,让帕特里夏进去。她在座位上挪到右边靠窗的位置。暗金色头发又帮着卡拉,然后是我上了车。他在我们身后关上门,跟我们挥了挥手,然后又跟黑色短发说了些什么,这时黑色短发已经坐在驾驶座上了。

车打着了,空调也开始吹冷风。车后面是一样的:没有安全带,深灰色的塑料座椅,金属栏杆把前座跟后座隔开。我喉咙好干。我又渴了。我在笼子里应该喝些水的。我还没刷牙。我舌头上盖着一层厚厚的白色的东西,就是这玩意儿早上会让人嘴巴里味道很难闻。我怎么刷牙?怎么洗澡?怎么把自己弄干净?我所有的东西都在沙漠里。帕特里夏的背包也丢了。只有奇诺和卡拉所有东西都在。我知道自己臭烘烘的。我想洗澡。沙漠在我们的衣服里,我们的皮肤里。我们的车开动起来。我们要被驱 — 逐 — 出 — 境。我的胃里一阵翻腾。我感觉自己好像仍然待在那个银色马桶旁边。拉链。最黄的液体。

我们丢下了奇诺。他从来都不会丢下我们。他跑回来把我背在背上。切莱和马里奥跑了。奇诺本来也可以脱身。但他跑了回来。总感觉不大对。我们先是八人组。然后是六人组。今天早上我们有很短的一段时间是四人组,现在又成了三人组。我好担心最后只剩下我一个,担心帕特里夏和卡拉会丢下我。我不想一个人。我任何事情都愿意做。我想哭。我想抱抱。我想跟爸爸妈妈在一起。我不想回墨西哥。我在美国。不应该是这样子的。我希望自己现在正欢笑着,扑进爸爸妈妈怀里。

卡车里很安静,只有空调和轮胎的声音,间或还有无线电的哔哔声。我们开出停车场,走上大路,路边的树跟沙漠里的树一模一样。我们驶向满是房屋的山丘。真正的围栏，电影里那种，在山脊上绵延。从这里看，那些围栏看起来很小，而且生锈了。我们没开多久的车。我们越来越接近那些围栏和山丘，然后我们左转，进入我们被送去笼子时经过的一个小镇。一家汉堡王。右转，然后出现了一家麦当劳。我们经过一个壳牌加油站，在一个路口停下来等红灯，旁边有一棵棕榈树。

我们右边有一排带遮阳篷的店面。路变宽了。两车道，然后是三车道，穿过一栋两层的建筑，看起来像一个米色的鞋盒子。每条车道的尽头都有一个岗亭，里面挤满了制服。好多车在等着开过去。看起来就好像那栋楼在吞吃这些汽车，每个岗亭都是一颗巨大的牙齿，二楼的窗户是这栋建筑的眼睛。车辆排成的五支队伍是从鞋盒的嘴里伸出来的五条长长的舌头。

仍然是红灯。我们前面是一个有凉亭和树的公园。那些树跟沙漠里的树不一样，长满了叶子，而且比周围所有建筑都高。鸽子停在电线上，也有一些在我们头上飞。灯变绿了，我们右转汇入车流，等着被那栋建筑吃进去。有块绿色牌子上写着"墨西哥"，还有个箭头朝前指着。我们右边，帕特里夏愣愣地看着她前面的座位，我们右边，帕特里夏那边，有一家商店，橱窗里的人体模特没有脑袋。白色遮阳篷上方写着巨大的黑字："风情屋"。遮阳篷上用红色写着：批零兼营全家服装。我还以为我们是在美国呢？那些买东西的人看起来跟我们没什么两样啊。

我们向左转上了一条开往公园的路。前面又是一座小山丘，山脊上立着生锈的围栏。围栏右边，房子一栋接着一栋。围栏左边，灌木和泥土。我们开过公园旁边的两条铁道。这是我们夜里穿过的那几道铁轨吗？这条路最后来到一家商店门口，店名叫"胜利"。这感觉可不像一场胜利。我们的车接近了一堵混凝土墙，上面有一圈一圈的铁丝网，墙另一边的旗杆上挂着墨西哥国旗。奇诺不在这里。后座上有那么大的空。

路往左边拐了个弯。我们右边的混凝土墙上，有一部分是银蓝色的金属，刚好高过排队等候的人群。队伍开始的地方是一栋像住宅的建筑，顶上铺着赤陶土的瓦片。我们的车在队尾最后一个人的地方停下来。

"这儿，"黑色短发终于说道，"这儿下车。"他看着我和卡拉。"走那边。"随后他笑起来，露出一口几乎没有牙缝的白牙。

帕特里夏盯着他，"我老公呢？"

美国佬靠近金属栅栏，看着她，说："去那边等。这儿是驱逐你们的地方。"

"他什么时候放出来？"

"晚一点。"随后他含含糊糊地说了点别的，"晚上之前。"

我们说不定要一直等到晚上？！他把车熄了火。排队的人谁也没看我们一眼。他走到帕特里夏那边，敲了敲她的窗户，然后打开车门。

"别跑啊。"他指着岗亭对帕特里夏说。黑色字样的"墨西哥"写在一个黑色箭头旁边，指向一道门，看起来像超市的旋转栅门，只是这扇门从最底下到最顶上都装了很多金属条，有人走进去时，那些金属牙齿都会咔嗒直响。

"出来吧。"制服说。我们的车门仍然开着，他的手放在帕特里夏的手铐上。我和卡拉走到外面。那美国佬抓着卡拉背包上的带子。我拉着帕特里夏的衣服。他踢了车门一脚,把车门关上了。

这会儿只有一个女的在等着通过旋转栅门。她回头看到我们,跟那个美国佬说了点什么。她再转身面对岗亭时,超大号的红色衬衫鼓了起来。她脸上有很多皱纹,还缺了一颗牙。她很吓人。我不喜欢她的牛仔短裤,看起来太紧了。她被金属嘴吞进去,又被吐进赤陶土瓦盖顶的小房子里。

那个红衬衫美国佬到了另一边后,就走进一家商店,也有人拎着袋子从那家商店走出来。我们来到旋转栅门前面,黑色短发终于解开了帕特里夏的手铐。她揉了揉手腕。

"走吧。"他说着,把帕特里夏推到我们面前。"祝你们好运。"他在我肩上拍了拍。帕特里夏往回看着,努力想要站稳。"别犯傻。"美国佬说,用手指示意我们该往哪儿走。

她穿过金属牙齿。咔嗒。卡拉。咔嗒。到我了。在旋转栅门正后方有一个岗亭,里面有个人,在玻璃后面。

"走。"黑色短发说。我迈了一步,摸到热烘烘的金属。"走。"

我推了一下,穿了过去。那岗亭很窄,就像一个户外厕所。玻璃后面那个美国佬没有看我们,而是看着那一大堆排着队想要进入美国的人。

帕特里夏抓起我和卡拉的手,拽着我们往墨西哥的方向走。我们离我爸爸妈妈越来越远,离奇诺越来越远。但她还跟我在一块。我们还是一家人。她会保护我。她管我叫儿子。

我们朝着一个墨西哥警卫走去,他挥挥手让我们走开,说着:"走,走。"我们便走出了岗亭。只有两条街。一条在我们右边,跟那堵混凝土墙平行,另一条就在我们脚下。四面八方都有好多

337

人来来去去。这边不像美国那边,小房子顶上没有赤陶土的瓦片,而是铺了一层层盘成圆圈的铁丝网。那美国佬上了车,开走了。我和卡拉互相看着。这边好多好多人。人们在大街上等着,什么事也不做。而另一边,人人都要么在自己车里,要么在商店里。但在这边,帕特里夏的手是自由的。

挂着墨西哥国旗的旗杆就在我们面前。我们回到了我们假冒的祖国。空气跟一步之遥的另一边是一样的。这里也有鸽子在墙上飞,或是停在电线上。帕特里夏什么也没说。有人排队要去我们刚刚来的地方,我们快速经过他们。他们怎么就能这么走过去?有些人看起来跟我们很像,有些人说的是西班牙语。有个推小车卖冰淇淋的小贩。之前我吃了那些饼干,反而唤醒了我的胃。帕特里夏一直走得很快,一句话都没说过,只一直拉着我们俩的手。我知道什么也别问。冰淇淋车摇着铃铛。没有风,太阳高高挂在我们头顶。帕特里夏满脸是汗。她看起来好像迷路了。

"妈妈。"卡拉说。

帕特里夏没听见。

"妈妈!停下!"卡拉大声说着,挣脱了她的手。帕特里夏停了下来。

"怎么了?"帕特里夏放开了我的手。

"太热了。"

帕特里夏看看她,又看看我。

"是。"我小声说。

"你他妈的想让我干吗?"她简直是咆哮。

"我不知道。"卡拉柔声说。然后把袜子脱了下来。

我们三人都脱下深色袄子围在腰间，袄子的衬里和拉链摸起来都发烫了。帕特里夏停下来四下看了看。

"把背包给我。"她对卡拉说。

"为啥？"

"给我！"

卡拉交出背包，帕特里夏背到自己背上。

我们接着走了几步，卡拉问道："我们是要去哪儿？"

"别问了。"

帕特里夏盯着地面，到处张望着，挠着头。

"那边。"她指着一排店面。店面后边长着一棵棕榈树。有些店看起来关着门。一些男人坐在一道齐腰高的破碎的砖墙上，看起来像是拆老房子剩下的。还有一些人坐在人行道上，或是站在那里，一只脚抵着商店上锁的金属门。小鸟在头上飞。我搞不懂这么热它们怎么还能飞。只有在这时，我才有些怀念仍然关着奇诺的那个冰冷的房间。

那些男人看着我们，表情古怪。他们大都穿着牛仔裤，要么戴着棒球帽或牛仔帽。帕特里夏带我们走向一家商店遮阳篷底下躲阴凉。我感觉我们就像是赤身裸体，就像他们知道我们不是这里的人，就像他们知道我见过一个男人的那话儿。我流着汗，但汗液在皮肤上不会停留多久，很快就会被空气舔干。流浪狗在街上游荡。我靠近帕特里夏，我可不希望这些狗是沙漠里那些德国牧羊犬。橙色的泥土，脚下踢起的尘土。我们回到了墨西哥，昨天我们在的地方。

帕特里夏坐在人行道上，靠着商店的墙。卡拉和我坐在她旁边。那个卖冰淇淋的还在摇着铃铛。别的小贩也在走来走去，卖着薯片。我好饿。卡拉看着妈妈，但什么也没说。帕特里夏那儿有我的比索，我的零花钱。我身上还有几美元，玛丽缝在我裤子里的，没有人知道在哪儿。

坐在砖墙上的男人朝帕特里夏吹口哨，喊着一些调戏人的话，像是"小辣妈"之类的。她抱住我们俩，没理他们。我们紧紧盯着一个又瘦又高、差不多秃了顶的男人，他眉毛又黑又浓，眼睛很小，看着就像《大力水手》里的奥莉薇。

男人们走近我们。现在他们朝帕特里夏喊的不再是那些话，而是价格了。

"五百美元越境！"

"六百美元去那边！"

"蛇头！蛇头！"

"鸡头！"

她没搭理他们。我们等着一个人，也只等着那一个人，从那道门里出来。那个人从圣萨尔瓦多开始就跟我们在一块儿了，从来不会丢下我们。跟我们一路共患难的人，现在只剩他一个了。

又一个男人朝我们这边走来。他穿着墨西哥式的牛仔靴，系着皮带，正装衬衫掖在裤腰里。他个子很矮，留着一把乱糟糟的黑胡子。

"你好啊小姐，你们想越境吗？"

帕特里夏摇摇头。

"我的价格最好。我是最棒的蛇头。"

他走得更近了，帕特里夏仍然摇着头，尽量不搭他的茬。

那人又往前迈了一步,帕特里夏只好说道:"不了,谢谢。"

"你看啊,你有小孩子,你们三个就一共一千五吧,怎么样?"

"不了,谢谢您,先生。"帕特里夏用最好的墨西哥口音回答。

"你在等谁?"

"我老公。"帕特里夏说完就再没说话,也不再看那个男人。那男人明白了,离开我们朝砖墙上那群男人走去。他跟他们说了些什么,他们指着我们大笑起来。其中一个朝帕特里夏喊了句什么。帕特里夏还是没理他们。过了一会儿,他们也就忘了我们,开始冲那道门里走回来的其他人喊起价格来。门里出来的大都是男人,也有妇女和小孩。他们跟我们一样,从带绿条纹的白色汽车里走出来。没有奇诺。

"不好意思。"帕特里夏向之前跟我们说话的那个男人招了招手。他跑过来,靴子在人行道上踢踏踢踏地响。

"什么事?"

"哪儿能买到水?"

他笑了。"那儿。"他指着街那头的一家商店,离排着队等着过境的人很远,"也可以等小贩过来。"

"谢谢。"

那人走回自己在砖墙上的位置。

"那我们等着吧。"帕特里夏说。我上次喝水还是在笼子里。金属水槽里的水那么凉,但现在一想起来就觉得挺好。哪儿都看不到卖水的人。哪儿都看不到奇诺。鸽子和小些的鸟也不再飞了,太热了。我们从卡拉背包里找出她的衣服,扇着风。我以为这些衣服是干净的,但闻起来也有沙漠的味道,除了尘土味还是尘土味。

我们目不转睛地盯着旋转栅门，盯着装了铁丝网的屋顶。美国佬也会过境到这边来。墨西哥警卫认识他们，会朝他们挥手。这些美国佬跟电影里看到的不一样，跟那些穿制服的也不一样。他们的衣服破破烂烂的，又旧又脏。他们脸上满是皱纹，跟排队等待的那个女的一样，他们也都像奇诺一样瘦。有些人推着购物车。他们让我想起我们老家的那些酒鬼："罪犯脸""美人""牛奶""水袋"。他们说话很大声，大喊大叫的，说的是英语。他们去商店里买啤酒或别的东西，用塑料袋拎出来，然后就排队等着过境回美国。有时候他们会带着购物车一起过境。有时候两手空空地过境。他们来到这边，我们又饿又渴的地方。他们走回那边，我爸爸妈妈在的地方，卡拉的爸爸和妹妹在的地方。这些美国佬让过境显得很容易。他们回美国的时候好像并没有出示什么证件。还有一道门不是旋转栅门，他们推着购物车的时候，制服们就会打开那道门放他们过去。轮子发出的声音跟他们的声音一样大。他们大声说话，听起来像喝醉了。

卖水的人终于来了，帕特里夏给我们买了三袋。一小时后，一个卖薯片的女人过来，帕特里夏给我们买了多力多滋玉米片。她还剩一些比索。太阳在天上慢慢挪着。我们一直扇着风，但阴凉也一直在移动，所以我们从靠着墙的地方慢慢挪到了靠着金属门的地方。希望这家店不会马上开门。

那么多美国佬穿着松松垮垮的衣服、满脸皱纹、推着购物车来来回回地走着。有时候是同一个人又回来再走一趟。为什么我们不能这么做？那些美国佬警卫需要听到的不过是英语而已。

为什么爸爸妈妈没早告诉我学几句？我要是会说英语，也能轻轻松松地走过去。谁都不会注意到。我看起来不像美国佬，但排队的人有些跟我也很像。他们肯定有证件。我们没有真的证件。那些喊价的男的肯定知道我们是怎么回事。我们已经在这儿很长时间了，有些男人已经走了，一些新来的接替了他们。他们也一样冲帕特里夏吹口哨，喊些调戏人的话，但过一阵就会开始说同样的事情："六百美元！六百美元越境！"

那些男人中间也站着一个女的，她对帕特里夏说："这事儿就当为了孩子们。"但是帕特里夏也没理她。这个女人一头黑色卷发，涂了红色的口红，穿着蓝色牛仔裤，白衬衫掖在系着黑色腰带的裤腰里。

帕特里夏对他们所有人都摇头。在跟混凝土墙平行的那条街上，也有一些人冲着从我们走出来的那栋小房子里出来的人喊价。他们能分辨出来谁跟我们一样。我觉得我也可以：就是那些走出来的时候低头看着地面的人。他们不笑。他们的皮肤大都是棕色的，或是跟我们一样晒得很黑。有些人背着背包，其他人则两手空空。那些美国佬就不一样了，他们脸上有笑容，走向商店去买东西的时候还大喊大叫。

过了几分钟，那个卷发女人又向我们走回来，想待在阴凉里。她对我们说有个地方有床睡，还有免费食物，我们可以去那儿等。她说我们不是非得用她的服务才行，但那个地方也有蛇头。帕特里夏假装没有听她说话，但这个涂红色口红的女人还是指了指那地方在哪。"顺着这条街一直走，然后左转。就问收容所在哪儿。"

"我们要等我老公。"

"等呗，等来了一块儿去。"她说着走开了。

天色越来越晚了。帕特里夏、卡拉和我必须成为三人组的眼睛、嘴巴、影子、饥饿和大脑。我对卡德霍好生气。它怎么能让这样的事情发生呢？有月亮，还是满月，可它什么都没做。我一直没看到卡德霍的红眼睛，也没有听到过它微弱的口哨声。我们等啊，等啊。我们跟着阴凉，从街道一边挪到另一边。现在太阳柔和一些了，但空气还是热烘烘的。我们又买了一袋水，但没有薯片。更多人过境来到这边，排队等着经过岗亭去美国那边的人也更多了。

现在是下午5点35分。太阳还在另一半天空的时候，我们就等在这里了。我们一直在喝水，但我的舌头还是感觉很干。我的喉咙里有蚂蚁，在挠着我口腔后部的那个沙袋。我呼出的气有臭味，舌头上白色的东西还在，我让水在嘴巴里沙沙作响，好像要吐出来一样，但实际上会吞下去，因为我很渴。帕特里夏和卡拉的嘴也有臭味了。所以帕特里夏跟我们说话的时候会把脸转到一边去。

"妈的，我都两天没洗澡了。"她闻着自己的腋窝说。

"两天？"

"是啊，哈维尔，你不记得了吗？"

我不知道她在说什么。

"牢里一个晚上，"帕特里夏说着，看着别处，"今天是星期一。"

"臭了两天，"卡拉补充道，她看着我这边，但说话是冲着地面，"我们上次洗澡还是星期六。"

两天？！不是只打了个盹？我在笼子里睡了一整晚！所以我醒过来的时候笼子里的人都不一样了。所以我身上才那么难闻。所以我才那么饿。我的胳肢窝里一股腐臭味。我身上仍然脏兮兮的。我们的裤子上全是土。衣服也是。

又一辆白色卡车开过来停下，让更多人下车。他们全都排成一队，等着过旋转栅门。他们旁边有两个绿色制服。他们一个个穿过旋转栅门。是他吗？深色衣服：没错。但所有男人都穿的是深色衣服。很瘦：没错。光头：没错。帕特里夏站了起来。我和卡拉也站了起来。我觉得那是——

"奇诺！"帕特里夏大喊。

"奇诺！"我和卡拉也喊起来，两手当成喇叭拢在嘴边。

人们看着我们。我们不在乎。帕特里夏挥着手："这边！过来！"

奇诺抬起头，拎起背包的提手。他把背包拿回来了！他走得更快了。我想朝他跑过去。

"小心，有车。"帕特里夏拉住我说。

是他。他回来了。我们没有丢下他。他也没有丢下我们。我们又团圆了。一家人。

"咋样？"奇诺说，冲我们点着头，"我们搞砸了，对吧？"

"闭嘴，屎橛子。"帕特里夏对他说，但我们都笑了起来。他说得对。我们被抓住了。

帕特里夏抱住他，说："我真害怕我们再也见不到你这张臭脸了。"我不知道原来她也在害怕。她之前表现得就像她知道奇诺肯定会来。他要是没来呢？呼。不要！我的天。我不知道我们能干吗。

"别说瞎话啦你。野草,火烧不尽的。"

我抱住他们俩。我再也不想跟他们分开了。我们身上有泥土和灰尘的味道。卡拉也抱着他们。我们是四人组。

"喂。我还没死呢,你们几个笨蛋。"奇诺说。他的小牙齿,他的酒窝,他那满脸的粉刺。他看起来好多了。他笑着。

"你在里面怎么样?"帕特里夏问。

"哈维尔可以告诉你。"

我摇摇头。

"他不说话。"帕特里夏说,"就跟哑巴差不多。"

"真的吗,小家伙?"

他膝盖着地,脸对着脸跟我说话。我更难开口了。

"不。"我低声说,摇了摇头。

"瞧,他没事儿。你过于紧张了。"

帕特里夏笑着摇摇头。卡拉也笑了。

奇诺告诉我们,制服们没有撒谎。他要等那么长时间,是因为有很长的队伍要"处理"。我不知道那是什么意思。我们也等了好久。

卡拉上上下下打量着奇诺,摸摸他,问道:"你吃了吗?"

"嗯,但是啊,那些三明治吃起来跟纸壳子一样!"

我们大笑起来。确实吃起来像纸壳子。

"不过你瞧,我跟那个人聊了聊,"奇诺指着从卡车上跟他一块儿下来的一个人,"他跟我说有个地方免费发吃的,可以睡觉,那儿甚至还有鸡头。"

"一个收容所。"帕特里夏说。

"对头,我们走吧。"奇诺指着那一大群男人说,他们似乎知道要去哪儿。他们沿着街道,往涂红色口红的女人所指的方向走去。

"来,"奇诺看着我说,"我们去吃饭,睡觉。"后面那句奇诺是看着卡拉说的。他朝帕特里夏点点头,帕特里夏知道意思是叫她牵起卡拉的手。他牵起我的手。他的手很粗糙。就像在沙漠里的时候:他是我们的领头人,他知道要干什么。我们沿着街道走去,走向墨西哥深处。路过汽车。路过开着门的商店。路过流浪狗和小贩。

"你跟他们谈过了吗?"奇诺一边走着,一边问帕特里夏。

"谁?"

"马里奥给我们的电话。"

"还没。"帕特里夏有些窘迫地说,"你才刚出来呢,就要问这个了?"

"对呀。"

"到了那儿我们就打电话。"帕特里夏对他说。我想他们说的是蛇头的电话。但帕特里夏和奇诺什么都没跟我和卡拉说。兴许卡拉知道。我们一直跟着那些男人。我们像一道波浪。路过人行道上的一个个人。人们看着我们。他们肯定知道我们不是这儿的。

有个男人问道:"是去收容所吗?"我觉得他是危地马拉人。

"对。"帕特里夏答道,那人便也跟着我们走了。我们是一道即将撞到床上的波浪。

347

1999年5月31日

我们排着队，等着进收容所，没有跟任何人打招呼。队伍前面有个修女说："里面有床，有洗澡的，有吃的，还有水，但是——"她顿了顿，"你们得排好队按顺序进来。不要插队。"

我们是跟着那道波浪来到这里的，波浪里基本都是男人。在这里，站在这栋建筑凹凸不平的墙旁边的妇女和孩子，就不是只有帕特里夏、卡拉和我了。这栋单层建筑刷成了白色，屋顶是铁皮做的，看着像一个大仓库，也像一所学校。快傍晚了。我们穿上了袄子，但拉链没有拉上。队伍走得很慢。跟在沙漠里一样，我们没有排在最前面，但也没在最后面。浅棕色的鸽子从屋檐上面飞下来的时候会发出很有趣的声音，就像发条玩具松开后那样叽叽吱吱地叫着。那栋建筑的黑色铁门大开着。我们看过去，看到铺了地砖的地板上放了好多床垫。

还有一个修女沿着我们排的队走过来，看每个小组都有多少人。她走到我们身边，问道："一起的？"

"对。"我们全都答道。她笑了，露出酒窝。她年纪不大，皮肤仍然很光滑。

"你们马上就进去了。"

"谢谢您，姆姆。"奇诺说。

她报以又一个微笑。

这些修女人很好，她们穿的都是白衣服。我们学校里，只有院长穿成白色，而且不是任何时候都那样穿。她肯定知道我不会回去了。我不想回萨尔瓦多。我们往前挪了几步。奇诺身上好臭。我身上好臭。我们前面的人也是。汗。土。沙丁鱼。尿。我必须马上洗个澡。我看着帕特里夏的嘴唇,有一朵花正从她的两唇之间绽放出来。一团火。是起了唇疱疹。帕蒂妈妈得过。我也得过。她是在笼子里的时候发烧了吗?还是因为气温变了?我不想发烧。

奇诺牵着我的手。我们往前挪啊挪。我们终于走到门口,那个没有走动的修女站的地方。她个子不高,长着一张像内利外婆一样的圆脸。内利外婆肯定在担心我。我想告诉她我很好,我跟很好的人在一起。我想让我的真家人见见奇诺、帕特里夏和卡拉。

我们走到修女身边时,她用一句"晚上好"跟我们打了招呼,然后给我们每人发了一瓶水、一支塑料牙刷、一块白色的泽丽奇肥皂,外加两条白色毛巾和一小管高露洁牙膏给我们共用。我又可以干干净净的了!

"谢谢你,姆姆。"帕特里夏说。

"谢谢。"我们其他人也说道。

"没什么。去挑一张床吧,只要没人就行。"修女指着房间里面说,地板上铺了一排排床垫。"最好一家人一张床。哦,还有,厕所在那道门后面。"她指着房间最左边的角落。

帕特里夏冲在我们前面,好抢一张床。里面很热。另外那些单个的男人和一家一家的人也选定了穿过床垫迷宫的路线。能下脚的地方不多。所有床上都铺了白床单,也都有一个白色的枕头。很多床都已经有人在上面歇着了,我们经过的时候,他们也看着我们。这是争夺免费床垫的一场竞赛。地板是赤陶土的,每块地砖上的灰都很容易看到。屋顶是铁皮的,由黑色铁条支撑。墙是白的,也可能是米色,阳光下我分不清。每隔两米都有电扇站在地上摇头。

帕特里夏左拐右拐地走向后面靠左的角落。人们坐到床上或跳上床去,拍两下,就表示这张床有人占了。我们前面的人占了一张。又一张。帕特里夏继续走着"之"字前进。我感觉自己没穿衣服,就像我们第一次穿过旋转栅门时的感觉。所有人都盯着我们,尤其是孩子们。比我还小的孩子。坐在他们妈妈身边,朝我们指指点点。

房间右边的角落还有空床。一个男人和一个孩子盯着那块白色矩形走过去。帕特里夏注意到了他们,加快了脚步。我们也跟着她加快了脚步。修女说:"所有人都有床。"但看起来好像不是那么回事。那个男人拎起自己的孩子,超过了我们。没关系,帕特里夏冲上挨着他们的那块白色,就在房间最角落的地方,四仰八叉地躺下来,在那张床上拍了两下。

"这儿。"帕特里夏说,声音足以让那对父子听见。

"你,去那张床。"她朝第三张还没有人的床点了下头,对奇诺说。

"姆姆说一家一张床的。"

"你跟哈维尔一起。"

奇诺坐到床上,我也在他旁边坐下来。床垫感觉很薄,但够长,比奇诺长。有个小男孩躺在他父亲身边,我朝他点了点头,但他并没有回应。我不在乎。我把沉重的身体放倒在身后的床垫上。好舒服。床单闻着有洗涤剂和漂白剂的味道。到处都有东西在动：人们的脚步，人们在聊天，风扇在摇头。房间中间有几根柱子，顶棚很高，感觉就像我们镇上的教堂。窗户让阳光照进来，让房间里的橙色越来越浓。我好累。我们等奇诺等了好多个小时。我好饿。薯片有点儿管用，但我想吃真正的食物。

"小家伙们，休息。"帕特里夏说。

"我饿。"卡拉指着肚子说。

我只点了下头。

"哪儿有吃的？"奇诺问。

那个带着儿子的男人看着我们，问："头一回吧？"

奇诺点点头。

"你们最好现在就去排队，那队老长了。"那父亲对我们说。他听起来不像墨西哥人。

"你为啥不去排队？"帕特里夏问。

"他们给排在中间的发得多一些。"

"那我们就跟你们一块儿排吧。"帕特里夏笑着对他说。

"还有多久？"奇诺问。

"随时。准备好了修女会喊的。绝对不会超过七点一刻。"

我看了看表。已经快七点了。晚饭会是什么？只要不是我们在瓜达拉哈拉吃过的那种绿色西红柿，我什么都能吃下去。我希望是在马萨特兰吃到的那种墨西哥卷饼，或者老太太的辣酱玉米饼。

"这儿吃得怎么样，好吃吗？"奇诺问那个男人。

"马马虎虎吧。"他说。他上唇的两角压在下唇上。

351

"您是打哪儿来的?"帕特里夏问。您。她肯定觉得那男的年纪比她大。我看着他,看不出来。

"萨尔瓦多。"

"哎呀,我们也是。哪个地方?"奇诺插了进来。

"圣米格尔(San Miguel)。"

"《加罗贝罗》①! 我们是从索亚潘戈来的。"

"哦。"那位父亲点了点头,没再说话。

我没去过圣米格尔。我想念外婆的玉米薄饼。有些很咸,外公就很喜欢咸的。温热的玉米薄饼卷上半个后院里摘来的牛油果,再加上一大块硬奶酪,一大勺豆泥。我现在最想吃的就是这个。

我躺下来,看着墙壁和铁皮屋顶之间的窄缝。那儿有个鸽子窝! 在床垫迷宫的最前面,有人放起了收音机。人们安静下来。我知道这首歌。

"哇哦,约尼克乐队(Los Yonic)的!"

"你错了,是马可·安东尼奥·索利斯的歌。"奇诺纠正帕特里夏。

"不可能。"

"是,这是《耶稣基督》。"

卡拉咪咪地笑了,我也大笑起来。

---

① "加罗贝罗"(Garrobero)原意为猎捕鬣蜥(garrobo)的狗或人。此处指歌手阿尼塞托·莫利纳(Aniceto Molina)的一首同名歌曲。莫利纳是哥伦比亚人,于1973年到1984年生活在萨尔瓦多的圣米格尔,他的歌曲在中美洲国家尤其是萨尔瓦多很受欢迎。——译者注

"别跟个疯子似的。"帕特里夏捶了一下卡拉的枕头。

我觉得奇诺是对的。不管在什么地方我都能听出那个声音。还有这些歌词:

> 但你会后悔的,如果你看到他的财富
> 跟我给你的比起来是多么微不足道。

"是约尼克乐队的歌,马可·安东尼奥·索利斯唱的。"我们旁边那位父亲说。

"哦——"帕特里夏和奇诺微笑着点了点头。

我想起切莱,想起他放布基斯乐队歌曲的时候,大家都开他玩笑,说他长得像马可·安东尼奥·索利斯。他跑了。他总是跟大家很疏远的样子,但我觉得他不在这里,不知道他在哪里,还是很奇怪。他成功找到面包车了吗?马塞洛在哪儿?他偷了切莱的吃的和水,那是罪行。他曾被"驱逐出境"。我们镇上的人是对的:他是个坏人。但现在我们也被驱逐出境了。我希望他能找到自己的妈妈。

无论我们去哪儿,总是同样的歌手跟着我们。特梅拉里乌斯乐队。布基斯乐队。野马乐队。孔特罗马切特乐队。维尔玛·帕尔玛和吸血鬼乐队。约尼克乐队。界限合奏团(Grupo Límite)。现在这些歌手又跟到这儿来了。我闭上眼睛,让离我最近的风扇吹来的风拂过我的皮肤。

这时,修女们把手围在嘴边当成喇叭喊起来:"开——饭——啦!"

音乐还在放着。所有人都拖拖拉拉地走到建筑后部我们所在的位置。就在我们左边,最后一排床位的尽头,有一个厨房。那个房间里有几台炉灶,一个巨大的鏊子,还有一台冰箱。修女们站在一张塑料桌后面,桌上摆着几个巨大的钢锅,几摞纸盘子,几盒塑料叉子和勺子,还有个容器里装着玉米薄饼。就像一场生日会。我们排着队分蛋糕。

"来,去填饱肚子吧。"奇诺拍着肚子说。我们都坐起来,看着那位父亲。

"还没到时候。"他低声说着,手掌往外平推,就好像要把空气推向我们这边。"相信我。"队伍越来越庞大了。"现在。"他说着,拉着儿子的胳膊站起来。

奇诺拉着我的胳膊。帕特里夏和卡拉在我们后面。我们站在队伍中间。有些人对我们微笑,还有一些人在聊天。他们大都随身带着自己的东西。我的背包要是还在,我也不会扔在那没人看着。奇诺就拿着他的背包。帕特里夏拿着卡拉的,只是留了件衣服在她们床上,也往我们床上扔了一件。

锅里冒着热腾腾的蒸汽。我满嘴口水。啊,我太饿太饿了。我什么都想吃。那个年轻修女拿起一个纸盘子,拿勺子在一口锅里搲了一勺:豆泥! 随后她又用另一把勺子在另一口锅里搲了一勺:黄米饭! 修女把盘子递给我们。年老的修女,看起来像外婆的那个,又伸出手来往我们盘子里放了一片薄薄的新鲜奶酪和两张面粉薄饼 —— 我的最爱!

"谢谢您,姆姆。"我说。

她们回以微笑。纸盘子在我手里沉甸甸的。桌子头上有一摞纸杯和一个饮水机。我把装满的盘子放在桌子上，按下饮水机的蓝色开关接冷水。我接了满满一杯。奇诺在我后面。他努努嘴，示意我回床那边去。我小心翼翼地走着，免得被什么东西给绊倒了。

我们全都回到了床上。奇诺把脸埋进盘子里，刚吃了第一口就满足地"嗯——"了一声，之后就不住地点头。帕特里夏也点着头，朝我比了个大拇指。我用一张温热的薄饼卷起豆泥和米饭。嗯——香啊。每一样都那么好吃！我咬了一口薄饼，又咬了一口奶酪。整个房间都静了下来，连音乐都停了。所有人都在埋头大吃。过了一会儿，音乐又开始了。这回是另一首歌。起头的地方节奏很慢。我听出来，这是何塞·瓜达卢佩（José Guadalupe）的声音。然后是键盘。

我把悲伤和泪水放进我心里，我的心却无法承受……

野马乐队！《让一切都不留痕迹》（*Que No Quede Huella*）。外婆超爱这首歌。我们一直吃啊，笑啊。跟着键盘的节奏摇摆起来。风扇摇着头。我们的手指插进食物里，载歌载舞。

※

吃完晚饭，大家又排起了长队，因为可以洗澡。现在凉快些了。我本以为我想冲个澡的，但这会儿又觉得太累了，一动也不想动。帕特里夏和卡拉已经进洗澡间了，我和奇诺守着我们的床。

他问我认为哪支球队能进墨西哥决赛。

"阿特拉斯队会一直赢到最后的。"

"不会哦,托卢卡和蓝十字会进决赛。"

我不同意。我们开玩笑般争论起来,直到几分钟后帕特里夏和卡拉回来。她们湿着头发,但帕特里夏还穿着进去的时候穿的衣服,衬衣上有几块地方湿了。透过脏了的衬衣,我能看到她的肚脐眼像在尖叫,她的胸罩像一双打湿了的眼睛。

"哎呀,要下雨啦,"奇诺对卡拉说,随后看着帕特里夏,"闻起来一股土腥味。"他最喜欢说的两个笑话。现在听起来好笑,只是因为他在老太太那里和在瓜达拉哈拉的时候一直说,但他才是那个很少洗澡的人。

"疯子。"帕特里夏假装很生气,但其实在笑。我因此笑了起来,奇诺因此笑了起来,卡拉见状则开始大笑。这下子,我们全都在白床单上大笑不止。这是我们的专属小船,是赤陶土色的海洋中的白色沙洲。

"我们得买些衣服。"帕特里夏在大笑的间歇抬起右胳膊闻了闻胳肢窝,然后说,"还是一股馊味。"

我们爆发出一阵大笑。我捂着肚子,奇诺栽倒在床上,卡拉擦着眼泪。人们看着我们。有人在摇头。我们是声音最大的那条船。也有人在笑着看我们。我们慢慢安静下来,但随后又是一阵大笑,不过没有先前那么大声了。我笑得喘不过气,笑得肚子疼。

"是啊,疯子。"奇诺对我们说,摇着头,看着我们床附近的人。"我们去洗澡吧。"奇诺拿起我们只能共用的毛巾和泽丽奇肥皂,帕特里夏和卡拉刚用过,还是湿漉漉的。我拿起新牙刷。卡拉把高露洁牙膏递给我。我和奇诺走向房子后面，也是厨房后面的地方。

天已经黑了，房子里面还在吹着风扇，房子外面要冷一些。我胳膊上起了鸡皮疙瘩，乳头也冻硬了。男人们排着队。一张绿色塑料门帘在水泥墙前面挡着，算是门，后面就是一个个洗澡间。

"把衬衣洗了。"奇诺对我说，"你先进去。"

我解开鞋带，把袜子放在鞋里。我碰到冰冷的水泥地的那一下，乳头变得更硬了。

"小家伙，还有这个。"他把袜子也递给我，"一块儿洗了。"他真聪明，我可以夜里把袜子晾干。我前面那个男人走出洗澡间，所有衣服都穿在身上。我看着奇诺，他点点头，我明白他的意思是我可以进去换衣服。

"别洗裤子，要太久才能干。"

我光脚走向绿色塑料门帘。水泥地很粗糙。我拉开门帘时，上面还有肥皂水和洗发水泡沫在往下滴。洗澡间的角落里，靠着水泥墙有个装满水的巨大塑料桶，里面漂着一个不大的塑料碗。因为刚有人用过，里面的水面还在动。好在这个桶并没有高过我，里面的水也快齐桶沿了，我自己就能把水从里面舀出来。我头顶的天花板上挂着一个无遮无挡的灯泡，好些飞蛾在往上扑。棕色电线在木梁上缠了很多圈，所以灯泡绝对不会掉下来砸在我身上。

我把皮带和裤子递给奇诺，洗澡的时候仍然穿着内裤和T恤，这样一来可以把内裤和T恤洗了，二来别人就不会看到我的身子。门帘并没完全把门遮住。我舀起一碗水倒在身上，感觉浑身一紧。我想起家里那口井，又想起特昆乌曼和外公。水从我头上一直流到脚下。我的那话儿变小了。我感觉自己仿佛无法呼吸,这感觉挺好。奇诺在墙上摔打着我的裤子,好把上面的灰打掉。我搓呀搓,从胳肢窝、腿上、胯上和肚子上搓下来好多好多污泥。头发里流下来的水是最黑的。我身上太多土了。我洗了身子,然后又洗了T恤。我把洗好拧干的袜子递给奇诺。我尽可能靠近门帘中间的位置,脱下内裤,尽力把身上所有脏东西都擦掉。这条内裤不是我弄脏的那几条里的,上面没有屎印,但这条也很让我讨厌,因为它是白色的,沾了脏东西太容易被看出来。

"毛巾。"我说着,把手伸出去。

奇诺把毛巾递给我,我擦干身子。

"裤子。"

他把裤子递给我。仍然满是灰,上面还扎着些刺和草棍。

"皮带。"

我穿上所有衣服,就连还湿着的T恤和内裤也穿上了,然后才走出去。

"我忘刷牙了!"

"不不,"奇诺说着露齿一笑,"在那边。"他指着一个带水龙头的水槽。我把湿毛巾递给他。感觉自己终于清爽了。但帕特里夏还是对的:我的裤子还是臭烘烘的。我的T恤贴在肚皮上。要不是我的T恤是黑的,我的肚脐肯定也会像一张嘴,就像帕特里夏刚才的样子。

"刷完了就回床那边去!"奇诺在门帘后面喊道。我在水槽边刷完牙,就走了回去。房间里很暖和。这里没有沙漠里那么冷,不过这会儿也还没那么晚。我的T恤好像干得挺快。我来到床边,卡拉已经睡下了。帕特里夏一只胳膊搂着卡拉，用另一只手梳着女儿的头发。我在床单上躺下来。因为T恤，我感觉自己在把床弄湿，于是又坐起来。帕特里夏的衬衣看起来已经干透了。

"睡吧。"帕特里夏说，并没有看我一眼。

我没有说话，把T恤从胸前皮肤上揭起来，这样能干得快点。奇诺还没回来。

"睡吧。"帕特里夏又说了一遍。

我T恤前胸那面没有后背那么湿，于是我把"狂欢三宝"的脸转到后面，躺在它们上面。我尽量在靠近帕特里夏和卡拉的那一侧舒舒服服地躺下来。床和床贴得很近，中间只隔了一块地砖。我想跟她们依偎在一起，就像我们进沙漠以前的那些日子。但这些床垫比我们之前睡的都窄，也更薄。我看着天花板，沿着屋顶上一块块铁皮看下去，一直看到屋顶的边缘。鸽子不在那儿了。它们肯定也睡了。

"九点熄灯！"有个修女喊道。

还不到九点？我感觉都已经半夜了呢。我肚子饱饱的。两腿酸酸的。我的肩膀。我的脖子。我躺下来，就像躺在一朵云上。我湿漉漉的T恤上仿佛有雨要滴下来。我把T恤又翻回来，这样"狂欢三宝"也脸朝上看着铁皮屋顶了。我闭上眼睛，等着奇诺的重量也压到床垫上。

1999年6月1日

"贵。"来自圣米格尔的带儿子的父亲这么评价我们的鸡头马里奥。这让帕特里夏对我们得到的服务感觉好些了。外婆曾经说："贵的就是比便宜的好。"我希望她是对的。父子俩的鸡头没有给他们被抓后再来一次的机会。我们有。马里奥给过奇诺和帕特里夏一个电话。今天的早饭大家吃得都很慢,可能是因为鸡蛋吃起来没什么味道,不过豆子倒是不错。吃完早饭,奇诺把我们沾了豆泥的盘子收起来,扔进垃圾桶。

"你们就待在这儿,帕蒂。我去打电话。"

早饭前帕特里夏对奇诺说,她希望我们所有人都去找电话。奇诺对她说,我们留在这里更安全。大部分人都是这么做的:一个人离开,其余人留在白色岛屿上。

帕特里夏一直在跟那个圣米格尔人聊天,他们父子俩在一块儿歇着。结果我们发现,他用过三个不同的鸡头,但没有用过我们的。一个都没成功。他试过三次越境了。他们走的路听起来比我们的长。我可不想走两次以上。

"就是要小心。给孩子们带够水。"那个圣米格尔人盯着天花板对帕特里夏说。他的孩子比我小,睡在爸爸的臂弯里。

好安静。就好像早饭里面加了皮托花一样。嗯……这种花看起来像细细的唇膏管,管身大部分是绿色的,只有顶端是红色或橙色。外婆用这种花煮的豆子汤最好吃了。来上一碗,所有人都会睡上一觉。我现在就是这种感觉。要是有音乐也能提提神,但是那个有收音机的人我估计也在睡觉,要不就是去外面找鸡头去了。只有风扇和鸽子发出的声音。卡拉抱着妈妈。我怀念她们身上牛尾汤的味道,就连被单里都是。这张床很小,但奇诺不在,就感觉好大。我不知该怎么开口,我想问她们,能不能像在之前我们待过的所有地方一样，跟她俩依偎在一起。昨天晚上我太累了。就算奇诺打鼾了，我也没听见。但被单上有一摊口水。昨天晚上我没睡在那个位置。奇诺的背包还在这儿。帕特里夏的胳膊穿过奇诺和卡拉的背包带，昨天晚上奇诺也是这个姿势。我们就只剩下这么点东西了。

  我感觉我们仿佛回到了老太太那里。我睡不着。其他人全都睡着了。我们什么时候会再走起来？奇诺什么时候回来？会有人接电话吗？梅罗·梅罗回到墨西哥了吗？马里奥呢？会由别人带我们走吗？帕特里夏怎么睡得着？她很可能没睡。她确实会这么做：让我们全都去睡觉，自己却一直醒着，想事情。她想事情的时候嘴唇会动。我看过去。她的眼睛闭着。她的头发散着。棕红色的发丝一缕缕在被单上铺开。她的黑色发带系在左手腕上，戒指戴在该戴的手指上。好多皱纹。她的手看起来干裂了。我看着自己的手，也很干。空气很干燥。我们需要护手霜。我觉得是在帕特里夏的背包里。可能她是在睡觉。她一动不动。她的呼吸很平静，也一直是一样的节奏。行吧。我就试试闭上眼睛吧。试着任何事情都别去想。任何事情。汽车轮胎回来了。那个男人大喊道："移民局！"然后是马里奥。别想这些。想想星星。夜里那么多星星。OK，就像那些美国佬说的。OK。任何事情都别想。睡觉。睡觉。

1999年6月2日

  "吃吃吃。"奇诺一边对我说，一边用面粉薄饼卷起一把没有味道的炒鸡蛋和豆泥,一口吞下。早饭每天都一样。但我们第一天还不知道,如果食物没分完,我们可以接着要。这是昨天晚饭时修女告诉我们的。她们食物做太多了。我们总是排在队伍中间,排在圣米格尔人和他儿子后面。

今天早上,银色托盘里还剩一些炒鸡蛋,银锅里也还剩了豆泥。奇诺和帕特里夏又去拿了一次,带回来两盘我们分着吃。但是薄饼没有了。

"吃得多,力气大。"奇诺嘴里含着食物笑着说。他是对的。我们必须多吃。

昨天,我和帕特里夏把我们的美元给了奇诺,让他去打电话,还买了些补给。我身上一点儿钱都没有了。奇诺联系了马里奥给我们的电话。我们有了第二次机会。但也是我们最后一次了。这次我们必须成功。电话里的那个人认识堂达戈、我们不知道名字的那个蛇头、马里奥和梅罗·梅罗,但他还没听到后面两人的消息。那个人告诉奇诺,我们可以今天就走,我们也是准备今天走。但是他也告诉奇诺,我们要用自己的钱买吃的和水。

"一回事。"我们会坐车前往沙漠中间,然后从那里开始走路。昨天一整天,奇诺变身马里奥和帕科,叫我们睡觉、休息、吃东西,为后面的长途跋涉做好准备。我们一整天都在吃了睡睡了吃。我尽了最大努力去睡觉。入睡容易些了。奇诺在我旁边小睡,有他的身体在床上,感觉不大一样。我不觉得那么孤单了。

"你们这就走啦?"圣米格尔人很惊讶我们这么快就又要动身了。我们还不知道他的真名,只是管他叫圣米格尔人,而他管我们叫索亚人。他以为我也是索亚潘戈来的。他真信了我们是一家人。

"对。"帕特里夏答道,这时我们吃完了第二盘。

圣米格尔人还要在这里待至少一天。

"要小心,多喝水。"他提醒奇诺和帕特里夏,随后躺回床上。

我们中午出发。奇诺没跟我们说过要去哪儿,他只说他知道,叫我们相信他。他说会有一个人穿着棕色皮靴,戴一顶黑色牛仔帽,开一辆红色卡车来接我们。

我又一次紧张起来,就像在老太太家里那时候一样,但这次也有些不同。上一次我还不知道沙漠在夜里是什么样子,不知道我们可能会被抓住,不知道如果我们跑得不够快我们就会落在后面,被扔进移民局卡车的车厢。不知道我们会像动物一样被关在一个小笼子里睡觉。我可不想再来一次了。我想见到爸爸妈妈。这次我没有背包了——可以走得快一些。我的肚子咕咕直叫。我希望那些炒鸡蛋不会吃坏了肚子。

"睡吧,小弟弟。"奇诺轻声说。他躺在我旁边,但他的眼睛睁得很大。帕特里夏闭着眼睛,但这次我看到她嘴唇在动。她在想事情。我看不见卡拉,因为她在床垫另一边。帕特里夏可能是在祈祷?上次我们也祈祷了,不过那是我们出发前。我闭上眼睛,想象着我是在教堂里,在跟同学们一起祈祷。

※

奇诺摇醒我,轻声喊着:"哈维尔,哈维尔!"

帕特里夏和卡拉坐在她们那张床垫上,头发湿漉漉的,皮肤上有很浓的泽丽奇肥皂的味道。

"要洗澡吗?"帕特里夏问。

我摇摇头。

卡拉转过头,做出一副闻到了什么臭味的样子,鼻孔张得大大的。

"我们去洗个澡吧。"奇诺说。

"就是,你们两个猴子。"帕特里夏开着玩笑,又扇着空气补充道,"呜哇。"

我不想洗澡。但我也不想成为唯一没洗澡的那个。我揉揉眼睛,站了起来。帕特里夏给卡拉梳着头,而卡拉在嘲笑我。梳子肯定是放在卡拉背包里的。要是帕特里夏的背包还在,她肯定会卷睫毛、画眼线,用口红把已经快没了的唇疱疹盖起来。我想念她化妆的样子,就像看玛丽化妆一样。

"给。"帕特里夏把肥皂递给奇诺,"黑鹫。"她窃笑着,她就是这么叫这块肥皂的。"泽丽奇"(Zote)的发音听起来确实跟"黑鹫"(zopilote)差不多。

我跟着奇诺去了洗澡间。今天比昨天还热。洗澡间前面没人排队,但奇诺还是叫我先进去。一样的流程:我洗澡,然后他把我的裤子递给我。我没有洗T恤,但我洗了内裤。我把浑身上下都擦洗了一遍。要是明天会见到爸爸妈妈,我必须闻起来香喷喷的。这是我最后一次在墨西哥洗澡了。我擦干身子,把毛巾和肥皂递给奇诺。我刷了牙,因为今天早上忘了刷,没有人叫醒我。我的心跳得越来越快。我的脑袋感觉很滑稽。我希望有人对我说一切都会好的。很久没有人跟我说过了。

我回到床边时，帕特里夏正给自己梳头。她的头发仍然湿着。
"好了？"

"是。"我说。

"是，什么？"

"是，妈妈。"

她大笑起来，靠近我，说："你这个冒牌儿子真棒。我们继续假装，OK？"自从我们听到那些制服们说"OK"，我们就说得越来越多。

奇诺看起来好像没洗过澡的样子。衬衣上全是干的。

"好了？"

"是。"我们所有人都答道。

"那好，收拾东西吧。"

圣米格尔人和他儿子从他们床上抬起脑袋。圣米格尔人说："索亚人，另一边见！祝你们好运。"他对我们竖起了大拇指。

"谢谢你，哥们。"

哥们。我想知道马塞洛是不是已经到了洛杉矶，盖起了房子。奇诺拿起他的背包。帕特里夏背着卡拉的背包。卡拉牵着妈妈的手。我牵着奇诺的手，他领着我们穿过床垫迷宫，经过屋里的人们，有的坐着，大部分是躺着的。有人挥了挥手。

第八章

再次尝试

1999年6月2日

  鸡头不大说话，只跟我们说"去后面坐着"。他戴着黑色牛仔帽，穿着棕色靴子，在一辆红色卡车前面抽着烟。卡车后面的车斗里已经坐了一些人。

  我们没有马上走。我们又等了一阵，有更多人要来。还有一个人坐在副驾上抽着烟。每回有新的人来，鸡头都会数一下人头，终于达到他想要的数字后，我们才驱车离开——这时已经一点钟左右了。

  我们已经开了一个半小时了。我们驾车离开诺加莱斯，驶向群山，经过一个个小城镇，贴着干涸的河床，穿过群山之间的山谷。我们右边有褐色的山脉，前面也有褐色山脉，到处都是灰扑扑的山。上坡，下坡，左拐，右拐，道路弯弯曲曲。我们的车开啊开，比第一次尝试越境的时候开得还久，一直开到一个只能看到仙人掌和细瘦树木的地方。轮胎压着碎石，我们开在一条平坦的土路上。

几分钟后,我们在一棵大树前停了下来,树干是白的。巴掌大小的树叶下,荫蔽着一座破旧的房子,外面的板条破破烂烂,也没有窗户。鸽子在屋顶上飞来飞去,我看到有人睡在房子的地板上。

"我们到了。"黑色牛仔帽说。另一个人仍然坐在前面,啥也没说。"休息,吃东西,睡觉。我们会在太阳落山的时候回来。"

奇诺跳下去,站在锯末色的泥土地面上。三点钟了。太阳还很高,但现在能看出来是在往哪边落下去——经过那棵大树往地平线下落。这里比诺加莱斯热,也比萨尔瓦多热。奇诺帮着我们一个接一个从卡车上下来。没有第二个人愿意搭把手。那些陌生人动作很慢。鸡头也没跟我们说要快点。跟上回不一样。

大部分人都是男人,跟上回一样。到处都是男人。但也有几个女人,甚至还有小孩——比我和卡拉大些,十几岁的样子。我们走向一处房子,看起来更像是超大号户外厕所,前门没有装合页,就那么侧面靠在墙上。阳光穿过曾经是屋顶的地方照进屋里。"五星级大酒店。"帕特里夏说。

"晚上还不止五星呢。"奇诺开起了玩笑。

我们待在外面,大多数人都在有树荫的地方等着。

"小心。"奇诺指着地板上冒出头来的钉子说。板条隔一块就有断了半截的,或者干脆不见了。我们能看到满地垃圾:水瓶、汽水罐、金枪鱼罐头、塑料袋、破T恤、胸罩、袜子和内裤。我们选了最靠近房子的角落待着,那里树荫最浓,还有些板条是完整的。

奇诺和帕特里夏背靠着房子门脸那堵墙坐着。男人们在睡觉，用帽子遮着脸。我记得我们第一次越境时那些男人也是这么睡觉的，那时候切莱和马塞洛还跟我们在一块。他们抽了那么多烟。这里没人抽烟。奇诺抖着膝盖。他没有买烟，但在收容所抽过几根。尽管切莱没怎么跟我说过话，我还是想念他的笑话。可能这也是为什么奇诺玩笑开得越来越多，但他玩笑里的幽默不一样。切莱不是故意搞笑。而马塞洛……我对他还是很生气，但没那么气了。

帕特里夏觉得马塞洛离开是明智的，因为他很可能没被抓到。没有了他，我感觉没那么安全了。马塞洛在我们身边的时候，人们看我们的目光不大一样——是又敬又怕的那种感觉，因为马塞洛是个大块头，面相凶恶，袖子外面还能看到文身。现在没有人那么看我们了。奇诺的文身在衣服里面藏着。他看起来要面善一些，本身也更年轻。他看起来并不是个不好惹的人，虽说他也在往那方面努力——无论什么时候，只要有男人看着帕特里夏，奇诺都会瞪着他，晃一晃他的假婚戒。"咋了？"他冲街上盯着帕特里夏的人说，脑袋一扬一扬的。在卡车上，没人说话，所有人都在看风景。在这里，所有人都在睡觉。树上的树叶随微风轻轻摆动，听起来像在下雨。绿色的雨，黄色的雨。

"休息。"帕特里夏对我们说。

我看着卡拉。卡拉也看着我。

"我们一直都在休息。"卡拉抱怨道。她说得对，我们休息得太多了。我的腿一点儿也不疼。我的肚子也基本上恢复正常了。我鼓起勇气附和了一声"对"，以示支持。

帕特里夏什么也没说。我要是像卡拉这样抱怨，我妈肯定会揍我。

卡拉扎头发的皮筋在她右手腕上，我指着那根皮筋，说："想玩吗？"

"玩什么？"

我伸出两手，拿手指比了个圆圈。

"哦。"她笑起来，随后用拇指和食指箍住皮筋前面，又用另一只手捏住皮筋另一头，然后松手。卡拉没打中圆圈，打在了我肚皮上。我们大笑起来。她的笑声听起来像小鸡在咯咯叫。我喜欢她大笑的样子。奇诺和帕特里夏看着我们，也笑了。

我们的玩法，是看谁在五次里能打中最多。然后比十次。再然后是十五次。她回回都赢。比完了，我们就从帕特里夏的一个大水瓶里小口喝水。我们给奇诺买了两大瓶水。帕特里夏也有两大瓶。我和卡拉一人一瓶中号的。

"妈咪，跟我玩儿吧。"我和卡拉都意识到我绝对赢不了，于是她去找帕特里夏。帕特里夏假装没听见，直到卡拉看起来有些伤心，两只胳膊抱在胸前。

"被宠坏的小猴子！"

她们玩了起来，我看着地平线，有一只鹰在那里盘旋。是个好兆头吗？天空除了蓝色还是蓝色。一丝云也没有。空气还是很热。更多卡车开过来，车斗里带来了更多人。一辆灰色卡车。一辆深蓝色卡车。我们那辆红色的还没回来过。每辆车都带来五到十个人。当中可能有我们第一次越境时见过的人，那次我们等了好久才开始列队出发。四点了，还有卡车开来。现在我们至少有三十个人了。感觉并没有蛇头在这里。也没有鸡头。没有人跟我们说话。没有人跟任何人说话。有人在吃东西,也有人在喝水。我们还没饿。我躺在木头上,往一侧伸开双腿,指着太阳的方向。背包没了,我的脑袋只好搁在袄子上。闻起来一股汗味。

帕特里夏输给了卡拉,卡拉很开心,也终于肯休息了。她在我身边躺下来,脑袋搁在背包上。"一切都会好的,小家伙。"卡拉说,并没有看我一眼。我看着她,但她一直望着天空。我有一阵没听人说过这句话了。我指着那只鹰,很远,但仍然在盘旋。卡拉笑了,拍了拍妈妈的胳膊,让她也看一眼。

"好兆头。"帕特里夏说。

没有云,也没有月亮。有点奇怪。我四下里看,什么都看不到。上回我们有月亮,差不多是满月,但是结果被抓住了。也许这次会好些。卡德霍上次没有出现。月亮不是卡德霍。我看到了一只鹰。一切都会好的。我们会成功的。

我不想又被抓住,也不想进那个笼子。那冰冷的地板让我这次想走得更快些,好更早走到面包车那里。这次我喝水会更小口。我应该多休息。但现在,在这棵大树下,我没有头一回开车出来等待的时候那么紧张了。上次我不知道我们要走多远,不知道沙漠里晚上会有多冷,也不知道我们会排成一条长线一个跟着一个走。但现在我都知道了。我准备好了。

※

有辆卡车回来了,停在已经在这里的三辆卡车旁边。棕色的鸽子从树上和屋顶上飞走，它们拍打着翅膀，泛起一道道明亮的白光。我喜欢它们发出的声音。它们朝着被夕阳染成了橙色的群山飞去。那只鹰现在应该出击，但已经飞走了。每辆卡车都有一个司机，加上坐在副驾上的另一个人。他们全都下了车，朝我们走来。我先前打了个盹，但做了些噩梦，梦见狗了——我没休息好。除了躺下，别的什么事儿也做不了。没有人起身。没有人做任何不必要的动作。我们知道接下来会是什么：走路，走路，一直走好多好多路。

我觉得我知道谁是新的梅罗·梅罗：一个小个子男人，皮肤跟切莱很像，红棕色波浪形头发，乱糟糟的络腮胡，还留着小胡子。他后面跟着七个人，大概就是鸡头。他背着一个深蓝色背包，看着比他的上身还长，差不多跟他的深蓝色牛仔裤一样长了。他穿一件青色长袖纽扣衬衫，下摆掖在黑色腰带里。他比切莱胖，但没有堂卡洛斯那么胖。一顶深棕色棒球帽盖住了他大部分头发，有几缕卷发从他耳朵上面探了出来。

"听着！嘿！注意！所有人！"新梅罗·梅罗的声音很沙哑，之前我们不知道名字的那个蛇头，喊得太多的时候就是这么哑。"所有人！"他重复了一遍，摘下帽子在空中挥舞。他是个秃顶！2号梅罗·梅罗像堂达戈一样是个秃顶！难怪他们都戴帽子。但他看起来没有堂达戈那么老。"我们马上就要动身了。收拾你们的东西。"

黑色牛仔帽站在2号梅罗·梅罗旁边，他喊道："你们都听到他说的了！找一辆卡车上去！我们开车去那条线！"

终于，背、膝盖和手开始动起来了。人们走来走去，避开地上的坑。有的人摇着头,也有人拍自己的脸,好让自己清醒过来。有人用防水胶带把瓶子挂在背包上,也有人用的是鞋带,还有人用的是腰带。

"第二趟会成功的。"奇诺说着,挺起胸膛。

"别离开我们。"帕特里夏边说,边打开背包检查起来。

奇诺检查了一下他的水壶。在商店里,他往两加仑的水壶上绑了好多胶布,看起来像一条灰蛇在吞掉水壶的样子了。他也把帕特里夏的水壶绑了起来。他把其中一加仑塞在背包里,另一加仑挂在肩膀上,就像一根吊索。我和卡拉盯着他看。我们俩没有背包背。我感觉自己好像没穿衣服一样。

"准备好了吗?"帕特里夏问我们。我们飞速点着头,感觉脑子都要飞出来了。"你呢?"她问奇诺。

"还用问吗。"

我们站起来,跟着人群走向那四辆卡车。没有人着急忙慌的。鸡头们也没叫我们加快速度。奇诺带我们走向来时坐的那辆红色卡车。他凑近我,说:"你看到那个小甜豆①了吗?"

我不知道他在说什么。

"你瞧啊,小甜豆。那个鸡头。"

我和卡拉大笑起来。帕特里夏大摇其头,低声说着"疯子"——这才应该是奇诺真正的外号。

黑色牛仔帽站在红色卡车旁边抽着烟。坐在副驾上的还是那

---

① "小甜豆"(英文 Swee' Pea,此处原文为西班牙文 Coco Liso)是美国动画片《大力水手》中大力水手身边的一个婴儿角色,是个光头。据说是大力水手的侄子,总在大力水手身边爬来爬去。——译者注

个人。天空有些蓝色,太阳还没有落到地平线上,但鸟儿已经不见了。

所有人都已经挤上某辆卡车后面,2号梅罗·梅罗最后去破房子里看了一眼,检查了所有隐蔽的地方。他踏出那些破破烂烂的板条地板,把食指和拇指塞进两个嘴角吹了声口哨。好响亮。教我三年级的修女也会这样吹口哨引起我们注意。

"走了!"他走向那辆深蓝色的卡车时,朝另外几辆卡车喊道。

小甜豆,我低声说着。奇诺太有意思了。我们就这么叫这位新的梅罗·梅罗了。因为他是个秃顶:小甜豆。

小甜豆上了卡车,拉上门,摇下窗户,然后拍了拍侧面的车板。"抓稳了!"黑色牛仔帽一边踩下油门,一边喊道。所有卡车都开动起来。太阳撞进飞扬的尘土里,把尘雾染成金色,而我们向那条线绝尘而去。

※

我们开了大概三十分钟,来到一条除了我们以外没人开车上来的土路。上次到处都能见到的灌木丛也出现在这里,细瘦的枝条,上面有刺和很硬的叶子。卡车停下来的地方有好多垃圾和衣服。我们全都跳下车,卡车逗留了一会儿便开走了。这次只有四个鸡头。黑色牛仔帽像帕科一样离开了——他只是司机。

"我们十五分钟后出发!"抽着烟的小甜豆喊道。另外三个鸡头站在他后面。他们看起来跟我爸妈和帕特里夏年纪差不多,比奇诺大一些。他们全都穿着深色牛仔裤,戴着棒球帽。当中有一个看起来像马塞洛,头发卷卷的,有点儿波浪形,深棕色皮肤,方下巴,但没有马塞洛那么大块头,也没有那么高。另外两个鸡头跟小甜豆一样皮肤颜色很浅,只不过他们的头发是黑色的。

天色越来越暗。有些人围坐在小甜豆身边,还有一些人站着。蝙蝠嘶嘶叫着,拍打着翅膀,吞吃着在我们头顶飞舞的虫子。我希望它们能吃掉在我们身边嗡嗡嘤嘤的果蝇和蚊子。除了小甜豆,没有人说话。成千上万只蟋蟀在灌木丛里鸣叫。

"首先,检查一下,确保你们身上没有任何反光的东西。他们三个会帮你们检查,给你们胶带,把反光的地方遮起来。

"移民局的人有夜视望远镜,有直升机,还有红外摄像头。"他警告着我们,就像梅罗·梅罗一样。

我是专家,我知道考验的内容。

"我们能走多远走多远,一直走到天亮的时候,或者走到上午。明天下午,我们会走到一个牧场,面包车会在那里接上我们。"

"不一样。"奇诺小声对帕特里夏说。帕特里夏正认真听着。

"一个牧场?"

"小甜豆看起来更专业呢。"奇诺边说边点头,脑袋一上一下的,再加上嘴唇的动作,表明他深感钦佩。

我和卡拉互相看着,模仿起奇诺来,我们一上一下点着头,把嘴角往下压,再加上一个大拇指。我们大笑起来。

"我们排成单列走。"小甜豆继续说道,"两个小时停一次,上厕所。"

"要是你能看到我,就说明你掉到队尾了,"看着像马塞洛的那个人插进来,举起手说,"别掉到最后。"

"要是我认为有移民局的人,我会喊'躲起来'或者'跑'。如果我们跑起来,我会吹两声口哨,就像这样,"他用他的方式吹了两声,"然后我会这样召唤你们,"他张开嘴:"呜——哦!呜——哦!呜——哦!"

他听起来简直跟猫头鹰一模一样!

"我只叫三次。然后过一分钟,我会再叫一遍。"小甜豆又叫了一遍。

"要是你找不到我们,你也这么叫,我们会来找你。"

"试一下。"其他鸡头说道。

我们开始像猫头鹰一样叫起来。灌木丛下面的猫头鹰,站着的猫头鹰。呜——哦!呜——哦!呜——哦!我朝卡拉叫着。帕特里夏和卡拉冲我叫着。奇诺冲天空叫着。

这时小甜豆吹了声口哨,大家安静下来。有些冷了。有一点点风。我穿上袄子。卡拉也跟着穿上了。奇诺和帕特里夏肯定还挺暖和,因为他们仍然在听,没看我们一眼。所有人都在认真听小甜豆说话,就像修女们听牧师讲话一样。我记得梅罗·梅罗没有发出过猫头鹰的叫声。我对小甜豆的感觉好多了。他是专业的。

"水省着点喝。明天会很热,会热得跟火焰山似的。"

"天哪。"帕特里夏看着我说。

我捏了捏自己的鼻子。

"今晚我们走得越多,明天天热的时候我们要走的路就越少。"

375

另一个鸡头跟小甜豆耳语了几句什么。

"我们会往北走,边走边在我们左侧找一个看起来像一个角的山顶。犀牛角。"

犀牛?!

"路上会碰到铁丝网围栏。"小甜豆继续说道。

我仰头看着奇诺,他也正低头用他那双大眼睛和浓密的眉毛看着我,随后挤了挤眼睛。"我会像上次一样把你拎起来的。"他一边说,一边模仿我们上次越境时他把我扔过最后一道围栏的动作。

"好的。"

"你也一样。"他对卡拉说。

那样确实更快。

"你趴下去,别被挂住了。"他对帕特里夏说。

"大家要尽量互相帮助。"小甜豆说,他一直在说话,"越快越好。"

我们准备好了。

"最后一泡尿,喝口水,五分钟。"

人们行动起来。沙沙声淹没了蟋蟀和蝙蝠的声音。鸡头——散开,检查起人们的衣服。其中一个浅色皮肤的鸡头来到我们这边,递给我和卡拉白色的小药片。我们看都没看奇诺和帕特里夏,直接吞了下去。我们知道这药片有帮助。

"小家伙们,我们祈祷吧。"帕特里夏说着,把我们抱在一起。"你也是。"奇诺靠近我们,把我们三人全都抱住了。帕特里夏开始祈祷。我们都闭上了眼睛。我们隔得那么近,而我是最矮的,我感觉自己就像在一片森林里。卡拉和帕特里夏的头发闻起来一股泽丽奇肥皂的味道。也有可能是奇诺头上的味道。我们全都用的同一块肥皂。但我们的袄子闻起来仍是一股尘土味或干草味。我祈祷我们能成功，祈祷移民局不会发现我们，祈祷我最后能见到爸爸妈妈。

我睁开眼睛，看到有人从口袋里掏出来念《玫瑰经》用的念珠，还有一些人把他们戴在脖子上的十字架拿在手里。所有人都在低声祷告。小甜豆又吹了一声口哨。所有人都朝他转过头去，把念珠放好，把十字架放回袄子里。小甜豆的口哨声很尖厉，也很刺耳，我耳朵里嗡嗡直响。他叫道："列队！"人们在自己身上画着十字，或是向空中伸出双手。

这是帕特里夏和奇诺最后拉上袄子拉链的信号。奇诺拉起我的手。帕特里夏拉起卡拉的手。一加仑水在奇诺背包里荡来荡去。帕特里夏觉得两加仑水对她来说太沉了，于是他俩换了换。奇诺有些衣服放在帕特里夏背包里。帕特里夏只在右手上拎了一条胶布蛇。那壶水我们已经喝了四分之一，我们最先喝的就是她那壶。我和卡拉也都拿了一瓶中号的，准备留着最后再喝。

大家都在往队伍前面挤，小甜豆站在那里，拿手电往我们身上照，看看有没有什么反光的东西。

"单列！单列！"那两个浅色皮肤的鸡头让我们按相同间隔排起队来，每人相隔大概五米，并告诉我们站在靠近他们的地方。

卡拉率先排好了队。她是第一个浅色皮肤鸡头身后的第五个人。帕特里夏在她后面，然后是我，再然后是奇诺，站在我们几个后面。

一个高个子男人在卡拉前面左右摇晃着身体。我们少了我们的领头羊马里奥，也少了我们的尾巴马塞洛和切莱。感觉好孤单。周围都是陌生人。这支队伍肯定超过五十人。至少一百只脚，一百只手，一百只眼睛——实打实的百足之虫。蜈蚣2.0。我好紧张。我的胳肢窝出汗了，尽管这会儿已经不像白天那么热了。

"你就紧跟在那个男的后面走。"帕特里夏对卡拉说，声音足以让那个男人也听见。然后帕特里夏转过头看着我说："靠近点。"把我往她跟前拽了拽。我的脸几乎贴在她的背包上。奇诺把空着的那只手搭在我肩上，还想拨弄拨弄我的耳朵。

"不要。"我说着，回头看他，他笑了起来，露出像月光一样明亮的牙齿，但这会儿月亮还没出来。在他身后，深蓝的天空已近黑色，最早的星星探出头来。

"上帝与我们同行。"帕特里夏说，又在自己身上画了个十字。我也画了个十字。我身后的奇诺也给自己画了个十字。灌木丛看起来像一个个头发乱糟糟的孩子，等着我们从它们身边一一走过，就像我们踢完足球，朋友们排队等着跟我击掌一样。

小甜豆吹起口哨。我们走起来，脚下带起一阵尘土。我看不见，但能尝到尘土的味道。我们的脚步声很响。所有人的袄子都在摩擦他们的身体，发出像是在摩擦塑料袋的声音。一加仑一加仑的水在一个个背包里晃荡。我熟悉这些声音。几天前，我们在另一个地方，但这些灌木丛是一样的。干草嘎吱作响的声音是一样的。我的心跳得好快。我想看到犀牛角。我们右边是群山。我们左边也是群山。星星越来越多了。我把全部注意力都放在帕特里夏的鞋上。她的裤子上。我呼出的气，吹在她的背包上。

※

  上次我们刚出发的时候还有些树，但很快就消失了。这一次，我们在灌木丛和孤单单仙人掌之间走着"之"字形，每隔大概十米左右，就会有一棵树从土里冒出来。地面坑坑洼洼的。我们先是往坡下走，现在感觉像是在往山上走。

  围栏也没有上次多。奇诺帮助我和卡拉从上面跳过去。帕特里夏和奇诺趴下来，迅速钻过去。没有谁的头发或是背包被挂住过。一切都比上次快。也走得更顺。我知道我们会找到面包车。小甜豆认识这里的地貌。

  我们进入美国比上次跟着梅罗·梅罗要快。低语声顺着队伍传下来。我已经比上次离爸爸妈妈更近了。明天我就会见到他们，跟他们在一块了，在过了牧场以后，在坐完面包车以后。任何环节都不会出岔子的。下午我看到了鹰。月亮还没出来，但我们的眼睛已经适应了。夜里我们能看见，这是我们的超能力。

  这次比上次冷，因为在刮风。有时候会有很强的阵风，灌木丛细细的枝条会抽在我肚子上或腿上。走过孤单单仙人掌的时候，上面的刺会呼的一下，嗖的一下。呼。嗖。我的手很冷，于是我揣进袖子里。我没有第一次越境的时候那么害怕了，但我的小心脏还是一直扑腾扑腾跳个不停。现在我知道了，我们会走至少半天的路。奇诺在这里，陪着我。帕特里夏和卡拉也在这里。我们祈祷了。我跟着帕特里夏的鞋走。一步。又一步。

  我们路过了一种上次没见过的仙人掌，上面的刺又小又粗，像最大的鱼骨头。卡拉前面有人一脚踩在一根刺上。帕特里夏从旁边走过去的时候说:"迈小碎步,像我这样。"风更大了。声音也更多了。我都不记得沙漠里有这么多声音,这么吵。好吓人。让我想起萨尔瓦多神话里那辆嘎吱作响的幽灵牛车。

妈妈、玛丽和外婆都跟我讲过,要是我不去睡觉,那辆牛车就会带走我。她们说,那辆嘎吱作响的牛车没有牛,没有马,没有任何东西拉着这辆车。这辆车自己就能动,掌管这辆车的是一个恶灵,我们看不见它。你只能听到那嘎吱嘎吱的声音。那辆车要是就在这儿的话怎么办?我想抓住帕特里夏的手,但我没去抓。我们只能排成单列走。我集中精神盯着她的鞋子。

我们右边的天空正明亮起来。已经两个多小时了,我们应该很快就会停下来撒尿了。那四个鸡头谁都不想停下来。奇诺说,停下来之前我们都不应该再喝水了,但我们还没有停下来过,也好一阵没喝水了。他说,这样我们可以多省点水,不会像上次跟梅罗·梅罗走路那样全都喝光了。我好渴。我好冷。我被那辆嘎吱作响的幽灵牛车吓坏了。但小甜豆会把我们带到那边的。奇诺和帕特里夏信任他。这是我们最后一次免费越境的机会了。我们会在噪声中,在暗夜里,成功到达。我们必须成功到达。

※

听起来像是一辆老旧摩托车喷着粗气爬上山坡的声音。突突突突突突突。帕特里夏的黑袄子在泥土地面上方定住了。所有人都停了下来。低语"直升机"沿着队伍往后传去。我想象着那旋翼就是几把大砍刀,在长满甘蔗的夜空中挥舞。我们十分钟前才刚停下来喝过水。水在我肚子里荡来荡去。我的心跳得好快。我不再想着那辆嘎吱作响的幽灵牛车了,转而害怕起天上下来的东西。

"趴下!"

我们蹲伏下来,膝盖着地,好让自己看起来像灌木丛。卡拉的袄子是深绿色的,穿上就已经让她很像灌木丛了。奇诺瘦瘦的,穿着深褐色的袄子。我很小。

"小家伙们,准备跑。"直升机飞近了。帕特里夏拉起卡拉的手,奇诺拉着我的手。

"树。"人们小声说着。

我们周围哪儿都看不到树。我们是在一片光秃秃的原野上。除了干草,还是干草,就像一个杂草长疯了的足球场。月亮终于升到我们右边的山上了——看起来是满月,但是边上缺了一点点。月亮后面的星星看上去像白色的纸屑。但就在我们正前方——

我看不到那架直升机,但是能听到。突突突突突突突。越来越近。我们的脑袋转来转去,想判断出这架直升机到底是在朝我们飞过来还是在往远处飞。听起来像卡德霍在吹口哨。

慢慢地,我们从泥土地面上抬起膝盖,拍拍上面的土,又往前迈了一步。直升机还在天上。

更多低语。

我们停下来。

蹲下。我们看起来可能只是一丛丛灌木。

直升机听起来好像飞远了。就在这时,一道光——

一道粗大的光柱从天而降,一直打到地面上。一个虫洞。比月亮还亮的手电筒光,在地上来回扫射,就像一把剑在沙漠上划拉着。

"趴下!"

我们往地上一扑,一团深色的尘雾拔地而起,我的心跳敲击着地面,就像鼓点一样。嗒嗒。嗒嗒。我们抬头去看那道光。

奇诺稍微抬了抬身子,就好像他在做俯卧撑,或是正要一跃而起一样。

"那道光要是照过来,我们就跑。"他说。

我也把自己撑了起来。嗒嗒。嗒嗒。

我们等待着,希望那道光柱能待在远处不要照过来。我闭上眼睛。我可不想看到移民局的人。我们这次必须成功。突突突突突突突……

奇诺抓起我的手,手指掐进我的肉里,像一把滚烫的梳子。我能感觉到他的心跳。我的喉咙紧闭。我另一只手的手指像足球鞋的鞋钉一样,插进冰冷的泥土里。地上的卵石紧贴着我的皮肤。月光下的地面有什么东西在发光。不断闪烁。我都忘了这些东西了。

"拉着我的手。"帕特里夏对卡拉说。

"我抓好你了。"奇诺低声说,捏了捏我的手腕。

光柱——

旋翼——

"跑——!!!"

灌木丛亮了起来。照亮了人们的背包。一只手。一条腿。好多石头。奇诺跑得太快了,他拉着帕特里夏,帕特里夏拉着卡拉。光在我们身后,在我们前面。人们在我们身边跑,在往远离我们的方向跑。我的脚碰不到地面。奇诺的手快把我的胳膊捏断了。我感觉自己啪的一声就会散架。有人倒地。有人尖叫。

帕特里夏放开了手。

"妈妈!"

"奇诺!"

奇诺停下来,把帕特里夏拽得离开了地面。我落回地面上。我们又跑了起来。

"树!树!"

奇诺跟着喊声跑。

"这边!"

奇诺把我扔过一道围栏,把卡拉也扔了过去,又帮着帕特里夏从下面爬了过来。直升机在我们身后盘旋。我们跑向那棵树的浓密的影子。地上高低不平,有坑,也有土丘。我们一直跑,直到成功来到大树底下,挤在树干周围。

"直升机不会过来了。"有人说。

"嘘!"有人叫他不要出声。

我们只是那条蜈蚣的一小部分。八个人,或者十个人,假装自己是树根,是石头。

"啊啊!啊啊!"有人哭叫起来。

"嘘!"

"啊啊!啊啊!"

奇诺终于松开了我的手腕。

是帕特里夏。

"怎么了?"奇诺迅速闪到她旁边,问道。

"我的脸。"她的哭声比上次移民局的人抓住我们的时候还大。"我的手。"人们还在叫她不要出声。

"她身上扎刺了,屎橛子!"奇诺朝那些阴影吼道。帕特里夏还在哭喊。我坐在卡拉前面,卡拉举着妈妈的胳膊,举过了胳膊肘的位置。有人开始学猫头鹰叫起来。

"给老子闭嘴。还不到时候。"人们让那个学猫头鹰的人不要出声。他的声音听起来可一点儿都不像猫头鹰。

"我的脸。"帕特里夏还在说着。我们都跪在她身边。

"哎呀。"奇诺说。

我的胸脯上下起伏得特别厉害。我喘不过气来。

"我来把这些刺拔出来。"

"妈咪。"卡拉说着,也想把扎在帕特里夏手上的刺往外摘。

"没事的。"奇诺对卡拉说,而卡拉正拼命忍住眼泪。卡拉的声音听起来像是在打嗝。我还从来没见卡拉和帕特里夏哭得这么厉害过。细小的针孔在帕特里夏的脸颊、额头、嘴唇和鼻子上显露出来。她的嘴唇上满是黑色液体。血? 她的袄子上也全是这样的针孔。手上也是。

"别那么往下扒拉,"我们旁边有人说,"要好好往外摘,一根一根拔。"

"别摸。"奇诺一手紧紧把住帕特里夏脸上没有扎到刺的地方,用另一只手把她脸上的大刺一根一根往下拔。他把帕特里夏的脸转到月光下,这样就能看得更清楚了。他小声说着:"妈的,唉,哎呀,我操。"

我仔细看了看我的手和袜子,上面也都有同样的小尖刺。它们是仙人掌上的刺。我身上这些刺不多,更多的是土、树枝和草棍。我开始往下摘。奇诺一直在从帕特里夏脸上往下摘这些东西。她的哭喊变成了抽泣。卡拉也检查了一遍她自己的衣服和皮肤。她手上和袜子上也都扎了刺。裤子上也有。我看了看我的裤子——在上面扫来扫去会觉得疼。帕特里夏居然没有尖声叫喊,她是怎么做到的?我把大一些的刺拔了出来。大部分都太小了,看不见,但我能感觉到。

"啊啊!"帕特里夏的眼泪滚滚而下。

我凑近她身边,看着奇诺从她身上拔下来的刺。很多还没有一个指甲长,但也有些有小指头大小,很粗。帕特里夏连嘴唇都合不上了。

"卡拉,把指甲刀或者镊子拿来。"

卡拉小声哭泣着,但还是小心翼翼地把背包从妈妈背上取了下来。她吓坏了。我也吓坏了。我想帮忙,但我连话都说不出来。背包提手上也有很粗的刺。

"呜——哦!呜——哦!呜——哦!"我们旁边有人学着猫头鹰叫起来。这回没有人叫他闭嘴了。

"给。"卡拉说着,从背包里掏出一把银色的指甲刀递给奇诺。

"没有镊子?"

卡拉摇摇头。奇诺尽了最大努力,用指甲刀把小一些的仙人掌刺从帕特里夏脸上拔下来。他把帕特里夏的脸牢牢固定在一个位置,小心不去碰到有刺或者被刺扎过的地方。黑色的刺从她脸颊、额头和鼻子上一根根拔出来,她的皮肤在月光下是灰色的。有些刺怎么拔都拔不下来,奇诺拔得很费劲。还有一个人也撞到仙人掌上了。有人在帮他把刺从身上往下拔。大家都在检查自己身上。找到我们的人越来越多。我们听到,远处传来猫头鹰的叫声。

我身体里感觉像在翻江倒海。我一直止不住地颤抖。我两腿抖得就好像我仍然在奔跑。我身上被大刺扎过的地方,感觉好像里边有冰块。我检查着自己身上还有没有这样的刺,但只有我的指尖上到处都是扎出来的小针孔,是我从腿上摘刺的时候扎到的。

又一声猫头鹰叫。

"我们去那边吧。"有人说。

"这儿有鸡头吗?"另一个人问道。

谁都没说话。

"马上就好了。"奇诺对帕特里夏说。她这会儿没哭了。

"好了!别弄了!我们走。"帕特里夏对奇诺说。

直升机的声音在远处弱不可闻。直升机旋翼刚刚在我们身后搅起的热风,我仍然能感觉到。我能尝到尘土的味道。但那架直升机没有跟在我们后面。我看不到那道光柱,天空中的那把长剑。

一切又重新安静下来。风吹过灌木丛,灌木丛的枝条互相撞击着,窸窣作响。那一蓬蓬干草就像一把把扫帚抵在冰冷的地砖上。蟋蟀。帕特里夏什么也拿不了,就连卡拉的手都没法牵了,但她还是想要背上背包。卡拉帮着她把包放到她背上。

"妈的,我的水。"帕特里夏说。我们跑起来的时候,她那一加仑水不见了。

我的水瓶也不见了!

"没啥,我也弄丢了一瓶。"奇诺让我们看他手里,他贴了防水胶带的那壶水不见了。树下这一群人排成一支小小的队伍,我们朝小甜豆的口哨声传来的方向走去。

"呜——哦!呜——哦!呜——哦!"他们学着猫头鹰叫。我们停下来等待。我们离他们越来越近。他们之前比我们跑得快,也跑得远。远处一棵树的阴影越来越清晰。

我感觉自己好像浑身都有蚂蚁在爬。我在发抖。是因为刺?还是起了鸡皮疙瘩?我脖子后面感觉好沉重,就好像被谁捏住了一样。我们快步向那棵树走去,能走多快走多快,干草在我们脚下吱嘎作响。帕特里夏走在最前面。奇诺顶着她的背包。我抓着奇诺的背包。卡拉扶着我的肩膀。

"真他妈疼。"帕特里夏抽着气说。

"再坚持一下,帕特里夏,马上就到了。"

卡拉在我身后轻轻哭泣,还拼命想要憋住。

我眼睛里也有眼泪在打转。小甜豆每隔几秒钟吹一次口哨。我好害怕。我不希望帕特里夏出任何事情。我不希望我们出任何事情。我的家人,我的朋友,我也不希望他们出任何事情。

我们终于来到大家聚在一起的地方,人们都懒洋洋地在地上躺着。这儿不是一棵树,而是很多树,比我们刚才藏身的那棵树要高,细瘦的树枝上没有叶子。这些树遮住了我们,也遮住了星星。

"休息,喝水。我们要等所有人都到齐。"有人说,听起来像是小甜豆的声音。

"躺下,"他对我们说,"躺平。"

"喝水。"奇诺拧开水壶盖,递到帕特里夏嘴边。他把水壶举起来往外倒,这样壶嘴就不会碰到帕特里夏的嘴了。

"我真是倒了血霉了。"她说。

"没那回事,帕特里夏。"

"别那么说,妈咪。"

"别看了,往天上看吧,瞧,银河。"奇诺指着天上说。

银河就像一条大河,把天空一分为二。帕特里夏听起来很糟糕。看起来也很糟糕。更多阴影陆续出现。大都是三四个人一组。也有人是自己一个人跟跟跄跄地走进树丛,非常高兴能找到我们。这些人说:"我还以为你们要丢下我呢。"

我们等待着,跟地面融为一体,防着那架直升机又飞回来。每隔几分钟,小甜豆就会尽量大声地低语道:"躺平!"

人们清理着身上的刺。打扫着他们的袄子。检查他们的东西。有人脱了鞋。鸡头站起来数人,然后把结果报给小甜豆。只有他们被允许站起来。

我感觉自己仍然飘浮着,在天上飞。我左手上,奇诺抓过的地方一阵阵颤动。肩膀好痛。我不想又被抓住。我不知道还能做什么,只是看着奇诺和卡拉试着从帕特里夏脸上把更多的刺拔出来。

"我的头发。"帕特里夏说。于是卡拉解开妈妈的马尾辫,从里面找出几根大刺。

还有一个人让仙人掌搞得好狼狈,脸上的情形比帕特里夏还要糟,到处都是黑色的血迹。

"幸好没扎到眼睛。"帮他清理的那团阴影说。

"我压根儿没看见,"那个流着血的男人解释道,"那么大的仙人掌也不知道从哪儿冒出来的。差点儿没把我眼珠子戳出来。"

"妈呀。"有人回应道。

"天哪。"

"瞧。你还算走运的。"奇诺对帕特里夏说。

"要是这都算走运,那他妈的什么才叫倒霉?"

小甜豆站起身来,用沙哑的声音说:"几乎所有人都到这儿了。大家继续找找身上的刺。后面我们不会再像这样休息了。"

我想把鞋脱了,里面满是土——但奇诺还在帮帕特里夏拔刺,没空帮我系鞋带。小甜豆还在学猫头鹰叫,吹着口哨,等着还没来的人。鸡头时不时地站起来。就像那首歌:小鸡们饿了,小鸡们冷了,就会说叽叽叽。我在脑子里哼着这首歌,同时试着让脚在鞋里活动活动,好让里面的土不那么硌脚。鸡头仍然不时清点我们一遍。我们还在喝水。帕特里夏不哭了。卡拉也不哭了。我躺在地上,把双脚举到空中,让土从鞋里掉出来。有些土掉了出来。小甜豆还在学猫头鹰叫。我们不时也会听见有人呼应他。灌木丛轻轻晃动着,仿佛在鼓着掌说:"你们成功了!"我躺着,把双腿再次在地上放平。两手插进袄子的兜里。我想握着帕特里夏的手,抱着她,但不想弄疼她。我安安静静地躺在那里,等着我们再次开拔。

1999年6月3日

差不多凌晨两点了。我们路过了一些树，走过它们的时候，树梢摇摇摆摆的，有些树枝的尖尖还发出嘎吱嘎吱的声音，就像是什么活物一样。一切都醒来了。月光给地面铺上了一层银色和蓝色。一缕缕游云在天上飞舞，白色的那些看起来像丝绸。在这样的风里，在这样的光照下——蓝色的，灰色的光——感觉就好像我们是在海底。人们小声说话，说我们走错路了，说有人走丢了，说我们一直在绕着同一个地方打转。地上的干草就是水草。仙人掌是珊瑚。我们是透过潜艇圆圆的小舷窗往外看。我们在雅克·库斯托（Jacques Cousteau）的海底探险节目里，我和玛丽每个星期天晚上都会看。天上的云是漂在海面上的泡沫。地上是贝壳和珍珠在闪闪发光。

"大家都听到我的呼唤了，所有人都在这里了。"小甜豆说。

我们没有之前走得快，但我们一直没停。我们排成单列的队伍有时候会走成两三个人并排。卡拉和帕特里夏就并排走着。我在奇诺前面一步远，在帕特里夏后面两步远。她没有一瘸一拐的，但走得比之前慢。我们停下休息之后再次列队前进时，站在第二个鸡头旁边，但队尾离我们越来越近了。

每当我们后面的人的呼吸声清晰可闻，奇诺就会拍拍帕特里夏，说："帕蒂塔，姑娘。"然后我们就会站到路边，让他们过去。一般都是两三个人一组，五个人顶天了。他们彼此都靠得很近，就像我们几个人一样。也是因为这样，我们才听到人们的抱怨。

有那么几次，奇诺试图让我们快起来，他把我轻轻往帕特里夏身上推，直到离她只有一两厘米的位置。帕特里夏要是什么反应都没有，我就会拍拍她的背包。但最后我们还是会让人们超过去。我们被超了好多回了，但我们还没有掉到队伍最后面。我们好几个小时没有停过了。地貌始终是一样的：上下起伏着，但并非完全是山。地上大都是干草，灌木丛，偶尔会看到树。有时候还有孤单单仙人掌。我们也越来越多地看到长尖尖，就是看起来像象脚王兰的仙人掌。我们一直没见到围栏。从我们碰到直升机之后就再没见过了。

有时候我们会走到一片空旷的地方，周围只有干草和泥土，但小甜豆会领着我们往靠近灌木丛的地方走。我们离右边的群山更近了。左边的山远离了我们。有时候那些山好像近在眼前，但我没有看到尖峰。没有小甜豆说的犀牛角。我一直在找有没有新的光柱，旋翼，和摩托车喘粗气的声音。

※

我们停下来喝水，把卡拉那瓶喝完了。奇诺背着的两加仑是我们最后剩下的水了。一加仑挂在他胸前，还有一加仑在他背包里。大家分组坐在一起，所有人都在小声说话。现在蟋蟀睡觉了，我们就是蟋蟀。

"出什么事儿了？"卡拉问。帕特里夏和奇诺都没答话。

小甜豆坐在地上，另外几个鸡头围在他旁边。风已经停了，但仍然比上次冷。我们走得越来越慢了。我们右边山上的天空微微亮了起来。快四点了。月亮正在我们头顶上。

奇诺检查了一下帕特里夏的情况。"嘴唇和脸颊很疼,但是没关系,吓不倒我们的。"她说。她要坐下来很艰难,因为需要有人帮忙才能重新站起来,于是帕特里夏跪坐着,屁股落在脚后跟上。卡拉以正常姿势坐在她旁边。

"出什么事了,妈咪?"

黎明让我想到一些糟糕的事情,因为马塞洛就是这时候偷走了我们的水,移民局的人也是在这时候发现了我们。我希望这次一切都能顺顺当当的。

"我去看看。"奇诺说着,像螃蟹一样往小甜豆和围在他身边的人爬过去。

我们是珊瑚。是海底的石头。白天这里会是什么样子? 小甜豆没有保证过太阳出来的时候就会有面包车。我们会一直走到太阳落山。找"犀牛山"。奇诺回来得很快,就像一条向我们游过来的大鱼。

奇诺嘴里冒出来的第一句话是"妈的"。他接着说:"他他妈的把脚崴了。"奇诺说着,摇着头,随后又抱住了头。

"谁?"

"小甜豆。"

"操他妈的。"

"会怎么样?"卡拉问。

"谁知道呢。"

"这下我们完蛋了。"帕特里夏低声说。所有人都在低声说着这事儿。脚崴了。难怪我们走得越来越慢。其他人都向小甜豆和鸡头那边聚拢过去。大家窃窃私语的声音更大了。大家在他身边围成了一个圆圈。

"你们大伙儿也听说了,我脚崴了,疼得很。"小甜豆开场道。

人们嘟哝着什么,摇着头。

"瞧,"他说着,把重心放在一只脚上,"就是扭了一下,没断。我能走。我们接着走,到天热起来了再停下来。睡觉。然后再接着走。"

大家都窃窃私语起来。我们全都是蓝色阴影。

"走吧!列队!"

"看到了吧,小甜豆没事儿。"卡拉说。

"我不这么觉得……"

"不会的,帕特里夏,那个家伙好好的。"

"他必须好好的。"帕特里夏说得很大声,好让我们周围的陌生人全都能听见,"他要是不好,我们就他妈的全完蛋了,就跟我这张脸一样。"

这次我们排在队伍更靠前的位置。这是我们最后一次机会了。昨天我看到了鹰。我们从直升机眼皮底下逃脱了。我们必须成功。帕特里夏想靠近小甜豆一些,好看看他有没有说假话。我们听说有的鸡头会这么干:谎称他们受伤了,但这么做只是因为想从我们这里骗钱而已。他的骨头没断,只是脚踝扭了一下。他看起来没事。我从来没扭过脚。崴脚。我看到一根绳子,那一股股丝线都紧紧扭结在一起。

太阳快出来了。我不想看到移民局的人。求求你了,卡德霍,如果你真的存在的话,不要让糟糕的事情发生在我们身上。

※

我们看到鹿了。鹿！我只在动物园里和电视上见过鹿。我们镇上没有鹿。我们有蛇、乌龟、螃蟹、各种各样的鸟，还有食蚁兽。但是鹿嘛……我只在妈妈喜欢的那首歌《鹿》(*El Venao*)里听到过。

收音机里只要放这首歌，妈妈就会叫我跳那支舞。副歌部分（"别在意那些流言蜚语"）唱起来的时候，我会像准备击掌一样伸开手指，把手举到前额上，拿大拇指抵住太阳穴。随后我就跳着转来转去，嘴里念念有词，尽量让自己看起来像一头鹿。整个视频里都没有鹿，只有男人前额上长出来的鹿角。

"鹿。"蜈蚣里有人悄声说。

"哈维尔，看。"奇诺指着那个棕色的动物说，我们也放慢了脚步。我能看到卡拉侧脸上的笑容，她的大眼睛看起来更大了。她指给妈妈看，小心翼翼地避免碰到妈妈身上任何地方。

"我们是鹿。"卡拉低声说。

好有意思。我们的皮肤是棕色的。离我们最近的那头鹿比我想的要小。它有一条褐色的大尾巴，两只圆圆的大耳朵，上面有几条黑条纹。那头鹿一看见我们，就全身僵住了。它身后还有另外三头鹿在灌木丛后面吃草，但都没有角。它们全都僵在原地，排成了它们自己的队列，它们的蜈蚣。有人踏出了动静很大的一步，它们便全都跑开了，在草地上弹跳着，在灌木丛中间跃动着。

早上6点35分了。我们还没发现任何绿色制服。他们还没发现我们。上次我没有见到沙漠里的日出,卡车把我们包围起来的时候,我正在睡觉。日出时,所有的颜色都让人惊叹不已——有些仍然在天空的边缘逗留,但日出极盛时,感觉就好像我们在一幅油画里行走。粉、橙、红、紫、黄,全都水彩一样混在一起。

以前我以为我最喜欢的是日落,但现在我觉得自己更喜欢日出了。我几乎都能看见薄雾从地面上冉冉升起,同时不断变幻着颜色。还有那味道:尘土味,但又夹杂着一丝水汽——尽管并没有下过雨。就好像泥土在呼吸,在出汗。我好长时间都在大口吸气。感觉就是奇诺身上的味道!

我们好长时间没有翻围栏了——直升机飞走以后只翻过一道,还不是铁丝网。我们倒是穿过了几条土路,以前可能是马路,路面上都没有长草,但是有好多石头从地下冒出来。月光下,这些石头看起来就像癞蛤蟆。有时候我们会沿着路走上一段,但更多的时候我们就直接横穿过去了。我们一辆车都没见到。我们脚下的泥土不再是灰色或泛着蓝色的白色。大地醒来了,恢复了红色、深黄色的本来面貌。群山也是一样。阳光下的沙漠完全是另外一番景象。我们能看到的东西更多——不只是附近的土地和树,还可以一直看到远处的地平线,中间填充着灌木、仙人掌和树。

左边最前方有一道山脉。很小,山尖是黑色的,底下是深褐色。

"那座山!我觉得就是那座山了。"奇诺指着山顶说。

"就那?"

"我觉得是。"

看着一点儿都不像犀牛!倒是更像一个长了一张马脸的人

侧躺在地上，鼻子是圆的。我本来以为会看到一个弯弯的尖角，就跟真的犀牛角一样。小甜豆撒谎了。那山并不肥大、厚重，甚至都不是灰色的。那山瘦弱、矮小，跟打湿的泥土一个颜色。

风也小一些了。灌木丛和偶尔能看到的树也安静多了。不再摇摇晃晃。也不再发出任何声音。它们睡着了。但是鸟儿正在醒来。它们唱着歌，成群结队地飞着。

这是我走过的最长的路。已经白天了，而我们还没见到移民局的人。感谢上帝。我们的速度慢了下来。有时候，如果最前面的鸡头觉得自己看到了什么情况，就会叫我们原地蹲下别动。我们走得越来越慢。小甜豆看起来越来越像跛着脚在走了。他什么都没说，但他已经不在蜈蚣的头部了。现在是一个浅色皮肤的鸡头领着我们。像马塞洛的那个还是走在最后面，是我们的尾巴。

现在天已大亮，我们可以看到整条蜈蚣正弯弯曲曲地穿过灌木丛，穿过草地，穿过越来越多的长尖尖。这还是我头一回在白天看见我们的队伍。我觉得人没有少。我不确定。我倒确实看见，要是我们停下来不动，就真的像一条蜈蚣，又黑又长，长了好多条腿，因为所有人都穿着深色衣服。不过我们看起来跟有些灌木挺像的——深灰色树干、深绿色叶子的那种。如果我们钻到这些灌木丛下面去，就很像这些灌木丛的影子。

小甜豆现在是排在第二位的鸡头。他在我们前面，跟我们隔了几个人。帕特里夏看起来好一些了。我们看到那些鹿的时候，她曾短暂地转身，我见她脸上有一道划痕，从右耳上面开始——很红，有已经干了的血。她的头发不像我们碰到直升机之前那样紧紧扎成发髻，而是松松垮垮地挂在脖子后面，上下晃动。她头发里还有一根又粗又大的黄色的刺。

※

　　人们小声说着什么，跟一条什么路有关。这时小甜豆吹响了口哨——我们全都钻到一棵灌木下面，有根小树枝扎进了卡拉的头发。

　　"啊——"卡拉差点儿尖叫起来，不过很快用手捂住了嘴。奇诺拔出细枝，折断扔掉了。不是绿玉树，那是叶子味道很大，看起来像蜡笔的一种灌木。这株灌木有刺。

　　"没啥的，你没啥事儿。"奇诺对卡拉说。

　　帕特里夏脸上全是已经干了的血迹，就像被猫抓过一样。右耳上面那条划痕是最长的，其他的都很小。她嘴唇红肿，比她唇疱疹最严重的时候还要糟糕。

　　我们碰到直升机以后，小甜豆这还是头一次吹口哨。我希望我们很快就能把路走完。阴影下的地面要凉一些。在这丛灌木下面这么坐着，我的屁股是全身最凉快的地方。这丛灌木让我想起我们叫作"公牛角"的那些树，因为上面的刺长成 V 字形，像公牛角一样，叶子很小。

　　"我们很快就会走到一条大路上，"小甜豆的嗓音比他正常说话声要大，"我会盯着路上。任何车都没有的时候，我会吹口哨，然后我们就跑到那条路的对面去。行吗？"

　　人们点着头，有人说"好"，也有人说："太他妈棒了！"我们四人组什么也没说，但我们都互相看着。我也看着灌木丛，上面的小黄花看着像小绒球。啦啦队灌木。

"跟上一条路一样,"奇诺说,"不过我也会拉着卡拉。"

"好。"帕特里夏说。奇诺之前都是牵着我的手,卡拉的手由帕特里夏牵着。但现在帕特里夏的手上扎了刺。

我有一阵子没被人举起来扔过围栏了。我喜欢那么干,让我感到自己像一个巨人,一跳就跳过了一道道围栏。现在我只需要等着奇诺从我胳肢窝下面抱住我,然后我就在铁丝网上飞过去,我会把两个膝盖蜷在胸前,就像一只青蛙。嗖——嗖——嗖!

※

我们一直走着,但"犀牛山"并没有变得近些。好热。我们有时候会看到蜥蜴。它们看着我们,假装自己是石头,以为我们没有看到它们,但我确实看见它们了——就像我在瓦哈卡看到葆拉一样。我们路上好多蜥蜴。跟泥土一个颜色,背上有深褐色的斑点;它们的保护色很好,但还没那么好。它们跑开的样子很有趣,小小的爪子拍打着泥土。看起来就像我趴下来钻围栏时的样子。有时候,黑色蚂蚱会从草丛里弹出来。有些蚂蚱身上能看到红色。我们踩在草上,然后,砰!——蚂蚱弹射出来,像火堆里弹出的火星。

"别拖着脚走。"另一个肤色白皙的鸡头对蜈蚣的一部分说,"别扬起灰,我们离那条路很近了。"

我们一直听他们说着那条路,但我连路的影子都没看见。我又想出一个游戏:我踩在石头上,不去踩草丛,这样就不会打扰蜥蜴和蚂蚱。夜里我没留意裤子上沾了多少草，我也没觉得裤子上沾的草很烦人。但现在能看到了，真的很烦人。停下来的时候，我会把沾在裤子上的碎草叶拂掉。之前小甜豆说，到天非常热的时候我们就停下来。现在真的好热了，但我们没停。所有人都把袄子脱下来围在腰里，我们在出汗，但胳膊和脖子上的汗都很快就干了。我的胳肢窝和背上都满是汗。地面没那么坑坑洼洼了，只是偶尔还有些坑洞，仙人掌也变多了。看到夜里我们看不到的植物，感觉很奇怪。白天我们仿佛是在一个完全不一样的地方。

我们看到了好多孤单单：胖乎乎的，顶上有很多带倒钩的刺，有些还开着橙色和红色的花——很漂亮，像纸花一样。我在夜里没见过这些。我也看到了很多长尖尖，有时候还有一些看起来像胭脂仙人掌的植物，但没有那么高——就长在贴近地面的地方，有些部位是圆的，让我想起兔子耳朵。

我的新欢是一种看起来像一棵小树的仙人掌，全身上下都毛茸茸的。主干部分是黑色或深黄色，顶部是嫩黄色。从远处看，这些仙人掌就像黄色的油漆滚筒。但走近了看，就会看到上面的刺比我的手指还长，非常尖。我管它们叫"毛茸茸"。

我们前面有个人拂过一棵这样的仙人掌，结果这棵仙人掌的一小部分扎进了他的袄子。"小心。"帕特里夏对我们说。他们想把这点仙人掌刺弄下来，结果又扎进了手里。我觉得我们跑着躲开直升机的时候，帕特里夏就是撞上了一棵毛茸茸。这些是"油漆滚筒毛茸茸"，但还有一些没这么大，看起来更像睫毛棒。那些仙人掌的分枝差不多是紫色或绿色的。"油漆滚筒毛茸茸"和"睫毛棒毛茸茸"。

靠近地面还有很小的仙人掌，长着粉色的刺。我们看到有些人的鞋被扎到了。我的眼睛一直没有离开过帕特里夏的脚。因为有她，我一直没受伤。没有崴脚，没有扎刺，只有草叶让我觉得很烦，还有鞋里的土和石子儿。我没有上次越境的时候那么累。我们一直走走停停。

我们四人组已经快把倒数第二瓶水喝光。每次停下来，我们就会小口喝水，但这么喝水只会让我觉得更渴。我想喝好多好多水。我们听到人们在悄悄说："那条路在哪里啊？""他迷路了。"我膝盖下面的小腿开始疼了。我希望我们很快就能找到那条路。

这时我们停了下来。"趴下！"小甜豆几乎是在叫喊了。我们蹲下身，找了一株灌木。我屏住呼吸。听起来像是海浪在涌向海岸。一声巨响。然后响声继续，但声音越来越弱，直到什么也听不见了。嘘——。又宁静下来，就像沙子吸水，嘶嘶嘶。

"车。"人们低声说。

车？那是一辆车？听起来就像大海一样！我看着卡拉，卡拉也看着我。她的眼睛好大。我笑了。她也笑了。我看着奇诺，他点点头，用嘴唇做起动作，意思是他也觉得这挺酷的。

我们等到所有声音都消失了才又移动起来。大家回头看着，低声说："身子低一点。"我不用。大部分灌木丛都比我高。我最多也就需要歪一下头。卡拉需要稍微弯着点儿腰，但她也没有那么高。真的有那条路。我们听到了。我们弯着腰从绿玉树走向啦啦队灌木，从毛茸茸走向孤单单。如果听到一道海浪形成、靠近、巨响然后又嘶嘶嘶地消失，我们便停下脚步。我好喜欢这种感觉。这就是大海！那条沥青路是海水，汽车是海浪。

我们在向一道围栏靠近！只不过这次没有那么多灌木丛，而且围栏前面竖着一些金属杆，上面挂着白色和蓝色的标牌，写着英文。小甜豆做手势给我们发了些信号。他把手举起来，就是停下；在空中朝自己握拳，就是叫我们向他靠近。

小甜豆卧倒在地，眼睛跟围栏最底下那根铁丝一个高度，他的背包就在他旁边。奇诺和帕特里夏也把包放了下来，放在他们胳肢窝后面，在地面上拖着前进。我们尽量靠近那道围栏，肚皮贴在地上，就像海蛞蝓一样。这时我们又听到一辆车开过来。

"趴下，趴下。"人们低声说。我的嘴唇碰到了泥土，有些还进到我鼻孔里。我想咳嗽，但还是忍住了。那辆车太近了。仿佛伸手就能摸到轮胎。开到我们面前的时候，海浪声是最大的。是一辆大卡车，前边有门，后面有个像是活动房屋的箱子，但是要小一些。卡车漆成了白色，但箱子上写着蓝色的"西尔斯"（SEARS）字样。唰。一闪而过。

"西——阿——斯。"卡拉低声说。

"西瓜爸爸。"奇诺说。

"嘘！"帕特里夏叫他俩不要出声。

我们全都看着小甜豆，等着他跟我们说"走"。

"别忘了你们的袄子。"奇诺小声对我和卡拉说。我们解下围在腰上的袄子，抓在手里。我感觉自己好像站在游泳池边上，等着跳进去。我们要跑步横穿一条路，横穿那片黑色的海洋。要躲着不让汽车看见，不让坏人看见，不让移民局的人看见，就好像我们在玩一场游戏。我的心扑腾扑腾地跳着。我准备好了，我的双手也准备好了，随时可以按在地面上一跃而起。我们等着——

"走——!"小甜豆大喊一声。奇诺一把拎起我,把我扔到围栏另一边,然后是卡拉。

那么多手从围栏下面钻过来,就像一大群龙虾和螃蟹。然后是腿。好多条腿从我们旁边跑过去。

沥青感觉很黏。我跑过了画在那条路正中间的黄线,卡拉跟在我后面。

"小家伙们!"帕特里夏一边从第一道围栏下面钻过来一边说。

"一直跑!不要停!"奇诺大喊着,也很快从下面钻了过来。

我和卡拉成功跑到第二道围栏前。回头一看,奇诺也成功穿过了那片黑色海洋,跑到泥土地面上,把我拎起来扔了过去。我双脚着地。接下来他把卡拉也丢了过来。

我往后看,人们还在跑。

"等一下!"小甜豆大叫,"车!"这一下是尖叫。

有几个人还在第一道围栏底下往这边钻。他们停下来,退了回去。

一辆车正开过来。奇诺钻过第二道围栏。帕特里夏已经过来了。我希望没有人看到奇诺。我们躲在一株啦啦队灌木丛里面。黑色的沥青就像一把大砍刀,把这条蜈蚣劈成了两半。

路对面,小甜豆看到有人想从围栏下面钻过来,大喊:"等着!"我们还没看见那辆车,但是能听到轮胎在沥青上滚过来的声音。我们屏住呼吸,直到这辆车开走。小甜豆等了几秒钟。几分钟。他往两边看了看。听了听两边的动静。然后才叫那边的人跑到我们这边来。

我们看着他们钻过围栏跑起来。我看到了一些之前从来没见过的脸。所有人脸上都有划痕。他们是陌生人,但大家都一样满面尘灰,和我们一样背着背包,拿着袄子和水壶。跟马塞洛长得很像的那个人在他们后面检查,看是不是所有人都跑过来了。

我的小心脏扑腾扑腾的,就像昨天晚上直升机来过之后一样。就像我刚跟外婆或是修女们撒了谎全身而退一样。

"走吧!"小甜豆喊道,蹲伏着向下一丛灌木靠近。

"别扬起土。"另一个鸡头说。

"蹲着走。"又一个鸡头说。

我们蹲下来,从啦啦队灌木走向绿玉树,但这次走得更快。走到一个平坦的地方后,小甜豆叫我们停下来。我的身体没有上次那么紧张了。

"列队。"

我们又恢复成单列。小甜豆没在最前面。他说他没事,但他走得越来越慢了。领着我们这条蜈蚣的还是那个人,那个浅色皮肤的鸡头。

我们走啊走,一直走到听不到汽车的声音,走到连最微弱的海浪声都听不到。只能听到我们脚下嘎吱嘎吱的声音,还有蚂蚱偶尔从我们走过的地方弹跳起来的声音。微风轻轻吹拂的声音。我们扫过灌木丛,枝叶弹回去的声音。我们鞋子里石子的声音。我们的背包和空荡荡的水壶像青蛙一样咕哝着的声音。

※

"我们必须把时间追回来。"小甜豆说。但我们并没有走得快一些。我们好像在火焰山上走。他跛着脚。我鞋子里感觉好像有盛夏海滩上最烫的沙子。

"瞧瞧瞧瞧,就连鸟都受不了这狗日的天气。"奇诺说。我们在一棵光秃秃的树下休息了几分钟,看到一些浅褐色的小鸟张着嘴喘气。我们能看见它们嘴里粉红色的小舌头。有些鸟的嘴下面有黑色的胡子,眼睛周围有白色的眼线。

这棵树太细了,树下一点儿阴凉都没有。有几根树枝上有鹅卵石大小的小叶子,不仔细看都看不到。细瘦、绿色、光溜溜的树,我自言自语,简称"细绿光"。我喜欢给这些看起来很怪异的灌木和树起名字。我是探险家。哈维尔·库斯托。躺在地上的时候我喜欢看着天空。那些树枝伸向天空,就像乌贼的触手。

几米开外,还有蜈蚣的另一部分在另一棵细绿光下休息。我喜欢停下来,因为这样我们会注意到在天空中或地面上移动的东西。我看到过小拇指那么大的黑色甲虫翘着屁股走路。看到过黑色的熊蜂。蚂蚁。苍蝇。甚至还见过一只蜻蜓——也有可能是只马蜂——嗡嗡嗡地从我们身边飞过。

我们好渴,但奇诺一直跟我们说,必须省着点喝:"只能小口小口地喝。"

一丝风也没有了。"犀牛山"还是遥不可及。地面上有些地方起伏不平,我感觉我们好像是在走上坡。这是我待过的最热的地方了。我的嘴唇很干。我的手很干。我全身都热得发烫,皮肤感觉像要裂开了一样。我没有握着奇诺的手。

单列的队伍又断开了。大家一直在低声说着什么,比如:"我们为什么没有停下来?""我们迷路了。""他迷路啦!""他丢下他们了……"

"他们知道个屁。"奇诺对我们说。

我希望小甜豆没有真的迷路。我希望他没事。蜈蚣看起来确实变小了。我们的速度真的很慢。自从穿过那条路之后我们再没有碰见过围栏。到处都是毛茸茸、长尖尖、干草和灌木丛。我希望能有真正的阴凉。我们小口喝着水,等着起身,然后再来一遍。

※

"我们在这儿睡觉吧,"小甜豆说,他声音很大,所有人都能听见,"等到天凉快些了再走。"

睡觉?我压根儿没想过睡觉。我们已经走了差不多整整一天了。

"吃东西,睡觉。我们会一直看着。"其他鸡头说道。

终于能好好歇歇了。我额头上都能煎鸡蛋了。我的袜子成了缠在腰上的一条滚烫的腰带。我的黑头发成了煎锅。腿好疼。袜子里的土真的烦死人了。我终于可以喊奇诺帮我系鞋带了。

"喝水,睡觉。"帕特里夏说。我和奇诺躺在一株绿玉树下,帕特里夏在我们旁边的另一株下面。她蹲坐的姿势很特别:大腿和屁股搁在脚和脚踝上面。她脸朝上,重量压在屁股上。

奇诺从背包里拿出水和两件T恤。我们四个人只剩不到半加仑了。

"拿着,把这个穿上。"他把一件T恤递给我,"像这样。"他把T恤放在脖子周围,但没有穿在身上,而是翻了一下盖住脑袋,让T恤变成了帽兜。

"哇哦。这会儿你会想办法了。"帕特里夏不无讽刺地说。但她也叫卡拉打开她们的背包拿了两件T恤出来。T恤让我们有了阴凉！我们看起来像巫师，或者修女。我们大笑起来。人们朝我们看过来，我们马上收声了。

"你肚子饿不饿？"奇诺问我。

这是外公会问我的话，但我也不知道自己饿不饿。

睡觉，吃东西。这两件事我一件都没想过。我脑子里只想着水。我想赶到面包车那里。

"你们俩呢？"奇诺问帕特里夏和卡拉。

"不怎么饿。"帕特里夏说，卡拉则摇了摇头。

"别这样啊，姑娘们，我们一整天都没吃东西啦！吃点吧。"奇诺说着，在包里翻找起来。

又起风了。我的胳膊能感觉到。很热，但感觉很好。我脸上盖着T恤，让我感觉更热。我想把这件T恤脱下来，但奇诺阻止了我。

"等等。"

他再次拉开背包拉链，拿出一个透明塑料袋，里面装着大概一打玉米薄饼，还有一些用白色牛皮纸包起来的东西。袋子里面有些水珠。奇诺打开塑料袋，腾地冒出来一股刺鼻的味道。我的肚子咕咕叫了起来。我确实饿了。嗯……那些薄饼闻起来太香了。

奇诺给我们每人发了一张薄饼。这不是我们在收容所和老太太那里吃过的那种巨大、扁平的面粉薄饼。这些薄饼小小的，只有巴掌那么大,但是和萨尔瓦多的玉米薄饼差不多厚。帕特里夏也注意到了。

"喂,我说,你跟哪儿弄到的?"

"到处弄的。我差不多跑遍了各个地方。"奇诺笑着说。

从危地马拉开始我们就再没见过这种薄饼了。如果同时吃两张,就和萨尔瓦多薄饼一样厚了。而且是热的!

"怎么还是热的?"

"太阳。"奇诺答道。

"这不明摆着嘛。"卡拉笑话我。

奇诺再次打开塑料袋。他打开白色牛皮纸,跟捧着宝贝似的拿给我们看。

"新鲜的奶酪哦。"他自豪地说,露出小小的牙齿。这奶酪真白啊,黏稠度也恰到好处。奇诺挪动袋子的时候,奶酪就像果冻一样晃动起来。边上已经化了。

"瞧,就是因为天儿热。"奇诺给我看奶酪边上化了的地方,然后便用脏兮兮的手去抓奶酪。我们谁都不介意。我们的手上全都是土,指甲缝里也有土,手指上还扎着刺。

我们都两手托着薄饼,像端着一个盘子,奇诺把大块大块肥厚的奶酪放上去。新鲜奶酪乳白色的汁液滴在我的薄饼上。我看着白色的牛皮纸,汁液已经在底下形成了一汪米色的小湖。我那片奶酪边上有些泥巴,是奇诺手指上的。我吹了吹,想把土吹掉,但有些就是吹不走。我不在乎。

我们全都笑了起来。奶酪是咸的,但没有咸到让人受不了。中间是软的,但不像凝乳那么软。稍微有点化了的部分有些硬,也很有弹性,就像奇克拉多奶酪,但那味道真是好极了。比金枪鱼和沙丁鱼罐头好吃。

我们边吃边点头。我四下里看了看别的灌木。大部分人都在吃东西。有人在清理自己的鞋子。还有一些人在睡觉。吹在我脸上的风很轻柔,但也拂起了落在我奶酪上的灰。我每吃一口都要先吹一吹。

我想起圣周去海滩上玩时吃东西的情景。玛丽,要不就是外婆,用粉红色餐巾纸包了十来个鸡肉三明治,我们去海里游完泳后,可以边晒太阳边吃。我的手、嘴唇和舌头上的海水还没擦去,所以每一口都很咸。有时候我还会咬到一粒沙子。不过没关系。这里也一样。有时候我一口咬下去,会咬到灰。我的肚子不再咕咕直叫了。我们还是很饿,于是奇诺给我们每人又发了一张薄饼,但帕特里夏没要。她前面两张就没吃,不过她要了一些奶酪。我们全都又吃了一片奶酪。

"就缺牛油果啦。"卡拉说。
"还有豆泥。"帕特里夏补充道。
"但是这个才是精髓。"奇诺纠正她俩。
一切都刚刚好。

※

那刺耳的口哨声已经刻在我心里了。是小甜豆。
"小家伙。"奇诺摇晃着我。帕特里夏也摇着卡拉。我的头枕在袄子上,现在凉快些了,因为一直在阴凉里。我们吃完东西就睡着了。我们每人还剩下一张薄饼,留着走到牧场的时候吃,不管那是什么时候,但没有新鲜奶酪了。太好吃了。我们的水快没了。每个人只剩下一两口。必须省着。

"列队!"小甜豆喊道。蜈蚣醒过来,在地上挺起身子。

奇诺把白色牛皮纸扔在地上,说:"留给蚂蚁。"

我们像变形金刚一样,从灌木丛变成人,但这次我们还戴着T恤帽兜。有些人学我们的样。已经过了五点了,但天仍然很热。我清理完鞋子,奇诺帮我系好了鞋带。我感觉好多了。人们挤在小甜豆周围。大人们闻起来很臭。他们身上到处都是汗渍。四人组走进说着话的那群人。我闻了闻奇诺和帕特里夏,我觉得我们身上没味道。我闻了闻自己。我们闻起来有尘土和汗的味道,但没有前面那些人么糟。

"你说过太阳落山的时候我们就到那儿了的。"

"我们快没水了。"

"我们连牧场的影子都没看见啊。"

"你迷路了吧。"

"我们没水了。"

"我们给你钱可是为了快点到的。"

"安静,安静。"鸡头们举起双手说。

我们四人组坐回附近的灌木丛,其他人都在围着小甜豆嚷嚷,但又克制着,没吵得太大声。

"安静。安静!"

差不多所有人都安静下来的时候,小甜豆才开口。他站在所有人中间说:"女士们,先生们,我们很快就要到了。我们不过

409

是前面走得不够快而已。"

"我们？是你带着我们走的啊。"有人指着戴着帽子的小甜豆说。由于帽檐的阴影，我们看不到他的眼睛。

"你他妈的破脚踝把我们全害死了！"另一个人指着小甜豆的脚说。他的黑靴子跟我们所有人的鞋子一样，满是土，也扎了好多刺。

"我们没水了。"又一个人说。

"我们也没水了，"帕特里夏扯了个谎，附和道，"我们还有孩子呢。"

"我知道。"小甜豆说，"他妈的，你们务必相信我。我们马上就到了。"他的语气坚决、严厉。"你们他妈的要是不相信我，问问他们。"小甜豆指着那几个鸡头。

他们三人都点了点头。

"我不会让任何人有危险的。我会把你们送到那儿。"

"那我们就走着瞧吧。"帕特里夏转向奇诺。

"住口。"

※

太阳又要落山了。风大一些了。我听到几米开外有只鸟在叫。是只黑鸟，但不是乌鸦——乌鸦我是认识的。这只鸟的脑袋上有竖着的毛，个头也比乌鸦小很多。咻！伊特！它的叫声会重复两次。咻！伊特！很像吱吱叫，但要柔和一些。我们走近它，它便吱吱叫着飞走了，黑色翅膀上的白色斑点一闪而过。

我好累。我感觉两条腿像棉花一样,站都站不稳。我不知道该怎么跟奇诺说。卡拉看起来很累。帕特里夏也是。我们全都很累,除了奇诺,他很强壮,说不定比马塞洛都强壮。我们在蜈蚣里的位置一直在往后掉。有一两组人超过了我们。所有人看起来都累得不行了。人们拉开了很大的距离,这条蜈蚣看起来变长了。

我们脑袋上盖着的T恤起了作用,但我还是感觉晒伤了。我感觉嘴唇就像皱巴巴的纸。我觉得自己发烧了,但奇诺检查了一下,他的手掌跟我身上温度一样。

"没事儿的。"他说。

我们接着走。很慢,但仍然在前进。我们左边的"犀牛山"变暗了,太阳已经落到它头上。我们右边那道看起来像一条船的山脉变成了亮橙色,像着火了。草变成了金色。灌木上为数不多的叶子亮起了鲜绿色。我们头上的深蓝色天空,无论东边还是西边都开始变化起来。我喜欢这个时刻。

有一种我没见过的树,或是灌木。我不知道是啥。看起来像从地里面伸出来的触手。一顶有波浪线的王冠。深褐色,有刺,但刺是银色的。有些枝条上有绿色或黄色的小叶子。底部附近有黄色和绿色的划痕。一顶用枝条搭成的王冠。或者是头朝下脚冲上的带刺乌贼?

带刺的触手。

"小心。"帕特里夏指着我们碰到的第一株带刺的触手说。每一株仙人掌她都看得明明白白。

地面有点儿下降。我猜,我们是不是在走下坡路?我多想这是一座真正的山,而且没有长仙人掌,这样我们就可以滚下

411

去了。

这时传来一阵嗡嗡嗡的声音。很微弱。嗡嗡嗡嗡。

"停下!"鸡头喊道。

我们原地站定,四下看了看。附近没有树,没法跑到哪儿躲起来。

我抬头看天。什么也没有。就连云都没有。

"不是直升机。"卡拉说。

我完全转过身去。什么都没有,只有地面,暗橙色,也差不多可以算红色。

嗡嗡嗡嗡嗡嗡!声音变大了。听起来很熟悉。

"趴下!"

"脸朝下!"

我转了个身,这样左耳就能贴在奇诺的衣服上了。我围在脸上的帽兜压在泥土、石头和树棍上。土地也发出低沉的嗡嗡声。我用那件黑色T恤盖住脸,但留了一道缝,这样就可以看到外面是怎么回事。

"蜜蜂!"

蜜蜂?

"别动!"

一只。十只。二十只。成百上千的蜜蜂就在我们头顶。嗡嗡嗡嗡嗡嗡嗡嗡嗡。

我的天哪。我屏住呼吸。它们这一团云不是黄色,而是深褐色。四秒,五秒,十秒过去了——飞走了。

"它们飞走了!"鸡头们叫道。

"起来。"小甜豆喊道。

我站起来,朝蜜蜂飞走的方向的地平线看去。我看不到它们。从地面上看,蜂群就像一张毯子。单层的翅膀和褐色身体。

人们开始拍打身上的土。

"吃屎一样!"奇诺喘着粗气,脸上满是笑容。

"迁移的蜂窝。"另外一组里有人一边解释,一边拍着大腿,想把上面的土拍掉。

"整个蜂窝?"

"是。"

"天哪!这辈子没见过!"帕特里夏笑着喊道。

"整整一大群!"奇诺拍着我的背说。

我真不敢相信刚碰上了这样的事。

"它们就像我们一样。"帕特里夏回头看着我和奇诺说。她已经回到队伍里了。但这群蜜蜂的蜂蜜在哪儿呢?它们为什么要搬家?

我们拍完身上的土就接着走了。天空在不断变幻。气温降了很多,我又可以穿上袄子了。我好渴,但我们不能喝水。说不定下次停下来我们就离那个牧场很近了。说不定我们午夜以前就能走到那。这些蜜蜂肯定是好兆头。

※

"他迷路了。"

"我们他妈的到底是在往哪儿走?"

"那哥们屁都不放一个。"

奇诺和帕特里夏低声说着。我们并排走着。奇诺拉着我的左手,卡拉牵着妈妈的袄子。两个大人走在我们中间,奇诺说"他妈的这事儿全砸锅了"的时候,卡拉和我越过他俩互相看了看,摇了摇头。

蜈蚣越来越长也越来越细。我们一直在走走停停。大人们一直在吵。有人超过我们,我们站到路边。我们超过别人,别人站到路边。我们路过一些人的时候,他们抱着腿。天黑了。只有星星。银河。仙人掌在黑暗中消失了,但我知道它们还在那里。现在我知道该找什么了。轮廓。它们的影子。带刺的触手,孤单单,毛茸茸,偶尔还有人形仙人掌,有的只长了一条胳膊,有的两侧各有一条胳膊,像拳击手一样往上举着。有一株上面长了好多好多胳膊,看着像城市的天际线。

也有一些人停下来撒尿,我们经过的时候,他们会指着蜈蚣前进的方向,或是点头示意。我的小腿就像马上要爆炸的水袋,我的膝盖也因此痛了起来。我的大腿。脖子后面。背上。到处都疼。我喉咙里满是干土。我鼻孔里塞满了干燥的鼻屎。我不想撒尿。我的肚子咕咕直叫,像吃多了柠檬汁一样一阵阵刺痛。我再也走不动了。

"加油,小哈维尔。"奇诺拉着我的手说。

我开始拖着脚步走时,他也开始一遍遍重复这句话。草没有那么多了,我鞋里的东西也变少了,但还是感觉好沉重。突然,我们前面的人停了下来。更多人聚在一起。我们后面的人赶了上来。所有人陆陆续续来到这里,围着小甜豆形成一个圈。他箕坐在地上，左手拿着他的帽子，身边围着那几个鸡头。他的秃顶在黑暗中几乎是白色，像打开的椰子。

"情况真的已经糟透了。"小甜豆说，声音比正常的时候更刺耳。"真他娘的操蛋。"他呼吸困难。他的脑袋靠在背包上，背包靠在一团东西上，看起来像是岩石，也可能是小灌木丛。"变老了真的不容易，懦夫是没法面对的，"他说，"我没水了。找不到附近的水桶。"

"妈的。"

"我们完蛋了。"

"次奥。"

"操。"

大家全都在悄声细语。

随后有人开始大叫起来。

"你个狗日的，你拿了我们的钱！"

"别装了！"

"狗娘养的！"

"给老子起来！"

"是我的错。"小甜豆把帽子按在胸前。

人们还在喊着，问他现在怎么打算。

帕特里夏一直摇着头，停不下来。奇诺拍了拍她的后背。我抓着奇诺的身子。小甜豆之前做得挺好的。我们在碰到直升机以前一直走得挺快。

"就因为他妈的脚踝。"奇诺嘟囔着。

"我不会再拖你们的后腿了。"小甜豆长出一口气，"我就留在这儿。"

"操！啥玩意儿？"

"安静。"奇诺对帕特里夏说。

"这几个家伙是最棒的。"小甜豆指着鸡头们说,"他们会走得快一些。他们也认识路。"

"我们钱是付给你的！"

"你！浑蛋！"

"狗娘养的！"

"起来,走！"

人们尖叫着。我吓坏了。

"你们想叫我干吗？我他妈的一步也走不动了好吗！"小甜豆也尖叫起来,鸡头们则忙着把人们从他身边推开。

奇诺用右臂紧紧搂着我。"没事的,小哈维尔。一切都会好的。"我抬头看奇诺的脸,夜色里看起来是灰色的。

"他们会带你们去一个牧场。那儿有栋红房子。红的。房子前面有两棵很大、很尖的树,再没有别的了。面包车就在那儿。两辆。"小甜豆说。

红色。两棵树。两辆面包车。我在心里重复着。

我看着帕特里夏,她慢慢摇着头,卡拉抱着她。

"妈的。"奇诺低语道。

"走！快走！我没事的。"小甜豆喊道,"快走！"

"对,走啦。"鸡头们念叨着。

"列队！"浅色皮肤的那个鸡头,也就是之前就在领着蜈蚣走的那个,喊道。他的声音没有小甜豆的那么刺耳,而是更深沉,就仿佛他是在用喉咙底部说话。这一声喊让蜈蚣蠢蠢欲动。人们不再围成一圈,开始排队。像马塞洛的那个往后走去,又成了队伍最后面的人。前面开始动了,一团团阴影走进黑夜。人们经过小甜豆身边,他仍坐在地上,一个个对他说道:"小心。"

"我们都是要进同一个洞的。"他说。

"小心。"又有人说。

"小心是说给小孩子听的。慎重才是说给大人听的。"

"保重。"

"我两脚都稳稳站在半空中呢。"小甜豆笑着说。

别人说什么他都能对答如流。

我们在第二个鸡头后面,跟他隔了几个人。这个鸡头路过小甜豆身边时俯身悄悄说了几句什么,然后留了一加仑水给他。我没看见那壶水是不是满的。卡拉走过小甜豆身边。帕特里夏路过他时,他举起手来,灰白的皮肤看起来和我们周围的泥土一个颜色。他直视着我,眼睛跟我的一样高。

"你很走运啊,小家伙。"他笑着说。

我挥挥手,点点头。他露出白白的牙齿。白白的眼睛。帽子扣在胸前。

"你能做到的。"

我不知道该说什么。我走过去,身上起了鸡皮疙瘩。

"谢谢你。"奇诺对小甜豆说。我不想回头看。不要回头看。盯着帕特里夏的鞋。她的背包。

我觉得小甜豆没听见奇诺的话。

他会没事吗?

我们会没事吗？

大家步伐加快了。我们的脚步声更嘈杂了，地上泥土比草多，石头比小树枝多。我们朝着前面从地平线下面冒出来的光走去。群山之间的光芒。我希望那儿就是那个牧场。我希望那儿会有水。我希望我们很快就到。在月亮出来前就能到。在太阳出来前。在天热起来、鸽子也醒来前。

1999年6月4日

月亮从我们右边的山上升起来。跟昨天晚上比起来，一侧缺得更多，没那么圆了。山上闪着紫色的光，让那些山看起来似乎变小了。从离开小甜豆以后我们就一直在走，没停过。好多人在路边停了下来。每次经过那些人，我们都会听到前面的鸡头对他们说："会有人等你们的，直到你们准备好接着走。"

我们看到第二组人走到路边倒在地上揉腿，奇诺说："废物。"奇诺把我拎起来，扔到他背包上面。我用两只胳膊搂住他的脖子。半小时过去了——也可能更久，我也不知道——我睡着了。然后他把我放下来。我走了半小时的样子，又回到他背上。

前面几个小时我们一直都在这么做。现在凌晨三点半了。帕特里夏背不动卡拉，但奇诺拉着卡拉的手。我喜欢他把我背在背上的感觉。我就是沙漠里的阿拉丁。奇诺是我的飞毯。神灯里的精灵在哪里？我也不知道我会要什么，但我可能会想要一个湖。一辆咔贝乐快餐车。再来一架飞机。不要我们见得越来越多的毛茸茸和孤单单。月光给一切都涂上了一层灰色：泥土、灌木、刺。

路上看到的树越来越少。人们叫鸡头放慢速度,说我们需要休息。

"我们不会丢下你们的,我们会等着你们。"离我们最近的鸡头指着队尾说。他说的是像马塞洛的那个鸡头。但我们看不出来他是不是真的在等。

"停下!"蜈蚣前前后后的喊声此起彼伏,但鸡头仿佛没听见。

"水。"

"你们还有水吗?"我们路过的停下来的人时,他们问道。

站到路边的大都是上了年纪的人。帕特里夏和奇诺还年轻。我和卡拉是最小的。

"你们很强壮,"一直有陌生人这么跟我们说,"分点儿水。"

奇诺和帕特里夏什么也没说。我们默默地走着,踩得地面嘎吱作响。卡拉拖着步子。我搂着奇诺的脖子。

"满嘴屁话,那个鸡头。"奇诺咬着牙,恨恨地说。我的胳膊,我的手,甚至我的肚子都能透过背包感觉到他的嗓音。我们走得很快,不会掉到像马塞洛的那个鸡头附近,但我们前面也已经什么人都看不见了。

奇诺把我放下来,对卡拉说:"到你了。"卡拉一直拖着脚在走。我两腿打战。卡拉爬到奇诺背上,奇诺拉起我的手。又一组人超过了我们。

"你俩轮着来。"奇诺对我们说。我和卡拉点了点头。我们跟着帕特里夏,她走在我们前面。

人们小声说着:"停下。"

我们赶上了前面。人们在地上,躺着。有些人已经脱了鞋在揉脚。

"休息。"鸡头说。他低沉的嗓音在风中传得很远。灌木丛的小树枝互相击打着。上面的叶子颤动着。我的脚后跟和大脚趾一阵阵刺痛。我想睡觉。我们在一棵绿玉树下面找了一片地面。奇诺把卡拉从背上放下来,搂紧了我。

"深呼吸,放松。"他对我们说。

奇诺帮帕特里夏放下背包,然后从他包里拿出剩下的四张玉米薄饼。这些薄饼在塑料袋里看起来就像月亮,灰白色,上面有黑色的印迹 —— 它们的环形山。

"给,"他递给我一张,"吃了。"

这张薄饼在我手里就是一张冰冷的盘子。没有热气。我咬了一口,面团很硬。我嘴里太干了,很难咽下去。谁都没说什么。我们大声嚼着。慢慢地嚼。蜈蚣里所有人看起来都累得不行。我解开鞋,这样我的脚也能透透气。我把鞋里的土和干草控出来,翻了个底朝天。

"别脱袜子。"帕特里夏说。

但我想看看脚上的水泡。我没脱袜子,但开始把扎在袜子上的刺和小树棍摘下来。

在靠近最前面的地方,那个低嗓门的鸡头仍然站着,我们听到有些人在质问他。

"你为什么一次都没停?!"人们喊叫着。

他没说话,要不就是咕哝着什么,但我们听不见。

"我们再也走不动了。"

"我正准备 ——"

我唯一能听清的就是"我们——水"。

"马上又快天亮了。"

"我知道,我们——到那儿——可能。"

奇诺和帕特里夏也听不见。我们往前凑了凑。

"你跟小家伙们就待在这儿。"奇诺对帕特里夏说完,从地上站起来,吞下最后一口玉米薄饼,朝低嗓门走过去。

玉米薄饼让我肚子没那么饿了,但让我更渴了。

"你们的枕头。"帕特里夏说着,把她的背包递给卡拉,把奇诺的背包递给我,"睡会儿吧。"

我想知道出什么事儿了。我不希望奇诺跟人吵起来,就像他跟堂达戈那样。马塞洛在我脑子里闪了一下。他要是在,肯定已经跟鸡头们打起来了。我们到哪儿了?已经过了凌晨四点。

"你觉得怎么样?"卡拉低声说,结果她妈妈没听清。

"觉得啥?"

"人是变少了吗?还是没有?"

我不知道跟她说什么好。我看着一团团的阴影。我不知道人数是不是变少了。我不记得我们开始的时候有多少人了。四十个?五十个?现在感觉少多了。

"我不知道。"我说。但是我知道我们至少少了一个人:小甜豆。就像马塞洛,只不过小甜豆是我们丢下的。切莱跑了。马里奥跑了。梅罗·梅罗也跑了。我不想被抓住。我希望小甜豆和马塞洛都不会有事。

"你怕吗?"卡拉问我。帕特里夏还在看着前面。我很怕。我不希望奇诺跟人打起来。我想看到爸爸妈妈。我想喝水。想要一张床。想停下来不走了。我身上好痛。我不知道该跟她说什么。

"是。"最后我说道,一边把手往袄子的袖子里使劲儿揣。

"我也是。"她低声说。她的脸搁在妈妈的背包上面。

"一切都会好的。"我想都没想就说出这句大人老跟我们说的话。大声说出来感觉好极了。

"哎呀。"她说,但并没有讽刺的味道。随后她不再看我,而是看向天上的星星。月亮爬得越来越高了。我很害怕。她也很害怕。我很高兴她说了出来。我也很高兴我说了出来。我希望自己是对的。人们还在大喊大叫。我把手从袄子袖子里抽出来,把手指插进土里。我手指周围和掌心感觉到的凉意好舒服。奇诺还没回来。微风轻轻拂过我的脸。

他们还在争吵,喊叫。越来越多人起身查看出了什么事。我把头往起抬了抬,四下看了看。

"睡吧,小笨驴。"帕特里夏终于朝我们看了一眼,"他马上就回来了,你们先睡会儿。"

我把脑袋靠在奇诺的背包上。我睡不着,就像外公喝得醉醺醺的回到家的时候。妈妈会叫我睡觉,但我睡不着。我很害怕,怕他打外婆、妈妈和玛丽。外公喊起来的声音太大了。这里人们都在冲着别人尖叫。低嗓门也在大喊。然后是扭打。我们周围的灌木丛摇晃起来。是奇诺。

他只说了句"他妈的"。

"咋了?咋回事?"

"大家都绝望了。"

"行吧。"

"哈维尔，睡吧，小傻瓜。"奇诺脸上好好的。他没打架。我什么也没说，只是看着卡拉。卡拉睁着眼睛，嘴唇嚅动着，无声地对我说着"装睡"。

我们半闭着眼睛，听奇诺和帕特里夏在那儿说悄悄话。喊叫声越来越小。

"我们十五分钟后走！"低嗓门终于喊道。

"十五分钟？！"人们抱怨起来。

"少安毋躁。"像马塞洛的那个鸡头跟大家说。

"闭上你们的臭嘴。"另一个浅色皮肤的鸡头吼道。

"我们认识路。"另外两个鸡头说。

"我要怎么做你们他妈的才满意？我们要么接着走，要么全完蛋。"低嗓门坚定地说，叫所有人都住嘴。

帕特里夏和奇诺互相看着，又说了几句悄悄话，随后看向我们。我们闭上眼睛的速度不够快，他们看到我们在看他们。

"睡觉啊，小笨驴们。"帕特里夏恼火地说。

我尽了最大努力去放慢呼吸，让自己暖暖和和的。我为自己祈祷。低声说着常说的那些内容。我看着天上的星星。天空开始褪色了，从黑色变成了蓝色。上帝保佑，希望我们能在太阳落山前走到面包车那里。

※

早上5点45了。阳光把"犀牛山"的角染成了亮黄色和橙色。差不多就在我们左手边。雨的气息又回来了，尽管没下雨。鸽子从灌木丛里飞起。还有一些小一点的鸟儿，飞过阳光漆成的彩色天空。地面是橙色的。我仍然半睡半醒，但也在走路。走不了几步路，我和卡拉就会互相看看，看谁更需要让奇诺背起来。这是我们的游戏，但我们甚至没说过这是个游戏。

低嗓门走得很快，但没有昨天晚上那么快。蜈蚣看起来变小了。有些人留在小甜豆那儿了吗？有人像马塞洛一样在我们睡觉的时候走掉了吗？谁都没说什么。没有人低声说话，也没有人大喊大叫——大家都只是埋头走路。风没有昨天那么大，但微风吹过时特别安静，我们都能听到啦啦队灌木和绿玉树的小树枝发出的声音。上一次，我一直在听有没有卡德霍的口哨声，但现在我非常确定，卡德霍不存在。坏事接二连三。卡德霍就是个神话。就跟马塞洛一样，卡德霍满嘴都是谎话。要是真有卡德霍，我们就不会被抓了。帕特里夏就不会受伤了。小甜豆就会仍然跟我们在一块儿了。我们的祈祷也一点儿用都没有。

周围又几乎只有灌木丛了，地面也平坦些了——草没那么多了。泥土是黄色和橙色的。黎明的天空没有昨天早上那么漂亮。一丝云也没有。我们走着，我希望能有水，能有云彩在我们头上下点雨。我喉咙在冒烟。我们一个牧场都还没见过，但已经路过了好几条土路。好几道围栏。好多仙人掌。我希望我们很快就能到那儿。我的喉咙感觉好像被人扼住，微风吹来，我的嘴唇感觉像在被抽打。

※

远处有栋房子,周围也围了一圈铁丝网。房子前面的大门旁边,有三株没有胳膊的人形仙人掌,还有一株有一只胳膊的,但没有树。低嗓门沉吟的时候,我们躲进了灌木丛。

"不是这栋。"他说,"接着走。"

我们全都从泥土地面上站起来。泥土越来越像是我们的床垫了。我们又戴上了T恤做的帽兜,袜子又脱了下来围在腰间。空气越来越热。月亮快要落到群山之间了。九点了,我手表的塑料表带开始发烫。我会继续戴着。我必须知道我见到爸爸妈妈的时候是什么时间。

奇诺只要把我背在背上,我就会睡觉。他的背包上很热,还好多土,但确实挺舒服。奇诺把我放下来就会背起卡拉,而卡拉在奇诺背上的时候也会睡觉。奇诺已经把那个喝完的一加仑水壶扔了,所以他可以拉着我们的手,我们不会掉下来。我好渴。渴到了极点。

蜈蚣看起来像是被热气拿一把大砍刀剁成了碎片;各小组之间的距离越拉越长。不断有人往路边一站,停下来休息。谁都没水了。也不再有人说他们会等着。我走路的时候,没有那么多草,所以我会试着踩到帕特里夏的脚印里,两分。如果我踩进她前面的什么人留下的脚印里,一分。

"走。"

"起来。"

"起来。"在队伍里走的人对路边泥土地上躺着休息的人说。奇诺和帕特里夏什么也没说,但我们走过停下来休息的人身时,奇诺会拉起我的手。我不知道我们的速度是不是变快了,看起来好像没有。我们前面,群山之间的山谷变宽了。前面有三棵树的一栋房子。我想是这样。一栋红房子,三棵树,两辆面包车。

※

奇诺转过头,看着他脖子旁边的我的脸,拍着我的手,把我弄醒,问道:"你现在最想要什么?"他没有继续抓着我胳膊,所以我紧紧抓着他背包上的带子。

"啊?"

"比如说你现在想要什么就有什么,那你最想要什么?"他当作帽兜戴在头上的深色T恤上满是汗。我能闻到他的汗味,也就是说我也全身汗味了。

"嗯……洛斯莫奇斯的洛神花茶。"我笑着对他说。但我现在什么都喝——就连墨西哥版的欧冶塔我都能喝下去。

"行啊你小子,还真会挑!"奇诺说着,伸出手来跟我击掌。我越过他的肩膀,轻轻碰了碰他暖烘烘的手掌。

"但是要加很多冰。"是冰让洛神花茶那么提神。给我的额头、我的脸颊、我的嘴唇、我脖子后面,给我全身上下,都来点冰。

"好啊。要多少冰都有。"他把重音放在"多少"上面,一边摇晃着两手之间看不见的什么东西,"你呢?"

"啥?"走在我们旁边的卡拉问。她把T恤围在脸上,没有留意我们在说什么。帕特里夏走在我们前面,也在头上围着一件T恤。

"你现在最想要什么?"

"一架飞机。"她说。

我们全都笑了。"小疯子。"帕特里夏说。

"那在这架飞机上吃点或喝点什么?"奇诺在大笑的间歇问道,他笑起来的时候眼睛就变小了。

"冰透了的可口可乐,快结冰的那种,就像广告里那样。"我们全都点起头来。嗯。听着太棒了。我超爱那些北极熊广告。

"你呢?"帕特里夏问奇诺。

"别啊,帕特里夏,是我先问的。"

"好说。尼尼亚·诺福里摊上的一杯鼠尾草籽凉饮。"她飞快地答道。

卡拉和奇诺点着头。他们知道帕特里夏说的到底是啥。我也点着头。我不知道他们说的是谁,但我记得外婆在最热的日子里做的鼠尾草籽饮料,加了那么多冰。她做的这种饮料味道特别够劲,放了那么多鼠尾草籽漂在冷水上,还把水染得特别红,有时候是洋红。

"到你了,你要什么?"帕特里夏问奇诺。

"我想说的跟你的是一样的。"他顿了顿。他边说边抬头看着天边想事情,差点儿让我们被一块石头绊倒。

"发什么呆!"帕特里夏冲他喊了一声,因为他差点儿让我摔在地上,"小心点。"

"一杯刨冰,加点酸橙和盐。"奇诺说。嗯。我想起停在玛丽的诊所门口的刨冰摊。在那辆木制手推车里有个蓝色的塑料盖子,摊主会用金属工具刮好大一块冰下来,做成刨冰。酸橙和盐是我最喜欢的。我都能感觉到那味道了——我四下看了看,发现人又少多了。鸡头不见了。蜈蚣现在只剩下二十只脚了。

"大家都去哪儿了?"我问奇诺。

"我们走到前面来了。我们走得挺快的。我们很近了。一切都会好的。"

我看了看表。一点差几分。太阳烤着我们的脑袋。我的双腿差不多都麻了,就好像到处都扎着大头针和图钉一样。地面看着像在冒热气。我记得收容所里的人说沙漠里会特别热,石头上能煎鸡蛋。现在我信了。

"到你了。"奇诺对卡拉说完,停了一下,弯下膝盖让我从他背上下来。卡拉用两只胳膊搂住奇诺的脖子。

今天比昨天还热,热得就像我们镇上面包师房子外面的黏土烤炉,圣诞节早上我会去那儿取法式长棍面包,好回家做填馅面包。靠近烤炉的地方,空气就像煤块在我脸上烧一样。现在这里的空气就是那种感觉,像煤块。一层灰。我们走得太慢了。我假装我的唾液是水,但这样只会让我更渴。

"我们马上就到了,哈维尔。"奇诺说。

"走。"帕特里夏费劲地说。他俩的声音里都满是疲惫。卡拉看起来不大好。我两只手都划伤了。我移了下手表,看到手表下面的皮肤跟胳膊上其他地方比起来,颜色要浅得多。我的嘴唇上满是道道。我的眼皮好重。

"水。"我终于说道。

"水。"卡拉附和着我。

两个大人什么也没说。

"水。"我们又重复了一遍。

终于,帕特里夏先开口了:"奇诺,停一下吧。别走了。我们找找阴凉。"

奇诺没说什么。大家都没说什么。

我们继续走着。我们在找什么?没有房子。没有农场。没有树。奇诺紧紧抓着我的手。卡拉在他背上睡着。帕特里夏走在旁边,走得像个醉汉。为什么一丝云都没有?我肚子好痛,就好像被谁捅了一刀一样。我拖着脚。我吞吃着空气,假装这是雾,是云。我边走边吃,就像我长了鱼鳃一样。

※

"我们开一株仙人掌吧。"

"你别犯傻了,"奇诺对帕特里夏说,"那事儿也就电影里见过。"

动画片里也有人开仙人掌取水。番荔枝的形状从我眼前闪过。绿色的恐龙蛋。里面是粉色——有时候是白的。果肉里裹着软绵绵的深褐色种子。

"我们试试吧。"

"没有刀啊。"

我的额头和脑袋两边都好痛。我前后看了看，奇诺和帕特里夏都没有注意。跟我们在一块的只有一组了。两个人。天空几乎是白色的，太亮了。那两个浅色皮肤的鸡头和像马塞洛的鸡头都不见了。蜈蚣里的所有人，除了我们四个和我们后面那两个，也全都不见了。所有人都走得比我们快。他们丢下了我们。

我们拖着影子穿过土地，追上了前面一群人，之前我们并不知道他们就在我们前面。他们坐在一株很小的人形仙人掌旁边，这株仙人掌没有胳膊，只有个躯干从地面长出来。这株仙人掌破了。他们想用石头把它砸开来着。

"有水吗？"

"啥都没有。"他们说，坐在地上抬头看着我们。他们胳膊上有什么东西。他们脸上也有。

"别看。"奇诺说着，把我的脸转到一边。

他拉着卡拉的手，把她的头也转到一边。

我肚子里感觉就好像扎了个碎冰锥。我戴在头上的T恤不起作用了，全汗湿了。

"那吃的呢？你想吃什么？"

我不知道。我想回头看看那些人在干吗。他抓着我，拍拍我的胳膊，对我说："别看。"然后又问了一遍那个问题。

"我不知道。"

"想想。"

我只想喝水。不想吃东西。我肚子好痛。

"吃的……"奇诺又拍了拍我的胳膊。

我什么都想不出来，只能想到我的家。那些果树。那棵巨大的牛油果树，鬣蜥就住在上面。我们可以吃蜥蜴。但我们在这儿还没见到过蜥蜴。

"哈维尔。"奇诺说着，轻轻跳了跳，我摇摇头。"吃的。"他又说了一遍。

"豆汤。"我小声说。我仿佛看到外公光着膀子坐在火跟前，火上坐着他的陶罐。

奇诺笑起来。

"汤？现在？"帕特里夏的声音高起来，摇了摇头。

"是。"我说。我脑子里能想到的只有这个。

"是啊，帕蒂，喝汤发汗，把什么都发出来。"奇诺也赞同我的意见。

我仿佛看到外公把旧报纸扔进他从后院砍下的木柴里，好保持火势。一个熟透的牛油果切成丁，撒在汤上面。硬奶酪的碎屑撒在汤上面。酸橙等着挤汁进去。玉米薄饼等着蘸汤，那紫褐色的，浓稠的汤。

"我饿了。"奇诺说着，把我放下来。"好了，爬上来。"他拍了拍卡拉的胳膊，让卡拉差点撞在一丛灌木上。

"轻点！"帕特里夏朝奇诺摇摇头。

卡拉歇在奇诺背上，两只胳膊搂住他的脖子，他拉着我的手，我们继续往前走。

"犀牛山"在我们身后。我们的影子看着像沥青。灌木丛看着像人。从昨天到现在，我们连一条大路都没碰见过，也没听见过大海的声音，没看见过一辆汽车。就连直升机也没有。只有泥土。

"树。看，那边。"帕特里夏指着前面说。空气还是像在冒热气。远处看起来像是有鸟儿蹲在地上。乌鸦？秃鹫？

走到那里之后，我们发现那是孤单单仙人掌。地上的草看起来像干枯的意大利面——黄色的草棍从地里支棱出来。我往回看，之前那两个跟我们在一起的人也不见了。

"那边。"奇诺指了指。我的肚子里翻江倒海，感觉马上就要吐了。在船上的时候还要好一点。水，好多水，还有飞鱼。船上也很热，但不像现在这么热。我们也不用走路，而且我们只在海浪上颠簸了一天。

我们右边的地面轻微突起，像是一座山丘。

"树！"他差点喊出来，把卡拉也弄醒了。奇诺走得比我和帕特里夏都快。他跳起来的时候，离我们已经有好几米远。

"树！"这回真的是大喊了。"树，你们看！"他又喊了一声，指着什么东西。卡拉也指着那个方向。

我们追上他们。

"不是吧。"

"我们还没渴到发疯。"他透过T恤帽兜对帕特里夏说。我能看到他笑了，露出一口小白牙。

我们又走了一阵，然后，真的！不是一棵，不是两棵，是好多好多树！巨大的，灰绿色的，看起来毛乎乎的树。

"马上就到了，走走走。"奇诺说。我的脚好痛。

"推一把。"帕特里夏说。确实起作用了。就好像我刚刚在游戏《马里奥兄弟》里吃了一颗加速星星，我们的速度越来越快。我们离那些树越来越近。那些树在风中摇曳，就像活物一样。那些树也让我想起动画片里的塔斯马尼亚恶魔"大嘴怪",因为它们底下很细,顶部很大。

这些巨大的树从草丛里长出来,从接近白色的泥土中长出来,有我家后院的牛油果树那么高。两三层楼高。我们悄悄溜到树干附近树荫最浓的地方,感觉就像踩在凉席上。我们瘫在上面,累得不行,但还是笑了起来。

"真正的五星级酒店。"奇诺指着泥土说。地上很凉,就好像夜晚被困在岩石和小树枝下面。

"我觉得这儿怎么着也得二十星吧。"帕特里夏回敬了一个笑话。

我马上找了个地方,拿袄子当枕头躺下来。卡拉大笑。

"你跟猫似的。"她说完,自己也学我的样躺了下来。帕特里夏也是。我们都成了猫,在阴凉里歇息,只有奇诺没有,他还在打量这些树。

"这树是有人种的。"奇诺打量着树说。

可能是吧。我们在沙漠里从来没见过这种树。

"看,看,房子。"他对帕特里夏说。

房子?!

"是红房子吗?门口有三棵树?"帕特里夏仍然躺在地上,问道。

"不是。"奇诺说。

"那就跟咱没关系了。"帕特里夏说。

奇诺一直看着那些房子。他从树上摘下几片叶子,拿给我们。摸起来像塑料,看上去像小树枝。树叶的每一段都像一根管子。

树叶的颜色和气味让我想起外婆院子前面那些树。

"看着像柏树。"我对奇诺说。

"啊哟，不是，孩子！不是柏树！"帕特里夏很快喊道，她摇着手，仿佛想赶走一只苍蝇。

我没明白。

我看着奇诺，但他什么也没说。

"柏树有死人的气息，孩子。啊哟。"她边说边往自己身上画了个十字。

"哦，就像花圈？"奇诺问道。

"正是。"帕特里夏说。

"啊呀！抱歉！"我说着，也给自己画了个十字。我吓坏了。我还记得万灵节用的柏树花圈。自从曾曾外婆菲娜在1996年去世后，我们每年11月2号都会去看她。我们会给她带一个柏树枝做的花冠，用黑油漆在她坟前的十字架上重新刷一遍她的名字。我喜欢柏树的味道。

奇诺终于坐了下来，我和卡拉躺在我的冒牌父母中间。我们家。我们又是四人组了。其他所有人都不见了。

"我想要一个凉透了的椰子。"奇诺大声说。我们大笑起来，灰绿色树叶后面的天空真蓝。我希望能有点儿云，但没有云出现。

"一份必胜客比萨。"帕特里夏说。

"麦当劳的汉堡。"卡拉回答。

我嘴里冒出来的只有洋葱和香菜的味道——我们在马萨特兰吃的墨西哥卷饼。

"墨西哥卷饼。"我说。这样一来，想象有食物挂满枝头就容易了。青木瓜加盐、青芒果加盐、南瓜子调味料，还有酸橙、佩佩托荚果、帕特纳荚果……

※

奇诺摇晃着我。

"你晕过去了。"他说，但我感觉我根本没睡。

"我们得继续走。"他对我和卡拉说。帕特里夏在树后面撒尿。

"哎呀，"她回来说，"好黄好黄，都快成橙色了。"

我好想知道我的尿会是什么颜色。从昨天到现在我还没喝过水。

"我们接着走吧。"奇诺又说了一遍。

"去哪儿？"卡拉问。

"去找那个牧场，"奇诺说，"没有别的办法。"

"肯定是那些里面的一个。"帕特里夏指着远处的一些小点说。地面从这里开始有些下降，我们是在一座小山上。

"电线杆是个好兆头。"奇诺补充道。

那些电线杆看起来像巨大的十字架，比周围的东西都高——除了这些树。地上长出来的人形仙人掌像是巨大的、深绿色的奇多牌玉米条。

"我都说了，走吧。"奇诺说着，拍着裤子上的土。

"水。"我又说了一遍。我肚子里又多了一个碎冰锥，不过这个新的是在底下靠右边的位置，挨着腰间。"我走不动了。"

谁都没说什么。我的腿从来没有过这种感觉。我站不起来。奇诺一边揉着自己的脑袋，一边踱来踱去。我发现到处都是空水瓶，还有垃圾：塑料袋，空沙丁鱼罐头和豆子罐头，撕烂的T恤，撕碎的鞋。我们来之前这里也有人吗？奇诺捡起水瓶，倒过来，希望能有什么滴到他嘴里。帕特里夏也如法炮制。我和卡拉坐在地上，看着他们。

"啥都没有。"他说，"到我背上来，哈维尔。卡拉，你还能走吗？"

卡拉点点头。

"起来。"

他把我拽起来的时候，我两条腿直打战。我的小腿上仿佛扎满了刺。我爬到他背上。他把他的T恤递给我。我又做了个帽兜。他戴上自己的，我们又走了起来。

※

"不是这个。"帕特里夏弹了弹舌头。

我们蹲到一株灌木下面，判断我们面前的房子是不是我们要找的那栋，这已经是第三次了。奇诺觉得有四棵树。帕特里夏说是两棵——但那都不是树，是仙人掌。我想喝水。想吹圣萨尔瓦多必胜客店里的空调。想要爸爸妈妈。玛丽。我的嘴好重。我的舌头好干好干。太阳是一粒葡萄柚，榨出果汁把一切都染成了红色。橙色。粉色。淡紫色。

"那个呢？"奇诺指着前面另一栋房子问道。那里只有灌木丛和孤单单。还有石头。比鸽子小的鸟。突然——

"趴下！"奇诺喊道。

石头撞上金属。钉子螺丝乱鼓。一辆深蓝色的卡车开过来，身后尘土飞扬。我们尽可能地躺平。我们离那条土路很远，车上的人没看见我们。

我们站起来，我又回到奇诺背上。他是我的骆驼。我是他背包上的驼峰。天空一直在变幻。我们的影子变长了。

"我出了好多汗。"我低声对奇诺说，给他看我湿漉漉的手掌和额头。

他什么都没说。

"我们停下来吧。"我低声说。

我还没哭过。我不想哭。我的心跳得好快，跳得最快的时候，比我们看到直升机的时候还快。我肚子好痛。我的腿。到处都痛。我的皮肤晒伤了，嘴唇起皮了。突然间，我哭得一发不可收拾。我努力把哭泣声用肚子里嘎吱嘎吱的声音压下去。我的胸挺起来，我喘不过气。

"你还好吗？"

我说不出话。

"怎么了？"

我想要妈妈。玛丽。外婆。

"一切都会好的。我们就要停下来了，小兄弟。你看，天上好漂亮。"奇诺指着紫色说。人形仙人掌是黄色和橄榄色，毛茸茸是金色，绿玉树是亮绿色。所有颜色都很明亮，也全都混在了一起。

"我们去看看那个。"他对帕特里夏说。我不想让他们看到我在哭。我擦了擦眼睛，躲进 T 恤帽兜里。我咬着嘴唇。我很坚强。一切都会好的。我很坚强。

奇诺把我放了下来。地面是亮橙色。蝙蝠拍着翅膀在我们头上飞过。鸟儿飞往它们准备过夜的地方。我没法往前看。那房子很近，然后又变得很远了。

"是他妈的红色，"帕特里夏说，"还有树……"

三棵。两辆卡车停在前面。一道铁门。还有一辆面包车。

"是三棵树，对吧？"

"不知道啊。但是你看。"奇诺指着一条亮绿色的塑料水管，跟霓虹灯管似的，闪闪发光。

"水！"帕特里夏喊道。她的酒窝变深了，布满画痕的脸也明亮起来。

卡拉笑了。

"感谢上帝。"帕特里夏抬头看着日落，给自己画了个十字。

我嘴里生了口水。我的肚子咕咕叫起来。我的头有那么一阵也忘了痛。

"我们可以把那根管子拉出来，"奇诺说，"把管子一头从围栏里穿出来。"

"小心。"

我们蹲在奇诺身后，从一丛灌木走向另一丛灌木。水管在房子一角，盘在塑料做的什么东西上。我们蹲着挪到近处，直到我们必须穿过一条土路才停下来。我们在电线杆下面。电线杆很高大，在太阳底下看起来仿佛涂了一层蜂蜜。房子里没有人，路上也没有人。我们跑了过去。

没有灌木丛,水管旁边什么都没有。只有泥土和干草。我们腹部贴地,像是等着喝水的蜥蜴。这时——

狗。

我们没看见在哪,但听到了狗叫声。

"我操。"奇诺一边说,一边把水管拉过铁丝网。

"拧开!快点!拧开!"

他拧开水龙头。一道瀑布冲出来。奇诺把这股水喷到我们所有人身上。我们肚皮贴着地,张开嘴。水刚开始是热的。温的。清亮。我们脑袋旁边形成了一个小水洼。感觉真是太好了。小水洼边上起了白色气泡。红色的泥土变得更红了,随后又变成棕色,就像我们晒伤了的皮肤。泥潭。

"喝吧。"奇诺把水管的金属头递给我。

我爬到水管那里,稍稍起身,但尽量不让自己站起来。水管是温热的,我想象中摸一条蛇的感觉就是这样的。水一直从管子里往外流。我把嘴唇放到金属头上。一大口。两大口。有橡皮的味道——温热的橡皮和金属,但这味道很好。我洒了些水在脸上,脖子上。我让T恤帽兜也浸满了水。

"快点。"帕特里夏拍拍我的肩。我又喝了几大口,然后递给卡拉。卡拉只把上半身从地上撑了起来。

就在这时——

两条巨大的德国牧羊犬朝我们直冲过来——我们面前的铁丝网拦住了它们,但它们一直狂吠着。我们两肘撑着身子迅速后退,帕特里夏把水管又拉出来了一些,疯狂地喝着水。

439

"闭嘴,看门狗!"奇诺低声说着,想让两条狗里面最咄咄逼人的那条平静下来。它们的大牙又白又亮。口水从它们嘴里流出来。它们身后,一个美国佬朝我们走过来,他又高又瘦,跟铅笔似的。

"我操他妈的,跑,快跑!"奇诺说着站了起来。

"高个儿! 站住!"美国佬咆哮一声,往空中开了一枪。声音很大。我感觉那一枪打进了我的胸膛,我的肚子。我们全都不敢动弹。

"别犯傻,不要动。"帕特里夏一边对奇诺说,一边捏住水管,她的手在颤抖。我们贴在湿地上。

美国佬朝我们走来,越来越近。他穿着一件长袖衬衫,下摆掖在蓝色牛仔裤里。他戴着一顶帽子,瘦削的脸上满是皱褶,苍白的手里握着一管黑色的大枪 —— 他就用这把猎枪指着我们。

"不要跑,开枪了。"他用浓重的美国口音重复着,有些发音不对。他穿着棕色靴子。他的打扮跟鸡头们差不多,就像是在一个墨西哥牧场里一样。"好的,好的。"奇诺说,这时他已经跪倒在地,双手高举。

"不是坏人。"帕特里夏跪下来,扔下水管,指着她自己,又指了指我们。

美国佬把枪指向帕特里夏。

"妈妈!"卡拉尖叫起来。

那男人又把枪指向卡拉,然后是我。

"别对着我的孩子!"帕特里夏尖叫道。

水还在从水管里往外喷涌。

"别跑，"他重复道，又朝我们走了几步，"移民局的过来了。"

"不要啊，求求您，我们现在就走。"奇诺说。

"求求您了，"帕特里夏两手合十，乞求道，"孩子们。"她指着我俩。

"移民局，过来了。"他又说了一遍。

我不想进笼子。

"不要啊，求求您了，不要移民局，孩子们，您瞧，我的孩子。"帕特里夏仍然指着我们。

"移民局，打电话了。别跑。"

帕特里夏跪着走近围栏，走近仍然狂吠不止的那两条狗，双手的样子像是在祈祷。"求求您。"

美国佬说了几句英文。他听起来很生气。他仍然拿枪指着跪在地上的奇诺。

奇诺想靠近围栏。

"别动！"那男人吼起来。

奇诺停了下来。美国佬对他的狗说了几句什么，两条狗坐下来，嘴里泛出白沫，仍然龇着牙。我和卡拉跪在地上。我浑身不住地颤抖。

"妈的，这个美国屎橛子不会让我们走了。"

"明摆着啊。"帕特里夏低声说。

"水。"奇诺对那男人说，一边冲水管点着头，"水。"

美国佬点点头。"自己拿。"他用枪尖指着霓虹水管说。

奇诺从泥土里抓起水管，现在已经一片泥泞了。我们全都湿了，我们的小腿、膝盖、裤子、皮带，全都湿了。

"再怎么说,水倒是挺好喝的。"奇诺笑着说,嘴里灌满了水。在他身后,太阳正在落下去,紫色越来越浓。

"还要喝吗?"他问我们。

我们摇摇头。

我一直看着那个男人的房子——红色的铁皮屋顶,还有那辆卡车。房子的墙用的水泥砖,跟外婆的房子一样。

我们听到轮胎的声音。一辆白色卡车在我们身边停下。绿条纹。

我的眼睛里马上注满了泪水,下一秒眼泪夺眶而出。车门哗哗叫着打开,一个绿色制服走下车。他跟那个美国佬用英语说了几句,那美国佬的猎枪仍然指着奇诺胸前。我脸上挂满了泪水。我裤子上满是泥泞。那美国佬还在说话。卡拉也在哭。奇诺脸上的血管鼓了起来。他两手举在空中,右手仍然捏着那条水管,没有一滴水落到地上。奇诺没有看我们。我脖子后面感觉好重,就像上面压了几块大石头一样。我的头好疼。

"嗨,晚上好啊。"制服说。他的西班牙语也有口音,但没有那么重。我们完全能听懂。他向我们走近。我没有看他的脸。他的橄榄绿的制服变暗了。

"晚上好。"他又说了一遍。我看着他沾满尘土的黑色靴子。

"一家人?"

"是。"帕特里夏和奇诺回答。我和卡拉点点头。

"国家?"

"墨西哥。"他们用最好的墨西哥口音答道。

他又走近几步。我看着他的脸:脸上刮得干干净净,一头黑色短发。他很年轻——不会比帕特里夏年纪大,脸上跟奇诺一样没有皱纹。他的皮肤比我们所有人都黑。

"多大了?"

"九岁。"

"你呢?"

"十二。"卡拉答道。

"你们爸妈?"

"对。"我们说。

"想喝水吗?"

"已经喝过了。"帕特里夏说。

制服转向那个美国佬,他跟制服说了几句什么,猎枪仍然指着奇诺。

"把这拿下来,"制服说着,拍了拍奇诺的背包。奇诺咬着牙齿,太阳穴旁边青筋暴起,"双手背在背后。"

手铐咔嗒一声。

"你也一样。"他对帕特里夏说。帕特里夏的脸是肿的。她的背包掉在泥地里。

"不要,先生,不要!"她哭喊着。

"好啦好啦,照章办事,不会再对你做什么了。"

随后他转身对那美国佬用英语说了几句什么,猎枪终于垂下去,不再指着我们了。

"起来。"制服对我和卡拉说,"我要先把你们爸妈送到车上去,行吗?"

我们点点头。

他先把奇诺带上卡车，然后是帕特里夏。随后他把他们的背包扔进卡车后面的车厢。那美国佬看着我们。我们站着，但无法动弹。我两腿打战。我头痛欲裂，就像戴了一顶发烫的棒球帽。制服跟那美国佬说了几句，那美国佬终于关了水，转身朝自己房子走去，房子的窗户上闪烁着昏暗的黄色光线。终于入夜了。

"朋友。"制服指指自己。"来。"他说，示意我们跟上他。他打开车门。奇诺和帕特里夏坐在驾驶座后面。金属隔栏跟上次一样。卡拉先走了进去。我坐在窗户边。车里好热。门关上了。灯光让卡车里看起来像宇宙飞船。

"行，我们走吧。"制服说着，打着了车，"我，冈萨雷斯警官。你，名字？"

帕特里夏把我们的墨西哥名字告诉了他。车轮开始碾过地上的石头和泥土。

"第一次偷渡？"

奇诺看着帕特里夏，帕特里夏大睁着眼睛，像只猫。我看着那个美国佬的房子。看起来好孤单。周围一栋别的房子都没有。

"不是。"奇诺回答。

"妈的。"帕特里夏低声说，摇着头，仿佛奇诺说错了什么一样。"你这下搞砸了。"她看着奇诺的眼睛说。

奇诺似乎有些摸不着头脑。

"坐牢。"帕特里夏喃喃道。

"不是问题，"制服竖起食指摇了摇，"几次了？"

帕特里夏仍然盯着奇诺，然后回答了制服的问题："两次。"

"真的？"他转过头来看着奇诺。

"真的。"

"是真的吗,孩子们?"

我们俩都点点头。车窗外很黑。几分钟后,我们路过了另一条土路上的另一栋房子。我在找一栋红房子,门口有三棵树。两辆面包车。很难看清。大人们还在说话。

接下来会发生什么事情?这一次我们必须成功。我可能永远也见不到我爸妈了,我不想在笼子里睡觉。我想跟帕特里夏和卡拉睡在一起。我想要我的爸爸妈妈。我想要一张真正的床。我想吃麦当劳,想看到下雪,想要一个泳池。我不想再走一遍沙漠。

※

制服不再问问题了,终于安静下来。卡车拐着弯,走上更多土路。车头灯照在地上的石头上,闪现出暗淡的银色。除此之外一片黑暗。车两边是黑夜,车头灯上方是黑夜,我们身后也是黑夜。过了五分钟,十分钟。卡车减速了,轮胎嘎吱直响。我们靠边停了下来。

"你们饿了吗?"

奇诺和帕特里夏眯起眼睛,面面相觑。我看着他们。

"饿吗?"制服又问了一遍。

"是。"他们说。我和卡拉点点头。我们上回吃东西还是那张冰冷的玉米薄饼。

"要巧克力吗?"

巧克力?!自从离开萨尔瓦多,我还没吃到过巧克力棒呢!

"热的。"他用棕色的双手做了个举杯的动作。我有点失望。

"好。"帕特里夏点点头。

"你们呢?"他看着我们。

卡拉拿胳膊肘顶了顶我,点点头。她又顶了我一下。"好。"我低声说。

"好,等一下。"卡车仍然开着灯,但发动机已经关了。车头灯照射着一大片没有叶子的啦啦队灌木丛。我在地上找垃圾、水瓶,想看看有没有什么人在这里停留过的迹象,但什么都没看到。卡车后面的门打开了。制服的靴子踩在石子上,声音很响。凉爽的空气涌进车里。帕特里夏和奇诺的袄子仍然围在腰间。我们也是。车里很舒服,比外面暖和。我听到液体从什么东西里冲出来,落在纸杯底部的声音。

制服打开我这边的车门。他穿着一件深绿色袄子,拉链开着。我看向他胸前,上面有个标签,开头写着:冈萨——。他没骗我们。

冈萨雷斯警官用英语说了句什么,然后把热巧克力递给我和卡拉。纸杯好热,但说不上烫手,没到握不住的地步。杯子里浅褐色的液体冒出热气。他关上我这边的门,走到后面。又有热巧克力流到另一个纸杯里。

我这边的门又开了。"拿好,给你们爸妈。"他又递给我俩一人一个杯子。这不是我最喜欢的。我不想喝牛奶的时候外婆就会做热巧克力给我,但我知道里面还是有牛奶。

"别干傻事儿,行吧?"他盯着我的冒牌父母说。

"OK。"奇诺说,他的眉毛拧在一起。

冈萨雷斯警官看着帕特里夏。"好。"帕特里夏说,目光穿过金属栅栏。

"解开。"他指着他们的手铐。"请不要跑。我,朋友。"他指指自己。

"OK。"奇诺又说了一遍他说得最好的英文单词。

冈萨雷斯警官握了握拳,示意我和卡拉把杯子拿稳一些。

"伸过来。"他边说,边伸手去够帕特里夏的手腕。他的胳膊扫过我和卡拉的脸。帕特里夏转身凑过去,让他更容易够到手铐。我闻到他身上的古龙水味——很微弱,但闻起来像是木柴混着柏树的味道。

他解开手铐,从座位上撑起身子,随后关上车门。我们面面相觑,不知道他要干什么。

"好人。"帕特里夏低声说。她伸手来拿她的热巧克力。

奇诺看着我们。他脸上的血管不再鼓出来了。"绝对的。"他点着头低声说,几乎要笑出来。帕特里夏举着杯子的样子很滑稽。

冈萨雷斯警官又敲了敲我这边的窗户,"别犯傻啊。"

我们点点头。警官递给我们一些墨西哥甜点和甜玉米面包:两块粉的,一块白的,还有一块黄的。

"拿着。"他递给我和卡拉。是凉的,但仍然很蓬松。

随后他绕着卡车走了半圈,敲了敲奇诺的车窗,指着奇诺的手铐。

"OK。好。"奇诺转身朝着我们,把手伸给冈萨雷斯警官。

车门开了,手铐咔嗒响了一声。"朋友。"警官重复道。

奇诺揉着手腕笑了。我屏住呼吸,生怕他会冲出卡车——

"谢谢。"奇诺对冈萨雷斯警官说。警官关上门,坐上驾驶座。

"味道怎么样,还行吗?"他从后视镜里看着我问道。我不知道他在说什么。"巧克力,好喝吗?"他又问了一遍。

我点点头,尽管这杯热巧克力喝起来像水。我不想喝温牛奶的时候,是很喜欢这一口的。但现在我希望有牛奶,因为牛奶会让热巧克力更黏稠。

帕特里夏不吃不喝。奇诺已经喝完热巧克力,吃完甜点,卡拉也是。所以现在卡拉手里拿着妈妈的杯子和面包。我的马上就要吃完了。

"嘴唇,我可以帮忙,"冈萨雷斯警官指着自己的嘴唇说,"嘴唇,对吧?"他仍然指着,"仙人掌? 对吧?"

"对,扎得我好疼。"

"行,"后面又跟了一句我们听不懂的英文,"还有谁身上扎着刺吗?"

我看了看自己手上,挺好的,没有刺扎在上面。卡拉也看了看她手上和胳膊上。她身上的划痕比我多,但她也摇了摇头。奇诺也摇了摇头。

"好,那个门。"警官指着我这边的车门说。我喝下最后一口,把杯子底下的残渣也全倒进嘴里。

他又一次打开后面的门,拿了些东西,然后走回我们门前。

"来。"他示意帕特里夏,帕特里夏皱起眉毛。"出来,"警官说,"没事的,来吧。"

我和卡拉在车里站起来,贴在冰冷的金属隔栏上,这样帕特里夏就能一点一点蹭出去。她终于站到石子地面上,冈萨雷斯警

448

官关上了车门。

"好孩子。"奇诺低声说着,拿起我们喝完了的纸杯摞在一起。卡拉脸朝前坐着,手里端着妈妈的热巧克力,抿了一口,免得洒出来。奇诺没打算试试门能不能打开。也没有大喊大叫。我们也都没有。我们知道我们是被锁在车里的。

我跪在座上,好看到帕特里夏。她坐在卡车的沿上,警官站在她面前,轻柔地把她的脸转向后车灯。她脸上好多划痕,里面的血都已经干了,还有好多土。警官像医生一样戴着白色橡胶手套,手里拿着什么金属的东西。

"镊子。"卡拉低声说。

我们看着他把断在帕特里夏脸上的小段小段的刺拔出来。镊子探进伤口的时候她会龇牙咧嘴,但没有哭,昨天晚上奇诺用指甲刀拔刺的时候,她哭了。

"你们第一回偷渡走的是哪个城市?"警官一边问,一边把另一根在她脸上扎得很深的刺拔出来。

"我不知道,警官。"

我也不知道。鸡头没跟我们说过我们是从哪个镇子偷渡出境的。

"有多少人?"

帕特里夏脸上的泪珠滚落下来。他又问了一遍。

"哪一次?"帕特里夏问警官。

"就这次。"

"三四十人。"

"五六十人。"奇诺纠正她。我觉得奇诺是对的。

冈萨雷斯警官不再提问了。我们看着帕特里夏满是划痕的脸。她的痛苦。她脸上晒伤的地方。灯光又让她的头发变成了浅棕色。拔完刺,警官捏着帕特里夏的皮肤,把伤口里的脏东西挤出来,帕特里夏的浅褐色眼睛里涌出泪水,看得我想哭。但我就是转不开眼睛。

"妈妈。"卡拉的声音尖厉起来,她担心的时候就会这样。

"没事的,闺女。"帕特里夏用她最好的墨西哥口音挣扎着说,击打着她面前的空气。

我不知道帕特里夏是怎么做到的。她一声都没哭!我想起玛丽挤脸上粉刺的时候。或者是我手上扎了什么东西,从我手上挑走的时候。现在我手上就还扎着一些刺,但是不疼。我的腿还在疼。我的屁股和大腿之间的位置。我的膝盖。我的背部下方。我的小腿。脚踝。浑身都感觉沉甸甸的,就像我是水泥做的一样。但我的脑袋感觉很轻,就像里面装的是空气。

"好了。"警官拔完帕特里夏手掌上的刺之后说,一边还擦了擦自己额头上的汗。

"谢谢,谢谢您,警官。"

警官拍了拍她的肩膀,笑了。"不用谢啦。"他看起来很自豪。他把所有东西都拔出来了。他们走回车门这里。帕特里夏走进车里,冷空气跟着她进来,就像她的影子一样。"还要面包和巧克力吗?"警官问。

"要。"我们所有人都答道。我还是饿。

"好,给我。"他在空中做出握杯的姿势。我们知道他的意思。奇诺把杯子递给我,我递给警官,警官走到后面,又接了两杯热巧克力过来。然后是又一杯，带着一个甜玉米面包。然后又是两个甜玉米面包。帕特里夏还在费劲地吃她的头一个面包。她吃得很慢。一次只能吞一小口下去。

冈萨雷斯警官关上后门，走回驾驶座，发动了车子。我们又开动起来。车里很黑，只有仪表盘上的数字和指示灯亮着。我们所有人又一次坐在移民局的卡车里，只是这回帕特里夏和奇诺没有戴手铐。车轮碾在泥土和石头上，卡车摇摇晃晃，但最后我们终于走到了沥青路上，车也不再摇晃了。

我们向左并道，我觉得我看到了"犀牛山"的轮廓。道路在我们脚下，像是一条光滑的地毯。道路中间的双黄线，是两条细长的蛇，身上长着黄色的塑料圆点，反射着车头的灯光。除了我们，一辆车都没有。我们前面没有人。警官一直很安静，我们继续吃吃喝喝。我的脑袋感觉没那么轻飘飘的了。但我的太阳穴还在痛。我的身体也是。

过了二十分钟，警官说："今天是个幸运日。"

我们面面相觑，耸起肩膀。我们这个样子可算不上什么幸运。奇诺动了动嘴唇，歪了歪脑袋。帕特里夏也歪了歪脑袋，嘴里不出声地问道："他在说啥？"

"接下来，休息四天，好吗？"

我们仍然如堕五里雾中。

"好吗？"他转过头来，大声重复了一遍，但双手仍然放在方向盘上。

"好。"帕特里夏答道。

"休息四天。"警官举起四根手指。他的手指又粗又光滑，"沙漠，很糟糕。"

"感觉他想放我们走。"奇诺对我们所有人低声说。

帕特里夏的脸亮了起来。"好的。"她大声回答警官。

我看着自己的双手。他会放我们走？

"孩子们。"他指指我们，"休息对他们来说尤其重要。"

"警官，您是打算放了我们吗？"奇诺终于开口问道，他说得很慢，每个字都咬得很清楚。

"是，"警官毫不犹豫地回答，"今天是幸运日。"

帕特里夏看着我们，用她的肩膀蹭了蹭我的肩膀。她继续挤我，把我挤向卡拉那边。卡拉看着妈妈，笑了。我也笑了。我们全都笑了。"感谢上帝！"帕特里夏大声喊道，就仿佛我们身在教堂一样。她低声自语了几句，抬头看着卡车的车顶，给自己画了个十字。

"真的吗？"奇诺问。

"是的。但是答应我，你们要吃多一点，喝多一点水。"

"好！遵命！好的警官。"

我不用在牢房里过夜了！我不用在别人面前撒尿了！没有坏美国佬了。冈萨雷斯警官是朋友。不用进笼子。不用进动物园。

"并不是所有说自己是蛇头的人都在说实话。要小心。"警官从后视镜里看了一眼帕特里夏。他的眼睛是深褐色的，和我的一样。"记住了？"他大声说，又转过头来看了我们一眼。

"是！"我们全都喊起来，警官几乎大笑起来。

我们继续往前开。道路笔直。没有拐弯。没有别的车。

"我们成功了。"奇诺小声说，然后又无声地对自己说了句什么。

"但愿如此。"帕特里夏也小声回了一句。

感谢上帝,我想着。今晚我不用在没有帕特里夏和卡拉的地方睡觉了。没有手铐。没有陌生人,我睡觉的地方也不会靠着马桶。

我们一直往前开,直到道路拐弯的地方。右边有栋房子。左边还有一栋。灯光。有个下坡。我们上了一座小山。路又变成笔直的了。车头灯照出一个很小的水泥房子,看着像一间户外厕所。我们在一片白色的泥地上停下车。

"好了,朋友们。"警官转动钥匙关掉发动机,但车灯仍然开着。他打开我这边的门,说:"出来。"我的脚踩到地上后,又告诉卡拉:"来吧。"

"不要跑,好吗?"

"OK。"我和卡拉答道。

他朝自己挥了挥手。

"你,"他对帕特里夏说,"好,到你了。"奇诺从座位上滑过来。我们全都下了车。

他关上车门。"等一下。"警官走到后面,把我们的背包拿过来,递给奇诺和帕特里夏。微风又吹拂起来。车灯照着水泥房子旁边的一棵大树,房子旁边飘扬着美国国旗。

"那边是墨西哥。"警官指着车灯照不到的地方,但我们能看到还有一根旗杆。"走,"他说,"不要跑。"

"走快一点。"奇诺说着,拉起我的手。卡拉扶着帕特里夏的腰。我们走在沥青路上。好多尘土。

"袄子。"帕特里夏对我们所有人说。我解下围在腰间的袄子，落下好多灰。我穿进一只胳膊，然后是另一只。卡拉也穿上了袄子。

透过窗户我们能看到，水泥房子里没有人。奇诺转过身，朝冈萨雷斯警官挥了挥手。

"我的娘啊，他真是个不错的家伙，对吧？"

"不折不扣的好人。"帕特里夏说。

"好美国佬。"

"天使。"

天使？也许是吧。我没听懂。

"他为什么这么好？"我问他们。

"因为他也是我们当中的一个。"帕特里夏大声说。她说得对。他看起来和我们很像。唯一的区别是他说西班牙语有些滑稽，但这是我们听到的美国佬里说得最好的了。也许这就是原因？

我们走过挂着墨西哥国旗的旗杆后，卡车的车灯就再也照不到我们了。这边是黑的。我们周围一切都是黑的。没有月亮。我们前面是一道下坡。我们在往山下走。我们在墨西哥。

第九章

一切都会好的

1999年6月7日

我们在这儿待了三天了。今天，我们的新鸡头跟我们说明天走。我们一直在休息，就像警官跟我们说过的那样。我们大部分时间在睡觉。鸡头把我们锁在房子里，因为"更安全"，因为"别人可能会看到我们，给移民局打电话"。房子里没有家具，所以我们就睡在地板上，跟一些陌生人挤在一起，他们说会跟我们一起走。

"我们不会有那么多人。"领头的鸡头说。他是个美国佬，嘴里偶尔会蹦一两个英文单词出来，比如"旅程"。"这趟穿过沙漠的旅程。"他指的是我们越境的路。他每天都戴同一顶牛仔帽，穿同一件胸前有两个口袋的纽扣衬衫，同一条蓝色牛仔裤，同一双棕色靴子，也系着同一条棕色皮带，皮带扣上用白线缝了一头公牛的轮廓。他让我们叫他拉蒙，但我们知道这肯定不是他的真名。

警官放我们下车后,我们来到沥青路旁边一户人家,在屋檐下的水泥阶沿上睡了一夜。那个夜晚我已经不记得了,只记得我和卡拉蜷在帕特里夏和奇诺中间,我们几个就那样睡着,挤成一个三明治,因为太冷了。早上有个老妇人问我们要不要找蛇头,鸡头,是不是要"越境"。她让我们进屋,给我们吃豆泥和玉米薄饼,让我们等一个男的过来,说是那人的侄子可以带人"越境"。奇诺和帕特里夏说我们没钱,但我们在美国有人。午饭的时候,我们跟着另一个陌生人上了一辆破旧的卡车。我在帕特里夏腿上睡着了。醒来时我们正开进现在这个镇子,外面的狗叫得好欢。这个地方比我们过夜的地方大,但比诺加莱斯小得多,也比我老家的镇子小。

拉蒙说他认识路。说他的堂兄弟会开着两辆好牛×的面包车在那边等我们。我喜欢他说话的方式。会说一些我没听过的词。牛×。我想象出一头巨大的牛,长着一对巨大的牛角。我们碰到过的所有鸡头都口口声声说会有面包车,我们从来没真的见到过,但这几个鸡头感觉不一样。他们不认识堂达戈、我们不知道名字的那个蛇头、梅罗·梅罗、小甜豆、马里奥,也不认识帕科。

"很简单的。很快。"拉蒙每天午饭过来给我们通报最新情况的时候,都会这样告诉我们,"我们不会有那么多人,二十五个顶天了。"

他没撒谎。我们还不到二十五个人。鸡头每天管我们三顿饭,有米饭、豆子和玉米薄饼,是我喜欢的那种又大又平整的。厨房里有两口大锅,一大袋米,还有一大袋豆子。调料就放在水池子旁边。拉蒙最开始拿豆子给我们做的饭味道可不咋地。现在是大人们轮流决定谁来做饭。午饭的时候，拉蒙会带来刚出炉的玉米薄饼，最好吃的就是这薄饼了。

我们不能出门，所以睡了好多觉。这很像在瓜达拉哈拉的时候，只不过这里每天早上有公鸡叫我们起床，街上的狗叫一刻不断。只要有一条狗起了头，其他所有的狗都会跟上。房子里没有床，倒是有堆成山的毯子让我们用。毯子上设计的图案各不相同，有玫瑰，有圣女，还有各种各样的动物。我们那张毯子上面有只老虎。我们选了一片开阔的地方，睡在铺着地砖的冰凉地板上。从我们睡在别人家屋檐下的水泥阶沿上开始，我们四个一直像香蕉一样挤在一起睡。我超爱这么睡。帕特里夏是最大的那根香蕉，她胸前是卡拉，卡拉胸前是我，而我的脸对着奇诺的后背。这样睡在夜里很暖和，而到了白天，地砖能让我们凉快一些。

我们喝了好多水，不是从瓶子里，而是直接对着水龙头喝。水的味道很有意思，有金属的味道，"但毕竟是水啊"，帕特里夏提醒我们。她的脸看起来好多了。唇疱疹没了，但我们还是能看到划痕。来这儿的第一天，帕特里夏把我们所有衣服都洗了。我们也洗了澡。这儿没有泽丽奇肥皂，只有很小的、粉色的玫瑰香皂，洗澡间的一个袋子里装着好多块。我们天天闻起来都跟玫瑰一个味道。

拉蒙午饭的时候来。另一个鸡头叫罗伯托，会在晚饭的时候来，看看我们需要的东西够不够。罗伯托说，他不是美国人，但是也认识那条路。他比拉蒙年纪大，一把大胡子，头发是深褐色的。

"这事儿我们最靠谱了，小男孩。"他对我说。

罗伯托的穿着跟拉蒙不一样。他穿蓝色牛仔裤，T恤和黑色靴子。

"OK。"我对他说。我们四人组从离开冈萨雷斯警官以后就只说过这句话。

"行啦，你可是美国佬，加瓦乔人。"这个词让我想起马里奥。我希望这些鸡头能把我们带到美国。我想变成美国佬。我想说英语，想活在电影里。

昨天来了一对母子。他们是从危地马拉来的，儿子十一岁，名叫塔西西奥。我从来没听过这个名字，所以每次都叫错，搞得他很生气。他妈妈管他叫塔西。他们大部分时间都待在自己房间里，只有吃饭的时候出来。大家都这样。很无聊，但总好过火热的天气，好过一走就是几十里地，好过关在笼子里。

我的腿差不多恢复正常了，只是小腿还感觉有人在用力挤压，就像我站在河中央，河水冲刷着我。我的头几乎不疼了。只需要再过一天。再走一趟。明天我们黄昏的时候动身，拉蒙说。总是在黄昏走进沙漠。日出，日落，我开始两个都讨厌了。

1999年6月8日

拉蒙和罗伯托一大早就来了。之前他们从没一起出现过。他们把所有人集中到客厅，不过我们本来就睡在客厅，我们还躺在我们的老虎毯子上。

"今天我们没法走了，兄弟们，"拉蒙说，"我们还要等另一组人。"

"妈的，这几个屎橛子才这会儿就已经满嘴屁话了。"

"冷静，帕蒂塔。"奇诺悄悄对帕特里夏说，因此鸡头们没听见他俩的话。

"外边一直跟地狱里一样——这几天有三十五摄氏度。我们最好明天再走。"拉蒙接着说道。

"他妈的，这里更热。"帕特里夏说着，用胳膊肘顶了顶奇诺。

"外面感觉更热。多喝水。"罗伯托的靴子咔嗒咔嗒地穿过铺了地砖的地面。他的名字是罗伯托，但鸡头们相互之间还有诨名。我知道罗伯托叫得短些就是贝托，但我从来没听到过谁叫"蒙奇"。让我想起洛斯莫奇斯，那儿的冷饮。

蒙奇和贝托，我们的鸡头。他们说我们这次不翻山，说这趟旅程会很短，"最多在沙漠里走一个晚上加一个白天"。天黑前，面包车会在路边接上我们。听起来似曾相识。奇诺和帕特里夏安安静静的，啥也没说。我和卡拉看着他们。帕特里夏一直威胁说，我们这次要是还不成功，她就回萨尔瓦多。

我和卡拉看着帕特里夏，用嘴型不出声地对奇诺说："太难了。"从我们第二次被抓住之后开始，她就一直在这么说。每天早上她都说："这是最后一次尝试了。"每天晚上还要说。她吓到我们了。她要是走了，奇诺会怎么办？卡拉不想回去，但如果帕特里夏走了，她也只能跟着走。我不想回去，但我也没办法自己留在这儿。这里其他人我都信不过。要是奇诺走了，我也只能跟着他们走。我想继续尝试，一直尝试下去。我很累，但我离爸爸妈妈就差一趟面包车了。我们能做到的。我们离成功已经近在咫尺了。每回帕特里夏这个样子的时候，奇诺都会让她冷静下来。

现在，奇诺正对帕特里夏耳语："我们一直试一直试，直到成功为止，无论需要尝试多少回。"她总是会同意奇诺的意见，对奇诺说他是对的。我希望她没说谎。

蒙奇说完话，走到我们面前，问帕特里夏她老公在美国的电话。"你没票子，没关系，但我们必须跟你的联系人通话，这样他们可以在图森付我们钱。"我们刚到这栋房子的时候，蒙奇只问我们要了奇诺的电话——他以为我们真是一家人。

帕特里夏在一张纸上写下一个十位数后，还不得不提醒一下蒙奇，我跟她也不是一块儿的。

"一个小屁孩儿。"蒙奇说，也问我要我爸妈的电话。他等着我翻出一张纸来，但我不需要看：415-454-4629。我直接背了出来。他把这个号码记在一个小本本上。

"我能跟他们说说话吗？"我问。

"电话在另一栋房子里，小男孩。我们会跟他们讲的。"蒙奇解释完便走开了。

"他们就是这么干的。他们也不许我跟联系人说话。"奇诺说，他是想让我好受些。

"小甜豆就没要过他们的电话。"我对奇诺说。

"蒙奇和贝托是另一拨鸡头了，他们需要另外付钱。"奇诺说。他解释说，我们的第二次尝试是包含在第一次尝试的价格里的，我爸妈已经给过钱了。

我衣服里藏的美元全都没了。帕特里夏和奇诺本来还有一点，但为了让我们抵达这里，也花掉了。

"不用担心。"奇诺和帕特里夏说。

"上帝保佑，明天你就会见到爸爸妈妈了。"帕特里夏听起来好多了。希望如此。

我好想念爸爸妈妈的声音。这么长时间都没跟他们说过话，以前从来没有过。他们每隔一周就会往面包师那里打电话。我想念走路穿过四条街去跟他们说话的辰光。

"休息。"蒙奇和贝托离开前说，"明天你们就是美国佬了。"

1999年6月9日

每回我们坐上卡车车斗前往沙漠，去往大路边上的某处空地下车，我和帕特里夏都穿着一样的衣服。我们几个人穿的袜子也都跟之前一样：黑色的，棕色的，灰色的和暗绿色的。鸡头给我们每人发了一加仑水、一个沙丁鱼罐头，还给每组人发了一条宾堡面包。他们发下几卷防水胶布，让我们把白色塑料遮住，那些还没走过沙漠的人，比如那位危地马拉妈妈和塔西，便问为什么我们要往水壶上贴胶布。我和卡拉都笑了：我们已经是专家了。

我们尽可能地不挪动身子。我们一直在小睡，在喝水，吃得比前些天多。我准备好了。我们必须穿过去，让我们穿过去吧，我们一直念叨着。

"事不过三。"奇诺说这话的时候，我们终于走出大门。

在外面等着我们的卡车是黑色的。我们不认识司机，但没关系——只有蒙奇和贝托会留下来跟我们一起走。蒙奇穿的不大一样，虽说还是穿着纽扣衬衫，系着皮带，深色牛仔裤也是一样的，但现在戴了一顶棒球帽，穿着网球鞋。

这次我们有三十五人，包括昨天晚上才来的五个人。两个厄瓜多尔人，两个古巴人，还有一个是巴西人。三十五人组。我们分成两组上了那两辆黑色卡车。他们让我和卡拉坐在前面。奇诺和帕特里夏就坐在我们后面，隔着卡车车斗的玻璃看着我们。那个妈妈——她从来没跟我们讲过她叫什么——和塔西坐在另一辆卡车的前面。我和卡拉坐在贝托和司机中间，司机是个老人家，一头白发，胡子邋里邋遢。

他们没怎么说话。我们的车开动了，贝托打开收音机，我从来没听过的墨西哥北方音乐从喇叭里飘出来。卡车穿行在这个镇子的水泥路上，激起一片狗吠。所有方向的地平线都是一片粉红。

"那条路。"贝托告诉司机。"那条路。"他又说了一遍，直到我们来到一条两车道的公路上，两边的干草在夕阳下一片金黄。

我终于听出来一个我知道的乐队——界限合奏团，艾丽西亚·比利亚雷亚尔（Alicia Villarreal）的声音从喇叭里传了出来："我是你生命力的影子。你把我举起来，把我扔向……"我们在往远离落日的方向开，也离火山越来越远，现在从旁边的后视镜里看，火山成了挡在太阳前面的一道阴影。我喜欢这首歌的副歌："而你利用了我，因为你知道我爱你……"我们开啊开，直到来到蚂蚁包一样的山前，深色的山脉被夕阳涂成了橙色。

我们一路上没有碰到多少车。另一辆卡车跟在我们后面，再没有别的车了。只有轮胎碾在沥青路面上的声音。我还记得我觉得这声音听起来像大海，但在车厢里听起来不大一样：有点黏糊糊的，或者说就像撕开尼龙粘扣的声音。天空一直在变化，北方音乐也是，不过所有的歌都是一样的节奏：砰。砰。砰。砰——

砰——砰。砰。砰。砰。砰——砰——砰。

三十分钟后，贝托对司机说："老大，老大，跟这儿左拐。"

"这儿？"

"对，老兄，就这儿。"贝托指着一条土路。地面上的土是红的，还铺着些石头。卡车车头钻入土路，一只兔子蹿出来横穿过去。咳咳，咳咳，鸟儿在灌木丛里唱着。

我们身后升腾起一团红色的尘雾，淹没了紧跟在我们后面的那辆卡车——奇诺和帕特里夏都用他们的袄子捂住了嘴巴。我们前面，蓝灰色的天空变得越来越暗。我看到天上已经有了星星，也看到了更多的山脉。我们一路丁零当啷地往里走着，直到路的尽头，那里有一大片茂密的灌木丛。

"这里就挺好。"贝托指着一块空地对司机说。地上有好多垃圾袋、衣服、易拉罐和水瓶。我把袄子的袖子笼在手指上，做好防寒的准备。

贝托打开车门。砰。砰。砰。砰——砰——砰。砰。砰。砰。砰——砰——砰。"我们到了！"他大喊一声，摔上车门。

这会儿已经没什么光线了，泥土看起来跟血一样，草是暗黄色，接着会变成深色。一切马上都会变色。我看到地上有块石头，就捡了起来。这块石头闪闪发光，就像里面有银子一样。

"这是啥？"

"银子。"我骗卡拉。

"别逗了，想得美。"她说。

我最后看了一眼这块石头，扔进离得最近的灌木丛。我本来指望能惊起一些小鸟，但什么都没有。远处有小鸟在啁啾：咳咳。

咳咳。

"大家到这儿来。"蒙奇指着一块堆满了垃圾的平地大声说,"坐下。"

大家都坐了下来,听鸡头跟我们讲解。

※

"今晚没有月亮,所以大家要离得近一点。"贝托提醒道。

"左边我们会看到灯光,右边也会看到灯光,"蒙奇说,"那些是移民局的聚光灯和瞭望塔。我们会离那些地方远远的。"

"不管怎么样,我们要一直尝试,直到成功。"奇诺提醒帕特里夏,帕特里夏点着头。

"我们要找一条铁路。"蒙奇接着说。

"我们会跟着铁轨,往远离山区的方向走。"贝托说。

两位鸡头说完,开始检查人们的衣服。我们的衣服上没有任何反光的地方。我数着头上的蝙蝠。

"列队!"蒙奇边喊,一边自己走到最前面。贝托则走到了最后面。进入队伍前,帕特里夏先祷告了一阵。我们往自己身上画了十字,便开拔了。

※

这是这几次出发气温最低的一次。我身上已经起了鸡皮疙瘩。有那么几分钟,还能看得见一点光亮的时候,我看到前面的大山上形成了一层薄雾，一条很细的白线绕在山间，就像山穿上了一件 T 恤。这回四人组在队伍里很靠前的地方，挨着蒙奇，我们三十五人组的头部。

直奔着山走了一个小时后，我们找到了铁轨。

"跟我们第一次越境的时候一样。"卡拉低声说。我都不记得那次还有铁轨了——木头，石子，木头，石子，在凸起的土丘中间。一条不见头也不见尾的长蛇。

"有火车过来的话就跑！"蒙奇喊道。

"他为什么要喊？"我捏了一下奇诺的手，问道。

"因为我们还在墨西哥。"他说。天已经很黑很黑了，但我们的眼睛也适应了。我永远说不清我们到底是在美国还是墨西哥——一样的灌木丛，一样的孤单单，偶尔能见到的毛茸茸也是一样的。没有树，只有好多石头，还有一种我没见过的灌木，长得像龙舌兰，不过要低矮一些，叶子也没有那么肥厚、那么长。这种灌木有根巨大的棍子从中间挺起，长得像一根棉签。

那位妈妈和塔西在靠近队尾的地方。他们听两位鸡头说明情况的时候，看起来很害怕。我们第一次尝试越境的时候很可能就是那个样子，现在想来仿佛已经非常久远了。我希望他们能离我们近一点，这样塔西就能帮我命名新植物了。

"一小时内我们右边会出现一个机场——离远点。"蒙奇说。

机场？我去过一次机场。外公带我去看过飞机起飞。我一直希望自己能坐一坐飞机。

"瞧。"奇诺指着远处一个不停闪烁的点。红色和绿色的光一闪一灭。

"飞机。"帕特里夏低声说。

我和卡拉都抬头看着天。也没那么远。我们都能听到。一架小飞机,不是我和外公去看的中美洲航空的大飞机。

"希望不要是移民局。"奇诺说,我吓得一激灵。我想扑倒在地躲藏起来,但奇诺抓着我的手。

"别担心。"

"事不过三。"帕特里夏和奇诺说。

移民局有飞机?飞机,直升机,红外望远镜,狗,卡车,他们什么都有!别的鸡头可没有把我们吓成这样。我们沿着铁轨又走了几分钟,直到我们前面出现一些比较小的山。我没看到别的光,只看到我们身后有灯光。

"左转!"蒙奇喊道。

我们开始往离开铁轨的方向走。有一条小路,路上的土有所不同,更像是沙子,而且没长草。

"干了的河床。"奇诺说。

过了一会儿,我们在灌木丛旁边坐了下来。

"那边,"蒙奇顺着河床往下一指,"就是美国佬的地盘了。"

"从现在起,再也不能喊、不能叫了。"贝托说。

"如果我吹口哨,你们就平趴在地上。"蒙奇继续说道,"大家跟紧。如果跑起来,我不会吹口哨的。要是看到别人跑起来你就跟上。"

"但是要看好我们是在往哪儿跑。跟我们一块儿跑,别跑散了。"贝托补充道。

"好吗?"蒙奇问。

"好。"人们咕哝着。

"OK。"我和卡拉用英语答道,因为我们马上就到美国了。

"撒尿,喝水。在穿过那条路之前我们不会再停下来了。"

那条路?这么快?我们连一道铁丝网都还没碰见呢。我们所有人都尿了尿。我很紧张,很冷,但腿不疼。鞋里没有草。万事俱备。我们会成功的。

"过来。"帕特里夏叫我离她近些。我们又抱在一起祈祷。我们以前也这样祈祷过,但哪次都没起作用。我还没试过一边祈祷一边交叉手指做个十字……

"祷告。"帕特里夏伸出双手把我们围拢来。奇诺抱着我们。我交叉起手指,连脚趾也交叉起来。"主啊,保佑我们远离所有伤害,让我们成功到达目的地吧。阿门。"

阿门。

1999年6月10日

我们努力避开所有灯光:我们左边的灯光,我们右边的灯光。在我们前面落地和起飞的飞机。我们选择了所有事物之间最黑暗的一条路。我知道我们已经在美国了,因为铁丝网越来越多。奇诺举起我和卡拉让我们过去,一点儿都不慌。大家都在互相帮助。

蒙奇说他知道"所有人都不知道的最好的路线",兴许是真的。他说过的任何话,最后都不折不扣地实现了。我们离开铁轨开始顺着河床走,翻过那些小山丘的时候,我们看到了灯光。顺着三十五人组传下去的悄悄话是"移民局站点"。

蒙奇和贝托再也没有大喊大叫过。他们说会有几条土路，我们也确实穿过了几条土路。接下来就是那条路了。

我们一直没停。有一回我们卧倒在地，因为贝托觉得他看到了卡车的车灯。他一吹口哨，我们就变成了泥土。结果什么也没有。

我们在找的那条沥青路有"两条车道"，蒙奇在河床里的时候告诉我们。他指示我们到时候要跑着穿过去，但要在听到他吹口哨以后才能跑。我们还没走到那里。

※

蒙奇来到沥青路前面那道围栏。我想起小甜豆。"靠近点。"蒙奇低声说。

我们肚皮贴地，趴在铁丝网前面。

"跟之前一样。"奇诺对我和卡拉说。

蒙奇吹了声口哨，我们从地上一跃而起，跑步穿过那条路。没有汽车。所有人都成功来到路的另一边。我的心跳得很快，但不是因为我跑得快。我很害怕。我一直设想着贝托和蒙奇脚踝扭了，四人组撞到仙人掌了，所有人水都喝完了——

我们稍微休息了一会儿。我心跳慢下来，奇诺让我喝了些水。我们再次列队前进，我跟着帕特里夏，脸前就是她的背包。我们互相贴得很近。没有人觉得累。我们的水完全有富余。我们现在头一加仑水只喝了一半。还有三加仑在奇诺和帕特里夏的背包里。我们已经到这里了。这时响起了口哨声。天空中传来马达的声音。我们一下僵住，扑倒在地。

我脑子里闪过直升机。光柱在地面上扫来扫去——但只是一架小飞机。

"蹲下。"

"机场。"人们小声说着。

我还以为机场很远呢。

"啊，我觉得是另一个机场。"奇诺说。

两个机场靠这么近？萨尔瓦多只有一个机场，但那里飞的也只有大飞机。这架飞机比上一架还小，就是一辆会飞的小巴。绿色和红色的光闪烁着从我们头顶飞过。飞机的声音让我想起那条小河和小船。我想起我们从危地马拉到瓦哈卡坐的船。我都快忘记了。那个尖叫男。不。一切都好好的。一切都好好的，我对自己说。事不过三。

※

我喜欢抬头寻找白色的大月亮，看着它不断变化。这比看着手表要好。从我跟外婆、玛丽、卢佩、胡利娅、狗、猫和我的长尾小鹦鹉道别的那个早上开始，月亮就一直在天上看着我。外公在的时候，马塞洛离开我们的时候，切莱和马里奥跑开的时候，它都在那里。它让我想起所有这一切。鸡头说今晚不会有月亮，但他们错了。月亮就像一牙西瓜啃到只剩皮的样子，出现在我们右边的群山上。我喜欢太阳照亮黎明之前月亮那灰白色的光，我们的衣服从黑色变成灰色再变成蓝色，仿佛我们是变色龙。

过了机场和那条路之后,我们一直在走土路,爬过一道接一道的铁丝网。我们什么人都没碰见。没有卡车。没有移民局。没有直升机。感谢上帝。

三十五人组从头到尾传着"农场"。

"走快点。跑。"这是沙漠里风最小的一个夜晚,低语声听起来也很响亮。

我们排成一条线,准备翻过一道围栏。我们面前是巨大的金属结构——好多轮子。一根细细的金属管把彼此间隔四米的巨大金属轮连了起来。看起来像蜘蛛精。奇诺把我从围栏上扔了过去,我感觉自己脚下是草——但是跟我们一路走来踩上去就嘎吱作响的那些不一样。奇诺拉起我们的手,我们快步走起来。跑起来。跟着我们前面的人。我们在金属结构下面跑着,能感觉到地面湿乎乎的。

"牛粪。"有人说。

我笑起来,然后一脚踩在什么干东西上面。

"熏蚊子的。"奇诺说着,把一块干了的牛粪饼踢到一边。这是个农场,但我不知道是种什么的。没有玉米。没有豆子。没有南瓜也没有西瓜。只有牛粪和草,让我想起足球场。我们跑步穿过农场,来到下一道围栏。

这时我们听到了蒙奇的口哨声。

我们选了一丛灌木溜到下面。我想念那些不同的仙人掌,那些树。我的胸脯上下起伏。我在出汗。我检查了一下鞋子,看看有没有踩到湿牛粪,什么都没看到,但是能闻到。奇诺把他那一加仑水递给我,我仰起脖子,把剩下的全喝了。

"把你那壶打开。"他对帕特里夏说。第四加仑一直是帕特里夏背着的。卡拉和帕特里夏喝完后,奇诺把那个水壶拿过去拎在手里。

"扔掉。"奇诺对我说,我把空水壶扔进旁边的灌木丛,没有人在那下面休息。我看着群山,月亮在上面泛着淡淡的黄色。天空开始明亮起来了。我们身后移民局的瞭望塔越来越黯淡。我终于看了看表:凌晨4点30分。

"那些鬼东西不是移民局。"奇诺指着远处的灯光,终于反应过来。

"啥?"

"瞧,那是城市。"

"别开玩笑了你。"帕特里夏说。

"没开玩笑,鸡头们说的是屁话。"

城市?那几个地方确实很明亮,确实有好多很小的光源。

"我们穿过另一条大路之前,会最后一次休息。"贝托低声说道。我们听得清清楚楚。很安静。

"到时候我们睡会儿。"蒙奇跟着说道,"马上就到了。"

马上就到了?他说的是到哪儿?到面包车那儿?他之前说的是天黑前会到,而不是天亮的时候。我看着奇诺。

"感谢上帝。"

帕特里夏给自己画了个十字。光线中我们的皮肤已经开始变色了。一切都在变成灰色。我低声念了一篇祷文。不要有移民局。

"撒尿去。"帕特里夏看到另一些人在附近的灌木丛里撒尿,便对奇诺和我说。

我们知道流程。我们矮身走向一大株灌木。奇诺选了一株，我选了另一株，背对着他，开始放水。月光下我的尿颜色很暗。

"黄色。"我低声告诉奇诺。

"我的也是。"他回答。

我们大笑起来。我的尿味道好大。砸在泥土上的时候哗地有声。不要有移民局。

※

群山之上，只有几缕薄云。这几缕薄云就像纸巾一样，吸走了日出最明亮的色彩。我们一直在走，没停下来过，一直也没发现"另一条沥青路"。我们听到右边有飞机。我们前面的地面一马平川。我们在一个山谷里。左边远处，地面上立起好多电线杆。那里肯定有条路。

"蹲下。"

我们全都找到灌木丛蹲了下来。已经是早上了，但还没开始热起来。我还穿着袄子。我听到从远处传来我最喜欢的声音：海浪声。我们爬到离那条路最近的地方。这次没有围栏，但地上有垃圾。我们之前肯定有另一队人在这儿。蒙奇和贝托互相挨着躺在地上，分别看着不同的方向。这条路很长，是一条黑色的舌头，中间有一道黄色。没有车。

"走！"

我们冲向另一边，迅速钻进离路面五米远的灌木丛里。我们等了一阵，确保所有人都过来之后，就接着蹲伏着往灌木丛深处走。地上的土像粉笔灰一样，差不多是白色的，中间支棱着一些石头。巨大的蚂蚁在我们前面爬。我们走啊走，直到发现一大片成年人那么高的灌木丛。

"我们休息一会儿吧。自己找块阴凉。"贝托和蒙奇说，俩人几乎异口同声。

"小睡一下。"贝托尽可能大声地低语道，"三十分钟后接着走。"

"到天非常非常热之前，我们不会再停下来了。我们马上就到了。"蒙奇补充道。

"移民局有红外望远镜。我如果吹口哨，你们就趴下。如果能找到石头，就找一块躲起来。"

放眼望去，这儿一块石头都没有。

"好了，睡觉吧。"奇诺笑着说，仿佛没听见望远镜的事儿。

帕特里夏和卡拉已经躺下来，脸上盖着T恤。奇诺拿了两件T恤出来，说："我们的帽兜。"

为啥没人担心？我很害怕。

苍蝇在我们上面嗡嗡嘤嘤。鸟儿也已经醒来了。我听到远处有只乌鸦。呱。呱。我不喜欢乌鸦的叫声。听起来就像喉咙里卡了什么东西一样。

"做梦的时间到啦。"奇诺拍了拍我的胳膊。

小鸟在远处啁啾。沙漠醒来了。我脱下袜子拿来当枕头。地上很凉。我摇了摇身子，好往土里扎得深一点，因为看到小鸟们也是这么做的。我闭上眼睛。

473

※

在我们右边几公里开外，但还可以看得到的地界，像是有个镇子：好多好多屋子挤在一起，周围还长着好高的树。树！空气热得就像我们站在岩浆旁边一样。

"一切都会好的。"帕特里夏和奇诺对我和卡拉低声说。

我们有水。还剩两加仑，而这会儿甚至都还不到中午。我看着那个镇子，那些房子，地上冒出来的那些细细的树就像深绿色的豆子，我想象着阴凉、水、空调、泳池、好吃的、床……

我开始感到有点儿累了，但不像上次那么累。奇诺还不用把我背起来。我还能自己走。耳边只有我们的脚步声。

我们又经过了一只郊狼的尸体。上面还附着一些皮毛。很脏。灰色的。肋骨和脊柱已经开始变白了。苍蝇在上面飞。秃鹫在上面盘旋。"谁说害怕了？"我们走过去的时候，卡拉前面的一个人说道。帕特里夏给自己画了个十字，于是我也画了个十字。希望不要像上次那样是个不祥之兆。

我们一直在走，鸟越来越少，声音越来越少，仙人掌也越来越少。我想喝冷饮。塑料水壶里的水是温的。天热得叫人受不了，是我们经历过的最热的时候。没有阴凉。没有树，只有灌木。我们一直走。鸡头说到最热的时候我们会停下来，可是……

月亮穿过了整个万里无云的天空，整个黎明、整个上午都在看着我们，而现在又看着我们走到了下午。我想停下来。我的腿开始一跳一跳地痛了。我的脚趾感觉肿胀，开始感到刺痛。

三十五人组僵住了。帕特里夏的背包撞上了我的脸。奇诺撞在了我身上。

"抵达面包车前最后停一次。"蒙奇压低声音喊道。

"休息。"贝托解释道。

所有人都争着去最大的那丛灌木。奇诺开始喝倒数第二壶水,然后传给我们。

"多喝点。"帕特里夏对卡拉说。我们大口大口地,能喝多少喝多少,然后舒舒服服地在泥土上躺了下来。我肚子好饱。这会儿我没办法完全躺平。

"给。"奇诺把他的背包给了我,帕特里夏也把自己的背包给了卡拉。

我用背包把自己的身子撑起来。水在我肚子里晃来晃去。

"睡吧小家伙们,你们要养足精神,才能走到面包车那里。"帕特里夏对我们说。

"马上就能跟你爸妈在一起了,小哈维尔。"

我笑了,不住地点头,想象着爸爸妈妈的手。他们的房子。他们的草坪。花园。游泳池和汽车。我希望四人组都见一见我的爸爸妈妈。我看着帕特里夏和卡拉,看着奇诺。我很快就要跟他们道别了。太阳已经过了中天一点点,向四面八方放射万丈光芒。我们的影子好小,但都彼此挨着。我们是一团大影子。我们是一家人。我希望我们能休息很长时间。

※

下午三点多了。太阳跟着月亮往下滑落,月亮已经钻到地平线下面。空气一点没感觉凉快下来。

"最后一段了,亲人们。"我们再次列队时,蒙奇说。

"我们要找一条大路,长着很高的草,还有垃圾。"贝托对我们四人组说,查看了一下我和卡拉是不是没问题。

我很累,但我还能走。睡一觉很有作用。我的皮肤很热,我很渴,但我们还有水,够喝一晚上的。

"需要的话,就到我背上来。"奇诺每隔几分钟就会对我说一遍。但我还不需要。我们左边很远的地方,靠近群山那边,有一场尘卷风。

"哎呀,魔鬼在那边。"帕特里夏说着,给自己画了个十字。只要她画十字,我也会画一个。我们一直往前走。我们前面,电线杆一根接一根。电线杆之间的黑色电线往下垂着,就像跳绳用的绳子一样。三十五人组停住了。我们蹲下来,贝托往前走了走,告诉我们跟上他。这里的灌木丛长得更挤,很难从中间穿过。电线杆前面,我们能看到长着很高的草,有的比大人还高。

那条路肯定就在那儿。

所有人都蹲在蒙奇身边,蒙奇笑着说:"跟你们说什么来着?我是最棒的,浑蛋们。"他一边自吹自擂,一边从自己的水壶里喝了一口水。

"那就是那条路。我们来早了。"贝托指着电线杆的方向说。

"感谢上帝。"大家几乎异口同声地说道。我也在心里说了一遍。大家的 T 恤帽兜里闪现出白色的牙齿，都在笑。

帕特里夏抱住卡拉。奇诺看着我，也抱住了我。他身上又是汗又是土，味道很大。卡拉冲我微笑着。她的酒窝露了出来，棕色的眼睛比之前任何时候都大。随后我们交换了一下：卡拉抱住奇诺，帕特里夏抱住我，捏着我的脸，直视着我的眼睛，亲了亲我的额头，说："上帝保佑。"她脸上仍然有划痕。这还是她头一回亲我，她的划痕硌到了我的皮肤。她看起来好像马上要哭出来的样子。"感谢上帝。"她又说了一遍，我也一起说了一遍，但没出声。

"我们就待在这儿，离那条路远一点，平躺在地上。"贝托看着所有人，点着头说。

"面包车过来的时候会响三声喇叭。到时候我们就朝那条路靠近，然后他们再响一次喇叭，我们就冲进车里，明白了吗？"蒙奇一边说，一边往脸上倒了点水。

"什么时候？"有人问道。

"太阳落山之前，什么时候都有可能。"贝托答道。

"休息，但是别睡着了。我们已经到这儿了。"蒙奇拍着地面，继续洗脸，"躺下来。藏起来。"

"好，保持警觉。"奇诺对我们说。

"警觉。"帕特里夏重复道。

我们已经到了？这就到了？总感觉哪里不对劲。

"我们成功了。"帕特里夏看着我说。

我不知道。

477

"怎么了？"奇诺问。

我耸耸肩。

"别担心。"他拍拍我的肩膀。

"移民局的人呢？"我问。

"别那么想！"帕特里夏呵斥道，"别乌鸦嘴。"

卡拉摇了摇头。

我趴在地上，找了些小棍子玩。我们在一株啦啦队灌木下面。我假装那些看起来像角的刺是牛。我不想睡觉。我得准备好。我想冲进面包车，成功去往爸爸妈妈身边。真的会这样吗？我不知道应该作何感想。感觉很奇怪，就好像我在踢球赛，但是没有守门员。总感觉哪里不对。

"没事的，小家伙。"奇诺抚摸着我的背，"移民局不会发现我们的。蒙奇太棒了。"

"最棒的。"帕特里夏补充道。

我把注意力集中到那些牛上面。我让它们举着牛角撞在一起。它们可以是公牛，也可以是恐龙。它们会保护我。保护我们不被移民局发现。拜托了，不要移民局。不要移民局，OK？

※

浪峰向我们靠近。随后像吹响小号一样，三声喇叭盖过了撞上海滩的海浪。海水冲刷着沙滩，喇叭声消失了。

"他们来了！"蒙奇压低声音喊道，他很小心，没有让声音对着大路那边。所有灌木丛都窸窸窣窣地响起来。我们摇摇晃晃地从地上站起来。两个小时了,我们一直是啦啦队灌木丛下面的影子。每当有汽车开过,我们的身体就会紧绷——什么都没有?没有喇叭声?——然后就又放松了。

但现在,真正的喇叭声响起来了!我的心跳得好快。我感觉有人朝我额头上浇了一盆冷水。我后背下面的汗就像冰块。我就要见到爸爸妈妈了!

"走!"蒙奇大声说。

"蹲下走!"贝托冲前面的人吼道。

我们移动的速度比正常的时候快。两倍速。从一丛灌木到另一丛灌木。啦啦队灌木,绿玉树。我们想要空调。冷水。洗澡。干净衣服。离开这片沙漠。离开太阳。

"趴下!"蒙奇说,我们全都趴到满是叶子和草棍的地上。

另一辆汽车。海浪冲刷过来,嘶嘶嘶地消失了。所有人都贴身拿着背包。

"尽量躺平!"

我们移动着,离电线杆越来越近。下午五点二十了。地面是粉笔的颜色。我们一直爬到路边的草那里,这些草非常茂密,比大多数大人都要高。叶子看起来很像细细的甘蔗叶,大部分都已经枯黄。

"很锋利的。"人们小声说着。

"会划伤的——要小心。"帕特里夏提醒道。

所有人都停在蒙奇和贝托身边,他们俩藏在一株绿玉树下面。

"好,面包车来了我们就冲进去。"蒙奇转过身看着我们,指着卡拉、帕特里夏和我，拍着他身后的土，说："你们三个跟着我。"奇诺看看我们，冲蒙奇点了点头。

贝托指着另外那对母子。

"其他所有人，平均分成两组。排成一队。"他们说。

"我们这一组，往第一辆面包车跑。"贝托回头看着在他身后排起队的人说。他们看起来就像一队等着跳过那条路的蛤蟆。

"个子大的男的先上。跑过去在车里地板上躺平。然后上面再躺一层。"

"女人和孩子，等着最后再跳到最上面去。"

大家全都互相打量着。帕特里夏、卡拉和我在一边等着，就在蒙奇身边。男男女女都在两位鸡头的两边排成队，大家全都平躺在灰白色的泥土上。我们前面的地面有些裂纹。其他所有人都在看自己是不是比身边的人个子小，但大家全都是躺着的。奇诺不是个子最大的，于是自个儿排在蒙奇这队靠近队尾的位置。十七人外加蒙奇。所有人胳膊上都挽着自己的背包。

一辆深蓝色汽车开过来。我们躺得更平了，吹起了地上的灰。三声喇叭。石子蹦了起来。

"走走走！"贝托告诉他那一队人，他们一跃而起，冲进草丛。

"不要动！"蒙奇冲我们喊道。我的心跳得好快。帕特里夏抓住卡拉。奇诺向我们靠近了一些。他紧握住我的手。

"开门！"贝托喊道。

深蓝色的金属门往旁边滑开。发动机仍然在转。

"上车！"

人们飞身扑进车里，在地板上铺了一层又一层，直到所有人都上了车。

车门关上了。

"走走走！"贝托坐在副驾上拍着汽车说。

车轮压着碎石旋转起来。这辆面包车的后面，右侧的后门上挂着一架梯子，左侧的门上挂着一个轮胎。他们飞驰而去。

我两手汗津津的。我的心都快从喉咙里跳出来了。我屏住呼吸。

我们听到另一辆汽车开了过来。

"准备好！"蒙奇喊道。然后是："走走走！"

男人们跑起来。蒙奇在我们身边站起，抓住我的手，我的脚便不由自主地飞速移动起来。帕特里夏和卡拉在我们后面几步远。我们穿过锋利的茅草。路边的太阳感觉更烈。门开了。蒙奇放开我，伸手挡在帕特里夏前面。

"等一下。"他说。"走走走！"他对其他人说。

这辆面包车是白色的，有蓝色条带，装着有色玻璃。发动机还在转。男人们扑进黑洞洞的车里。更多人把背包扔进去，然后自己也跟着他们飞速钻了进去。六个。八个。跳进去的人一个压着一个堆叠起来，就像叠罗汉一样。

"跳！"蒙奇对奇诺说，他在队伍最后面。"你们三个！"蒙奇吼道。

帕特里夏跳到那一大堆身子上面。然后是卡拉。然后蒙奇用手把我推上去。那个位置有个男人。他的牙齿。车里好黑。我跳到那个男人的肚皮上。我的手碰到了另一个人的脖子。脸。我踢

481

到了什么人的手。车门在我身后关上了。前门打开了。面包车动起来。我们上路了。

"看看,我说的就是这样!"蒙奇的声音穿过一道把面包车前后隔开的黑色厚帘,非常响亮。"就是这样,浑蛋们!"他鼓着掌,又喊了一声。空调开着。我身下的人呻吟着。车里什么都没有。没有座位。只有一张深蓝色的地毯。暗红色的窗帘。空气里闻起来有尘土、汗水和牛粪的味道。

"动一动。"

"你踩我脸上了!"

"起开!"

卡拉和帕特里夏在我对角,离侧门最近。奇诺和我一样在靠近后面的地方。我差不多都能够到他瘦得跟火柴棍一般的小腿。

"过来。"他说。我从一堆身体上爬过去,想离他近一些。

"我们成功啦。"奇诺的一半身子压在某个人身上,而另一个人压住了他大部分的腿。车里没有车子外表看起来那么大。两边的窗帘没有放进来多少阳光。我想看看外面。

"安静!别老动来动去的!"蒙奇在副驾上吼道。

前面那块黑色厚帘上有道狭缝,让一点点阳光射了进来。我拼命想透过狭缝看清蒙奇的脸,但只能看到一个浅蓝色的什么东西。是天空,还是挡风玻璃?

"喝水吗?"奇诺问,伸手去人堆上什么地方够他的背包。他胳膊动来动去的时候,下面的人也在呻吟。他摸到背包,拉开拉链,拿出我们最后一加仑水。"想喝多少就喝多少。"

我拿起那壶水。好沉。还是满的。我费力地把这壶水举到嘴边。下边有个陌生人伸出手来,帮我扶住。

"谢谢。"我对着那团阴影说。

"要喝点吗?"奇诺问我们周围的胳膊、腿、脖子和脸。

他们低声说:"好。"

这壶水一直管到了面包车最后面那些人的嘴巴。另一加仑传到了最前面。手和脚。背包。我们成功了。我们有了空调。有水。

"安静!"蒙奇吼道。

所有人都住嘴了。我的脑袋就在驾驶座这侧的后轮上面。我听着那个轮子粘在我们下面的沥青路面上又撕开的声音。

我们在一辆汽车里,而不是在躲开一辆汽车。我希望所有人都成功了。马塞洛。切莱。马里奥。小甜豆。我不认识的另外那些人。嘘——我喜欢那个声音。我喜欢这个声音。我闭上眼睛,假装自己是在海滩上,跟妈妈、外婆、玛丽和卢佩在一起。

※

我下面的人拿胳膊肘顶了我一下,我醒了。"三十分钟!"奇诺在前面喊道,"三十分钟!"

我们的速度加快了。轮胎的声音很大,就好像我们在刮冰块做刨冰一样。现在穿过窗帘照进来的阳光是橙色的了。我试着把自己撑起来,好看看窗户外面。

"别动。"奇诺拍打着我的手前面的空气说。

"我知道。"我对他说,一边撑着自己靠近窗帘,从窗帘和有色玻璃之间的缝隙看出去。楼房。汽车。人形仙人掌! 多彩的天空。这是一条大路。两条车道,中间是泥土,然后对面还有两条车道。有人大声打着呼噜。那家伙差点儿呛到自己,但不知怎么的居然没有醒过来,有醒着的人便悄悄地笑了起来。这情景让我想起玛丽。

帕特里夏和卡拉看起来好像在睡觉。我看不到她们眼里的眼白。我们就像一个火柴盒。一根叠一根的火柴棍。一个人体蛋糕。我是最上面的樱桃,最小的一个,坐在飞毯上。我是阿拉丁。我终于成功走出了沙漠。

※

我在一个没有任何家具的房间里。有一张深褐色的地毯,到处都是人。百叶窗关着。白色的木门旁边,是米色的地砖和带一个银色水龙头的水槽。一个白色冰箱。墙也是白色的。奇诺在一道铺了地毯的走廊里跟我说,浴室就在那边。我在他怀里醒来时,还以为他把我抱进这个房间是一场梦。

"我们这是在哪儿?"

"图森,操他娘的美国。"奇诺一边点头,一边低声笑着说。

一些人坐在地毯上,身子靠在旁边的墙上,手里仍然拿着背包。还有一些人睡在房间中间。

"蒙奇和贝托呢?"

"走了。"

帕特里夏和卡拉睡在我们旁边。卡拉的脸靠在她妈妈的肚皮上。我摸着墙,很光滑——不是水泥的。前门就在几米外。门上到处都是深色的污迹,金色的门把手在黑暗中闪着光。我们一加仑的水壶又满了。人们站起来,在水槽那里往水壶里装水。没有人说话。只有走廊里允许开灯。

"那边还有。"

"还有什么?"

"人。"奇诺指着地毯走廊另一头的白色木门说,"其他鸡头带来的人。"

我数了数,我们这个房间里至少有四十人。

"没事啦。我们到了。休息,睡觉。放松,小兄弟。"

我的脑袋又疼起来。身体也很疼。我筋疲力尽。我的眼皮重得怎么都睁不开。奇诺摸了摸我的额头,说:"没事啦。"

※

"你爸妈的电话是多少?"有个男人正对着我的脸问道。他留着一把棕色的小胡子,皱纹很深,还有口臭。

我看着奇诺,奇诺点了点头。

我擦擦眼睛,把电话号码给了那人。他在电话听筒上直接按下按键。我还从来没见过这样的电话。电话线连着一个看起来像是一只米色鞋子的东西,就那么搁在走廊里的地毯上。房子里现在人更多了,人们挤在客厅里,挤在走廊里。还有另一根没有打卷的电话线从人们的脚边拉过来,延伸到房间里。

"喂,你们是——那谁——你叫什么名字,小男孩?"棕色小胡子问道。

"哈维尔。"我跟他说的时候,他捂住了话筒。

"你们是哈维尔的父母吗?"他对着那个比我的脸还大的米色听筒说。

"你几岁了? 从哪儿来的?"他双手紧紧压着话筒问道,这样电话那头不管是谁都听不到我们说话。

"哈维尔,九岁,萨尔瓦多来的。"他对电话那头说道,"完全正确。对,他在我们这儿。一千五百美元。明天早上你能到凤凰城来吗? 正是。带现金。到了凤凰城打这个电话。"他按下一个按键,不说话了。他笑起来,"你爸妈明天早上九点会过来。"

明天? 我不知道该说什么好。

"明天,哈维尔!"奇诺笑着,摇晃着我。我都还没睡醒。我不知道这会儿几点了。我很开心,但现在我必须撒泡尿。一切都变得更昏暗了。好多我从来没见过的陌生人。好多背包。鞋。水壶。我闻到沙丁鱼的味道。有人在吃东西。会不会是奇诺的味道。我? 我可不认为是我自己把味道那么冲的红色汤汁洒在身上了。

"明天。感谢上帝。"帕特里夏说着,画了个十字。卡拉几乎没醒,但是她也笑了。

我盯着天花板。之前我都没注意到,天花板有多白,有多凹凸不平,看起来就像另一堵墙。这里面的味道很怪异。我的手闻起来像什么动物的死尸。我还没上过厕所。棕色小胡子叫醒更多人,问他们要电话。没有电话的人就报给他城市的名字:华盛顿。亚特兰大。洛杉矶。

"奇诺,厕所。"我对着奇诺的耳朵小声说。

"好，我们走——"他顽皮地说，领着我穿过客厅里的脚、头和背包，穿过走廊里的鞋和膝盖。

"进去吧。"他对我说，又在我身后关上浴室门，"我在外面等着。"

好臭。灯也不亮。有个白色的马桶圈，上面都是尿液。马桶里的水看起来是暗黄色。旁边的垃圾桶里堆满了用过的厕纸，上面还沾着粪便。我屏住呼吸，拉开裤子拉链。这里也没有肥皂。

我们走回卡拉和帕特里夏坐着的地方，她们靠在墙上，脸在黑暗中呈现出浅灰色。

我在她们前面坐下来，卡拉问我："你要去哪个城市？"

"圣拉斐尔。"

"哪儿？"

"加利福尼亚。"

"那是在这个国家的另一头啊，对吧，妈妈？"

"我觉得是吧？"帕特里夏答道。

"你们呢，卡拉？"我好喜欢她的名字从我的嘴里说出来的感觉。我还没怎么大声说过她的名字。

"弗吉尼亚。"

我不知道这地方在哪儿。

"很远，但我们会保持联络。"帕特里夏插了进来。

我都没想到我们要去的地方在这个国家的两头。我以为他们就在附近。离我很近。我们是四人组。我想让他们见见我爸妈。想告诉妈妈这一路走来我有多优秀。想看看帕特里夏是不是比妈妈矮。我低头看着自己的鞋。他们跟我不是家人胜似家人，我不想跟他们分开。

"把你的电话给我们,我们会打给你的。"帕特里夏说着,从背包里拿出纸和笔。

"对! 我们要保持联络。"奇诺保证道。

"你要去哪儿?"我问他。

"也是那儿,弗吉尼亚。"奇诺要跟他们一块儿走? 他们要扔下我了?

"小家伙,没事的。我一直想去加利福尼亚看看。"奇诺拿胳膊肘顶了顶我。

我看着他的眼睛,想看看他有没有撒谎。

"对,小家伙,我们会去看你的。"帕特里夏对我保证。

我想跟他们做邻居,想跟卡拉一块儿上学。我无法想象生活里没了他们是什么样子。

"想不想把脚里弄干净?"

奇诺松开我的鞋带,让我分了神。我扫开他的手,脱下鞋,把里面的土倒在地毯上,擦掉袜子上的草棍和草叶。脚趾缝里也有土。脚有味道,但谁都没说什么。

"洗一下。"奇诺拧开水壶。

"跟这儿?"

"对,没事儿,大家都这么干的。"他冲着在我们周围睡觉的那些人点着头,"所以才这么臭。"他捏着鼻孔。

帕特里夏和卡拉笑了起来。

屋子里臭得很,就跟玛丽的脚最臭的时候一样。也让我想起移民局的笼子。我们闻起来尽是尘土的味道,马桶也让一切都闻起来臭烘烘的。

他把水倒在我脚趾上,我用手搓了搓。水渗进地毯里。奇诺抻了抻自己的裤子,让我在上面把脚擦干。我不想在电话里和奇诺说话。那不一样。帕特里夏、卡拉和奇诺,再也不会有跟我这么近的时候了。我想和他们一起探索美国,一起学英语、说英语。

"把袜子穿上。"奇诺从地毯上抓起我的脏袜子递给我。

"哎哟喂!"卡拉开起玩笑。

我朝他和帕特里夏那边嗅了嗅,也说:"哎哟喂,您几位!"

她们笑了。

我穿上袜子,等着奇诺给我系鞋带。

"好了!"他系好鞋带,拍了拍我鞋上的土,然后喊道,"现在你可以在美国精神焕发地走来走去了。"他细小的牙齿在黑暗中像手电筒一样发着光。我喜欢他的笑。

"OK,"帕特里夏用英语说,"我们得休息了,为明天养足精神。"

"我不想休息。"卡拉抗议道,"我们不是马上就要走了吗?"

我不知道她在说什么,赶紧问道:"你们要走了?"

"不是这会儿,但那个大胡子男人说天亮的时候会有一辆面包车带我们去弗吉尼亚。"

又一辆面包车?去弗吉尼亚?也太快了吧。我们终于不用躲着移民局的人走了,不用躲着直升机了。现在我们在美国的一栋房子里。我们不饿也不渴。我还想多说会儿话。别人不会懂沙漠里的蜜蜂,海上的飞鱼,老太太的饭菜,葆拉,阿卡普尔科的煎鱼,不会懂被人从大巴上拖下去的感觉,不会懂我们如何学习

"次臭"的意思。

我想让他们帮我跟爸爸妈妈讲,我们看到了什么,我们碰到过什么。我爸妈不会相信我的。别人都不会相信我。他们没跟我在一起。从今往后,我要结识的陌生人,奇诺、帕特里夏和卡拉不会跟我一起结识了。新的食物他们也不会跟我一起尝试了。到一个新地方,一个新国家,也不会是他们让我感到好受一点了——这是我们一起来到的第三个新国家。

我想要他们跟我爸妈说,马塞洛抛下了我们。说他是个坏人,他应该把钱还给外公。说我几乎没哭过鼻子,说我很听话,很坚强。我想和我新家人一起去加利福尼亚,想学会怎么系鞋带,想让奇诺看到我也像他一样会系鞋带了。奇诺,我的大哥哥,我从来没有过一个哥哥……

"弗吉尼亚近吗?"想了好一阵之后,我终于问道。

"别开玩笑了,鸡头说开车要两三天呢。"

奇诺说这话的时候卡拉的眼睛瞪得溜圆。"三天!"她喊道。

卡拉还要三天才能见到她的爸爸和妹妹?

"所以我们需要睡觉呀,小猴子们。"帕特里夏说着,把卡拉往她身边拉了拉,对着她的耳朵悄悄说了句什么。

"我也会来看你的。"卡拉对我说,双手拍打着空气,背靠在他俩中间。

我们三个好久没有抱在一起过了。我想念那些汽车旅馆。想念躺在床上看着帕特里夏玩弄卡拉头发的时候。我跪着挪向她们。我能感觉到,我的心沉到了肚子里。我的眉毛变得好沉重。我闭上眼睛,深深地吸了一口气。她们的汗味,洛洛可花和面团的味道，很微弱，但那是她们的味道。我们所有人闻起来都是尘土的味道，臭脚的味道，沙丁鱼的味道。还有玫瑰香皂的味道。帕特里夏把我往她身边拉近了一点。我的后脑勺疼起来。

"你，别跟个傻子似的。"帕特里夏把奇诺也叫了过来。我想念蜷缩在那块水泥板上的时候。想念前几个早上，睡在老虎毯子上面的时候。

奇诺把全身的重量都压在我们身上，把帕特里夏的头发压在了墙上。卡拉的脸压在妈妈胸前，我的脸压在卡拉背上。奇诺的胸贴着我的脸颊。我爱他们。真的好爱他们。我眼睛里出现了一汪水，一个湖泊。我不想放手。他们也谁都不想放手。一条河。

"好啦，好啦。"帕特里夏说。我整个脑袋都好痛。我听到帕特里夏在抽泣。我的眼泪落在卡拉背上。奇诺的眼泪落在我脸上。

"小傻子们，"奇诺说，"别哭鼻子啦。"

"你才哭鼻子呢。"帕特里夏说着，擦掉了她流到卡拉头发上的鼻涕。

卡拉一点儿都不在乎。

"我们会想你的，小哈维尔。"帕特里夏说。

"是呀，小兄弟，你很坚强。"奇诺补了一句。

"非常坚强。"帕特里夏重复道。

卡拉点点头，她的大眼睛里满是泪水，但她冲我笑着。

"我也会想你们的，你们所有人。"我哭着说，低头看着地毯。

"我们也是。"大家都说，"我们保持联系。"

"这会儿先休息吧。"帕特里夏接着说，拍了拍我的背，抚摸着我的头发，"但是别怕，我们走了，这位妈妈会照顾你的。"她指着那个带着塔西的危地马拉妈妈。

"安娜和塔西明天下午才走。"奇诺说。

他们知道她的名字?

我擦了擦眼泪,看着安娜。她抱着塔西,塔西睡在她旁边。她冲我挥了挥手。

我也挥了挥手。

"睡吧,不用担心。OK,我们的小美国佬?"帕特里夏和奇诺凑近我,说道。

"我们会一直陪着你,直到你睡着。"帕特里夏抚摸着我的头。卡拉靠在她身边。奇诺靠在我的另一边。帕特里夏又亲了亲我的额头。他们俩都轻轻揉着我的头发,直到我昏睡过去。

1999年6月11日

百叶窗关着,日光透过缝隙溜进房间。大部分人都已经离开了——只剩下十来个人还睡在客厅里。走廊已经空了。我看向安娜那边,看到她背靠墙坐着,塔西在她旁边,身子伸展开来。

"早啊。"她柔声说。

我摸了摸地毯——他们走了。我觉得我看到他们离开了。那会儿房间里很黑,很多人背着背包站起来,排着队等着。帕特里夏亲了亲我的额头。奇诺梳了梳我的头发。

"面包车来了。"他们俩说。

"再见了。"卡拉冲我挥挥手。

然后他们一个接一个地跟我拥抱。就连卡拉都抱了我。门关上了,我闭上眼睛,又睡着了。我还以为那是在梦里。

屋子里开始暖和起来。臭脚丫的味道越来越浓了。有个女的在厨房那边往水壶里装水。我浑身上下到处都痛。我一个人了。这儿的人我都不大认识。

"睡觉吧。"安娜说。

我冲她笑了笑,看了看表——才早上七点。爸爸妈妈还要两个小时才到。

"睡吧。"她又说了一遍。

我点点头,祈祷帕特里夏、卡拉和奇诺不要出任何事。祈祷他们的面包车不用三天就能到弗吉尼亚。祈祷他们永远都不会忘了我。

※

我靠着墙坐起来,看着前门。8点55分了。客厅里只剩下不到十个人。有时候,棕色小胡子会出去"走走",另一个鸡头,个子小小的,肌肉很发达,会过来守着门。他们敲门有暗号:很清楚地敲三下,听上去有金属环的声音。我一直在听,双手撑在地毯上,准备着一跃而起跑向门口。

棕色小胡子回来的时候总是有人跟他一起回来。这个陌生人走进客厅,只走进来几步,让门可以关上就行了。他们左闻闻右闻闻——屋子里的味道实在是太糟糕了。棕色小胡子大声喊出一个名字。如果客厅里没人回应,他会叫矮个鸡头去另一个房间把这个名字再喊一遍。

七点钟到现在，门被敲过三次。有一次喊的名字是个女的，就睡在我旁边。一个男人进来就又亲又抱，所以我猜这是她老公来接她了。另外两次接走的都是男人，他们背着背包走出房间，面带微笑，但神情有些恍惚。两次我都很确定，来接他们的人要么是他们的兄弟，要么是他们的叔伯长辈。我们看着他们不尴不尬地互相拥抱，哭完、亲完，或拥抱完，棕色小胡子就会告诉团聚的人出去，别在这儿逗留。他们都毫无怨言。团聚的人会很快走出去，走进阳光。

从早上七点到现在，我一直没怎么睡着。我的心跳得太快了，比在沙漠里还快。我一直想着我的爸爸，哈维爸爸。我该怎么叫他？我其实都不怎么知道他长什么样子。他会抱着我吗？我知道我会冲进妈妈怀里。我记得妈妈的样子。我很想她。他们俩我都想。我很激动，想看看她有没有变样。看看她身上是不是还有一样的味道。她的头发会怎么扎？她会怎么化妆？她用什么香水？

我两只手都汗津津的。我一直在看表。我盯着矮个鸡头脖子上挂着的那几条细细的金链子。他的衬衣和裤子没有另一个鸡头那么紧。那个鸡头几分钟之前刚走出去了。这时敲门声在门上响起来，咚、咚、咚。

门还没开，我就站了起来。

门开了。塔西醒了，看着我。他妈妈微笑着，站在我旁边。

门开了，闪出一道白光。

我的名字响彻整个房间。

两道影子出现了。终于。

我曾经知道,后来又忘了。
就好像我曾在一片田野里睡去,
醒来时只见周围长出了一片树林。

——查尔斯·西密克(Charles Simic)
《这世界没有尽头》(*The World Doesn't End*)

2021年4月5日

有七个星期的时间（1999年4月20日到1999年6月10日），没有人知道我在哪儿。外公在特昆乌曼把我交给堂达戈，而堂达戈后来再没有给我萨尔瓦多的家人打过电话。那些蛇头和鸡头，也都没有给我加利福尼亚的爸爸妈妈打过电话。我家里人头一次听到我的消息是马塞洛1999年6月1日那天给我爸妈打的电话。我不知道马塞洛是怎么成功抵达洛杉矶的，但他告诉我爸妈，说我"有很靠谱的人带着"，说他"'非常肯定、非常确定'我会见到他们的"。挂断电话前，他说："甭担心，他很特别。"

我爸妈失眠了。晚上他们会把电话放在床头，等着铃声响起。他们没法开车到边境附近来找我，因为他们担心边境巡逻队会拦下他们，把他们驱逐出境。他们唯一能做的就是等待，并希望我能安全穿过边境。他们仍然去上班，每天给萨尔瓦多打两次电话，借了钱，以防有一天鸡头会给他们打电话，他们还去马林学院上英语课。那时他们的老师是卡萝尔·阿黛尔（Carol Adair）。卡萝尔的搭档是美国后来的桂冠诗人凯·瑞安（Kay Ryan）。我爸妈给他们班同学、卡萝尔和凯讲了我生死未卜的情形，所有人都很担心，担心我会遭遇不测。每次上课，他们班都会为我祈祷，并点亮一支蜡烛。三个国家之外，内利外婆每天晚上也为我燃起一根蜡烛并为我祈祷，希望我能成功来到爸爸妈妈身边。

1999年6月10日，晚上八点左右，棕色小胡子给我爸妈打了电话。他们打车去了旧金山国际机场，买了机票，用他们的萨尔瓦多护照飞往凤凰城国际机场，然后又打车来到图森。他们得到的指示是从高速公路的第一个出口出来，前往紧挨着高速路的一家德士古加油站，棕色小胡子早上九点整会在那儿的一个电话亭旁边等着。他们把钱交给棕色小胡子，小胡子便带他们走向一栋两层的公寓楼。路不长。我还记得那三下敲门声，我的心跳得太快了，门一开，我就一头扎进妈妈怀里。

从那时候起到现在，关于那七个星期里我经历了什么，我和爸妈只聊过屈指可数的几次。第一次是棕色小胡子关上公寓楼门后，我们走去加油站的路上。同一辆出租车在等着我们，带我们回凤凰城国际机场。我们从那里飞回圣拉斐尔，后来我便一直把这个镇子当成我的家，直到2008年我出去上大学。第二次发生在很多很多年以后，那时候我已经开始写诗，也开始整理我移民过程中的所有情绪，以及这些情绪对我的影响。我面对他们时，他们俩都哭了起来，因为他们还记得第一次见到我时我身上的味道——"又是屎又是尿又是汗，臭气熏天"，他们一直没有忘记。另外几次我们聊起那七个星期，是我在写这本书时，通过短信和简短的电话和他们聊到的一些杂七杂八的问题。

我爸妈提醒我说，奇诺打过几次电话，说他们对他的一切作为都表示了感谢。我也跟他说过话，但我不记得那几次谈话了。妈妈说，奇诺听起来是个非常友好的年轻人。"从声音就能听出来。"她说。她还记得奇诺跟她说，我让他想起他已经过世的小弟弟。帕特里夏也打过一两次电话。我爸妈感谢了她，他们也都准备继续保持联络，但过了几个星期，他们换号了，我们也就失去了联系。妈妈喜欢称他们为我的"天使"，但我担心这样叫他们会带走他们身上的人情味，以及他们向陌生人展现爱意、展现同情心的行为中非宗教性的成分。

跟我的爸爸妈妈一样，我没有沉浸在从萨尔瓦多到加利福尼亚那七个星期的遭遇里。我永远不会忘记奇诺、帕特里夏、卡拉、切莱、马塞洛，不会忘记我在路上遇到的每一个人，但记住他们也让我痛苦。直到我开始写诗，以及后来撰写本书（若非我的治疗师鼎力相助，本书绝不可能成形），我才感到有足够的勇气，感到已经治愈得足够好，去重访对我有过深刻影响的那些地方、那些人和那些事。我对这本书的希望是，能以某种方式实现我跟奇诺、帕特里夏和卡拉的重聚，能让我知道我们分开后他们各自都发生了什么，了解他们此后在这个国家的生活都是什么情形。我感觉我还没有好好谢过他们。我很想现在跟他们说声谢谢，作为成年人，感谢他们为了我这样一个素不相识的九岁孩子而甘冒生命危险。

因为我的身份不合法，很多年我都无法重返萨尔瓦多。直到2018年，我28岁的时候，才终于回去再次见到内利外婆。那时玛丽姨妈已经移民到加利福尼亚，结了婚，还生了个儿子。卢佩姨妈也已经移民，现在又生了个女儿。她们俩都是我上高中时来加州的，到现在也仍然住在同一个街区。卢佩姨妈的大女儿胡利娅仍然跟外公外婆住在拉埃拉杜拉的同一栋房子里，还养了两条狗，一条叫麦克斯，一条叫妮娜。2002年到2012年，外公来加州看过我们三次，因为他办到了旅游签证——他是我们家唯一一个得到这种签证的人。现在，他仍然会每天下午在后院里烧垃圾。

我一直不知道切莱出了什么事，对那些曾跟我一起偷渡的其他人，那些数不清的陌生人，他们身上发生了什么，我也一无所知。我很担心他们会不会死在索诺拉沙漠。本书献给他们，也献给每一位移民，每一位曾经穿越边境，曾经试图穿越边境，正在穿越边境，以及会继续尝试下去的移民。

致　谢

致以百万分的感谢：

中美洲的人民，来自世界各地的移民，以及守护着我们的祖先们。

切佩外公和内利外婆，我好爱好爱你们。

帕蒂妈妈和哈维爸爸，我无法想象你们读到这本书会是什么感觉，你们在那几个星期里又曾有什么样的感受。我希望你们不要有任何抱愧之心，因为我早就谅解你们了。我爱你们，每时每刻。

玛丽姨妈和卢佩姨妈，谢谢你们在老家和在美国给我的支持，我一直都在想着你们。

胡利娅、安德里亚娜、托尼托，我也一直想着你们，我为你们感到骄傲，我相信你们。

约瑟芬·布莱尔·西普里亚诺（Josephine Blair Cipriano），我头一个读者，也是最好的读者，我最无私又最严苛的编辑，感谢你把这本书塑造成现在这个样子。感谢你在我最痛苦的时候抱住我。感谢你帮助我成为我从来不认为自己能成为的人。感谢你的灵气（Reiki）课程，你的快乐，你的关心，以及你永无止境的爱。没有你，就不会有这本书。我爱你，以及我们的小猫洛卡。

温迪·卡罗莱娜·佛朗哥（Wendy Carolina Franco）博士，在我们每周的治疗课程的帮助下，我才得以进入那口深井——我把这个故事雪藏起来的地方。谢谢你帮助我把这个故事发掘出来，也谢谢你成为我最完美的向导/女巫，引领我走向康复。

多拉·罗德里格斯（Dora Rodriguez），谢谢你让我知道，我们可以帮助那些在同样的地方遭遇创伤的人，我们的创伤也是在那儿经历的。你是勇士，每一天都激励着我。感谢你创立"萨尔瓦想象"（Salvavision）。起初是在你心里，而现在已成为索诺拉沙漠中萨萨比（Sasabe）的一个实体资源中心。我在这里广而告之，由你这位美丽的萨尔瓦多女性所领导的机构，不论需要什么，我都愿尽绵薄之力。

帕科·坎图（Paco Cantú），我的亚利桑那兄弟，谢谢你脱下一身制服，也谢谢你让我们的友谊成为你的新行头。赫拉尔多·德巴列（Gerardo del Valle），我的危地马拉兄弟，感谢你的电影和你的友谊。谢谢你们两位帮我重溯我的旅途，也就是这本书的故事发生的地方。

拉埃拉杜拉，圣拉斐尔（那条河道），伯克利，布鲁克林，汉密尔顿，剑桥，纽约市中心的哈莱姆区，图森，以及在这些我叫作家的地方我认识的所有朋友。你们给我的帮助，远比你们知道的要大。

兰南基金会（The Lannan Foundation），在你们的支持下，我才能完成这本书。

哈佛大学拉德克利夫高等研究院（The Radclife Institute），是你们给了我时间，给了我空间，让我得以收集从我来到这个国家之后记下的所有笔记，我还开始把它们称作散文。感谢我的同学们，尤其要感谢劳伦·格罗夫（Lauren Groff），他们发现了我的作品里的价值，并让我也开始相信，"嘿，我的文学代理人真应该看看这个"。

比尔·克莱格（Bill Clegg），我无法想象我的生活如果没有你会是什么样子。感谢你，从我们相遇的那一天起你就对我深信不疑。你是我旅途中的一个陌生人，但遇见以后就成了家人。世界上所有甜甜圈都应当献给你！

感谢大卫·埃伯斯多夫（David Ebershoff），我的明星编辑，感谢你的关心和诚实，以及你那通改变我人生的电话。感谢你所做的一切。

感谢克莱格版权代理和企鹅兰登书屋集团旗下贺加斯出版社（Hogarth）的所有同人，在你们的帮助下，《独自上路》才得以付梓。我十分感激，向你们致以最诚挚的感谢。

还要感谢奇诺、帕特里夏和卡拉，无论你们身在何方，我都欠你们一条命。而你们的命，也一直在我身上。

关于作者

哈维尔·萨莫拉，1990年出生在萨尔瓦多拉埃拉杜拉。他的父亲在他一岁时逃出萨尔瓦多，他的母亲在他快五岁的时也离开了萨尔瓦多。父母双方移徙的原因，是美国资助的萨尔瓦多内战（1980—1992）。1999年，哈维尔穿越了危地马拉、墨西哥和索诺兰沙漠。他的诗集处女作《无人陪伴》（*Unaccompanied*）探讨了移民和内战如何影响了他的家庭。哈维尔是哈佛大学2018—2019级拉德克利夫研究员，曾获得各类奖学金和机构资助，包括：麦克道尔（MacDowell）、国家艺术基金会（National Endowment for the Arts）、诗歌基金会（Poetry Foundation）的露丝·莉莉和多萝西·萨金特·罗森伯格奖学金（Ruth Lilly and Dorothy Sargent Rosenberg Poetry Fellowship）、斯坦福大华莱士·斯特格纳奖学金（Wallace Stegner Fellowship）和亚多（Yaddo）艺术家与作家社区。

他是2017年兰南文学奖学金（Lannan Literary Fellowship）、

2017年叙事奖（Narrative Prize）和2016年巴诺作家奖（Barnes & Noble Writers for Writers Award）的获得者，以表彰他在"无证诗人运动"（Undocupoets Campaign）中的作品。

哈维尔目前住在亚利桑那州的图森市，他在那里为"萨尔瓦想象"机构做志愿者。

如欲查询并预定哈维尔·萨莫拉的演讲活动信息，请联系企鹅兰登书屋演讲者办公室：speakers@penguinrandomhouse.com。